六朝诗學論集

曹旭／著

下

上海古籍出版社

宮體詩的定義與
裴子野的審美

　　本文對學術界有爭議的宮體詩的定義及其本質屬性進行探討。認爲，自隋唐以來，宮體詩的義界有一個從"廣義"向"狹義"闡釋的過程。僅以"廣義"或"狹義"理解，都不符合宮體詩的全部實際，也忽略了宮體詩作爲歷史、文學和風格學的存在。宮體詩是一種"新變體"，它既包含描寫内容的新變、詩歌體式的新變，也包含了寫作方法上的新變。只有"廣"、"狹"兩義結合，才能客觀、準確地把握"歷史學"上的宮體詩、"文學史"上的宮體詩和"文學風格學"概念上的宮體詩。

　　一直被認爲梁代守舊派代表的裴子野，卻有不爲人知的另一面，他"典"、"質"的文章，實際上仍然受到南朝"事雅"、"專工"和"務飾虛詞"文風的影響；他對梁代詩歌的批判，其實是我們的誤解；若以留存的詩歌推斷，他應該是宮體詩的"粉絲"和宮體詩的"周邊詩人"。所有的人，包括他自己都不能認識。把握這種理論與審美的分離、歷史的集體無意識，是我們今天闡釋一個時代、考察一個詩人、分析一個流派所必須遵循的原則，具有認識論和方法論上的意義。

　　宮體詩的本質屬性是什麽？它與其他類型詩歌的界限在哪裏？怎樣爲宮體詩定義？在相當長的一段時間裏，我們都在摸索，没有一致的結論。

一

　　所謂"宮體詩",是我國齊梁時期蕭綱爲東宮皇太子時宣導的在詩學上具有革新意義、在内容上具有豔情傾向的新詩體。

　　雖然"宮體"的名稱很流行,但"宮體"之名,卻没有出現在蕭綱、蕭繹或任何一個宮體詩人的宣言和來往書信中。可知,"宮體詩"三個字是後人用隔得遠遠的眼光總結出來的,對於在唐代史書裏受到的批判,蕭綱、蕭繹若地下有知,一定很委屈,一定會覺得自己的詩歌創作、詩歌理論和詩歌革新的意義被人誤解了。

　　由於後人從不同的角度,按照自己的需要進行總結和闡釋,在宮體詩的稱名、疆界和定義上,就產生盲人摸象、莫衷一是的説法。有人説宮體詩就是"豔情詩",有人説宮體詩不全是"豔情詩"。尤其一般被認爲是宮體詩總集的《玉臺新詠》,裏面所選的詩,與宮體詩的定義有矛盾。譬如,在《玉臺新詠》卷七、卷八中,所選蕭綱的作品,創作時間並不限於東宫時,題材也並不局限於宫廷。因此,《玉臺新詠》的出現,擴大了宮體詩的外延,增加了概括宮體詩的難度。

　　傳統的説法,其實是宮體詩的義界被"狹義化"以後,對"狹義"的宮體詩進行道德批判的説法。二十世紀初,以章太炎、劉永濟、聞一多等人爲代表,沿襲唐初史臣對宮體詩批判的方向,把宮體詩定義成流行在蕭綱爲太子的梁代東宫裏淫靡的"豔情詩"。

　　譬如聞一多説:"宮體詩就是宮廷的,或以宮廷爲中心的豔情詩","嚴格地講","當指以梁簡文帝爲太子時的東宫及陳後主、隋煬帝、唐太宗等幾個宮廷爲中心的豔情詩。"[①] 這些説法,影響

[①] 參見聞一多《宮體詩的自贖》,收入《聞一多全集·唐詩雜論》第11頁,北京,三聯書店1982年版。

了建國以來的幾種文學史，如劉大傑和游國恩等人的文學史，他們的定義和批判都是聯繫在一起的。

文學不等於歷史，文學也不等於道德，何況是舊道德？因此，雖然説宫體詩是豔情詩不算錯，但對這一片面性的説法，對宫體詩長期受舊道德打壓的情況，許多人不滿意。

較早提出挑戰的是胡念貽。胡念貽掌握了真理，但選錯了説話的時機。在山雨欲來風滿樓的 1964 年，他的《論宫體詩的問題》在《新建設》5、6 月號上發表，爲宫體詩的合理性提出辯護，希望大家對宫體詩心平氣和地進行研究以後再得出結論，對宫體詩的名稱和疆界，他突破了純粹豔情詩的框框。指出，宫體詩其實是一種新變體詩，雖以豔情爲主，但也包括其他題材，他説："宫體詩包括了各類題材的詩歌"，宫體詩中，"除了豔情詩以外"，"還有大部分的詩是寫其他題材的"。

雖然胡先生的論述小心翼翼，但在學術等於政治的年代，這篇文章仍然引起了軒然大波，並使胡念貽成了一個以自己的命運和不幸來捍衛宫體詩學術定義的令人尊敬的學者。因爲寫作這篇論文，説了學者的真話而受到批判和不公正待遇，成爲學術另類和悲慘的教材。

但是，胡念貽的觀點，卻被周振甫、曹道衡、沈玉成等人繼承下來，並在他們的學術裏得到了修正。周振甫的《什麼是宫體詩》①、曹道衡、沈玉成的《南北朝文學史》有關章節，對這一問題都有比較深入的論述。周振甫在《什麼是"宫體詩"》一文中説，宫體詩不等於豔情詩；甚至蕭綱《登烽火樓》之類的詩，也應該算作宫體詩；周文説，蕭綱末年以《被幽述志詩》，來洗刷他的"傷於輕豔"。魏徵説蕭綱的詩"止乎衽席之間"、"思極閨闈之

---

① 參見《文史知識》，中華書局 1986 年第 7 期。

内"，"看蕭綱現存的詩，這部分的比例比較少"，"魏徵的批評是誇大的。一個新朝興起，對前朝的缺點往往要加以誇大"。這些看法都是正確的。周先生以爲，凡是蕭綱寫的詩，都是宫體詩。這一觀點，也不是所有的人都贊同的。

比周振甫對宫體詩概念更精密的是沈玉成。他在《宫體詩與〈玉臺新詠〉》[①] 一文中，從内涵和外延兩方面對宫體詩作了界定。

沈玉成認爲，宫體詩的"内涵是：一、聲韻、格律，在永明體的基礎上踵事增華，要求更爲精緻。二、風格，由永明時期的輕綺而變本加厲爲穠麗，下者則流入淫靡。三、内容，較之永明時期更加狹窄，以豔情爲多，其他大都是詠物和吟風月、狎池苑的作品。與内涵相適應，它的外延是：梁代普通年間以後的詩，凡符合上述三種屬性的，就是宫體詩"。這就在時間、聲韻、格律、風格、内涵和外延方面，對宫體詩做出了新的定義。

雖然我對沈先生文中"宫體詩是一種貴族化的沙龍文學，是中國詩歌發展過程中一個不大值得稱道的階段"一語不能同意，但覺得沈先生的劃分，仍然是一種進步。

還有的研究者認爲，確定宫體詩的稱名、劃清宫體詩的疆界應該兼顧題材和風格兩個方面。如商偉的《論宫體詩》[②] 一文中説："宫體詩的特點，從風格上看，是浮靡輕豔，所謂'清辭巧制'，'雕琢蔓藻'；就其題材而言，主要是寫豔情，所謂'止乎袵席之間'，'思極閨闥之内。'"他認爲，宫體詩並不是梁、陳時代的全部詩作；宫廷文人簡文帝的詩並非全是宫體詩；寫景、閨怨、

---

① 參見《文學遺産》1988 年第 6 期。
② 參見《北京大學學報》1984 年第 4 期。

宫怨到邊塞、征人思婦是宫體詩的分支。歸青的《宫體界説論》①説："從題材來看，宫體詩只能是一種豔詩，這是宫體詩區别於其他詩歌的本質特徵。""從風格來看，宫體詩不同於一般的豔詩，而是一種具有新變特徵的豔詩。"他以爲，對宫體詩概念的界定，除了應從題材、風格兩方面入手，在方法上，還要結合文獻記載與現存作品作綜合考察。

樊榮的《梁陳宫體詩概念界説》②則主張宫體詩應作"廣義"的理解。他認爲：宫體詩是"梁初至陳禎明三年（589）間豔情、詠物、邊塞、山水、規諷、送別等多種題材之綜合反映，是當時蕭衍父子積極提倡、士庶文人推波助瀾局勢下形成的新變詩體和梁陳特定時代所形成的特定藝術產物。宫體詩受梁陳門閥世族地位衰落與寒庶力量於意識形態領域崛起之時代影響，體現了當時士庶之間不同階層、不同個性之道德風貌、時代追求和審美情趣，是當時社會政治經濟生活之藝術折光和我國古典文學寶庫中不可缺少之組成部分。"

其實都没有説錯，宫體詩確實存在着"廣"、"狹"兩義的區分，只是大家都只承認其中的一義，各説對了一部分，並且把二者對立起來了。

二

宫體詩的"廣"、"狹"兩義，是歷史學家和政治家出於不同的思想觀念和政治目的所作的不同闡釋，是同一事物的不同方面。

---

① 參見歸青《南朝宫體詩研究》，上海古籍出版社 2006 年 7 月版。
② 參見樊榮《梁陳宫體詩概念界説》，《新鄉師範高等專科學校學報》1997 年第 4 期。

結合文獻記載與現存宮體詩作品綜合考察，我們可以清清楚楚地看到宮體詩如何從"廣義"到"狹義"的被闡釋的過程。姚思廉的《梁書·徐摛傳》記載說：

> 摛幼而好學，及長，遍覽經史。屬文好爲新變，不拘舊體……（晉安）王（蕭綱）入爲皇太子，轉家令，兼掌管記……摛文體既別，春坊盡學之，"宮體"之號，自斯而起。

《梁書·簡文紀》也記載說：

> （簡文帝蕭綱）雅好題詩，其序云："余七歲有詩癖，長而不倦。"然傷於輕豔，當時號曰"宮體"。

在《南史·徐摛傳》、《簡文帝紀》、《簡文帝紀論》裏，也有"宮體之號，自斯而起"和"宮體所傳，且變朝野"等內容相同、語句也非常類似的記載，可以歸在一起。

這些記載說，"宮體詩"是一種具有新風格的新詩體，它產生的時間，雖然也可能有一段潛伏期和萌芽期，但正式產生，卻在梁簡文帝蕭綱任東宮太子的梁中大通三年（531）前後；徐摛是始作俑者，蕭綱是主要創作者和宣導者。結合其他資料可知，圍繞在蕭綱創作中心的宮體詩人還有蕭繹、蕭子顯、張率、劉孝儀、劉孝威、徐陵、庾信等人。有趣的是，作爲東宮太子蕭綱"侍讀"、宮體詩始作俑者的徐摛，《梁書》本傳說他"形質陋小，若不勝衣"，卻有"仲宣之才"，且有品行，這使他創造了一種"自別"於時流的"文體"（有人以爲是"宮體文"，實即宮體詩的雛形），在東宮年輕的太子面前，產生了不可抗拒的影響；而由於"春坊"中蕭綱、蕭繹和周圍文人的大力寫作，新變的宮體詩終於誕生。且變朝野，成一時風氣，在宮廷和社會上產生影響。

從蕭綱的《與湘東王書》等一系列理論書信中可以看出，"新變"是因爲他們對舊體不滿意，創作的時候便"不拘舊體"。這裏的"不拘舊體"，不僅指內容和題材，更指辭藻、聲律、風格和形式。因此，宮體詩的誕生，並不是什麼天外來客，而是蓄謀已久的詩學政變，是順應劉宋和蕭齊以來詩學發展規律的一場革新，具有不可逆轉的適時性和合理性，不是誰批評或批判一下就可以改變整個詩歌進程的。

姚思廉記述南朝蕭梁一代五十餘年歷史的《梁書》，是根據他父親姚察所撰《梁書》的基礎上寫成的。姚察是吳興武康人，在梁、陳、隋都做過官①，是一個經歷梁、陳、隋的三朝元老。

在這裏，我關注的不是姚察對梁、陳、隋人事掌故的熟悉，對史料的了若指掌；或者他曾經擔任過的"參軍"、"侍郎"、"領著作"、"秘書監"、"東宮學士"或"東宮通事舍人"的經歷，而是關注他作爲梁、陳舊臣立場，影響了兒子最後定稿的《梁書》。《梁書》對宮體詩的評價，雖然在風格上也發出"傷於輕豔"的感歎，但總體上是將宮體詩作爲一種"新變體"來處理，是客觀公允的。就宮體詩的義界上說，應該具有"廣義"性質的詩歌風格學上的定義。

至魏徵等撰《隋書·經籍志》，由於立場和思想觀念的變化。《隋書·經籍志》裏的說法就有了一些變化：

---

① 梁大寶初，爲南郡王國左常侍兼司文侍郎，除南郡王行參軍，兼尚書駕部郎。避亂還鄉。陳天嘉初，拜始興王功曹參軍，補嘉德殿學士。光大初，轉始興王中衛記室參軍，仍領佐著作。太建初，補宣明殿學士，除散騎侍郎、左通直，補東宮學士，遷尚書祠部郎。後主即位，兼東宮通事舍人。至德初，除中書侍郎，轉太子僕，授忠毅將軍，給事，拜散騎常侍、度支尚書，遷吏部尚書。陳亡入隋。

> 梁簡文之在東宮，亦好篇什，清辭巧製，止乎袵席之間，彫琢曼藻，思極閨房之內。後生好事，遞相放習，朝野紛紛，號爲"宮體"。

這裏有四層意思：一是梁簡文帝蕭綱喜歡寫詩；二是詩歌內容"止乎袵席之間"、"思極閨房之內"；三是藝術風格"清辭巧製"、"彫琢曼藻"；最後説朝野仿效，紛紛不已，最終形成宮體詩。

由於"經籍志"主要介紹文化典籍，所以語氣相對平和，但是，我們注意到，魏徵等人對"宮體"的界定，已與《梁書》的姚察、姚思廉有所不同。姚察和姚思廉認定的"宮體"，主要是"輕豔"的詩風和"新變"的體制。因爲由齊入梁，這種詩風發展、蔓延，姚察和姚思廉都置身其中，受此影響，因此並沒有表現出激烈的批評態度。而以魏徵等人爲代表的唐人，則從"歷史教訓"的角度，對宮體詩重新界定，此時的宮體詩，已被用來作爲帝王荒淫的、不務正業的證據，成爲警示當代統治者不要重蹈覆轍的"反面教材"。

爲了使這些證據更加集中，更具有説服力，宮體詩就被史臣從歷史學和詩歌風格學的方向，向政治學和道德倫理學的方向引導，至於確定基調，批判宮體詩的，是《隋書·文學傳序》和《北齊書·文苑傳序》。

《隋書·文學傳序》説：

> 梁自大同之後，雅道淪缺，漸乖典則，爭馳新巧。簡文、湘東，啟其淫放，徐陵、庾信，分道揚鑣。其意淺而繁，其文匿而彩，詞尚輕險，情多哀思。格以延陵之聽，蓋亦亡國之音乎！

《北齊書・文苑傳序》説：

> 江左梁末，彌尚輕險，始自儲宮，刑乎流俗，雜淫憑以成音，故雖悲而不雅。……原夫兩朝叔世，俱肆淫聲，而齊氏變風，屬諸弦管，梁時變雅，在夫篇什。莫非易俗所致，並爲亡國之音。

《隋書・文學傳序》和《北齊書・文苑傳序》矛頭直指梁"大同"和"江左梁末"，用了很重的語言："雅道淪缺，漸乖典則，爭馳新巧"、"彌尚輕險"。

"雅道淪缺"，批判的對象是那個時代"道德"淪缺；"漸乖典則"的矛頭直指那些人背離"文學傳統"；"爭馳新巧"批判的是大同以後文學創作上的歪風邪氣。如果説，《隋書・經籍志》還在做"文化批評"的話，《隋書・文學傳序》和《北齊書・文苑傳序》便從"文化批評"的方向，轉向"道德批判"和"政治批判"了。

被點名的罪魁禍首，一是梁簡文帝蕭綱，二是梁元帝蕭繹，三是徐陵，四是庾信。

蕭綱、蕭繹的罪過是"啓其淫放"；徐陵、庾信則繼承"淫放"的道路，雖然分道揚鑣，不盡相同，但總體上，其詩"意淺而繁"、"文匿而采"、"詞尚輕險，情多哀思"，屬於"亡國之音"。對唐人來説，梁朝、陳朝確是亡了國，而宮體詩就成了亡國的文學，所謂"亡國之音"。

更有甚者，《周書》卷四一《庾信傳》載史臣説："然則子山之文，發源於宋末，盛行於梁季。其體以淫放爲本，其詞以輕險爲宗。故能誇目侈於紅紫，蕩心逾於鄭、衛。昔楊子雲有言：'詩人之賦，麗以則；詞人之賦，麗以淫。'若以庾氏方之，斯又詞賦之罪人也。"不僅亡國，且從文學的角度，説他們是"詞賦之罪人"。

說"亡國"要他們承擔責任,也許不可怕,因爲亡國到底是君王的事;說他們是"詞賦之罪人",則在摧毀他們在文學上建立的功業,這是一種可怕的對人生最徹底的否定。

隨着批判的力度越來越大,罪名越來越集中,宮體詩的義界,也就有了不知不覺的傾斜和轉變。從開始的"廣義",轉變爲後來的"狹義",並形成固定的說法,影響了後人。

翻開歷史:南朝滅亡了,不久隋朝也滅亡了,唐朝建立了。

但是,南朝詩歌的審美意識、南朝的文學傳統並沒有隨政治、軍事和它們存在的朝代一起滅亡,而是很有魅力地潛入隋朝和唐朝的宮廷;使南朝的文化因子和先進的詩歌形式在新朝流傳,得到了包括唐太宗的喜歡。整個初唐的宮廷文學,仍然彌漫着南朝慕采尚秀的文風、綺靡感蕩的內容。雖然魏徵、令狐德棻、虞世南、李百藥等人持強硬的排斥態度,但有的也只是嘴上反對,內心則保留着一份喜歡。譬如李百藥,他在寫歷史教科書時,對宮體詩用了許多批判的辭彙,顯得一本正經。但自己寫作,則完全效法宮體詩的風格,他寫的《少年行》、《戲贈潘徐城門迎兩新婦》、《火鳳詞》、《妾薄命》等,比起蕭綱來都是有過之無不及的標準的宮體詩①。

唐太宗不僅自己公開寫作宮體詩,寫了以後,還要求大臣一起唱和,弄得下面的大臣一片驚慌。《新唐書》卷一〇二《虞世南傳》記載說:

> 帝(唐太宗)嘗作宮體詩,使賡和。世南曰:"聖作誠工,然體非雅正。上之所好,下必有甚者。臣恐此詩一傳,天下

---

① 如《火鳳詞》二首:"歌聲扇後出,妝影鏡中輕。未能令掩笑,何處欲障聲。知音自不惑,得念是分明。莫見雙嚬斂,疑人含笑情。""佳人靚晚妝,清唱動蘭房。影出含風扇,聲飛照日梁。嬌鬟眉際斂,逸韻口中香。自有橫陳會,應憐秋夜長。"

風靡。不敢奉詔。"

就是這個聲稱"不敢奉詔"的虞世南，他的詩歌文章，也以婉縟、秀麗見稱，並且得到徐陵的贊美，所以很有名。但是，在當時爲了鞏固新朝，他們利用各種機會製造輿論，讓"宮體"成爲豔情和詩歌"病毒"的代名詞。並利用寫歷史的機會，點名批判蕭綱、蕭繹、徐陵、庾信，把梁陳宮體詩牢牢地釘在歷史的恥辱柱上，讓新唐朝不受宮體詩感染。

以上就是宮體詩由"廣義"向"狹義"轉變的過程及其内在的原因。

三

要證明宮體詩由"廣義"向"狹義"的轉變不僅是歷史學的概念、政治倫理學的概念、詩歌風格學上的概念，宮體詩的内涵，確以豔情詩爲核心並包括其他題材時，我們一定要強調宮體詩定義時原初的意義。

這種原初的意義是，"宮體"是以産生的地點命名的。故"東宮"的世界，就是宮體詩産生的世界。這就使"宮體"和"永明體"、"山水詩"、"詠物詩"、"邊塞詩"這些以時代或主題爲定義的詩歌類型不同。它們之間的關係，不是平行的關係，而是相融的"交叉"關係和"重疊"關係。這就是説，"地點"既包含了時間，也包含了在這個地點寫出的其他題材。即宮體詩中，可能包含"山水"、"詠物"和"邊塞詩"的成分①；具有"永明體"的

---

① 參見高建新《陰鏗山水詩略論》，《上海師範大學學報》哲學社會科學版，2007年第2期。

聲律因素和新變因素，這一點，對理解宮體詩至關重要。

新變是當時詩壇的總趨向，《梁書・庾肩吾傳》説："齊永明中，文士王融、謝朓、沈約文章始用四聲，以爲新變。"稱齊永明年間的"永明體"是"新變"體。宮體詩的"新變"，是當時"永明體"新變的繼續和延續。隋末唐初的各種史書裏，稱宮體詩"新變"的記載最多，因爲它新變的特徵最明顯。以描摹物象擅長的"永明體"，發展至宮體詩，"永明體"中的"詠物"進一步泛化，把"美人"也看成是一種廣義的"物"——"尤物"，並作爲描寫對象，這使宮體詩描寫宮中的女性，從她們美麗的外貌，到她們寂寞的内心，刻畫女子精神空虛和内心感傷的豔情詩，就成了自然而然的事。可以説，宮體詩是一種特殊的新變體，是整個自齊梁以來在詞藻和聲韻兩方面新變的"核心"和"歸結點"。

在東宮的世界裏，東宮的主人——皇太子，帶領一群詩人描寫女人華麗的服飾、豔若桃花的外貌、纏綿悱惻的心理、表現她們内心的情緒天地，從文學本體的角度看，都是好事，不是壞事，是詩歌的進步、認識的進步、審美的進步、寫作方法的進步，而不是退步。

這類豔情詩，是宮體詩的核心和有創意的部分。因其特徵非常新鮮、强烈，人們就記住了。但是，宮體詩不可能每一篇都描寫女人的美麗，有的詩雖然没有正面描寫，但所詠之物卻多與她們有關。如寫她們的衣領、繡鞋、床、帳、枕、席之類，表達對女性的傾慕。永明以來，很多詩人寫過這類"詠物"詩，沈約、何遜、吳均、王僧孺等都寫過。但總體上説，數量還不算多，真正大量創作，使它成爲詩壇上一種普遍的風氣並基本定型，應該是蕭綱做皇太子以後的事。

這些詩歌，雖然是"詠物"，但有一種鮮明的時代特徵而與傳統的"詠物"詩不同，因此，在"永明體"詩人那裏，也許是

"永明體"的豔情部分，而在宮體詩人的筆下，則是一種很典型的宮體詩。

東宮裏的生活，雖然狹隘、逼仄，但畢竟是一個世界，一種社會生活，而社會生活本身總是豐富多彩的。豐富多彩的生活，勢必包含許多題材，而不是單一的豔情內容。說宮體詩重娛樂、尚輕豔，那是確實的，但宮體詩的題材，客觀上比我們理解的廣泛得多、豐富得多。

除了描寫宮女或帶娛樂性的豔情詩外，"宮"裏還有房舍、樓宇、石階，有花、有草、有樹、有風景。還有每天都要過的普普通通的生活，每天都有的新鮮的太陽冉冉升起或落葉在風雨中飄飛。

這裏的房舍、樓宇、石階、花草、樹木、風景，是客觀的，也是主觀的。在四季的變化中，無不與住在宮裏的女性千絲萬縷地聯繫在一起。她們生活在深宮裏，飛不出去，但她們的視綫可以越過宮牆望見高樹，望見飄墜的秋葉，望見明月的圓缺，聽夏天的蟬鳴，並感知一年四季的變化；白天流連的光陰，夜裏飛揚的夢魂，仍然在宮體詩裏留下了芬芳的蹤跡。

連帶在一起的歌詠風、雨、雲、霧，歌詠琴、簫、笛、管，歌詠花、石、假山、流水、綠萍、石榴、殘荻、芙蓉，歌詠鳥、雀、燕、雁，因爲那些都是"氣之動物，物之感人"（見鍾嶸《詩品序》）的內容，是繚亂人心、令人感蕩的四季景物，應該說，在宮體詩不同的發展時期，其題材、內容、範圍和特徵是不同的；其範圍和疆界也一直在變化。

此外，東宮的男主人們，還有宮外的世界，像蕭綱還有多次去邊塞的經歷。皇太子的世界，比一般人更紛紜複雜，感情色彩也更加多變。正如你不可能分割皇太子的現實世界和精神世界一樣，你也不可能分割這種由"內"到"外"的生活，以及表現這種現實世界和精神世界的詩歌。

从宫苑的春旗花柳,到边关的万里飞沙,都是皇太子萧纲经历的,在经历了边关的万里飞沙以后,他又回到东宫里写作。小小的宫闱,就连接边塞了。思妇的吟唱,半是宫闱、半是大漠的"宫体边塞诗",就成了"广义"宫体诗的一部分。此时,宫体诗"狭"、"广"二义之间,就开阔变化、你中有我,我中有你。边关的山水、塞上的风光、战争的酷烈、战士的苦辛,这种由宫廷派生出新的诗歌类型,具有新的生命力,一直延续到唐代,形成真正的"边塞诗",由高适、岑参、王昌龄、李颀、李益等人,一直唱了两个多世纪。

因此,如果按"狭义"的说法,宫体诗的很大一部分就容纳不了,这既不符合宫体诗的全部实践,也忽略了宫体诗作为审美新变的存在。因为宫体既包含内容的新变、体式的新变,也包含了写作方法的新变。这种新变体具有丰富复杂的内涵,并不是"艳情诗"三字可以概括得了的。

但如果只按"广义"的说法,就有消解宫体诗最富特征、最有新意的女性人物主题意义的危险。因此,其疆界定义,只有"狭义"和"广义"的结合,才能客观、准确地把握"历史"上的宫体诗、"文学史"上的宫体诗和"文学风格学"概念上的宫体诗。

各种样式、各种题材的宫体诗被创作出来,这时,需要有一个守住"狭义"的核心,又包容"广义"审美的集子把它们固定下来——徐陵的《玉台新咏》就应运而生了。

四

在萧统编《文选》之外,不甘寂寞的萧绎,曾在蕃王宅邸,命萧淑参与编纂诸臣僚友之文,成《西府新文》十一卷,颜之推的父亲颜协的作品一篇也没有入选。这件事,让颜之推很伤心、一直耿耿於懷。《顏氏家訓・文章篇》中，一面説"吾家世文章，甚爲典正，不從流俗"，説以他父親的這種文學傳統，不屑於入《西府新文》那種有鄭衛之音的"新文"集和"美文"集，但同時，他仍然感到遺憾。

值得指出的是，當時許多人的詩歌，都是通過蕭統的《文選》和徐陵的《玉臺新詠》保留下來的。顏之推父親的詩歌落選，那是因爲蕭淑等人把持選政，雖然蕭繹和顏協關係非常好，但蕭繹也不喜歡顏協的詩。

令人不解的是，徐陵編《玉臺新詠》時，對創造一個時代詩歌理念的父親的詩歌，竟然也没有選録①。

是因爲避諱，不便選録嗎？還是想從"典正"和"不從流俗"的角度，故意避開選他父親？爲父親掩飾被人批評的"宫體詩始作俑者"的事實？還是，這些詩與父親一向穩重、真正的人品相扞格？因爲假如你讀一讀《梁書・徐摛傳》，你就一點也得不出徐摛曾經是宫體詩始作俑者的結論，因爲反差太大了。關於徐摛的人品，《梁書》本傳有不少記載，如"太清三年，侯景攻陷臺城，時太宗（蕭綱）居永福省，賊衆奔入，舉兵上殿，侍衛奔散，莫有存者。摛獨巋然侍立不動，徐謂景曰：'侯公當以禮見，何得如此。'凶威遂折。侯景乃拜，由是常憚摛。太宗嗣位，進授左衛將軍，固辭不拜。太宗後被幽閉，摛不獲朝謁，因感氣疾而卒"。

日本興膳宏先生在他的《〈玉臺新詠〉成書考》中説："是顧忌到迫使徐摛出都的朱异呢？還是因爲與昭明太子的詩同樣一首也未收録有關連的、某一種另外的考慮呢？"

---

① 章培恒以爲《玉臺新詠》爲妃子張麗華所編纂，談蓓芳作了版本上的補充。參見章培恒《再談〈玉臺新詠〉的撰録者問題》，《上海師範大學學報》哲學社會科學版，2006年第1期。及談蓓芳《〈玉臺新詠〉版本補考》，《上海師範大學學報》哲學社會科學版，2006年第1期。

寫詩和做人可以分開，不是所有的人都理解的，今天都做不到，相信當時更是這樣。所以，不選他的詩，也許是讓父親安安靜靜、不受干擾地休息的最好做法。總之，沒有人知道這是什麼原因，客觀上，這使徐摛的詩大多散佚，無法保留下來，使我們看不出他"自別"於時流的"詩體"是何種面貌。

　　"登仕郎前守江州潯陽縣主簿"劉肅的《大唐新語》，其《方正》篇有一段記載：

　　　　梁簡文帝爲太子，好作豔詩，境内化之，浸以成俗，謂之"宮體"。晚年欲改作，追之不及。乃令徐陵撰《玉臺集》，以大其體。

　　劉肅的《大唐新語》，多取材於《朝野僉載》、《隋唐嘉話》，是仿《世説新語》體例撰寫的有小説意味的文史劄記。但因爲這條劄記非常珍貴、非常重要，所以雖然屬於孤證，但論者經常不得不信，不得不引。因爲如果不信、不引，就沒有其他資料可以證明，宮體詩的發展就斷了綫索。事實上，《四庫全書總目提要》的作者就根據這一記載，考訂《玉臺新詠》成書的年代，説："據此，則是書作於梁時，故簡文稱皇太子，元帝稱湘東王。今本題'陳尚書左僕射太子少傅東海徐陵撰'，殆後人之所追改。"日本學者小尾郊一甚至對這條記載進一步的發揮説，簡文帝"晚年欲改作，追之不及的原因，説不定反倒是考慮到自己所作豔歌的價值和意義，怕不能成爲後世的模範，所以把當時的創作，進一步追溯到前代，以便推而廣之"，林田慎之助也認爲"這是值得傾聽的解説"①。

------

　　① 參見日本林田慎之助著、曹旭譯《〈文選〉和〈玉臺新詠〉編纂的文學思想》，《上海師大學報》2006 年第 1 期。

五

徐陵編的《玉臺新詠》裏，不全是宮體詩。不説許多漢詩不是，就是齊梁的詩，也不完全是。但可以確定的是，以徐陵編《玉臺新詠》爲界限，宮體詩的範圍便"大而化之"，"廣義"宮體詩的概念，就有了界碑式的確定。

在宮體詩的範圍和定義被擴大了以後，宮體詩的作者是不是也隨之擴大？這就出現了問題，尤其是那些邊緣人物，算不算宮體詩人？

在"狹義的"宮體詩人裏，蕭衍、蕭統應該都不算。一是他們分屬不同的創作時間、地點和詩歌集團，理論主張也不同。蕭衍還把蕭綱的老師徐摛叫來責問。蕭統編《文選》，自有他的文學發展進化論、文學價值論和文學審美特徵論；有他"典"、"麗"相容的中和美的價值觀。蕭統所有的文學觀念，都是植根於儒家的詩學觀和時代變遷、審美變化的交匯點上的。所以對當時的詩體和風格採取傳統的不偏不倚的態度。但是，在"永明體"和宮體詩審美意識的影響下，他們的詩歌和蕭綱、蕭繹等人的宮體詩並無二致。

譬如蕭衍的《代蘇屬國婦詩》："良人與我期，不謂當過時。秋風忽送節，白露凝前基。愴愴獨涼枕，搖搖孤月帷。忽聽西北雁，似從寒海湄。果銜萬里書，中有生離辭。惟言長別矣，不復道相思。胡羊久剽奪，漢節故支持。帛上看未終，臉下淚如絲。空懷之死誓，遠勞同穴詩。"

蕭統的《林下作妓詩》："炎光向夕斂，徙宴臨前池。泉將影相得，花與面相宜。筦聲如鳥弄，舞寫風枝。歡樂不知醉，千秋長若斯。"雖然蕭衍、蕭統寫作這些詩歌的時候，尚無"宮體"之名,但就題材、內容和美學内涵上,這些詩和以後稱名的宮體詩是基本上一致的。一家子人,一家子詩。在同一社會風氣和審美風氣下,它們和宮體詩的關係,是五十步和一百步的關係。

還有,在"狹義的"宮體詩人裏,裴子野給人的印象更是一切"淫文破典"的對立面,是反對齊梁形式主義和淫靡詩風的鬥士,和宮體詩風馬牛不相及。《梁書·裴子野傳》說:"子野爲文典而速,不尚麗靡之詞,其制作多法古,與今文體異,當時或有詆訶者,及其末皆翕然重之。"

在周勛初先生著名的《梁代文論三派述要》中①,裴子野屬於"守舊派"。《梁代文論三派述要》說:"裴子野、劉之遴等可以作爲守舊派的代表。"徐摛、蕭綱、蕭繹、徐陵、庾信等人是"趨新派"的代表。"趨新派在發展文學形式技巧方面作了許多努力,其間不無可取之處,對後代文學也曾發生過某些良好的影響,只是他們在文學的内容部分卻灌輸進了許多不健康的因素。儘管他們也曾寫出過一些較好的作品,但總的傾向卻是把創作界導入題材狹隘而又充滿着色情氣氛的歧路。這種情況與守舊派大異其趣,自然會引起後者的嚴重不滿。裴子野寫下了著名的《雕蟲論》,攻擊當時的不良文風。"多少年來,只要一提到裴子野和新變體詩歌的關係,人們會想起他的《雕蟲論》——這篇長期以來讓人誤解他的詩歌觀念和態度的文字:

自是閭閻年少,貴遊總角,罔不擯落六藝,吟詠情性。學者以博依爲急務,謂章句爲專魯。淫文破典,斐爾爲功,無被於管弦,非止乎禮義。……荀卿有言:"亂代之徵,文章

---

① 參見周勛初《梁代文論三派述要》,《中華文史論叢》第五輯,中華書局上海編輯所1964年版。

匪而采。"斯豈近之乎!

其實，裴子野的這篇《雕蟲論》，原來不叫《雕蟲論》，而是今已亡佚的二十卷《宋略》"選舉論"中的一部分。"雕蟲論"三字，是宋代《文苑英華》的編者加上去的。《文苑英華》卷七四二中，這篇文字被冠以"雕蟲論"三字，並作爲一篇獨立的文章，與李華的《質文論》、顧況的《文論》、牛希濟的《表章論》一起，作爲"論天"一類的内容①。

《宋略》是劉宋時代歷史要略之意，書成於齊永明六年（488），並不是對梁代詩風發表的意見。也就是說，裴子野的這段話，主要是針對劉宋時期的"選舉"不公平說的，真正有才有能的人選拔不了，一些會弄一點"淫文破典"的家伙卻紛紛被選拔上去，表面上說的劉宋時期的詩風和詩壇狀況，核心卻在"選舉"的不公平②。

即便如此，我仍然基本同意周勛初先生這篇文章的觀點。莫礪鋒在《周勛初先生八十壽辰紀念文集》的《貫通歷代彌綸群言——周勛初先生學術研究述評》③ 中認爲，《梁代文論三派述要》"把梁代的文論分成守舊派、趨新派和折衷派，詳盡地論述了各派的特點和彼此間的分歧，從而對梁代文論有了整體的把握，且弄清了其内在脈絡"。其説甚是。

但是，在"廣義"的宫體詩人裏，裴子野卻有宫體詩"周邊詩人"的嫌疑。如謂不信，請看三首同樣詠雪的詩歌：

---

① 參見日本林田慎之助《中國中世紀文學批評史》第四章第二節《裴子野〈雕蟲論〉考證》，曹旭譯，待出版。
② 參見王運熙老師、楊明著《魏晉南北朝文學批評史》第二編第二章第四節。
③ 見中華書局 2008 年 4 月版。

陰庭覆素芷，南階裹綠菔。玉臺新落構，青山已半虧。（《詠餘雪詩》）

同雲凝暮序，嚴陰屯廣隰。落梅飛四注，翻霙舞三襲。實斷望如連，恒分似相及。已觀池影亂，復視珠簾濕。（《雪朝詩》）

飄飄千里雪，倏忽度龍沙。從雲合且散，因風卷復斜。拂草如連蝶，落樹似飛花。若贈離居者，折以代瑤華。（《詠雪詩》）

它們的作者分別是裴子野、沈約和蕭綱，每人一首。請讀者猜一猜它們的作者，究竟哪一首更像宮體詩？

第一首，寫了庭院和透過院牆看到山上的雪景；第二首，寫了雪花似落梅，落在池水裏，池水感到了雪花破壞的倒影，基本上都是描寫風景。只有第三首《詠雪詩》先從眼前的雪想到千里邊塞龍沙；再寫"雪"與"雲"與"風"與"草"與"樹"的關係，寫得纏綿悱惻。"拂草如連蝶，落樹似飛花"和鍾嶸《詩品》中評"梁衛將軍范雲、梁中書郎丘遲詩"中的"如流風回雪"、"似落花依草"很類似，尤其是結尾，"若贈離居者，折以代瑤華。"這裏的"離居者"，就是"古詩"的"同心而離居，憂傷以終老"的人，是"思婦"在窗前隔着簾幕看雪飄落在草上、樹上，因此想念起遠在邊塞龍沙的丈夫，心裏充滿了感傷的情緒，很有娓娓不絕的情思。

三詩中，第三首最類似宮體詩，也是典型的宮體詩寫法。作者出人意外地不是沈約，不是蕭綱，而是裴子野。

裴子野原有集十四卷，已佚；今存詩三首：《答張貞成皋》詩被《文苑英華》、《藝文類聚》所收錄；《詠雪詩》被《初學記》、

《文苑英華》、《藝文類聚》所收錄；《上朝值雪》詩被《藝文類聚》所收錄。

假如把這首詩與他的另一首《上朝值雪》詩聯繫起來讀，對裴子野的詩歌藝術風格就會看得更清楚。兩首雪詩都寫得晶瑩剔透，如蝶似花，給人印象很美。都是詞采秀美、對偶精巧、意象諧和、情思委婉的作品。末尾"若贈離居者，折以代瑤華"，很感人的。就藝術上看，與蕭綱的另一首收入《玉臺新詠》的《同劉諮議詠春雪詩》很類似。其中："晚霞飛銀礫，浮雲暗未開。入池消不積，因風墜復來。思婦流黃素，溫姬玉鏡臺。看花言可折，定自非春梅。"末二句的意思，與裴詩完全一致。裴詩說，雪可以代花，折贈遠人以慰思念；蕭詩說，雪遙看似花可以折而贈人，但折的人也知道自己折的並不是春梅。就思婦的形象和內在的情緒天地看，裴詩的意象和情緒，和蕭綱詩均十分相似。

其實，只要看看同時代的人差不多每個人的集中都有相當篇幅的詠風、詠雨、詠雪、詠花、詠柳的，裴子野的詠雪詩就不奇怪。

問題是，僅存的三首詩中，竟有二首詠雪，詠雪詩占他現存全部詩歌的67％，這個比例不免太高了一點。也許因為偶然，也許裴子野喜歡雪。但是，詠雪詩屬於歌詠風花雪月的典型，與綺麗柔靡的詩歌風格是無法脫離干係的。雖然我們並不能以三篇詩歌來確定裴子野的整體詩歌風格，但以《雪詩》之纏綿悱惻、風調哀怨，說裴子野詩歌的文采和審美情緒與宮體詩人比較類似，也許是不為過的。

蕭綱在《與湘東王書》中曾經批評裴子野說：

> 又時有效謝康樂、裴鴻臚文者，亦頗有惑焉。何者？謝客吐言天拔，出於自然，時有不拘，是其糟粕；裴氏乃是良

史之才，了無篇什之美。是爲學謝則不屆其精華，但得其冗長；師裴則蔑絕其所長，惟得其所短。謝故巧不可階，裴亦質不宜慕。

裴子野作爲蕭綱的前輩，其時已名滿天下，這使蕭綱在批評他的時候也必須用一半話表揚他。蕭綱對裴子野在"史學"方面的成就很欽佩，不然就不會稱他爲"良史"；蕭綱對裴子野的詩歌看來也很熟悉，不熟悉，不了解，就不能不負責任地說他的詩"了無篇什之美"。

這就奇怪了。假如蕭綱看到裴子野的《上朝值雪》和《詠雪詩》，那麼美的作品，幾乎完全和自己觀念相同的創作，爲什麼還會在《與湘東王書》中說"裴氏乃是良史之才，了無篇什之美"呢？

是裴子野的這些詩蕭綱沒有看見呢？還是這些詩寫在蕭綱的批評之後呢？或者，就像任昉聽到自己詩不如沈約，晚年愛好甚篤一樣，裴子野聽了蕭綱的批評以後，爲了證明自己不但是史之"良才"，且有"篇什之美"而拼命努力創作呢？

尤其是明人增補的《玉臺新詠》卷八，收錄了裴子野的這首《詠雪》詩，這就把裴子野弄得真的像宮體詩的"周邊詩人"了。

事情沒有就此了結，唐代劉知幾撰《史通》，雖然也肯定裴子野的《宋略》是一部力作，《史通》卷一七說《宋略》"芟繁撮要，實有其力"，給予"若裴氏者，衆作之中所可與言史者"的結論。但是，劉知幾對裴子野的文風，仍然不滿。《史通》卷六"敘事"篇，將裴子野的《宋略》和王劭的《齊志》對比說：

> 近有裴子野《宋略》，王劭《齊志》，此二家者，並長於敘事，無愧古人。而世人議者皆雷同，譽裴而共訾王氏。夫

江左事雅，裴筆所以專工；中原跡穢，王文由其屢鄙。且幾原（裴子野）務飾虛辭，君懋（王劭）志存實錄，此美惡所以爲異也。

照劉知幾看來，裴子野的文章，實際上仍然受到當時南朝文風、詩風的影響。裴子野"事雅"、"專工"的文風，不免"務飾虛詞"，影響了他的歷史學著作寫作。

劉知幾的這一評價，與當時蕭綱對裴子野的評價正好相反。蕭綱認爲裴子野文采風雅不足，劉知幾認爲裴子野文采風雅太多。

我無法理解蕭綱對裴子野的評價，倒是贊成劉知幾對裴子野文采風雅太多的結論，因爲有裴子野的《雪詩》可以佐證。也許，蕭綱和劉知幾各在兩個極端，蕭綱在詩歌純粹吟詠性情的極端；劉知幾在歷史純粹用客觀書寫的極端，所以觀點相去甚遠。

六

爲什麼口口聲聲贊同荀卿"亂代之徵，文章匿而采"，反對"淫文破典"的裴子野，自己卻寫風花雪月的詩歌呢？爲什麼隔了時代，劉知幾會指出裴子野文章中有務飾虛詞的傾向，明人把他的《詠雪詩》收入《玉臺新詠》，而當時的人看到的只是他"良史"的一面，看不出他風花雪月的一面呢？這就是歷史的、集體的無意識。有時候，觀念是一回事，理論是一回事，具體創作是一回事，形成流派又是另一回事。因爲理論家也是時代中的人，理論容易實踐難，正如理論很容易戰勝"過去"和"未來"，但卻老是輸給"現在"。

也許，説裴子野是宮體的"邊緣詩人"，有人會不同意；但無論如何，我可以肯定地説，裴子野的審美並沒有離開他的時代；

他寫《詠雪詩》和歷史著作的時候，用的仍然是齊梁時代的審美意識。裴子野的理論主張和審美意識，南轅北轍地、奇妙地組合在他一個人身上，理論和審美，誰都沒有錯，只是我們的認識不全面①。

如果説，前面説裴子野的《雕蟲論》，其實是他撰寫的《宋略》的一部分，寫作時代和寫作動機都不能與批判梁代的文風對焦，使"梁代文論三派"的證據要作一些修改的話，而把握這種理論與審美的分離、歷史的集體無意識，是我們今天闡釋一個時代、考察一個詩人、全面把握梁代文論流派時，必須遵循的重要原則，具有認識論和方法論上的意義。

（本文原載於《文學評論》2010年第1期，
署名：曹旭、朱立新）

---

① 參見楊明《言志與緣情辨》，《上海師範大學學報》哲學社會科學版，2007年第1期。

辭賦遺傳與宮體詩的展開

中國詩歌到齊梁時期新變產生宮體詩。宮體詩新變的原因有很多，如道德觀念的變化、與民歌的交互影響、"文學放蕩論"的產生、辭賦遺傳以及與生活中的美攜手同行等等。此前學者，包括自己都已論述過。但是，辭賦遺傳的論證並沒有充分展開。宮體詩到底從辭賦那裏繼承了什麼重要的因素和資源？賦從哪些方面影響宮體詩？都還值得我們深入探討。

文學創作的實踐告訴我們，各種文體之間，詩和賦之間、詩和文之間、詩和傳奇小説之間，都有或多或少、忽明忽暗的關係。在中國文學形式中，賦是詩的一個旁支。由楚辭衍化出來的賦，和詩成了一對兄弟，它們在歷史的演變中此消彼長，互相依存、互爲補充。有時受對方的吸引，互相靠近，但不交叉，也不會變成對方。在兩漢四百年的流行過程中一度打壓了詩，成了一個時代文學的主體樣式。對後世的詩歌，產生了或多或少的影響。本文通過對戰國以來辭賦和宮體詩的文本解讀，探索宮體詩在新變的過程中，如何汲取賦的因素和資源。用寫賦的方法寫詩，重視"鋪排"，力求"形似"，忽略比興。在内容、結構、語彙、風格上，使宮體詩成爲最具辭賦意味和寫作方法的詩歌，而新變後的字法、句法、對偶等形式美學便成了唐人五言絶句和五言律詩的先驅。

起源於戰國，形成於漢代，由楚辭衍化出來的賦，是詩的一個旁支，後來成了詩的兄弟。它們在歷史的演變中此消彼長，互相依存、互爲補充。有時受對方吸引，互相靠近，但不交叉，也不會變成對方。在兩漢四百年流行過程中，一度打壓了詩，成了一個時代文學的主體樣式。當時的五言"古詩"，像一群流浪的、沒有名字的窮光蛋，自生自滅，優秀者被蕭統《文選》收容在一起，有了一個集體的稱呼，叫——《古詩十九首》；而賦，卻是高門大户，作者不僅有名有姓，而且都是有頭有臉的富貴人家。《文選》也是先賦後詩，可以證明，賦是當時社會的主流文體。一直到了建安時代，人人心裏都有太多的感情、太多的坎坷需要傾吐，五言詩是最佳管道，由此風靡雲蒸、迅猛發展，取得了和賦並駕齊驅甚至超越賦的地位。

但是，因爲賦描寫社會重大主題，又集文字和詞彙的大成，壟斷文體幾百年，故對後世的詩歌，產生了或多或少的影響。如蔡邕的《述行賦》，邊行走、邊寫景、邊抒情、邊議論、邊感懷，此後"三曹""七子"，如曹植《贈白馬王彪》，乃至老杜的《北征》、《自京赴奉先縣詠懷五百字》等，均胎源於此。宮體詩的新變，同樣從辭賦那裏繼承了重要的因素和資源。

一、美女與豔情題材的承襲：宮體詩是美人賦"庶出"的後代

雖然《詩經》裏也有對於美人的描寫。如《碩人》中的"碩人其頎，衣錦褧衣"，然後用了"手如柔荑，膚如凝脂，領如蝤蠐，齒如瓠犀，螓首蛾眉，巧笑倩兮，美目盼兮"，對這位"齊侯之子，衛侯之妻。東宮之妹，邢侯之姨"的描寫。但此詩的主旨，一説憐憫、一説贊美衛莊公夫人莊姜；雖寫美女，但不屬於豔情詩。真正美女與豔情題材，是在萌芽於楚辭的辭賦裏發展起來的。

當爲了招楚懷王失去的靈魂，勸誘靈魂重新回到楚國的時候，包括珍寶、美女、服飾、舞蹈、宴飲等各種美好的享受，便進了楚辭的《招魂》和《大招》。而屈原和他學生輩的宋玉、景差、唐勒等人形成一個創作群體。屈原以後，宋玉、景差、唐勒等人的創作也就出現辭賦不分家的情況。寫作楚辭的宋玉，同時也寫作了《高唐賦》、《神女賦》和《登徒子好色賦》。這就使楚辭中人神戀愛的萌芽，在賦中鋪展開來，成爲故事。其中對環境的渲染、對器物的羅列、對美女和服飾的描摹、鋪陳，在鋪張揚厲的賦中，得到進一步的擴展和張揚。其中的女性，也成了"朝雲暮雨"的神女和現實中"東家之子"兩種女性形象的結合，由此真正奠定了中國美女與豔情題材的分支，並且對後世文學作品影響極大，宮體詩就是一個最有説服力的例子。

《高唐賦》寫楚襄王和宋玉出遊到雲夢大澤的岸邊，宋玉對楚王講了一個離奇的豔情故事："昔者楚襄王與宋玉遊於雲夢之台，望高唐之觀，其上獨有雲氣，崒兮直上，忽兮改容，須臾之間，變化無窮。王問玉曰：'此何氣也？'玉對曰：'所謂朝雲者也。'王曰：'何謂朝雲？'玉曰：'昔者先王嘗游高唐，怠而晝寢，夢見一婦人曰："妾，巫山之女也。爲高唐之客。聞君遊高唐，願薦枕席。"王因幸之。去而辭曰："妾在巫山之陽，高丘之阻，旦爲朝雲，暮爲行雨。朝朝暮暮，陽臺之下。"旦朝視之，如言。故爲立廟，號曰朝雲。'"

宋玉應楚王的要求寫了《高唐賦》後，又寫了內容互相銜接的姊妹篇《神女賦》繼續描述楚懷王、楚襄王夢會神女的故事，也同樣是此類豔情題材。這種題材最初的特點是人、神戀愛，並且，這種戀愛的模式，是通過"夢"爲媒介的"美人幻夢文學"。即以幻境或夢境表達情思與性愛的類型。從宋玉的時代發展至今，經過許許多多文人的手，經過許許多多的重複，成了"美人幻夢文學"模式，一種中國古代文人的集體無意識。而這種集體的歷史的無意識，是由這兩篇賦爲淵源的。

承襲這一美人文學傳統的，有司馬相如的《美人賦》。《美人賦》同樣描寫了美人的形態和美人的内心，自己與美人的豔遇，美女對他如何多情，但他不動心的故事。從結構和内容上看，這篇小賦是將宋玉的《登徒子好色賦》、《高唐賦》、《神女賦》糅合在一起重寫的一篇賦。一上來，也有一個類似"登徒子"的"鄒陽"在"梁王"前面進"讒言"，讒言的内容也是説司馬相如"好色"和不忠；也是面對梁王的質問，司馬相如辯解也説他家東鄰"有一女子"，"登垣而望臣，三年於兹矣"，但司馬相如説自己"棄而不許"，毫不動心。然後又敘述自己在旅行中的一次"豔遇"。爲了證明這是一次真正的豔遇，他把豔遇的地點放在《詩經》裏有豔遇的國度，放在"桑中"這些古代男女經常幽會的地方，即："途出鄭衛，道由桑中，朝發溱洧，暮宿上宫。上宫閑館，寂寥雲虚，門閤晝掩，曖若神居。"

除了《美人賦》，司馬相如的《長門賦》寫陳阿嬌嫁給漢武帝劉徹後，被封爲皇后，金屋藏嬌。後因妒忌失寵，被軟禁在長門宫，整日以淚洗面。爲了挽回漢武帝對她的寵愛，阿嬌用重金請司馬相如作了一篇《長門賦》。賦一開始便寫"天何一佳人兮，步逍遙以自虞，魂逾佚而不反兮，形枯槁而獨居。言我朝而暮來兮，飲食而忘人"。其實是美人與豔情題材的變種。

宋玉起了頭，在漢代，有司馬相如的《美人賦》、《長門賦》。此後這一題材便成了賦的傳統題材。至東漢，有蔡邕的《協和婚賦》、《青衣賦》和至今已殘缺不全的《檢逸賦》，至曹植有《洛神賦》、《静思賦》。這就是宋人王楙在《野客叢書》中説的：

自宋玉《好色賦》，相如擬之爲《美人賦》，蔡邕又擬之爲《協和賦》，曹植爲《静思賦》，陳琳爲《止欲賦》，王粲爲

《閑邪賦》，應瑒爲《正情賦》，張華爲《永懷賦》，江淹爲《麗色賦》，沈約爲《麗人賦》。輾轉規仿，以至於今。

王楙說的是賦，"輾轉規仿"，其實是一種主題風格的延續。而在詩歌方面，至齊梁時代，與沈約《麗人賦》共舞的是逐漸佔據詩壇的宮體詩。雖然宮體詩正式產生在梁簡文帝蕭綱任東宮太子的梁中大通三年（531）前後；徐摛是始作俑者[①]，蕭綱是主要創作者和宣導者。但潛伏和萌芽，卻早就有一個過程。説宮體詩是"新變體"，其實，這種"新變"是一種"漸變"，且在徐摛、蕭綱之前，收在徐陵《玉臺新詠》裏的擴大版的宮體詩，有相當一部分內容，便是對美女和豔情題材的拓展和描寫。譬如沈約的《少年新婚爲之詠》《夢見美人》、江洪的《詠歌姬》《詠舞女》《戲蕭娘》《詠舞妓》、江淹的《詠美人春遊》、費昶的《春郊望美人》、何思澄《南苑逢美人》、王僧孺的《詠歌姬》、蕭綸的《車中見美人》、蕭繹的《戲作豔詩》等。至於蕭綱的美人題材則更多，如《詠美人觀畫》《美人晨妝》《戲贈麗人》等皆是。就題材而言，宮體詩是美人賦"庶出"的後代。

二、美人外貌的摹寫：人體美學的承襲

從《高唐賦》開始，就有對神女外貌的描寫，如"其始出也，曒兮若松榯；其少進也，晰兮若姣姬，揚袂鄣日，而望所思。忽兮改容，偈兮若駕駟馬，建羽旗。湫兮如風，淒兮如雨。風止雨

[①] 參見姚思廉的《梁書・徐摛傳》記載説："（徐）摛幼而好學，及長，遍覽經史。屬文好爲新變，不拘舊體……（晉安）王（蕭綱）入爲皇太子，轉家令，兼掌管記……摛文體既別，春坊盡學之，'宮體'之號，自斯而起。"

霽，雲無處所"。但只是開了一個頭，寫"美人幻夢文學"模式中的"性"活動；而在《神女賦》中，神女姣麗的容貌、端莊的舉止、神態的嫻静，則展露無遺，尤其寫"其始來也，耀乎若白日初出照屋樑；其少進也，皎若明月舒其光。須臾之間，美貌横生。曄兮如華，温乎如瑩。五色並馳，不可殫形。詳而視之，奪人目精"，和其他民族描寫美女一樣，這裏以"太陽"和"月亮"進行比喻——像太陽初升，像月亮光輝皎潔、神采焕發、攝人魂魄。

在楚王追問下和"試爲寡人賦之"的請求下，作者再度描寫：

> 夫何神女之姣麗兮，含陰陽之渥飾。披華藻之可好兮，若翡翠之奮翼。其象無雙，其美無極；毛嫱鄣袂，不足程式；西施掩面，比之無色。近之既妖，遠之有望，骨法多奇，應君之相，視之盈目，孰者克尚。私心獨悦，樂之無量；交希恩疏，不可盡暢。他人莫睹，王覽其狀。其狀峨峨，何可極言？貌豐盈以莊姝兮，苞温潤之玉顏。眸子炯其精朗兮，瞭多美而可觀。眉聯娟以蛾揚兮，朱唇的其若丹。素質幹之醲實兮，志解泰而體閒。既姽嫿於幽静兮，又婆娑乎人間。宜高殿以廣意兮，翼故縱而緯寬。動霧縠以徐步兮，拂墀聲之珊珊。

這種對美人、服飾大肆鋪張的描寫，除了容貌情態，寫美人頭髮、身材、眉毛、眼睛、朱唇的從頭到腳的美麗。而且，寫了神女想和楚王親近，兩情相通，互相愛悦，而歡情未接，將辭而去的痛苦，其鋪張淫靡的程度，令宫體詩人都相形見絀。也許在這個意義上，劉勰才會説："宋（玉）發巧談，實始淫麗。"① 劉勰説的是，宋玉的賦，是中國文學寫女人和服飾的"淫麗"之始；

---

① 見劉勰《文心雕龍·詮賦》篇。

就是我說的宮體詩審美意識新變的源頭之一。

宋玉第三篇重要的賦是《登徒子好色賦》。寫登徒子在楚王面前告狀，說宋玉長得英俊貌美，有口才而善於辯說，又貪愛女色，如果經常出入後宮，有可能會勾引後宮嬪妃，希望大王嚴加防範。楚王拿登徒子的話去質問宋玉，宋玉說：容貌俊美，是上天所生；善於言詞，是從老師那裏學來的；至於好色，臣絕無此事。楚王要宋玉進一步辯解，於是展開賦的全文。

宋玉的理由是說他東鄰的女孩子美麗絕倫，朝他窺視了三年，自己至今仍未答應和她交往。而登徒子的老婆蓬頭垢面、耳朵攣縮、嘴唇外翻、牙齒參差不齊、彎腰駝背、走路一瘸一拐，又患有疥疾和痔瘡。這樣一位醜女，登徒子卻和她頻繁行房，生了五個孩子。宋玉用詭辯的方法，把自己解脫出來而證明了登徒子的好色。"登徒子"也許只是一個喜歡讒言的小人，但因為宋玉的這篇賦，從此令人啼笑皆非成為後世好色之徒的代名詞。

詭辯的主題，我們不必過多關心，倒是宋玉在辯解中對他東鄰女孩子美貌的描繪說：

> 東家之子，增之一分則太長，減之一分則太短；著粉則太白，施朱則太赤。眉如翠羽，肌如白雪，腰如束素，齒如含貝。嫣然一笑，惑陽城，迷下蔡。

這一描繪至今都是中國美學中的經典。"眉如翠羽，肌如白雪，腰如束素，齒如含貝"，是繼承《詩經·衛風·碩人》中的寫法，此外，"增之一分則太長，減之一分則太短；著粉則太白，施朱則太赤"，則是宋玉創造性的描敘。宋玉用的是模糊和形而上學的方法，讓你去意會，你想她多高就多高，你想她多白就多白，你想她多紅就多紅。因為在每個人心目中，美女的標準是不一樣的。到底身材有多高？皮膚有多白？說不清楚。不像現在西方人選美女，動不動就是"量三圍"，用三圍的"尺寸"來計算，那是形而下的量死人的"技術"，而不是看活生生美女的"藝術"。宋玉開啓中國文學和中國美學的這一傳統，具有奠基性的意義。從一開始，中國文學中的美學和生活中的美學，便結合在一起。

《登徒子好色賦》的影響很大，在衆多仿作者中，司馬相如《美人賦》比較有名："司馬相如美麗閑都，游于梁王，梁王悦之。鄒陽譖之于王曰：'相如美則美矣，然服色容冶，妖麗不忠，將欲媚辭取悦，游王後宫，王不察之乎？'"幾乎是《登徒子好色賦》同樣的開頭和鋪展，也是東鄰有一個女子，也是"雲髮豐豔，蛾眉皓齒，顏盛色茂，景曜光起"，"登垣而望臣，三年於兹矣，臣棄而不許"。類似得宋玉可以向司馬相如打著作權官司。

在修辭、描寫女色的程度問題上，《美人賦》的"等級"明顯比《登徒子好色賦》高，《登徒子好色賦》相對比較高雅，而《美人賦》裏的描寫，則開了後世通俗豔情小説的先聲。像"芳香芬烈，黼帳高張。有女獨處，宛然在床"、"女乃弛其上服，表其褻衣，皓體呈露，弱骨豐肌。時來親臣，柔滑如脂"，大概寫到了用賦寫"豔遇"的極限。

此後，阮瑀有《止欲賦》，楊修有《神女賦》，陳琳也有《神女賦》等，裏面都有一些描寫美人和神女的美貌的段落，表達了男女内心的思慕和性心理活動。至曹植的《洛神賦》，更達到了對美女描寫的極致：

其形也，翩若驚鴻，婉若遊龍。榮曜秋菊，華茂春松。髣髴兮若輕雲之蔽月，飄颻兮若流風之回雪。遠而望之，皎若太陽升朝霞，迫而察之，灼若芙蕖出綠波。穠纖得衷，修短合度。肩若削成，腰如約素。延頸秀項，皓質呈露。芳澤無加,鉛華弗禦。雲髻峨峨,修眉聯娟。丹唇外朗,皓齒內鮮。明眸善睞,靨輔承權。瓌姿豔逸,儀靜體閑。柔情綽態,媚於語言。……微幽蘭之芳藹兮,步踟躕於山隅。於是忽焉縱體,以遨以嬉。左倚采旄,右蔭桂旗。攘皓腕於神滸兮,采湍瀨之玄芝。

曹植以他"骨氣奇高,詞彩華茂。情兼雅怨,體被文質。粲溢今古,卓爾不群"[1]的才力,盡情地描摹洛神的美麗。

宮體詩人在對宮中美人的描寫方面,緊隨其後。如蕭綱的《率爾成詠》:

借問仙將畫,詎有此佳人。傾城且傾國,如雨復如神。漢后憐名燕,周王重姓申。挾瑟曾遊趙,吹簫屢入秦。玉階偏望樹,長廊每逐春。約黃出意巧,纏弦用法新。迎風時引袖,避日暫披巾。疏花映鬢插,細佩繞衫身。誰知日欲暮,含羞不自陳。

再如蕭綱的《和湘東王名士悅傾城》[2]:

美人稱絕世,麗色譬花叢。雖居李城北,住在宋家東。教歌公主第,學舞漢成宮。多游淇水上,好在鳳樓中。履高

---

[1] 鍾嶸《詩品》評魏陳思王植說:"其源出於《國風》,骨氣奇高,詞彩華茂。情兼雅怨,體被文質。粲溢今古,卓爾不群。嗟乎!陳思之于文章也,譬人倫之有周、孔,鱗羽之有龍鳳,音樂之有琴笙,女工之有黼黻。俾爾懷鉛吮墨者,抱篇章而景慕,映餘暉以自燭。故孔氏之門如用詩,則公幹升堂,思王入室,景陽、潘、陸,自可坐於廊廡之間矣。"

[2] 此詩一作昭明太子蕭統作。

疑上砌，裾開持畏風。衫輕見跳脫，珠概雜青蟲。垂絲繞帷幔，落日度房櫳。妝窗隔柳色，井水照桃紅。非憐江浦佩，羞使春閨空。

其中，"如雨"，即出於宋玉的《高唐賦》，巫山神女自稱"旦爲朝雲，暮爲行雨"。"宋家東"即宋玉《登徒子好色賦》中的"東家之子"如何美貌。不僅主題承襲，有的詞句和意象也會和宋玉、司馬相如、曹植等人的賦一脈相承。不同的是，神女賦的愛情故事，會在一個比較開闊的山麓、水濱的背景下展開，至少也有動態的背景；而宮體詩則比較多地局限在美人生活的宮廷之內，周旋在"香屏"和"長廊"之中。和圖畫更加類似。就像蕭綱的《詠美人觀畫》一樣："殿上圖神女，宮裏出佳人。可憐俱是畫，誰能辨僞真？分明淨眉眼，一種細腰身。所可持爲異，長有好精神。"

作爲宮體詩的審美意識的淵源，與豔情詩一起，互相影響、互相交叉，成爲一種傳統的積澱和後世美女詩審美意識的一部分。

三、辭賦開了一家羅裳奇服、金釵玉佩、美女用品的大超市

服飾是美女的"第二皮膚"，描寫美女，必得描寫她們的服飾。《詩經·衛風·碩人》首句"碩人其頎"，後面緊跟的是就"衣錦褧衣"。在宋玉的《神女賦》中，楚王對宋玉說神女的形態，其實是宋玉借楚王之口描敘時，同樣重視神女的出場：在乍見神女的癡迷與震顫後，宋玉又借楚王之口描敘了神女的衣飾："其盛飾也，則羅紈綺繢盛文章，極服妙采照萬方。振繡衣，被袿裳，穠不短，纖不長，步裔裔兮曜殿堂。忽兮改容，婉若遊龍乘雲翔。嫭披服，侻薄

裝,沐蘭澤,含若芳。"以及"搖佩飾,鳴玉鸞;奩衣服,斂容顏"。描寫了神女無與倫比的"繡衣"、"袿裳"美,不僅生動傳神,且句法錯落、音情頓挫、韻律瀏亮,且有一種音樂的美感。

在司馬相如的《美人賦》中,美女挑逗男主角的場面描寫是:"玉釵掛臣冠,羅袖拂臣衣。""於是寢具既設,服玩珍奇;金鉔薰香,黼帳低垂;袵褥重陳,角枕橫施。女乃弛其上服,表其褻衣。"《長門賦》中的描寫是:"揄長袂以自翳兮,數昔日之諐殃。無面目之可顯兮,遂頹思而就床。摶芬若以爲枕兮,席荃蘭而茝香。"

蔡邕《協和婚賦》中寫:"麗女盛飾,曄如春華。"(《初學記》十四)而在曹植的《洛神賦》中,對"洛神"的服飾描寫上,同樣超越前人。把從《詩經》開始的對美人服飾的描寫,不斷用新思維和新語彙鋪陳擴展在洛水女神的身上:"奇服曠世,骨像應圖。披羅衣之璀粲兮,珥瑤碧之華琚。戴金翠之首飾,綴明珠以耀軀。踐遠遊之文履,曳霧綃之輕裾。"

此外,陶淵明的《閑情賦》描寫女性的服飾最有特色:"佩鳴玉以比潔,齊幽蘭以爭芬。淡柔情於俗內,負雅志於高雲。悲晨曦之易夕,感人生之長勤;同一盡于百年,何歡寡而愁殷!褰朱幃而正坐,泛清瑟以自欣。送纖指之餘好,攘皓袖之繽紛。"尤其是用假設性的語言,將自己比作女性衣衫、枕席、絲履、鳴琴和用品的一部分:

> 願在衣而爲領,承華首之餘芳;悲羅襟之宵離,怨秋夜之未央!願在裳而爲帶,束窈窕之纖身;嗟溫涼之異氣,或脫故而服新!願在髮而爲澤,刷玄鬢於頹肩;悲佳人之屢沐,從白水而枯煎!願在眉而爲黛,隨瞻視以閑揚;悲脂粉之尚鮮,或取毀於華妝!願在莞而爲席,安弱體於三秋;悲文茵

之代禦,方經年而見求!願在絲而爲履,附素足以周旋;悲行止之有節,空委棄於床前!願在晝而爲影,常依形而西東;悲高樹之多蔭,慨有時而不同!願在夜而爲燭,照玉容於兩楹;悲扶桑之舒光,奄滅景而藏明!願在竹而爲扇,含淒飆於柔握;悲白露之晨零,顧襟袖以緬邈!願在木而爲桐,作膝上之鳴琴;悲樂極而哀來,終推我而輟音!

由此賦可以看出陶淵明並非是個恬然老農、淡語詩人、不食人間煙火的隱士,而是有血有肉、充滿想像力和真性情的男人,爲了表達對女性的愛慕之情,他一連發了"十願":"願在衣而爲領"、"願在裳而爲帶"、"願在髮而爲澤"、"願在眉而爲黛"、"願在莞而爲席"、"願在絲而爲履"、"願在晝而爲影"、"願在夜而爲燭"、"願在竹而爲扇"、"願在木而爲桐",詩人自己願成爲美女服飾的一部分。這種想像和一往情深,不要說古代,就是在現代,在西方的詩歌裏,恐怕都很少見。

可以說,辭賦開了一家羅裳奇服、金釵玉佩美女用品的大超市。宮體詩人經常去光顧,我們看蕭綱的《和徐錄事見內人作臥具》,簡直就是從辭賦大超市裏搞批發,自己開了一家服飾的小雜貨鋪:

> 密房寒日晚,落照度窗邊。紅簾遙不隔,輕帷半卷懸。方知纖手製,詎減縫裳妍。龍刀橫膝上,畫尺墮衣前。熨斗金塗色,簪管白牙纏。衣裁合歡褶,文作鴛鴦連。縫用雙針縷,絮是八蠶綿。香和麗丘蜜,麝吐中臺煙。已入琉璃帳,兼雜太華氈。具共雕爐暖,非同團扇捐。更恐從軍別,空床徒自憐。

劉孝綽《淇上戲蕩子婦示行事》："桑中始奕奕，淇上未湯湯。美人要雜珮，上客誘明璫。日暗人聲靜，微步出蘭房。露葵不待勸，鳴琴無暇張。翠釵掛已落，羅衣拂更香。如何嫁蕩子，春夜守空床。不見青絲騎，徒勞紅粉妝。"寫美人招待自己，服飾占了大多數字面。劉遵的《繁華應令》"可憐周小童，微笑摘蘭叢。鮮膚勝粉白，慢臉若桃紅。挾彈雕陵下，垂釣蓮葉東。腕動飄香麝，衣輕任好風。幸承拂枕選，得奉畫堂中。金屏障翠被，藍帊覆薰籠。本欲傷輕薄，含辭羞自通。剪袖恩雖重，殘桃愛未終。蛾眉詎須嫉，新妝遞入宮。"同樣是服飾點綴起來的。至於庾信的《看妓》："綠珠歌扇薄，飛燕舞衫長。琴曲隨流水，簫聲逐鳳凰。膺風蟬鬢亂，映日鳳釵光。懸知曲不誤，無事顧周郎。"也是十句詩，八句服飾。

由於賦是美女的"描寫辭典"。從頭到腳，纖毫畢顯。因此，宮體詩人可以毫不費力地買到各種時裝、服飾、金銀首飾和鮮花來裝扮他們的女主人公。

四、美人意象的積澱，是宮體詩的表徵

美人辭賦傳給宮體詩的遺產，除了結構、主題、人體、服飾的描寫外，由描寫積澱出來的意象，成了一眼就看出的表徵。

宋玉的《高唐賦》、《神女賦》、《登徒子好色賦》中的"高唐"、"雲夢"、"高臺"、"朝雲"、"巫山"、"枕席"、"雲雨"、"神女"、"登徒子"、"東家之子"、"登牆"、"窺臣"、"陽城"、"下蔡"，以及司馬相如的《美人賦》中的美女、豔情詞彙，包括"宓妃"、"洛浦"、"遊女"，人名、地名，都形成了幾個最流行、最有生命力、也最吸引人的隱喻詞彙，成為中國文學中歷久彌新的形象；尤其是高唐神女化為雲雨的藝術想像，成了男女交歡時雲一

般飄忽、雨一樣空靈的象徵。後世文人在這些詞彙意象的基礎上不斷組合出了幾十種描寫愛情的意象和隱語。

曹植的《洛神賦》，寫了洛神（其實是人）幾乎所有的美，寫了"雲髻"、"修眉"、"明眸"、"丹唇"、"皓齒"、"秀頸"、"皓腕"、"骨像"、"細腰"；寫了儀態："儀靜"、"體閑"、"柔情"、"綽態"、"媚語"；寫服飾用了"奇服"、"羅衣"、"瑤碧"、"華琚"、"金翠"、"首飾"、"明珠"、"文履"、"輕裾"、"玉佩"、"瓊琫"等，真是美到"華容婀娜"，"令我忘餐"的集大成的地步。許多詞語也成了後世詩詞中的典故和意象。只要翻翻《玉臺新詠》就可以知道，宮體詩人和宮體詩周邊詩人，是運用這些詞彙和意象最熱心、最頻繁、最活躍、最得心應手的人。一度批評徐摛"新變體"的梁武帝的《戲作》：

宓妃生洛浦，遊女出漢陽。妖閑逾下蔡，神妙絶高唐。綿駒且變俗，王豹復移鄉。況茲集靈異，豈得無方將。長袂必留客，清哇咸繞梁。燕趙羞容止，西施慚芬芳。徒聞珠可弄，定自乏明璫。

詩中一連串地用了"宓妃"、"遊女"、"洛浦"、"漢陽"、"下蔡"、"高唐"等意象，雖是"戲作"，也是真實生活的反映。劉緩的《敬酬劉長史詠名士悅傾城》：

不信巫山女，不信洛川神。何關別有物，還是傾城人。經共陳王戲，曾與宋家鄰……

也一連用了"巫山女"、"洛川神"、"陳王戲"、"宋家鄰"等典故和意象。劉令嫻的《答外詩二首》："東家挺奇麗，南國擅容輝。夜月方神女，朝霞喻洛妃。"也一連串地運用了"東家"、"神女"、"朝霞"、"洛妃"等典故、意象。運用如此，成雙或單個典故、意象的運用更是觸目皆是，不勝枚舉，也不勝統計。如徐悱的《對房前桃樹詠佳期贈內》："相思上北閣，徙倚望東家"、蕭紀的《同蕭長史看妓》的"寧殊值行雨"、費昶《春郊望美人》中的"芳郊拾翠人"、劉孝綽《贈美人》的"巫山薦枕日，洛浦獻珠時"、何思澄《南苑逢美人》中的"洛浦疑回雪，巫山似旦雲"等等。這些典故和意象，構成了宮體詩香豔的特色，也構成了宮體詩鋪陳、對仗和形式主義美學的七寶樓臺。

新變後宮體詩出現的一些新質素，多與辭賦遺傳有關：

（一）內容、結構、語彙、風格類似美人賦

宮體詩雖然是詩，不是賦，但在整體摹寫、鋪陳和思想結構模式上仍然受漢大賦的影響。讓我們讀一讀蕭綱的《美女篇》：

> 佳麗盡關情，風流最有名。約黃能效月，裁金巧作星。粉光勝玉靚，衫薄擬蟬輕。密態隨羞臉，嬌歌逐軟聲。朱顏半已醉，微笑隱香屏。

蕭綱的這些詩，其實都是一篇"微型的"美人賦，在這些詩裏，感覺已被包圍陷落在溫柔之鄉；感官的刺激也已最大化。那是年輕生命的作品，是不染風霜、不經世故的純情作品，是對過分相信生活的作品。詩歌詳細描寫了和美人在一起的性感的生活細節，這其實是從歷代的美人賦裏新變出來的。

如何遜的《嘲劉諮議孝綽》：

> 房櫳滅夜火，窗戶映朝光。妖女褰帷出，躞蹀初下床。

雀釵橫曉鬢,蛾眉豔宿妝。稍聞玉釧遠,猶憐翠被香。寧知早朝客,差池已雁行。

何遜此詩是調侃劉孝綽的,因爲劉孝綽爲廷尉卿時,曾攜妾入官府,卿卿我我的樣子,受到大家的調笑;其中描寫美女起床忐忑不安、蹀躞小步走路的樣子,都很傳神。令人想起了司馬相如《美人賦》和蔡邕《協和婚賦》①中的某些場景。

(二) 寫詩用寫賦的方法,忽略比興

宮體詩新變的重要內涵,是寫作方法的改變,從《詩經》發端的賦、比、興,是根據《詩經》的創作經驗總結出來的。最早見於《周禮·春官》:"大師……教六詩:曰風,曰賦,曰比,曰興,曰雅,曰頌。"後來,《毛詩序》又將"六詩"稱之爲"六義":"故詩有六義焉:一曰風,二曰賦,三曰比,四曰興,五曰雅,六曰頌。"賦是平鋪直敘、鋪陳、排比的方法;比是比喻;興是先言他物,托物起興,以表達詩人思想和感情。在這些創作方法中,辭賦中運用較多的"賦"的鋪陳、排比法;而從《詩經》、楚辭開始,詩歌中運用較多的是"比興",以情寓於象中,產生意象;增加詩歌的生動性和鮮明性,增強詩歌的韻味和感染力。但是,這種傳統到宮體詩人那裏產生了逆反,新變的宮體詩人基本

---

① 蔡邕《協和婚賦》今佚不全,今從《初學記》、《藝文類聚》、《太平御覽》、《北堂書鈔》等類書輯錄的內容看,其對婚姻的正面歌頌、對性愛描寫的大膽,令人吃驚。如"粉黛弛落,髮亂釵脱"(《北堂書鈔》一百三十五)、"長枕橫施,大被竟床。莞蒻和軟,茵褥調良(《北堂書鈔》一百三十四)"。錢鍾書在讀到"粉黛弛落,髮亂釵脱"以後,十分敏感地在《管錐編》裏斷定:"前此篇什見存者,刻劃男女,所未涉筆也。""粉黛弛落,髮亂釵脱"寫男女交歡的場景。錢鍾書說:"'釵脱'景象,尤成後世綺豔詩詞常套,兼以形容睡美人。"

上不用"比興"而用"賦"的方法。

鍾嶸《詩品序》説："故詩有六義焉：一曰興，二曰比，三曰賦。文已盡而意有餘，興也；因物喻志，比也；直書其事，寓言寫物，賦也。弘斯三義，酌而用之，幹之以風力，潤之以丹彩，使詠之者無極，聞之者動心，是詩之至也。若專用比興，則患在意深，意深則詞躓。若但用賦體，則患在意浮，意浮則文散。嬉成流移，文無止泊，有蕪漫之累矣。"

説比興，之所以不舉對後世產生很大影響的鄭衆和鄭玄，而舉鍾嶸《詩品》，因爲鍾嶸所以會説上述的話，也許是他看到"永明體"和沈約的詩歌，有重"賦法"和輕視取消"比興"寫法的傾向，如收入《玉臺新詠》的沈約的《登高望春》："登高眺京洛，街巷紛漠漠。回首望長安，城闕鬱盤桓。日出照鈿黛，風過動羅紈。齊僮躡朱履，趙女揚翠翰。春風搖雜樹，葳蕤綠且丹。寶瑟玫瑰柱，金羈玳瑁鞍。淹留宿下蔡，置酒過上蘭。解眉還復斂，方知巧笑難。佳期空靡靡，含睇未成歡。嘉客不可見，因君寄長歎。"以及《少年新婚爲之詠》等詩，都有這種傾向。但是，蕭綱等宫體詩人並沒有聽取鍾嶸的意見①，還是在他們既定的道路上走下去，堅定不移地試驗他們的新體詩。如劉孝威《鄀縣遇見人織率爾寄婦》，完全是美人賦的鋪陳：

> 妖姬含怨情，織素起秋聲。度梭環玉動，踏躡珮珠鳴。
> 經稀疑杼澀，緯斷恨絲輕。蒲萄始欲罷，鴛鴦猶未成。雲棟
> 共徘徊，紗窗相向開。窗疏眉語度，紗輕眼笑來。矇矇隔淺

---

① 根據《南史·鍾嶸傳》記載，鍾嶸曾"遷西中郎晉安王（蕭綱）記室……頃之，卒官"。又，其時鍾嶸著《詩品》成，故兩人應該有過關於詩歌創作和詩歌批評的討論。

紗，的的見妝華。鏤玉同心藕，列寶連枝花。紅衫向後結，金簪臨鬢斜。機頂掛流蘇，機旁垂結珠。青絲引伏兔，黃金繞鹿盧。豔彩裙邊出，芳脂口上渝。百城交問道，五馬共峙嶇。直為閨中人，守故不要新。夢啼漬花枕，覺淚濕羅巾。獨眠真自難，重衾猶覺寒。愈憶凝脂暖，彌想橫陳歡。行驅金絡騎，歸就城南端。城南稍有期，想子亦勞思。羅襦久應罷，花釵堪更治。新妝莫點黛，余還自畫眉。

全詩基本上不用比興，而直接用"賦法"鋪陳。雖然"青絲引伏兔，黃金繞鹿盧"、"百城交問道，五馬共峙嶇"，令人想起《陌上桑》的內容，但"度梭"、"踏躡"、"經稀"、"緯斷""蒲萄"、"鴛鴦"、"雲棟"、"紗窗"、"矓曨"、"的的"、"鏤玉"、"列寶"等等，名詞歸名詞，動詞歸動詞，形容詞歸形容詞，甚至擬聲詞都兩兩相對，把一句話變成兩句話，把兩句話變成四句話。比起《陌上桑》等漢樂府來，更向對偶的方向前進了一大步。

我們再看看《孌童》："孌童嬌麗質，踐董復超瑕。羽帳晨香滿，珠簾夕漏賒。翠被含鴛色，雕床鏤象牙。妙年同小史，姝貌比朝霞。袖裁連璧錦，牋織細橦花。攬袴輕紅出，回頭雙鬢斜。懶眼時含笑，玉手乍攀花。懷猜非後釣，密愛似前車。足使燕姬妒，彌令鄭女嗟。"從"羽帳"、"珠簾"開始，幾乎全詩都以賦法鋪陳對偶。這種賦法鋪陳對偶，不用比興的寫法，是宮體詩最顯著的特點之一。

即使在詠物詩裡，情況也一樣。譬如，原來由屈原《橘頌》奠定的比興傳統，以橘自喻："后皇嘉樹，橘徠服兮。受命不遷，生南國兮。深固難徙，更壹志兮。"此物喻人，至漢代成為一種表現方法。只要對比一下"古詩"《橘柚垂華實》和蕭綱的《詠橘》就可以明顯地看出這種寫作方法的變化。

橘柚垂華實，乃在深山側。聞君好我甘，竊獨自雕飾。委身玉盤中，歷年冀見食。芳菲不相投，青黃忽改色。人儻欲我知，因君爲羽翼。（古詩）

菱蔬映庭樹，枝葉凌秋芳。故條雜新實，金翠共含霜。攀枝折縹幹，甘旨若瓊漿。無瑕存雕飾，玉盤余自嘗。（蕭綱《詠橘》）

"古詩"寫橘柚花果之美，居於深山的寂寞，自我勉勵，到委身"玉盤"之不用，青黃改色、人生易老之感歎，寫了人生懷才不遇的全過程。《詩經》中的比興和楚辭中的"香草美人"，至漢代的五言詩變成通篇的托物言志，遂成漢五言詩標誌性的傳統。從《橘頌》到《橘柚垂華實》，以花果喻賢才形成了傳統的比興寫法。但是，用賦體鋪排體物的宮體詩人，改變了這種比興的寫法。一改由橘柚喻人，托物言志和對人物命運的關懷，而把所有的詞彙都用在正面對橘的描繪上，並故意以"雕飾"、"玉盤"，讓人聯想起"古詩"《橘柚垂花實》中的"聞君好我甘，竊獨自雕飾。委身玉盤中，歷年冀見食"的比興意義上，然後毫不猶豫地表示：我眼前的橘子，不必自我"雕飾"，因爲它不用來比喻賢才的橘子，而是實實在在放在我"盤子"裏讓我吃的橘子，這不免令人掃興。但是，我們只要把"古詩"和蕭綱的兩詩比較一下，就可以看出，原來的五言十句，變成了五言八句，並且多用對偶句，這與唐人的詠物詩在形式上更加近似。蕭綱其他的詠物詩也是如此：

浮雲舒五色，瑪瑙映霜天。玉葉散秋影，金風飄紫煙。（蕭綱《詠雲》）

纖條寄喬木，弱影掣風斜。標春抽曉翠，出霧掛懸花。

（蕭綱《詠藤》）

這些詩都體現了宮體詩新變的特徵，以"賦法"代替"比興"，以"形似"代替"神似"，使宮體詩成爲最具辭賦意味和寫作方法的詩歌。

（三）宮體詩句式、對偶等藝術形式，是孕育初唐律詩的母親

《玉臺新詠》卷十選錄了《近代西曲歌》，如《襄陽樂》："朝發襄陽城，暮至大堤宿。大堤諸女兒，花豔驚郎目。"又選錄了《近代吳歌九首》，包括《春歌》《夏歌》《秋歌》《冬歌》，後選錄《近代雜歌》，以及《錢塘蘇小歌》等。西曲歌屬清商曲辭，爲長江中游地區民歌；吳歌屬清商曲辭，爲長江下游地區民歌。然後再選了宮體詩人以下的五言作品：

長筵廣未同，上客嬌難逼。還杯了不顧，回身正顏色。（高爽《詠酌酒人》）

風生綠葉聚，波動紫莖開。含花復含實，正待佳人來。（江洪《采菱》）

日晚應歸去，上客強盤桓。稍知玉釵重，漸見羅襦寒。（王僧孺《爲徐僕射妓作》）

覺罷方知恨，人心定不同。誰能對角枕，長夜一邊空。（姚翻《夢見故人》）

菱莖時繞釧，榑水或沾妝。不辭紅袖濕，惟憐綠葉香。（劉孝綽《遙見美人采荷》）

金鈿已照耀，白日未蹉跎。欲待黃昏後，含嬌淺渡河。（劉孝儀《詠織女》）

殘燈猶未滅，將盡更揚輝。惟餘一兩焰，才得解羅衣。（紀少瑜《詠殘燈》）

愁人夜獨傷，滅燭臥蘭芳。只恐多情月，旋來照妾房。（蕭綱《夜夜曲》）

這就非常清楚地表明了，宮體詩人學習南朝樂府民歌的軌跡，模仿並發展了吳歌西曲的藝術形式。從文人創作的角度，這些詩直接成了唐人五言絕句的祖先。五絕如此，五律也是如此：

別離雖未久，遂如長別了。叢桂頻銷葉，庭樹幾攀枝。君言妾貌改，妾畏君心移。終須一相見，並得兩相知。（鄧鏗《和陰梁州雜怨》）

纖纖運玉指，脈脈正蛾眉。振躡開交縷，停梭續斷絲。簷花照初月，洞戶未垂帷。弄機行掩淚，翻令織素遲。（劉邈《見人織聊爲之詠》）

愁人試出牖，春色定無窮。參差依網日，澹荡入簾風。落花還繞樹，輕飛去隱空。徒令玉筯跡，雙垂明鏡中。（紀少瑜《春日》）

高臺動春色，清池照日華。綠葵向光轉，翠柳逐風斜。林有驚心鳥，園多奪目花。相與咸知節，歎子獨離家。行人今不返，何勞空折麻。（聞人蒨《春日》）

由於宮體詩人多用"賦"的鋪陳方法。把一句話變成兩句話，把兩句話變成四句話,其至把一句話變成四句話,多出來的話就必須"同義反覆",換一種說法説同一個意思;或增加一件器物、增加一個方位,把一個描寫變成兩個描寫,這樣,作爲修辭的"對偶"就産生了。對偶的産生很早,但到了宮體詩人那裏,就變本加厲,連篇累牘,大量出現,這些五言八句的詩歌,繼續了永明體的藝術探索而更趨格律化①。這些語言、句式、對仗上的探索和積累,都爲初唐詩人提供了借鑒。尤其在格律化方面,宮體詩人比永明體詩人有了進一步的發展。一些詩,如蕭綱的《采菱曲》:"菱花落復含,桑女罷新蠶。桂棹浮星艇,徘徊蓮葉南。"徐摛的《詠筆》"本自靈山出,名因瑞草傳。纖端奉積潤,弱質散芳煙。直寫飛蓬牒,橫承落絮篇。一逢提握重,甯憶仲升捐"已基本合律;這些基本合律的詩,在宮體詩中佔有相當的比例。總之,只要把宮體詩中描寫的人體美和服飾美的詞句,與漢代美人賦中的描寫,以及受漢賦影響的漢樂府作一對照,就凸顯出宮體詩新變審美的意義,在於把《陌上桑》、《羽林郎》之類的作品,簡化或改造成類似於唐代近體詩的格式,從風騷辭賦的遺傳,走向唐代近體詩的軌跡就會十分明顯。説明宮體詩句式、對偶等藝術形式,是孕育初唐律詩的母親。

      (本文原載於《上海師範大學學報》2011 年
      第 3 期,署名:曹旭、文志華)

---

① 《梁書·庾肩吾傳》說:"齊永明中,文士王融、謝朓、沈約文章始用四聲,以爲新變,至是轉拘聲韻,彌尚麗靡,復逾於往時。"

宮體詩與漢魏六朝賦的悖論

在中國文學史上，詩、賦雖然是一對兄弟；但在漢魏六朝，賦卻像大哥一樣影響着詩歌小弟。你只要看蕭統《文選》第一選的是"賦"，而且差不多占了全書三分之一的篇幅，你就會知道賦在當時人們心目中的重要性。蔡邕的《述行賦》影響曹植的《贈白馬王彪》，山水賦影響山水詩；漢魏六朝賦影響宮體詩。但是，受漢魏六朝賦影響的宮體詩，與漢魏六朝賦之間始終存在某種悖論："勸百諷一的悖論"、"德與色的悖論"、"評價體系上的悖論"，這使宮體詩吃盡了苦頭，承受了千古罵名。但也收穫了意義：即在原來"不相容"的不同的體裁中，開啓了對同一種美人主題的試驗；並把賦大量鋪陳的方法入詩，改變了詩歌比興的結構。在齊"永明體"以後，開創出屬於蕭家"東阿王"宮體詩的事業。

一、從美人賦到美人詩

漢字的形、聲、義對於文學，可以把文學推向最美的極致。因此，對稱的文學和有音韻的文學——"辭賦文學"的地位，從產生以來就顯得非常重要；加上後起的駢文，籠罩文壇，並對數百年間的其他文體，特別是詩歌，產生了持續不斷的巨大的影響，本文即以"美人賦"爲考察對象，看一看它對宮體詩的吸引和由此產生藝術和倫理上的悖論。

宮體詩的審美特徵，除了從南朝樂府民歌中來，與流傳在江南水鄉的樂府民歌相表裏；作爲一個美學鏈條：從建安風骨美──田園美──山水美──詠物美──歌頌人體美合理的繼承和發展以外，在很多方面，都來自漢賦的的遺傳。

因此，漢賦傳統，諸如"勸百諷一"的傳統，"德"和"色"矛盾的傳統，抒情小賦中的描寫傳統，原來在賦裏的一些特色印記，都一點一點複製在宮體詩中，形成宮體詩特殊的詩學體質。這種特殊的詩學體質，既使宮體詩成爲一種"新變"體，同時又兼罵名；讓歷史記載和理念處於萬劫不復的矛盾之中。

寫詩用"賦、比、興"的方法，是《詩經》經典的總結。而把詩和賦不同的文學體裁糅合在一起，讓抒情的詩和體物的賦互相交融，打破界限，打破分工，在詩的言簡意賅和賦的過度鋪陳，在簡潔和繁縟，內斂和張揚之間做平衡，就是一件有意義的事情。

"詩、賦交融"的寫作方式，在宮體詩之前的曹植就進行了。曹植本來就是詩賦兼善的大家，又受到蔡邕《述行賦》的影響，在他的代表作《贈白馬王彪》裏：一邊行走，一邊寫景，一邊議論，一邊抒情。以後杜甫也繼續傳統，如杜甫的一些"述行詩"，《北征》、《自京赴奉先縣詠懷五百字》就是很好的例子。但是，他們用的只是賦的鋪排的寫作方法。曹植的"南國有佳人"和杜甫的《佳人》都是比興而不是寫實，完全沒有宮體詩人遇到的政治負擔和道德風險。而蕭綱想做的，是把"美人賦"搬到"美人詩"中，來一個"詩賦結合"，情況就不同了。

雖然寫作宮體詩，不是舊道德的鬆弛，而是新道德、新觀念的引領，但有些鴻溝還是難以跨越，有些悖論還是讓試驗者做出了很大的犧牲。

二、詩·賦勸百諷一的悖論

在賦中，可以有"一百"個"勸"誘的言辭，只要有一點"諷"諫的意思就夠了。初意使人警戒，結果適得其反；但大家已經知道這種情況的可笑，並已習慣於賦的這種特權；這就是賦"勸百諷一"的思想模式和結構模式。

在先秦、西漢時期，《詩經》的意義根深蒂固，人們普遍認爲美刺諷諫是文學的根本功能。漢大賦的創作，同樣是以諷諫的文學觀作爲指導思想的。但是，新出的漢大賦，最適合描寫華麗、壯美、瑰奇的事物，這使漢大賦從產生的那一天起，就包含了一個自身無法解決的矛盾。即一方面，天生地繼承了《詩經》諷諫的傳統，這是漢賦不可改變的基礎和靈魂；另一方面，由於當時統一大帝國文化的進步，漢字被大量創造和衍生出來，出於對漢字的崇拜，利用方塊漢字碼文學，猶如秦始皇用方磚碼長城，同是一件有功有德的事情——這是漢大賦產生的文化悖論之一。

於是，大量的名詞、方位詞、形容詞、動詞被整齊、對稱地碼進賦裏，碼得賦見頭不見尾，笨重得不能轉身；碼得賦的作者幾乎忘記了還要諷諫，忘記了這篇賦原本是爲了諷諫才寫的。把原來要諷諫的內容，炫耀鋪陳成了展示；以致讀者讀的時候，只沉浸在作者鋪張揚厲的描寫和縱橫捭闔的揮灑上，也跟著作者的辭彙去遊園，看見無數稀奇古怪、光怪陸離的形象而興奮激動。等到看到末尾的諷諫，只有"百分之一"的比重，本來想諷諫、想勸阻別人去做而寫的賦，現在客觀上成了鼓勵別人去做了。因此，大賦的體裁、文體特點與諷諫功能的悖論，最終形成了漢大賦"勸百諷一"的模式。在漢武帝、宣帝、元帝、成帝時代，漢大賦達到全盛時期，出現了標誌性的人物"賦聖"司馬相如。

司马相如的《子虚赋》、《上林赋》描写游猎的场面。夸张实事，连类并举，侈陈物象，全面铺叙，歌颂了大一统的中央皇权，当为宏篇巨制。在四千余字令人激动的铺排以后，至文章结尾，才说了几句要勤俭节约的道德教训。相信，读赋的人想到的绝对是铺张奢侈，而不是勤俭节约。

譬如，汉武帝好神仙，司马相如作《大人赋》以讽谏。结果，赋中描写了"大人"遨游天庭，与真人周旋，以群仙为侍从，过访尧、舜和西王母，乘风凌虚，长生不死，逍遥自在。武帝读了以后，非常高兴，好像自己也飘飘然飞上了青云，成了神仙。司马相如写《大人赋》的本意，是要劝止武帝不要好神仙，结果反而使武帝感到当神仙的快乐，更向往神仙的日子了。

随着人们对司马相如以及对新出大赋的承认和赞美，这种"劝百讽一"思想模式和结构模式上的悖论，就成了汉大赋与生俱来的特点。

宫体诗虽然是诗，不是赋，但在整体摹写、铺陈和思想结构模式上仍然受汉大赋的影响，也形成某种悖论。如《咏舞诗》：

> 戚里多妖丽，重娉梦燕馀。逐节工新舞，娇态似凌虚。纳花承襆概，垂翠逐瑞舒。扇开衫影乱，巾度履行疏。徒劳交甫忆，自有专城居。①

诗的前面八句，对妖丽的美人作大肆的描写；美人歌舞的姿态，歌宴的场面，描写得都不遗馀力。让人完全专注到"逐节"、"娇态"、"凌虚"、"纳花"、"垂翠"、"扇开"、"影乱"等舞的观赏和对美人的爱怜上面。突然，最后二句一转："徒劳交甫忆，自有专

---

① 逯钦立辑校：《先秦汉魏晋南北朝诗》，中华书局，1983年，第1942页。

城居。"鄭交甫,傳爲周朝人,有漢江遇遊女的故事。西漢劉向《列仙傳》説:"鄭交甫常遊漢江,見二女,皆麗服華裝,佩兩明珠,大如雞卵。交甫見而悦之,不知其神人也。謂其僕曰:'我欲下請其佩。'僕曰:'此間之人,皆習於辭,不得,恐罹悔焉。'交甫不聽,遂下與之言曰:'二女勞矣。'二女曰:'客子有勞,妾何勞之有?'交甫曰:'橘是柚也,我盛之以笥,令附漢水,將流而下。我遵其旁搴之,知吾爲不遜也,願請子佩。'二女曰:'橘是橙也,盛之以筥,令附漢水,將流而下,我遵其旁,卷其芝而茹之。'手解佩以與交甫,交甫受而懷之。即趨而去,行數十步,視佩,空懷無佩。顧二女,忽然不見。靈妃豔逸,時見江湄。麗服微步,流盼生姿。交甫遇之,憑情言私。鳴佩虛擲,絶影焉追?"① 這句説,看到美女就想追到手,就像當年鄭交甫一樣徒費心機。

"自有專城居"的意思説:"你喜歡的美女早就有當大官的丈夫了。"這就是漢樂府《陌上桑》的情節②,在結尾部分羅敷對五馬太守辛辣的諷刺。但是,末兩句再有"諷"的意思,別人感覺的,還是前面令人心蕩神馳的描寫。

同一類型的詩還有《戲贈麗人詩》:"麗姐與妖嬬,共拂可憐妝。同安鬟裏撥,異作額間黄。羅裙宜細簡,畫屧重高牆。含羞未上砌,微笑出長廊。取花争間鑷,攀枝念蕊香。但歌聊一曲,鳴弦未肯張。自矜心所愛,三十侍中郎。"③ 也是同一結構。"三十侍中郎"也是《陌上桑》裏的辭彙和思想。而漢樂府《陌上桑》

---

① 王叔岷撰:《列仙傳校箋》,中華書局,2007,第52頁。
② 參見漢樂府《陌上桑》:"十五府小史,二十朝大夫,三十侍中郎,四十專城居。爲人潔白晰,鬑鬑頗有須。盈盈公府步,冉冉府中趨。坐中數千人,皆言夫婿殊。"郭茂倩:《樂府詩集》,中華書局,1979年,第411頁。
③ 逯欽立輯校:《先秦漢魏晉南北朝詩》,中華書局,1983年,第1939頁。

的敘事結構、語義結構和思想結構,也是受漢大賦思想模式和結構模式影響的。以致長期以來,讀者對秦羅敷的出身、她的打扮、她那些名貴衣服的來源,她夫婿的地位、金錢,也抱懷疑態度,不自覺地上了"勸百諷一"的當。從這一意義上説,蕭綱這類宫體詩受到漢大賦和漢樂府的影響,但最終是受漢大賦的影響。

這種從"美人賦"到"美人詩""勸百諷一"的寫法,不僅是蕭綱,在其他宫體詩人的詩裏也存在。

如何思澄的《南苑逢美人》:

> 洛浦疑回雪,巫山似旦雲。傾城今始見,傾國昔曾聞。媚眼隨嬌合,丹唇逐笑分。風卷蒲萄帶,日照石榴裙。自有狂夫在,空持勞使君。①

狂夫是古時婦女對丈夫的謙稱,以自己的丈夫來回擊到處獵豔的使君。如紀少瑜的《擬吳均體應教》:

> 庭樹發春輝,遊人競下機。却匣擎歌扇,開箱擇舞衣。桑萎不復惜,看光遽將夕。自有專城居,空持迷上客。②

再如蕭綱的《詠内人晝眠》:"夫婿恒相伴,莫誤是倡家。"以及《戲贈麗人詩》:"自矜心所愛,三十侍中郎。"都是同一結構,整篇詩大寫"色",最後以"德"歸結,遵守"發乎情,止乎禮義"的規矩。蕭綱不僅沿襲孔子和儒家經典《禮記》的思想,把"德"

---

① 吴兆宜注,程琰删補,穆克宏點校:《玉臺新詠箋注》,中華書局,1985年,第257頁。
② 逯欽立輯校:《先秦漢魏晉南北朝詩》,中華書局,1983年,第1778頁。

和"色"完全分開,甚至把寫詩和做人也完全分開。他在《誡當陽公大心書》中説:

> 汝年時尚幼,所闕者學。可久可大,其唯學歟?所以孔丘言:"吾嘗終日不食,終夜不寢,以思,無益,不如學也。"若使牆面而立,沐猴而冠,吾所不取。立身之道,與文章異。立身先須謹重,文章且須放蕩。①

"立身先須謹重,文章且須放蕩。"這是一個辯證的而充滿理性精神的命題。有的文學史認爲,"文學放蕩論"是提倡描摹色情的理論主張,是通過淫聲媚態的宮體詩以滿足變態性心理的要求;有人認爲蕭綱是想把"放蕩"的要求寄托在文章上,用寫文章來代替縱欲和荒淫,是蕭綱寫宮體詩荒淫無恥的自白,這些説法都曲解了蕭綱。其實,蕭綱所説的"放蕩"一詞,是當時用得很普遍的概念。《漢書·東方朔傳》中"指意放蕩,頗復詼諧"②;《三國志·魏書·王粲傳》:"(阮)籍才藻豔逸,而倜儻放蕩,行己寡欲,以莊周爲模則。"③《世説新語》注引《名士傳》中"劉伶肆意放蕩,以宇宙爲狹"④。指創作時感情大膽坦露、語言表達不受束縛、想像自由馳騁之意。

這是蕭綱告誡兒子蕭大心做人立身先須"謹重";寫文章且須"放蕩"。立身做人是第一位的,寫文章是第二位的。"先須"和

---

① 嚴可均輯:《全梁文》,商務印書館,1999年,第133頁。
② 班固:《漢書》,中華書局,1964年,第2864頁。
③ 陳壽撰,陳乃乾校點:《三國志》,中華書局出版社,1964年,第604頁。
④ 劉義慶著,劉孝標注,余嘉錫箋疏:《世説新語箋疏》,中華書局,2007年,第296頁。

"且須",在語義上亦有先後主次的不同①。儘管蕭綱和其他宮體詩人恪守道德的底綫,但不能挣脱"勸百諷一"魔咒。

三、詩・賦"德"與"色"的悖論

"德"與"色"、"道德"與"女色",分别代表"社會禮義"和"人性欲望",是二個不同層面的東西,從孔子的時代就不能統一在一起。

孔子批評衛國國君衛靈公説:"吾未見好德如好色者也。"② 當時衛靈公請孔子一起出遊,準備了幾輛馬車,衛靈公自己和妻子南子坐第一輛車,他的臣子坐第二輛車,請孔子坐第三輛車,這是對孔子不够尊重的表現,所以孔子發了這句牢騷。説人們對道德修養的追求,不如對女色和物質享受的追求。

漢代是奠定中國道德的時代,賦是這個時代文學的主要樣式,而且是鋪張揚厲,用堆砌詞藻的方法過度修飾侈麗的文學樣式。因此,"勸百諷一"是這兩者之間惟一的平衡點,使賦一出生就無法擺脱這種糾結。

"勸百諷一"除了結構上截然相對以外,在思想内容和描寫上也必然造成"色"與"德"的悖論。既要鋪張"聲色",又要回歸到"道德"。所以,明明寫的是人間的美女,但要把她説成是天上的神女,除了"人神戀愛"、不得而終的象徵意義以外,天人相隔的人和神女,就大大減輕了寫這類豔情賦的道德壓力。

所以,一開始,宋玉就把道德因素引入他的賦裏。宋玉賦裏

---

① 歸青:《"文章且須放蕩"辨——兼與某些説法商榷》,《上海大學學報》1994 年 6 期。
② 司馬遷撰:《史記》,中華書局,1963 年,第 1921 頁。

的神女,除了有光彩照人的容貌美,還有她內在精神的氣質美:一種符合女性的溫柔和順的嫻雅之美,以及具有道德距離感的貞潔雅致、意態高遠、以禮自持和凜然難犯之美。宋玉的《高唐賦》《神女賦》和《登徒子好色賦》,從天上到人間,不僅描寫了她們的美麗,也奠定了美女"聲色"和"道德"之間三種男女"道德"關係的模式:

第一種是登徒子,是見到女人就愛(宋玉把男女之間生兒育女詭辯成愛情);第二種是宋玉自己,不近女色,矯情自高;第三種是秦章華大夫,雖好色而守德自持,發乎情而止乎禮。秦章華對女人的態度,其實是《高唐賦》和《神女賦》中楚王和神女的延續,以後又延續到漢代,延續到曹植的《洛神賦》和一系列賦裏。宋玉雖以第二種態度自居,但那是反擊登徒子的策略,宋玉真正贊同的,是第三種態度。這種態度,成了漢代以後美人賦的主導。其中如很多比喻和描寫,都被後代如曹植的《洛神賦》等所襲用。

司馬相如《美人賦》中的美人非常多情,他們見面的地點是一個"芳香芬烈,黼帳高張"① 的香艷而神秘的場所。他看見"有女獨處,婉然在床。奇葩逸麗,淑質豔光"②。她邀請他飲酒、奏琴,唱起了戀歌。這是一首《高唐賦》《神女賦》和《登徒子好色賦》裏神女和"東家之子"都沒有唱、也唱不出來的具有生命意義的歌:"獨處室兮廓無依,思佳人兮情傷悲,有美人兮來何遲,日既暮兮華色衰,敢托身兮長自私。"③ 美人唱完歌以後,把他領進一間華麗的寢室,拔下自己頭上的"玉釵",掛在他的"冠"上,用她的"羅袖"摩擦他的衣袖。在這"閑房寂謐,不聞人

---

① 嚴可均輯:《全漢文》,商務印書館,1999年,第210頁。
② 同上。
③ 同上,第211頁。

聲"① 的寢室裏，美女的誘惑仍在繼續："女乃弛其上服，表其褻衣，皓體呈露，弱骨豐肌。時來親臣，柔滑如脂。"② 在這關鍵的時刻，作者居然説他"氣服於内，心正於懷"③，拒絶了美人的要求；而最後的結尾，也是他實在寫不下去了，便"翻然高舉，與彼長辭"④。整篇賦也就結束了，落得了一個和宋玉《登徒子好色賦》同樣的道德套路，但比《登徒子好色賦》裏宋玉辯解更不可信的結局，也不如宋玉賦具有方法論上的意義。

司馬相如爲什麽要寫《美人賦》呢？東晉葛洪在《西京雜記》卷二中，記載過一則《美人賦》創作的原因，説司馬相如作《美人賦》是爲了自刺和自律："文君姣好，眉色如望遠山，臉際常若芙蓉，肌膚柔滑如脂；十七而寡，爲人放誕風流，故悦長卿之才而越禮焉。長卿素有消渴疾，及還成都，悦文君之色，遂以發痼疾；乃作《美人賦》，欲以自刺，而終不能改，卒以此疾至死。文君爲誄，傳於世。"⑤ 這種説法，只能作爲一種"花絮"，聊資閑談而已。何況這種説法，把"德"和"色"對立起來，"德"來自正義的方面；"色"則往往來自某種罪惡或孽債，結果是"好色傷身"。

司馬相如的賦足以證明，即使在漢代這樣一個獨尊儒術、設男女大防的時代，賦仍然可以在"發乎情，止乎禮義"的原則下，找到了自己周旋和表現的天地，並利用它"頌"與"諷"的獨特功能，承擔了最不好承擔的情感主題的表達。因爲本質上，作爲人的精神和意識形態的一部分，賦文學的發展，會以一種什麽力量也壓抑不住的動力前進。

---

① 嚴可均輯：《全漢文》，商務印書館，1999年，第211頁。
② 同上。
③ 同上。
④ 同上。
⑤ 葛洪撰：《西京雜記》，中華書局，1985年，第11頁。

宋玉的《高唐賦》、《神女賦》、《登徒子好色賦》開其端，司馬相如的大賦爲中堅，美人賦也走着和其他主題賦一樣的道路，從大賦向抒情小賦的方向發展。魏晉六朝，是抒情小賦的鼎盛時期，也是美女假托神女題材寫作的高潮時期，張衡的《定情賦》、陳琳的《止欲賦》、楊修和王粲等人的《神女賦》、阮瑀的《止欲賦》、曹植的《洛神賦》、阮籍的《清思賦》、謝靈運的《江妃賦》、江淹的《水上神女賦》等等。

司馬相如的《美人賦》以後，阮瑀《止欲賦》説："夫何淑女之佳麗，顏炯炯以流光。歷千代其無匹，超古今而特章。執妙年之方盛，性聰惠以和良。稟純潔之明節，復申禮以自防。重行義以輕身，志高尚乎貞姜。予情悦其美麗，無須臾而有忘。"① 陳琳《止欲賦》説："媛哉逸女，在余東濱。色曜春華，豔過碩人。""雖企予而欲往，非一葦之可航。"② 而阮瑀的"還伏枕以求寐，庶通夢而交神"③ 和陳琳的"忽假瞑其若寐，夢所懽之來征。魂翩翩以遥懷，若交好而通靈"④ 結尾也和蔡邕《檢逸賦》中的"晝騁情以舒愛，夜托夢以交靈"⑤ 類似。白晝未能得，且向夢中求。

在如此衆多的美女賦的描寫中，宮體詩描寫美人詩的興致被徹底鼓動起來了。宮體詩的前奏曲，如沈約《夢見美人詩》、江淹《詠美人春遊詩》、何遜《夢中見美人詩》、蕭子顯《代美女篇》《贈麗人詩》、劉孝綽《爲人贈美人詩》、《遙見美人采荷詩》、庾肩吾《詠美人看畫詩》、《詠美人看畫應令詩》等等，到了蕭綱，就美人詩的題材和寫法看，前人已經提供了非常多的思想資源和藝

---

① 嚴可均輯：《全後漢文》，商務印書館，1999年，第934頁。
② 同上，第923頁。
③ 同上，第935頁。
④ 同上，第924頁。
⑤ 同上，第711頁。

術資源，寫美女已經是得心應手的平常事了。

因爲《神女賦》所有的內容都是虛構的，因此，創作主體第一人稱——我（宋玉、蔡邕、曹植等）敘述，表達出一種"離間"效果。自己真實的內涵，則隱藏在"神女"的意象裏繼以人神道殊，托諷君王；以戀愛悲劇演繹政治悲劇；同時在現實與神話之間，在真與幻、清晰與朦朧之間，以人神戀愛纏纏綿綿的故事，創造了一個亦真亦幻、迷離恍惚的境界。從《高唐賦》、《神女賦》直至曹植的《洛神賦》，"人神相戀"的賦有一個類似的結構形式——先有一個"談話的對象"，借對方的眼睛和嘴，通過交談敷衍成篇。具體展開——先寫神女美麗的容貌——再寫對神女的愛慕（發乎情）——寫人、神不能結合（止乎禮義）——分離的悵惘——夢中求之。這是"德"與"色"平衡的一種形式。

第二種形式不寫神，寫真實生活。雖然寫得豔而情，但那是生活本身的一部分，而且帶有普及常識的意義，譬如寫結婚、寫夫妻之間的生活，這也是漸漸鬆弛並開始轉變的道德約束不了的。

作爲東漢辭賦的一個大家，蔡邕把美人賦的傳統又推向一個高峰。他的《協和婚賦》、《檢逸賦》和《青衣賦》，都有關於女性人體美、服飾和德與色的描寫。《協和婚賦》已佚不全，今從《初學記》、《藝文類聚》、《太平御覽》、《北堂書鈔》等類書中輯錄部分章節內容，在殘缺不全的篇章裏，充滿對婚姻正面的歌頌；對性愛內容的描寫，大膽到使人吃驚的地步。賦云：

> 惟情性之至好，歡莫偉乎夫婦。受精靈於造化，固神明之所使。事深微以玄妙，實人倫之端始。考遂初之原本，覽陰陽之綱紀。乾坤和其剛柔，艮兌感其晦朏。《葛覃》恐其失時，《摽梅》求其庶士。惟休和之盛代，男女得乎年齒。婚姻協而莫違，播欣欣之繁祉。良辰既至，婚禮以舉。二族崇飾，

威儀有序，嘉賓僚黨，祈祈雲聚。車服照路，驂騑如舞。既臻門屏，結軌下車。阿傅御豎，雁行蹉跎，麗女盛飾，曄如春華。(《初學記》十四，《古文苑》)

其在近也，若神龍采鱗翼將舉。其既遠也，若披雲緣漢見織女。立若碧山亭亭豎，動若翡翠奮其羽。眾色燎照，視之無主，面若明月，輝似朝日，色若蓮葩，肌如凝蜜。(《藝文類聚》十七，《太平御覽》三百八十一)

長枕橫施，大被竟床。莞蒻和軟，茵褥調良。(《北堂書鈔》一百三十四)

粉黛弛落，髮亂釵脫。(《北堂書鈔》一百三十五)

"粉黛弛落，髮亂釵脫"寫男女交歡的場景，帶有創新性，而且影響了後世許多作品，成爲情愛文學描寫中固定的辭彙和套路。錢鍾書讀到"粉黛弛落，髮亂釵脫"以後，十分敏感地在《管錐編》裏斷定："前此篇什見存者，刻劃男女，所未涉筆也。"[1] 他又列舉了劉孝綽、白居易、李商隱等人的情愛描寫，特別對白行簡的《天地陰陽交歡大樂賦》爲證。說："'釵脫'景象，尤成後世綺豔詩詞常套，兼以形容睡美人"[2]。

就這樣一篇賦，可作"生活教材"，同樣具有生命力。唐玄宗命徐謙益編纂類書《初學記》，供他的兒子們作文時檢查事類用。《初學記》雖然取材甚嚴，但這篇賦的入選，可見當時人的觀念；

---

[1] 錢鍾書：《管錐編》，三聯書店，2007年，第1018頁。
[2] 同上。

唐玄宗也不視這些內容爲淫穢。也許他覺得，他的兒子們對結婚後怎麼生兒育女，包括如何寫作這類作品，如何引經據典，都需要學習學習吧。不過，《初學記》删去了"粉黛弛落，髪亂釵脫"二句，是不是唐玄宗命令删的，已經不得而知①。

這篇賦，第一次對女性的美麗和性的誘惑如此露骨的描寫，用了許多"床上"的語言，章太炎應該指責蔡邕將"床笫之言張揚於大廳"。相比而言，司馬相如和蔡邕才是描寫女性和女色的"師傅"，蕭綱和宮體詩人不過是他們的"徒弟"，章太炎不怪"師傅"，卻怪"徒弟"，用這一段話批評蕭綱宮體詩，也許是不公正的。

蔡邕的學問、性情、文學和人格，在當時和後來都是一個不得了的人，他還有一篇殘缺不全的《檢逸賦》，也寫男女之情。其中語句也同樣大膽：

> 夫何姝妖之媛女，顏燁燁而含榮，普天壤其無儷，曠千載而特生。余心悅於淑麗，愛獨結而未並。情罔象而無主，意徙倚而左傾。晝騁情以舒愛，夜托夢以交靈。（《藝文類聚》十八）

> 思在□而爲簧鳴，哀聲獨不敢聆。（《北堂書鈔》一百十）

這些賦，在説明蔡邕是性情中人的同時，也反映出東漢末年禮崩樂壞、道德約制鬆弛和人性通脫的新曙光，映照出抒寫現實的建安文學的前路；其中對女性大膽的鋪陳描寫，讓後來的六朝宮體文學找到遙遙相承的祖先。

但是，在中國文學史上，"德"和"色"是一對悖論。不同的

---

① 今本《初學記》和《藝文類聚》都無此兩句，"粉黛弛落，髪亂釵脫"輯録自《北堂書鈔》一百三十五。

文學體裁，有不同的"德"和"色"的評判標準。讓我們讀一讀蕭綱最有代表性的宮體詩作品《詠內人畫眠》：

> 北窗聊就枕，南簷日未斜。攀鉤落綺障，插捩舉琵琶。夢笑開嬌靨，眠鬟壓落花。簟紋生玉腕，香汗浸紅紗。夫婿恒相伴，莫誤是倡家。①

前面八句描寫、鋪陳，作者以極富性感和華美的詞語，以足夠的耐心和關注，描寫一個美人的晝眠。尤其是"夢笑開嬌靨，眠鬟壓落花。簟紋生玉腕，香汗浸紅紗"，寫了人體、衣着、汗水、氣味、色彩、夢幻乃至玉腕上的印痕。作者用"醉了的酒神和睡了的愛神"的描寫方法，對美女的鋪陳、細膩和真實、精緻程度，足可以勝過一篇漂亮的小賦。

作者鋪陳描寫，故意繞一個圈子——然後突然插入道德的正面提示語：説這不是倡家，她的丈夫就陪伴在她身旁，請你不要誤會。不僅描寫盡態極妍、馳騁想像，最後還假正經，假道德，這麼"色"的詩，還要講"德"，還是太子寫的。這使某些讀詩的人，感覺一定不好，會反映到梁武帝那裏去，讓梁武帝管一管他這個當太子的兒子。還真有這麼一回事，梁武帝蕭衍把蕭綱的詩歌老師徐摛叫來，板着臉詢問②。詢問的結果雖然證明徐摛足夠優秀，但由此反映當時就有人對宮體詩看不慣。

但這對蕭綱來説是冤枉的。他的《詠內人畫眠》其實是一篇

---

① 逯欽立輯校：《先秦漢魏晉南北朝詩》，中華書局，1983，第1941頁。
② 《梁書·徐摛傳》説："摛之文體既別，春坊盡學之。宮體之號，自斯而起。武帝聞之，怒召摛加讓。及見應對明敏，辭義可觀，武帝意釋。因問五經大義，次問歷代史及百家雜説，無不應對如響，帝歎異之，寵遇日隆。"姚思廉撰：《梁書》，中華書局，1973年，第447頁。

"微型的"美人賦,在蕭綱的《詠內人畫眠》裏,沒有批判,沒有說理,而是詳細描寫、渲染了和美人在一起的性感的生活細節,作者的重點並不在對道德的說教,不想諷諫什麼或勸誡什麼,蕭綱原來想從賦到詩"新變"一下的,但這種從漢大賦遺傳過來的"德"和"色"的悖論,仍然讓"新變"的詩陷於道德與審美之間的困境;即便最後兩句寫得再正經也沒有用。

有意思的是,假如蕭綱不是太子,不是帝王,他這篇《詠內人畫眠》也不是詩歌,而是一篇賦,就根本算不了什麼,別人也不會注意。正是因爲蕭綱學習美人賦的寫法寫美人詩;又是太子和帝王,就變成關注的焦點,批判的對象。人們只關注他寫的"色",而不關注他的"德"。要知道,蕭統死後,接班人理論上應該是蕭統大兒子的。但梁武帝從各方面考慮,認爲蕭綱都是最佳人選,才下定決心,挑選蕭綱爲太子。蕭綱爲太子時,已經二十九歲,人格成熟,品行端正;且有多年戍守邊藩的經歷,卓有政績,絕不是寫《詠內人畫眠》作者的形象;這足以說明——寫作宫體詩對他的"道德"和"人品"損害有多大。

四、詩·賦評價中的悖論

在賦中,你可以把美女寫到極致,只要沒有行動,最後"諷諫"幾句,就算是"言論"自由的範圍,不犯法,也不違反道德。但唯一的一次例外是陶淵明的《閑情賦》。於《閑情賦》的寫作時間,說頗歧紛①。對陶淵明的《閑情賦》的主題,也有

---

① 一說是陶淵明年輕時的作品,袁行霈考證《閑情賦》是陶淵明十九歲時所作;郭維森、包景誠《陶淵明年譜》認爲陶淵明二十七歲時所作;三說謂陶淵明三十歲時,妻子去世,續娶翟氏時所作。翟氏是一個賢良女子,《南史》本傳說:"其妻翟氏,志趣亦同,能安苦節,夫耕於前,妻鋤於後。"大約在詩人喪妻、再娶這一段時期寫作《閑情賦》。皆可參考。

很多種説法①:《閑情賦》序説:"初,張衡作《定情賦》,蔡邕作《静情賦》,檢逸辭而宗澹泊,始則蕩以思慮,而終歸閑正。將以抑流宕之邪心,諒有助於諷諫。綴文之士,奕代繼作,並因觸類,廣其辭義。余園閭多暇,復染翰爲之;雖文妙不足,庶不謬作者之意乎。"②

陶淵明説自己在田園耕作之暇,也想像古人那樣表達一下自己,雖然文采差一點,但"本意"是一樣的。這篇序言,同樣在"德"的幌子下寫"色",表達自己最純真的思念。其實,陶淵明是不必提及張衡《定情賦》和蔡邕《静情賦》的。之所以要提,是爲自己貼一張標籤,把自己的愛情故事放在古人的格式框架裏去寫,離間一下對妻子愛情過於真實、近於呼喊的寫法③。

《閑情賦》是漢以來系列美人賦中的一篇,賦中表現了作者對女性的贊美和對妻子深切的思念之情,是詩人真實情感的自然流露:

> 激清音以感余,願接膝以交言。欲自往以結誓,懼冒禮之爲愆;待鳳鳥以致辭,恐他人之我先。意惶惑而靡寧,魂須臾而九遷:願在衣而爲領,承華首之餘芳;悲羅襟之宵離,怨秋夜之未央!願在裳而爲帶,束窈窕之纖身;嗟溫涼之異氣,或脱故而服新!願在髮而爲澤,刷玄鬢於頽肩;悲佳人

---

① 一種是"言情説",第二種是"寄托説",還有"守禮與反禮説"等等。以蕭統爲代表的"無寄托説"和以蘇東坡爲首的"有寄托説"展開了激烈的論爭;當今學者也圍繞這幾個問題進行討論。
② 嚴可均輯:《全晉文》,商務印書館,1999年,第1176頁。
③ 如陶淵明這樣的隱士,這樣的正人君子,還是想把自己的"私情",借助某種"模式"來掩飾。不管是不是爲了合乎程式,在這一點上,他比不上他在序言裏提到的蔡邕。蔡邕寫《青衣賦》,比較直白地表達他對一位婢女的愛情。

之屢沐,從白水而枯煎!願在眉而爲黛,隨瞻視以閑揚;悲脂粉之尚鮮,或取毀於華妝!願在莞而爲席,安弱體於三秋;悲文茵之代御,方經年而見求!願在絲而爲履,附素足以周旋;悲行止之有節,空委棄於床前!願在晝而爲影,常依形而西東;悲高樹之多蔭,慨有時而不同!願在夜而爲燭,照玉容於兩楹;悲扶桑之舒光,奄滅景而藏明!願在竹而爲扇,含淒飆於柔握;悲白露之晨零,顧襟袖以緬邈!願在木而爲桐,作膝上之鳴琴;悲樂極以哀來,終推我而輟音!①

有人以爲,《閑情賦》是陶淵明作品中的另類;因爲賦中描寫了一位令人思慕的絕代佳人,接着發了十願,淋漓盡致地抒發了對她的熱烈思慕之情;作者幻想與她日夜相處,形影不離,甚至變成她身上的各種器物。全賦用了賦、比、興的手法,情思泉湧,層層繚繞,比喻貼切而生動,詞藻樸素又華麗,變化自然而多端,把美女寫得純潔,表達思慕者崇高的品德和志趣。

與張衡《定情賦》、蔡邕《靜情賦》相比,陶淵明的《閑情賦》文采最華美,情感最纏綿,語言最真摯:描寫妻子的美麗和美德,作者盡了與生命同樣出色的才情:

夫何懷逸之令姿,獨曠世以秀群。表傾城之豔色,期有德於傳聞。佩鳴玉以比潔,齊幽蘭以爭芬。淡柔情於俗內,負雅志於高雲。悲晨曦之易夕,感人生之長勤;同一盡於百年,何歡寡而愁殷!褰朱幃而正坐,泛清瑟以自欣。送纖指之餘好,攘皓袖之繽紛。瞬美目以流眄,含言笑而不分。曲調將半,景落西軒。悲商叩林,白雲依山。仰睇天路,俯促

---

① 嚴可均輯:《全晉文》,商務印書館,1999年,第1176頁。

鳴弦。神儀嫵媚，舉止詳妍。①

人們很難想像，以自然樸素的白描見長，以寫恬淡田園風光爲標誌的隱士陶淵明，內心竟然有如此熾熱的衝動和如此纏綿的愛情。這篇賦提供的格式，比起他自己説的"庶不謬作者之意"②更有典型意義的，它是古今中外向愛人表達"我願意是你的……"詩歌的祖先；不僅僅是他的田園詩成爲千古隱逸詩人之宗。

其實，讀陶淵明《讀山海經》、《歸園田居》、《飲酒》詩歌的人，都知道在他自然平淡中富贍的才思和清靡的風華，看得出陶淵明是個多情的種子，完全寫得出《閑情賦》這樣的作品；而讀《桃花源記》的人都知道，陶淵明是篤意真古，懷抱理想的人士，並且有着《歸去來兮辭》痛苦的思想挣扎和心路歷程。假如這個人寫他自己的愛人，那一定就是《閑情賦》了。

一點不奇怪，人有幾個基本面。我們之所以認爲他的《閑情賦》有點特殊，是因爲古代詩人很少寫到他們的太太和情人；其實古人對他的太太和情人的感情和感覺，與今天多情的少男少女並無二致。在陶淵明以前有潘岳的悼亡詩、悼亡文和悼亡賦，大家都知道，不多説了。我想説的是，在出土的唐代碑刻中，你們讀讀唐代詩人韋應物在碑陰記裏對他太太的感情，和陶淵明的《閑情賦》也是一樣的。在表達這種感情的時候，最佳的體裁不是詩，不是文，而是賦。賦有充分表達這種感情，並有在公衆面前掩飾自己真情的形式傳統；而在詩中，這種感情一表達就是真人真事，没有遮攔。正如到了宋代，詩莊詞媚，詩和詞表達感情的

---

① 嚴可均輯：《全晉文》，商務印書館，1999年，第1176頁。
② 同上。

類別,也約定俗成地有些分工一樣。

要是將《閑情賦》與《桃花源記》、《歸去來兮辭》一起讀,覺得三篇賦,篇篇都是獨立特秀的佳作;但假如將《閑情賦》與《歸園田居》、《讀山海經》和《飲酒》之類的詩一起讀,就真的有點"另類"了,因爲人是多面體,而詩歌體裁對這類感情不相容。

陶淵明想了辦法,用一篇冠冕堂皇的"序言"遮人耳目,然後端着《閑情賦》跟在張衡、蔡邕後面,混進美人賦的隊伍。但編《文選》的蕭統,還是把這篇賦"拉"了出來。一是不讓它進《文選》;二是用遺憾的口吻,批評《閑情賦》。

蕭統的《陶淵明集序》説:

> 余愛嗜其文,不能釋手;尚想其德,恨不同時。故更加搜求,粗爲區目。白璧微瑕者,惟在《閑情》一賦。揚雄所謂勸百而諷一者,卒無諷諫,何必搖其筆端。惜哉,無是可也!①

蕭統批評的理由很簡單,説陶淵明的《閑情賦》沒有"勸百而諷一"中的"諷諫"。其實,陶淵明的"諷諫"是有的,賦的結尾回歸禮儀本意;不過沒有強調得非常充分而已。

現在讀蕭統的批評,好像覺得蕭統很苛刻。其實,蕭統真是太熱愛陶淵明的人品和文品了。陶淵明的人品在當時已有定評;沈約把陶淵明寫進《宋書》的隱逸傳;但陶淵明的詩文卻隱沒不彰,欣賞他作品的人很少。至齊梁,江淹《雜體詩三十首》首先提到陶淵明的詩歌風格,作爲當時的代表之一,陶詩

---

① 張溥輯:《漢魏六朝百三家集》,信述堂重刻本,第38頁。

自有它的"讀者圈"和影響力；鍾嶸《詩品》把他放在中品，用品評的方式關注他，給了他高出一般時人的地位。到了年輕的蕭統，則完全癡迷於陶淵明的人品、文品，愛陶淵明愛到"不能釋手，尚想其德，恨不同時"①的地步；爲之編集，並在集中贊賞備至。

蕭統在《陶淵明集序》中，先幫陶淵明辯解説："有疑陶淵明之詩，篇篇有酒。吾觀其意不在酒，亦寄酒爲跡也。"② 然後，歌頌陶淵明的文章和爲人説：

> 其文章不群，詞采精拔；跌宕昭章，獨超群類；抑揚爽朗，莫之與京。横素波而傍流，干青雲而直上。語時事則指而可想，論懷抱則曠而且真。加以貞志不休，安道苦節，不以躬耕爲恥，不以無財爲病，自非大賢篤志，與道污隆，孰能如此者乎！③

蕭統用了最高級的辭彙，認爲陶淵明的文章"詞采精拔；跌宕昭章，獨超群類；抑揚爽朗，莫之與京"。甚至仰視他"横素波而傍流，干青雲而直上"；説讀他的作品，就像和素心人談話"語時事則指而可想，論懷抱則曠而且真"；不僅品行上"貞志不休，安道苦節，不以躬耕爲恥，不以無財爲病"，甚至認爲陶淵明的文章有特異功能："嘗謂有能觀淵明之文者，馳競之情遣，鄙吝之意袪，貪夫可以廉，懦夫可以立，豈止仁義可蹈，抑乃爵禄可辭！不必傍遊泰華，遠求柱史，此亦有助於風教爾。"④ 只要讀陶淵明的文

---

① 張溥輯：《漢魏六朝百三家集》，信述堂重刻本，第38頁。
② 同上。
③ 同上。
④ 同上。

章,"馳競"之人就會停下來;"鄙吝"之人就會改正;"貪夫"讀了以後會清"廉"起來,"懦夫"讀了會堅強。以爲陶淵明的人與文章,在"大賢篤志,與道汚隆"的高度上,可以超度世俗的芸芸衆生;把陶淵明的人和文,推崇成可以挽救人性弱點的萬世表率;真是太偉大了。

受蕭統影響,蕭家弟兄幾乎人人欣賞陶淵明。蕭綱對陶淵明的人品和文學沒有直接評價,但據顏之推《顏氏家訓》說:"簡文(蕭綱)愛淵明文,常置几案,動靜輒諷。"① 可見蕭綱對陶詩也是發自內心的熱愛,和哥哥蕭統一樣的著迷。蕭繹也喜歡陶淵明其人其文,蕭繹《金樓子》的許多字句,都是對陶淵明文章詞句的兩層師法。

雖然賦是有資格表現美人內容的,但比較嚴肅的蕭統《文選》只是在"哀傷"的門類裏,選了司馬相如的《長門賦》;在"情"的門類裏,選了宋玉的《高唐賦》、《神女賦》、《登徒子好色賦》。對司馬相如的《美人賦》、張衡的《定情賦》、蔡邕的《靜情賦》都沒有選入。對《美人賦》、《定情賦》和《靜情賦》,蕭統沒有評價,只對陶淵明的《閑情賦》提出"白璧微瑕"的質疑。因爲年輕的太子蕭統要把陶淵明推尊成一個完美無缺的人,不允許陶淵明有任何可能的"瑕疵";突然發現一篇《閑情賦》"佛頭著糞",此時蕭統的心情是,沒有這一篇多好;批評的理由是賦裏沒有"諷諫"。由此成爲一段爭論不休的公案。

蘇軾"於詩人無所甚好,獨好淵明詩"②,以爲"自曹、劉、

---

① 顏之推撰,王利器集解:《顏氏家訓集解》,上海古籍出版社,1980年,第276頁。
② 胡仔纂集,廖德明校點:《苕溪漁隱叢話》,人民文學出版社,1962年,第21頁。

鮑、謝、李、杜諸人，皆莫及也"①。他以爲，《閑情賦》"好色而不淫，合乎風騷之旨"②，無可厚非。因此諷刺蕭統是"小兒强作解事者"③。蘇軾似乎在與蕭統争奪誰是陶淵明真正的知音；大家都想把陶淵明往絶對完美的方向推崇。但要求不一致使陶詩接受史上兩個最大的"陶粉"之間隔空喊話④。清人陳沆甚至認爲："晉無文，唯淵明《閑情》一賦而已。"⑤魯迅説："此賦愛情自由的大膽，《文選》不收陶潛此賦，掩去了他也是一個既取民間《子夜歌》意，而又拒以聖道的遇士。"（《且介亭雜文二集》）

陶淵明的《閑情賦》，被蕭統批評了一下，看的人反而多了。但人們還是不太注意《閑情賦》的"序"。其實，這是最早説明美人賦"勸百諷一"傳統和發揮自己性靈關係的根據。並且據此知道，蔡邕的《檢逸賦》，在陶淵明讀到的時代題爲《静情賦》。

蕭統對賦的諷諫意義那麽看中，即使陶淵明的《閑情賦》也不原諒。而弟弟蕭綱却嘗試在"詩"中展開像"賦"中那樣"美色"的描寫，就招來諸多的質疑和咒駡。可見齊梁社會，甚至在梁武帝的家中，兄弟之間，文學觀念都相差那麽大。在"賦"裏允許存在對人體"美色"的描寫，在"詩"裏未必允許存在。蕭

---

① 見胡仔《苕溪漁隱叢話》二："吾於詩人無所甚好，獨好淵明之詩。淵明作詩不多，然其詩質而實綺，癯而實腴，自曹、劉、鮑、謝、李、杜諸人，皆莫及也。吾前後和其詩凡百有九篇，至其得意，自謂不甚愧淵明。然吾之於淵明，豈獨好其詩也哉？如其爲人，實有感焉。"胡仔纂集，廖德明校點：《苕溪漁隱叢話》，人民文學出版社，1962年，第21頁。
② 胡仔纂集，廖德明校點：《苕溪漁隱叢話》，人民文學出版社，1962年，第2頁。
③ 同上。
④ 蘇軾反對蕭氏此説，他説："淵明《閑情賦》，正所謂《國風》好色而不淫，正使不及《周南》，與屈、宋所陳何異？而統乃譏之，此乃小兒强作解事者。"
⑤ 陳沆：《詩比興箋》，中華書局，1959年，第78頁。

统、蕭綱兄弟走了兩個極端,各自爲文學史寫下了一段精彩的篇章。

辭賦除了在美人内心情緒天地和性心理活動上給宫體詩提供語言零部件以外;"色"與"德"的問題,也遺傳成了宫體詩人無法擺脱的尷尬;這些美人與道德糾結的遺産,都一起放在宫體詩人的面前。以致今天我們讀宫體詩,在一大堆美麗的詞藻、典故和意象中,仍然找不出詩人的真情實意;造成了一種隔膜,並影響了宫體詩的聲譽。

賦允許鋪排誇張,允許存在一點失真的描寫,允許虚構,遇到一個仙女、神女之類的。而詩歌卻没有這種專利,没有仙女、神女帶來的"離間效果",使幾乎所有的宫體詩人,所有的描寫都必須是用自己眼睛觀察,用心體驗,在描寫"豔遇"和"豔情"時,不免閃閃爍爍、隱約其辭,或者規規矩矩、平平穩穩;詞藻應該採用,寫作方法應該吸取,道德的底綫不能突破。對女性的態度,在道德面前,宫體詩人會顯得無可躲避。即使描寫雖是床笫之言,也要聲明不是娼家;或者頂多"履高疑上砌,裾開特畏風。"①(蕭綱《和湘東王名士悦傾城》)絶不會出現"粉黛弛落,髮亂釵脱"②(司馬相如《美人賦》)的場景,宫體詩人也没有這個膽量。

但宫體詩人會想,連陶淵明都寫"十願"的,他能這麽寫,我們爲什麽不能寫呢?不公平的是,讀者對不同的文學樣式和文學體裁的批評接受有"雙重標準"。在賦和後世的小説裏,男女之情、床笫之言,可以寫得非常露骨;哪怕用"第一人稱"寫,讀者會認爲那不是作者本人。而在詩歌中,抒情主人公不可能替代,

---

① 逯欽立輯校:《先秦漢魏晉南北朝詩》,中華書局,1983年,第1938頁。
② 嚴可均輯:《全後漢文》,商務印書館,1999年,第711頁。

就是詩人自己；這是敘事學上的重要理論。這就形成了同一種內容，不同文體形式表達的悖論。

但是，出於熱愛，也爲了推動詩歌的發展，蕭綱等宮體詩人大量寫作並樂此不疲；他們覺得這是一項有意義的試驗。在原來"不相容"的文體中，開啓了對同一種美人主題的描寫；並把賦大量鋪陳的方法入詩，改變了詩歌比興的結構。在齊"永明體"以後，開創出屬於蕭家"東阿王"的宮體詩事業。

在這場轟轟烈烈的試驗中，蕭綱和宮體詩人發現了對仗的快樂，發現用漢字形、聲、義竟然可以對稱地寫出充滿形式美的詩來，不僅比曹植，比謝靈運的時代有長進，就是比前朝的"永明體"，也有明顯的進步；這就大大地收穫了齊梁時代詩學進步的意義。

（本文原載於《復旦大學學報》2019年第1期，署名：曹旭、蔣碧薇）

第五輯

《詩品》與文論

　　劉勰《文心雕龍》用駢文寫詩論；鍾嶸《詩品》用"雨夾雪"的文體寫詩評。鍾嶸的品語本身就是一首詩，一首流風回雪、落花依草式的詩。鍾嶸寫"這首詩"的目的，不是爲了抒發胸臆，而是爲了概括他評論的詩篇。由於鍾嶸的再創造，原來擔心批評過程會損耗的詩美信息量，經《詩品》傳遞，反而被放大了。

　　在東瀛和歌的詩人群裏，鍾嶸比劉勰擁有更多的"粉絲"。

鍾嶸身世考

解讀《詩品》，先要知道作者；知人論世是第一步。

因爲，鍾嶸的身世還有不清楚的地方；圍繞作者和文本的關係，目前還有一些似是而非的看法。

有人以爲：鍾嶸既然三品論詩，就必然有自己的喜好，也必然打上自己的階級烙印，因爲任何人都在自覺不自覺地爲自己的階級說話。這就要用階級分析的眼光看一看：一百二十三位不同出身的詩人究竟置於什麼品第？這種做法與鍾嶸的出身有什麼關係？據此，有人發現了"三品論士不公的秘密"[①]

也有學者反對這種分析法。

——這可以說明，唯有弄清鍾嶸的身世，方可深入品語內涵，爲進一步研究提供一個前提和出發點。

關於鍾嶸的身世和門第，王元化、梅運生先生均有論述，而且很精彩。王論劉勰身世涉及鍾嶸身世，梅則專論鍾嶸身世，均有深思卓見，啓迪後人。此外，日本同行也參與討論，發表見解，拓寬了繼續研究的視野，本文即在此基礎上探索。

鍾嶸門第和社會地位問題，目前有幾種說法：

一種說他是寒門。《南史·鍾嶸傳》載：建武初（494—498），鍾嶸約二十九歲，因齊明帝"躬親細務"，不注意領導藝術，鍾

[①] 參見李伯勛《三品論士不公的秘密》，甘肅《社會科學》1980年第2期。

嶸上書，發了一通應該如何當皇帝的言論，弄得齊明帝很不高興。問太中大夫顧暠："鍾嶸何人？欲斷朕機務，卿識之不？"太中大夫顧暠說："嶸雖位末名卑，而所言或有可采。"據此，有的研究者就以爲鍾嶸是人微言輕的一介"寒士"，是"寒門出身的才子"；另一種把他的身世與處境折衷，說他"社會地位亦去後門不遠，僅僅略高於寒素一籌"，"處於上下的夾攻之中"①。由此猜測鍾嶸出身"下級士族"或"近於寒門的士族"②。正是急遽下降的社會地位，才使他的門第觀念、士族意識分外強烈，等等。

究竟是寒士？高寒士一籌？還是下級士族，在士、庶之間？在未充分佔有資料的情況下，結論的盲目性和模糊性是不可避免的。

有關鍾嶸身世的資料，常見且爲研究者引用的有《梁書》與《南史》。

《梁書·鍾嶸傳》說：

> 鍾嶸字仲偉，潁川長社人。晉侍中雅七世孫也。父蹈，齊中軍參軍。

《南史·鍾嶸傳》所載大致相同：

> 鍾嶸字仲偉，潁川長社人。晉侍中雅七世孫也。父蹈，齊中軍參軍。嶸與兄岏弟嶼，並好學有思理。

---

① 見段熙仲《鍾嶸詩品考年及其他》，《文學評論》叢刊第5輯。
② 見高木正一《鍾嶸詩品·前言》（昭和五十三年三月日本東海大學出版社版）。筆者譯。

根據上述的記載，再檢《晉書・鍾雅傳》："（雅）子誕，位至中軍參軍，早卒。"① 則鍾嶸身世，可列成以下系譜：

鍾雅—鍾誕……鍾蹈—鍾嶸

這一系譜，是目前大家都看到的。但據此立論，即陷入矛盾。因爲從鍾雅任晉御史中丞、驍騎將軍、尚書右丞及侍中等職，位居清要，符合魏晉以來高門的規定看，鍾嶸的士族出身，似乎可以確定。但《晉書・鍾雅傳》又説"及峻逼遷車駕幸石頭，雅、超流涕步從。明年，並爲賊所害。賊平，追贈光祿勳。"鍾雅死後，"其後以家貧，詔賜布帛百匹"②。家境敗落，以致政府救濟，加上鍾誕只做到中軍參軍，死得又早，則七世後的鍾嶸，又似乎近於寒門寒士。

其實，這些看法並不可靠。因爲當時的士、庶有非常嚴格的規定。士、庶區別，並不由當時的財富甚至地位決定，還要看家族的淵源。

林田慎之助氏以爲，鍾嶸所以認識齊代著名詩人並與之結交，當出於衛將軍王儉的提攜："作爲寒門出身的青年鍾嶸，是如何與這些著名的齊代文人結交的呢？這無疑是發現作爲國子生的鍾嶸，並加賞接的國子祭酒王儉起了作用。"且"鍾嶸自己就是抱有宿怨的人，是寒門出身的才子，因爲求沈約薦舉遭到拒絕，以後便無出頭之日"③。

段熙仲先生《鍾嶸詩品考年及其他》持相同觀點："嶸爲雅七

---

① 見《晉書》卷七十，列傳第四十，中華書局，1999年。
② 均見《晉書》卷七十，列傳第四十，中華書局，1999年。
③ 見林田慎之助《中國中世紀文學評論史》第五章"齊梁時代的文學理論"第一節"鍾嶸的文學理念"（昭和五十四年二月日本創文社印行）。筆者譯。

世孫，時代綿邈，已非甲族（士族）"，"又鍾雅子誕位不過中軍參軍。嶸父蹈仕南齊亦同此宦，皆非達宦……社會地位亦去後門不遠，僅僅略高於寒素一等。"

李伯勳先生《三品論士不公的秘密》說："南渡以後，特別是鍾雅死後，他的社會地位急遽下降。鍾嶸對這種情況是不滿意的，他對那些'寒門'出身的'暴發戶'更是深惡痛絕的。"三品論士不公，其秘密正在於此。

高木正一亦認爲："至鍾嶸之世，他的門第成爲下級士族，並接近所謂的寒門了。"①

持不同意見的是梅運生，《鍾嶸的身世與詩品的品第》以爲，那樣說"有點絕對化"。因爲"南朝士族子弟位至公卿的，不會是多數，更不可能是全體。即使位至公卿，因政績不突出，正史未予立傳的，也大有人在"。嶸父祖、兄弟仕宦未至公卿，不能就此"認定鍾氏已經衰落"。言雖有理，但證據不足。因爲談鍾氏世系，僅及鍾雅、鍾誕、鍾蹈是不夠的。還必須瞭解從鍾誕到鍾蹈的嶸祖、曾祖、高祖三代。只有弄清鍾雅以來的系譜，弄清前"三代"是幹什麼的，才能知道鍾氏的社會地位是否"急遽下降"到"接近寒門"？成爲無出頭之日的"寒士"？抑或相反？

鍾氏系譜如何？"三代"生平如何？段熙仲先生說："中間數世，寂寞無聞。"自注："嶸祖與曾祖、高祖、史無其名。"（見前文）蕭華榮先生說："其子鍾誕曾任中軍參軍。以下數代史書沒有記載。"② 高木正一氏《鍾嶸詩品·前言》說："鍾雅以後數世，寂而無聞，不見顯要。"梅運生先生也說："鍾嶸的曾祖、高祖，史無

---

① 見高木正一《鍾嶸詩品·前言》，昭和五十三年三月日本東海大學出版社出版。筆者譯。

② 見蕭華榮《詩品注釋·前言》，中州古籍1985年1月版。

其名。"① 梅文《鍾嶸的身世與詩品的品第》説:"鍾誕以後數世,寂寞無聞,很可能與史料闕如有關。"

其實史料還是有的。鍾氏資料,除了《梁書》、《南史》、《三國志》,在《世説新語》、《宋書》、《元和姓纂》、《新唐書》等正史、專書裏還有一些,可以挖掘。

正史、專書外,還有《鍾氏家譜》,《家譜》對鍾氏源流,及祖父、曾祖、高祖"三代"的生平材料,都有較詳細的記載。

先看《新唐書》卷七十五,《宰相世系表》記載:

> 鍾氏出自子姓,與宗氏皆晉伯宗之後也。伯宗子州犁仕楚,食采于鍾離,因以爲姓。楚漢時有鍾離昧,爲項羽將,有二子:長曰發,居九江,仍故姓;次曰接,居潁川長社,爲鍾氏。漢有西曹掾皓,字季明,二子:迪、敷。迪,郡主簿,生繇、演。繇字元常,魏太傅、定陵侯。生毓、會。毓字稚叔,侍中,廷尉。生駿,駿字伯道,晉黃門侍郎。生曄,字叔光,公府掾。生雅,字彥冑,過江仕晉,侍中。生誕,字世長,中軍參軍。生靖,字道寂,潁川太守。生源,字循本,後魏永安太守。生挺,字法秀,襄城太守、潁川郡公。生蹈,字之義,南齊中軍。二子:嶼、嶸。嶼字秀望,梁永嘉縣丞。生寵,字元輔,爲臨海令。避侯景之難,徙居南康贛縣,生寶慎。

《世系表》從晉伯宗到唐宰相鍾紹京,對鍾氏世系,述之甚詳。特別對嶸祖、曾祖、高祖的姓名、字號大小、仕宦都有簡略的記載。記載是否可靠?請再驗證其他材料:

《世説新語·政事》篇劉孝標注引《鍾雅別傳》説:

---

① 見梅運生《鍾嶸和詩品》,上海古籍出版社,1982年,第12頁。

> 雅字彥胄，潁川長社人。魏太傅鍾繇弟仲常曾孫也。少有才志，累遷至侍中。

唐林寶《元和姓纂》卷一云：

> 繇弟演玄孫雅，過江爲晉侍中。

儘管《世說新語》注引爲"曾孫"，《元和姓纂》謂之"玄孫"，兩書的記載相差一世，但記載鍾雅的祖宗是鍾演不是鍾繇是一致的，這就與《世系表》不同。

《梁書·武帝紀上》曾載蕭衍不滿當時譜牒混亂，冒充士族的社會現象說："且夫譜牒訛誤，詐偽多緒，人物雅俗，莫肯留心。是以冒襲良家，即成冠族；妄修邊幅，便爲雅士。"《世系表》是否同樣涉嫌？因鍾繇聲望顯赫，便把鍾雅、鍾紹京一系，從鍾演移至鍾繇名下？也許可能，但不能確證。因爲這是修官史，有其嚴肅性。

同樣的懷疑還來自宋人鄧名世的《古今姓氏書辨證》。

《元和姓纂》、章定《名賢氏族言行類稿》和《世系表》都說鍾氏出自晉伯宗之後，食采鍾離，因以爲姓，後去離爲鍾。而鄧名世《古今姓氏書辨證》卻以爲："楚有鍾氏久矣。昭王樂尹鍾建乃（鍾）儀之後，而子期又建之孫，皆非出自州犁之後，正合爲鍾離氏祖。而昧子接雖爲鍾氏，亦不得爲鍾氏祖。今宜曰鍾儀之先仕楚，以食邑爲氏，則姓亦明矣。"

宋人邵思《姓解》亦以"《左傳》有鍾儀，魏有太尉鍾繇、鍾會，梁有鍾嶸，唐有鍾紹京"並稱，以爲，鍾嶸的祖先是楚囚鍾儀而不是晉大夫伯宗。這也與《世系表》的記載相左。完全無視這些說法固然不妥，但就此推翻《世系表》也許更爲荒謬。

這是因爲晉宋以來，世家多存圖牒、家錄、家狀之類的典籍。

《隋書·經籍志》稱《鄧氏家譜》、《族姓昭穆記》雖已亡佚，而譜系篇所載，尚有四十一部三百六十卷。唐代姓氏著作更多，如顯慶中詔吕才等撰《姓氏錄》；開元中柳沖增補；天寶中有李林甫的《天下郡望姓史族譜》，元和時有林寶的《元和姓纂》等。也許唐代"取前世仕籍，定以博陵崔（氏）、范陽盧（氏）、隴西李（氏）、滎陽鄭（氏）、趙郡李（氏），通謂七姓"的做法，使士大夫之家"互相排詆"，爲爭門第而"各自著書，盈編累簡"①，助長了這種風氣。這實際上是一種文化熱，《新唐書·宰相世系表》或許就是這種文化熱的產物。在譜牒訛亂，假冒風行的情況下，將唐代宰相的家譜世系采入官書，編定正史，事實上有打假糾偏、昭示天下的意思。

《世系表》撰修于宋嘉祐五年（1060）。作爲重要的文化工程，案據經籍，窮究舊史，編撰時，集中人力物力，參考當代和前代包括《世說新語》劉孝標注及唐代《元和姓纂》在內的各種譜牒傳記材料是不言而喻的②。

因此，鍾雅是鍾繇的子孫？還是鍾演的子孫？潁川鍾氏出自楚囚鍾儀？還是晉大夫伯宗？也許當時就有兩種説法，意見相左，《世系表》的編纂者只能擇善而從。對唐、宋時期即已説法不同的鍾氏世系，我們今天更難遽斷曲直，只能相信正史的權威而以他説爲參考。不迷信正史，也不迷信別傳。

爲進一步探明鍾嶸身世，完成《詩品》研究，我曾深入中州，至古潁川長社調查，發現數種《鍾氏家譜》。其中所列世系，比《宰相世系表》更爲詳細。

且摘有關部分與《世系表》相對照：

---

① 均見宋人沈括《夢溪筆談》卷二十四。
② 儘管今本《元和姓纂》已是從《永樂大典》、宋鄭樵《氏族略》、王應麟《姓氏急就章》及謝枋得《秘笈新書》中輯出的本子。但從陳振孫《直齋書錄解題》謂曾以數本參校，又以蜀本校勘的記載看，此書在宋代並未亡佚，故可以參考。

伯　宗（桓公曾孫，爲晉大夫，生州犂）
│
伯州犂（仕楚爲太宰，食采鍾離，因以爲姓。伯氏自此攸分矣。自公十一世至鍾離眛）
│
鍾離眛（爲楚項王將，封承威將軍，生二子。襲潁川郡公，居長社，始去離爲鍾，實鍾氏得姓之祖也）
├── 鍾　接　　　鍾離發（居九江，仍故姓）
│
鍾　宴
│
鍾　鑑
│
鍾　剐
│
鍾　元（爲漢廷尉至尚書，生二子）
├── 鍾子期　　鍾　贊
│
鍾　範
│
鍾　表
│
鍾　參（隱居許州，不屑仕進。生十五子：朝、皎、皓、經、隆、建、秀、逸、設、葉、玉、賀、招、陽、向）
│
鍾　皓（字季明，爲郡功曹，辟公府掾，生二子）
├── 鍾　敷　　鍾　迪（郡主簿，生二子）
│
鍾　演　　　鍾　繇（字元常，爲魏太傅，封定陵侯。太和四年薨。生二子）
（字元通，封徹侯）
│
鍾　會　　　鍾　毓（字稚叔，魏侍中，都督荆州，景元四年卒，附葬紫雲岡）
（字士季，魏征西大將軍）

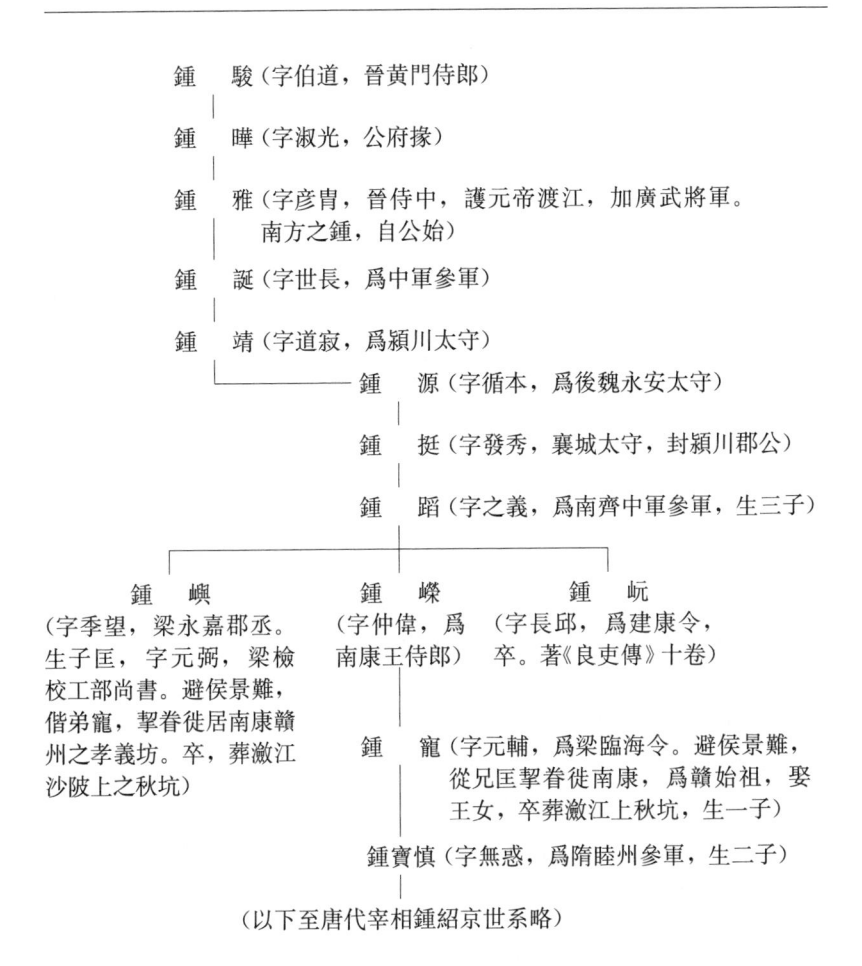

鍾　駿（字伯道，晉黃門侍郎）
　｜
鍾　曄（字淑光，公府掾）
　｜
鍾　雅（字彥胄，晉侍中，護元帝渡江，加廣武將軍。
　｜　　南方之鍾，自公始）
鍾　誕（字世長，爲中軍參軍）
　｜
鍾　靖（字道寂，爲潁川太守）
　├──── 鍾　源（字循本，爲後魏永安太守）
　　　　　鍾　挺（字發秀，襄城太守，封潁川郡公）
　　　　　鍾　蹈（字之義，爲南齊中軍參軍，生三子）

鍾　嶼　　　　　鍾　嶸　　　　鍾　岏
（字季望，梁永嘉郡丞。　（字仲偉，爲　（字長邱，爲建康令，
生子匡，字元弼，梁檢　　南康王侍郎）　卒。著《良吏傳》十卷）
校工部尚書。避侯景難，
偕弟寵，挈眷徙居南康贛　鍾　寵（字元輔，爲梁臨海令。避侯景難，
州之孝義坊。卒，葬澉江　　　　從兄匡挈眷徙南康，爲贛始祖，娶
沙陂上之秋坑）　　　　　　　王女，卒葬澉江上秋坑，生一子）

　　　　　　　鍾寶慎（字無惑，爲隋睦州參軍，生二子）

　　　　（以下至唐代宰相鍾紹京世系略）

此譜可信否？吾曰可。其《世系辨》稱："非吾祖而爲祖，其失在諂；吾祖而不以爲祖，其失在闇。"僅就譜中所存鍾氏資料看，其系譜之完整，記載之詳盡，時間跨度之久遠，均足令人驚歎。

根據《歷世修譜名次》可知，此譜始修于宋淳熙十二年（1185）續修於：

宋咸淳八年（1272）

明洪武五年（1372）

明建文三年（1401）

明宣德四年（1429）

明嘉靖元年（1522）

明崇禎七年（1634）

清康熙十五年（1676）

清康熙五十五年（1716）

清雍正十一年（1733）

清乾隆十三年（1748）

清乾隆四十四年（1779）

清道光十七年（1837）

平均每隔幾十年修譜一次，每修譜，均附修譜人姓名、字號大小、仕宦、職銜及修譜經過，所耗糧食資金等項。

如：校正公諱上珍，字良玉，少府恩平郡王訓導，校正書籍于宋淳熙十二年，始立家譜；

山長公諱鑒，字燭幾，紹興路教諭，于宋咸淳八年增修家譜；

伯震公諱霆，進士，于明洪武五年修譜；

儀仲公諱羽，山陰縣儒學訓導，于明建文辛巳年修譜；

湯新公諱銘，永春儒學教授（援），於明宣德四年修譜；……

與《三國志》、《世說新語》注引《鍾雅別傳》、《梁書》、《南史》、《元和姓纂》、《集古後錄》、《名賢氏族言行類稿》、《姓解》等正史、專書、別傳相比，它不僅首尾銜接，系統井然，記載確鑿，且跨度時間最長，世系中人名、字號大小、履歷最完整，可補群書之闕，成爲重要參考。即與《新唐書·宰相世系表》相比，它也豐富詳盡得多。譬如：

《世系表》謂伯州犁仕楚，"食采于鍾離，因以爲姓。楚漢時有鍾離昧。"並未言伯州犁至鍾離昧相隔幾世。《家譜》則于伯州犁後注"自公十一世至鍾離昧"，"伯氏、鍾離氏，自此攸分矣"。

《世系表》謂鍾接居潁川長社，爲鍾氏，下則"漢有西曹掾皓"，未言其中究竟有幾代世系。《家譜》則列有鍾宴——鍾鑑——鍾剀——鍾元——鍾贊——鍾範——鍾表——鍾參八世。

《世系表》謂蹈生二子：嶼、嶸，遺漏鍾岏，又嶼置嶸前；《梁書》、《南史》謂生三子：岏（字長邱）、嶸（字鍾偉）、嶼（字季望），《家譜》同。《世系表》嶼字季望誤作"秀望"①，以其兄弟"長、仲、季"可知也。《家譜》不誤。

此外，未能分辨的有鍾紹京世系，《元和姓纂》謂出岏子寵②；《世系表》謂出嶼子寵；《家譜》謂出嶸子寵；鍾寵到底是誰的後代弄不清楚。又《魏書·鍾繇傳》注引《先賢行狀》謂"皓生二子：迪、敷……繇則迪之孫"③，《長葛縣誌》同。《家譜》《世系表》謂繇爲迪子。未知孰是。還有鍾毓的字，《世系表》謂"稚叔"，《家譜》謂"雅叔"，文字小有出入，蓋形誤所致。然《家譜》載嶸子寵"字元輔，爲梁臨海令，避侯景難，從兄（鍾）匡挈眷徙南康，爲贛始祖，娶王女，卒葬潋江上秋坑，生一子"。言之鑿鑿，不唯字號、仕宦，隨從兄鍾匡（鍾嶼子）南徙緣由，且連婚嫁、葬地均有記載。據此，則鍾寵爲鍾嶸子似比他書可信也。

以這部保存完好，世系從伯宗上追下溯直至道光十七年相續不斷的《鍾氏家譜》，與《新唐書·宰相世系表》相參證，其所載嶸祖、曾祖、高祖生平與《世系表》完全一致：

高祖　鍾靖，字道寂，爲潁川太守；

---

① 參見岑仲勉《元和姓纂四校記》："余按《梁書》四九嶸傳：兄岏弟嶼，《新表》只稱二子嶼、嶸，顯漏沅一人。"

② 岑仲勉氏以爲：《新表》（《世系表》）謂嶼生寵不可信。或岏生寵，然少證據，亦未睹《家譜》另有嶸生寵之說。

③ 參見羅振玉《七經堪叢刊·唐書宰相世系表補正》。

曾祖　鍾源，字循本，爲後魏永安太守；
　　祖父　鍾挺，字發秀，襄城太守。封潁川郡公。

可知嶸祖、曾祖、高祖三代史料可靠無誤。則鍾嶸不爲寒士的士族門第可從以下幾方面證明：

一、按照魏晉以來的規定

士庶之分，除了看家族在政治、經濟上的地位，還要看其是否位居清顯，世積文儒，而仕宦情況，往往是一個家族政治、經濟、文化地位高下，門第顯晦的標誌。

根據《家譜》、《世系表》提供的鍾氏資料，結合《後漢書》、《三國志·魏書》、《梁書》、《南史》諸史料，從遠祖桓公曾孫伯宗爲晉大夫開始，特別是漢晉以來，鍾氏便官有世冑，譜有世宦。他們或居軍政要職，或領清貴之銜，封侯拜爵的代有人出：

十一世祖鍾繇爲魏太傅，封定陵侯。曹魏代漢後，爲相國，遷太尉。除政治上位極人臣，藝術上還是一個博採衆長、兼善各體的著名書法家。用筆師法曹喜、蔡邕、劉德升等人，精擅隸、楷，與晉代王羲之同爲楷、行書法的代表，人稱"鍾、王"。

十世祖鍾毓爲魏侍中，御史中丞，都督荊州、徐州諸軍事，顯赫於當時。

九世祖鍾峻爲晉黃門侍郎，是掌管機密文件，深得信賴的皇帝的侍從與顧問。

八世祖鍾曄爲公府掾。

七世祖鍾雅爲散騎侍郎、尚書右丞、晉侍中，因護元帝渡江，加廣武將軍，名重一時。

六世祖鍾誕爲中軍參軍。

高祖鍾靖爲潁川太守。

曾祖鍾源爲後魏永安太守。祖父鍾挺爲襄城太守，封潁川郡公。

父鍾蹈爲南齊中軍參軍。兄岏爲建康令，弟嶼爲永嘉郡丞。

如果把政治和健康原因也考慮進去，十二世祖鍾迪兄弟不仕是避黨錮之禍①，鍾誕位至中軍參軍是因爲早卒，再略涉鍾氏世系旁支的話，作爲顯赫的望族大姓，鍾氏在漢魏、晉宋、齊梁之際政治、經濟、軍事、文化生活中所占的地位，其重要性就會更明顯。兩晉之際，雖士、庶因晉室南渡帶來複雜性。南渡前，北方有北方的世家，南方有南方的豪門，而以佔據中央政權、經濟文化中心的北方士族占主導地位。南渡後，北方士族看不起甚至不承認南方士族的地位，鍾氏即屬北方南渡士族，代表人物有掌握軍政大權的鍾雅，其士族地位是不容動搖的。

二、從鍾嶸的經歷與交遊看

《梁書》《南史》均載鍾嶸"齊永明中爲國子生"。又據《南齊書·周顒傳》中"（顒）轉國子博士，兼著作如故。太學諸生慕其風，爭事華辯……學生鍾岏曰"的記載，可知，嶸兄岏亦爲國子生。當時入國學，必須具備兩個條件。一是年齡限制，須在"十五以上，二十以還"；二是政治條件，必須是"公卿弟子下及員外郎之胤（後代）"②。鍾氏兄弟同入國學，符合"公卿子弟"、"員外郎"的條件，正是他士族門第的明證。

---

① 《三國志·魏書·鍾繇傳》裴松之注引《先賢行狀》"皓二子迪、敷，並以黨錮不仕。"

② 《南齊書·禮志》："建元四年正月，詔之國學……生年十五以上，二十以還。""永明三年正月，詔立學，創立堂宇，召公卿子弟及員外之胤。凡置生二百人。"

交遊上，鍾嶸除爲南康王、臨川王、衡陽王、晉安王幕僚外，有案可稽的重要人物有王儉、劉士章（繪）、王元長（融）、謝朓等人。鍾嶸爲國子生，《梁書》《南史》均有"衛將軍王儉領祭酒，頗賞接之"的記載。《梁書》還說鍾嶸被王儉舉爲"本州秀才"。《詩品》中也有不少交遊的資料。

如《詩品·齊太尉王文憲》條謂"至如王師文憲，既經國圖遠，或忽是雕蟲。"稱王儉爲"王師"，並曾交流過對於詩歌本質的認識。知道"王師"重視經書，對詩歌比較忽視。

《詩品序》說："近彭城劉士章，俊賞之士，疾其淆亂，欲爲當世詩品，口陳標榜，其文未遂，（嶸）感而作焉。"又說："齊有王元長者，嘗謂余云：'宮商與二儀俱生，自古詞人不知用之。惟顏憲子乃云"律呂音調"，而其實大謬；唯見范曄、謝莊、頗識之耳。'常欲造《知音論》，未就而卒①。"

《詩品·齊吏部謝朓》條載"朓極與余論詩，感激頓挫過其文"。

王儉爲王導五世孫，作爲江左第一大姓，歷任太尉、侍中、尚書令等職，封南昌縣公。深得齊武帝信寵，史稱其"士流選用，奏無不可"。又任國子祭酒，是當時士族子弟在政治上的提攜者和保護人。劉繪歷任宋、齊、梁三朝，齊明帝時爲太子中庶子，寧朔將軍，入梁爲大司馬從事中郎。王融爲"竟陵八友"之一，曾爲竟陵王蕭子良舉爲寧朔將軍。謝朓爲宣城太守，遷尚書吏部郎。謝氏亦是當時最著名的士族大姓之一。當時社會，交遊亦有士、庶之別。《南史·王球傳》說："徐爰有寵於上，上嘗命球及殷景仁與之相知。球辭曰：'士、庶區別，國之章也，臣不敢奉詔。'上改

---

① 此末二句原作"常欲進《知音論》，未就"，今據《竹莊詩話》、《吟窗雜錄》、《殊評詞府靈蛇》諸本校改。參見拙著《詩品集注》，上海古籍出版社1994年版。

容謝焉。"今王儉、劉繪、王融、謝朓這些士族出身的著名人物均與鍾嶸交往，正從一個側面反映了他的士族出身。

三、鍾嶸自己的言論、態度、立場，表明了他的士族出身

南朝士、庶之別，是國家典章規定的重要內容，具有不可逾越的法定性。森嚴的門第差別貫徹在薦舉入學，立朝爲官，土地所有和整個社會政治文化生活之中。因此，庶族出身的暴發户，總想通過軍功、外戚等關係擠進士族圈子；士族對這種企圖，又總站在維護門第尊嚴、維護自身利益的立場上予以反對和抵制。賈氏、王氏編寫《譜學》，確定士族範圍，正是抱着免滋混淆的目的。

天監初年，由於永元之亂，產生軍人掌權、權要賣官鬻爵、制度鬆弛訛濫的現象，致使市井無賴紛紛穿起官服，大小郎將滿街，門第貶值，士庶不分。對這一社會現象，鍾嶸深惡痛絕，他上書梁武帝說："永元肇亂，坐弄天爵。勳非即戎，官以賄就。揮一金而取九列，寄片劄以招六校，騎都塞市，郎將填街。服既纓組，尚爲臧獲之事；職雖黃散，猶躬胥徒之役。"在"名實淆紊，玆焉莫甚"的情況下，他呼籲："臣愚謂永元諸軍官是素族，士人自有清貫，而因斯受爵，一宜削除，以懲澆競。若吏姓寒人，聽極其門品，不當因軍，遂濫清級。"①

在這封書奏裏，鍾嶸顯然以"自有清貫"的士族人士自居，對"吏姓寒人"因軍功濫升門第的企圖進行強烈抨擊。結果，這一意見被蕭衍採納，"敕付尚書行之"。正是這種來自士族的抵制力量，使一些雖立大功、擢爲高位的庶族人士，仍不能涉足士族

---

① 均見《南史·鍾嶸傳》。

圈子而望門興歎。

《南史·恩幸·紀僧真傳》載：庶族出身的中書舍人紀僧真"容貌言吐，雅有士風，（齊）武帝嘗目送之，笑曰：'人生何必計門户，紀真堂堂，貴人所不及也。'"這麼一個"權要中最被眄遇"的人，爲了兒子能娶士族荀昭光女，向武帝"乞作士大夫"。帝曰："由江斅、謝瀹，我不得措此意，可自詣之。""僧真承旨詣斅，登榻坐定，斅便命左右曰：'移吾床讓客。'僧真喪氣而退，告武帝曰：'士大夫故非天子所命。'"十多年後鍾嶸的"書奏"，既是紀僧真乞作士大夫未成的注脚，也是鍾嶸出身士族的明證。

四、從歷代著録和有關資料看

《後漢書》明確記載潁川長社鍾氏爲"郡著姓氏"，是"四海通望"的士族高門。

宋劉義慶《世說新語》載漢末三國、兩晉士族階層的遺聞趣事，其中記載鍾氏言行的有：

鍾　皓	德行5①	
鍾　繇	巧藝4	
鍾　毓	言語11　12　方正6　排調3	
鍾　會	言語11　12　方正6　文學5　賞譽5　6　8	
	賢媛8　巧藝4　簡傲3　排調2	
鍾氏（琰）	賢媛12　16　排調8②	

---

① 《世説新語》各篇次序標號，據徐震堮《世説新語校箋》，中華書局1984年4月版。

② 《世説新語·賢媛》載："鍾、郝爲娣姒，雅相親重：鍾不以貴陵郝，郝亦不以賤下鍾。"《晉書·列女·王渾妻鍾氏》所引意同，均謂琰出身"貴門"。

鍾夫人	巧藝4		
鍾　雅	政事11	方正34	35

這些言行，非常能說明問題。

《元和姓纂》中姓氏排列，除皇族外，"略依四聲韻類集，每韻者中，則以大姓爲首"①。此書雖因散佚重輯，很難說就是原貌，但今本《元和姓纂》中，鍾氏仍是"三鍾"中占第一位的大姓。

《梁書》、《南史》鍾嶸傳中都有"晉侍中雅七世孫也"一語，此語意在溯其世系淵源，說明了鍾嶸的門第。

此外，《新唐書·宰相世系表》所列，多爲當時顯赫名門，鍾氏因鍾紹京爲相列入《世系表》，同樣表明他門第的顯赫。近人王同伊《五朝門第》，亦據史實列鍾氏爲五朝高門之一。

通過對系譜的研究表明：鍾氏家族的仕宦情況基本上是穩定的；祖父鍾挺還被封爲"潁川郡公"，並未下降到"近於寒門"的地步。齊顧暠說鍾嶸"位末名卑"，乃是指離開國子學不久，尚不滿三十歲的鍾嶸，政治地位還不穩固，知名度還不高，並不是說他門第的卑下，這是很清楚的。

綜上所言，我的初步的看法是：鍾嶸出身士族。其家族地位基本穩定。兄岏弟嶼，岏著《良吏傳》；嶸著《詩品》；嶼參與編《華林遍略》。這是魏晉以來"學在家族"的標誌②。同時是他們出身世家名門的標誌。

（《上海師範大學學報》1989年第4期）

---

① 見王涯《元和姓纂序》。
② 參見陳寅恪《隋唐制度淵源略論稿》中有關"學術中心移於家族"、"魏晉南北朝之學術、宗教，皆與家族地域兩點不可分離"的論述。

《詩品》的稱名及序言的位置

在一千多年的流傳過程中,《詩品》不僅原文魚魯帝虎,且從稱名到序言的位置,都存在一些錯誤,目前流傳的陳延傑《詩品注》(人民文學出版社)、古直《鍾記室詩品箋》、許文雨《鍾嶸詩品講疏》等著中,不僅字句訛誤,稱名混亂,且"三序合一"的形式也是錯誤的。

弄清古本《詩品》原貌,除校正字句外,對《詩品》稱名和序言形式的研究,同樣是不可忽視的基礎工作。

一、《詩品》的稱名:是《詩品》,還是《詩評》?

首先,《詩品》的稱名就叫人糊塗。最初的書名叫《詩品》?還是《詩評》?哪一種稱名確切?爲什麼至今大多數人稱《詩品》,而《詩評》之名幾乎絕跡?各國學者衆說紛紜。這一問題明清以來就有人作過推斷。瞿鏞《鐵琴銅劍樓藏書目錄》說:

新雕《詩品》三卷,梁鍾嶸撰。唐宋志皆僞作《詩評》,宋志僞作一卷。

瞿氏認爲,稱名以《詩品》爲正,《詩評》爲僞。此論一出,後世研究者遂多以爲鍾嶸所著爲《詩品》而非《詩評》，理由主要有以下幾點：

一曰"品""評"含義不同，三品論詩，應作《詩品》。

如陳延傑《詩品注》說："鍾氏列古今作者爲三品，亦定其高下等差者，當作《詩品》爲是。若'評'，則訓爲'評議'、'評訂'諸義，與品藻異矣。"彭鐸《詩品注補》說："第其高下，乃仲偉著書之主旨，其諸書稱《詩評》者，不過就其議論言之，非原如是矣。"①

二從書中找內證，謂鍾氏所著，應爲劉士章未遂之《詩品》。

如古直《鍾記室詩品箋》說："序云：'彭城劉士章，欲爲當世詩品，口陳標榜，其文未遂，感而作焉。'則本名《詩品》。《國語·鄭語》以品處庶類者也。韋昭注：高下之品也。仲偉此書，自比九品論人，故曰《詩品》云爾。"許文雨《鍾嶸詩品講疏》贊同此說。以爲由品語可以窺見，《詩品》之名乃是鍾嶸自定。

三從當時文化氛圍和典籍中找外證。

如臺灣王夢鷗《鍾嶸的詩品及其詩觀》一文說："《詩品》之不宜寫作《詩評》，或又與當時流行的《書品》、《畫品》，尤其是《棋品》一樣。倘不能稱《書品》、《畫品》、《棋品》爲《書評》、《畫評》、《棋評》，則《詩品》之名，當不例外。"②

四從古人的習慣用法上推論。

如韓國車柱環《鍾嶸詩品校證》說："古人往往通稱評詩之書名'詩評'。"根據書中所品的內容，"則《詩品》蓋其本名"。

上述四點，似乎都有一定的證據或理由。但就此斷定原名爲《詩品》還不免失之武斷，這是因爲：

---

① 見《甘肅師大學報》1964年第1期。
② 見臺灣《中華文化復興月刊》第10卷第4期。

第一、"評"、"品"之間並非互相對立的"是非"關係，而是可以相容的大小概念

鍾氏以"三品升降"創立了我國最早的詩歌批評，從具體批評方法上看稱之《詩品》，但從總體上看又可稱《詩評》，《詩評》之"評"，應釋爲"品評"之"評"，"評論"之"評"，而不釋爲"評議"、"評訂"之"評"。清人許印芳《詩法萃編》"詩品"解題說："《梁書·本傳》係《詩評》，序文與書稱《詩品》，'評'與'品'皆論列之義。"可證。

第二、說鍾嶸受劉士章"欲爲當世詩品"啓發，故所作應稱《詩品》，這一說法也值得推敲

劉士章"欲爲當世詩品"的原意，實際是"想寫品評世人五言詩著作"的意思，其中"詩品"二字，應作"詩歌品評"解，並不就指著作的名稱。"高下之品"也只說明鍾嶸移用了"九品論人"、"《七略》裁士"的評論原則，與書名無涉。日本高松亨明《詩品詳解》甚至認爲："說不定因劉士章有寫作《詩品》的意圖，鍾嶸爲避免蹈襲其原名而故意稱爲《詩評》。"①

第三、不能以當時有《書品》、《棋品》、《畫品》之類著作，斷定爲《詩品》

因爲鍾嶸自己說過"詩之爲技，較爾可知，以類推之，殆均博弈"的話，有的研究者就根據當時《書品》、《棋品》、《畫品》之類的著作，斷定鍾氏此書一定命名爲《詩品》同樣不可信。

鍾氏以上所云，意在表明對詩歌藝術的看法，並不在影射書的命名。何況謝赫的《古畫品錄》雖略早于鍾嶸《詩品》，而庾肩吾的《書品》卻成書于《詩品》之後，鍾嶸也來不及仿效。再說，

---

① 參見高松亨明《詩品詳解》(《中國文學會》昭和三十四年十二月發行)。筆者譯。

這類著作有稱"品",也有稱"評"的。如梁武帝著《書評》,蕭綸著《書評》,梁袁昂著《古今書評》等,都是有力的反證。王氏的推論過程本身就是違反邏輯的。

第四、不能因古人通稱評詩之書爲"詩評",故嶸著應稱《詩品》

此説亦難成立。因爲古人論詩之書既通稱"詩評",也可通稱"詩品"。如司空圖《二十四詩品》、僧淳《詩評》、王世貞《詩評》、高爽《詩評》、楊慎《詩品》、袁枚《續詩品》、黄景仁《詩評》、顧翰《詩品》等,並不全是品藻品第之作,也有"品"、"評"通用的。可見,以上四條理由均不充分,不能成爲嶸著原稱名《詩品》的有力證據。

要弄清鍾氏原來的稱名,必須溯其源流,從史料上入手。

根據記載,鍾嶸此著,隋代稱名《詩評》。

弘法大師《文鏡秘府論》引隋人劉善經《四聲論》説:

> 潁川鍾嶸之作《詩評》,料簡次第,議其工拙。

隋、唐之際,嶸著仍稱名《詩評》。《梁書·鍾嶸傳》説:

> 鍾嶸字仲偉,潁川長社人……嶸嘗品古今五言詩,論其優劣,名爲《詩評》。

《南史·丘遲傳》也説:

> 時有鍾嶸者,著《詩評》云:范雲婉轉清便,如流風迴雪。

《梁書》是姚思廉貞觀三年(629)據其父姚察作于隋代的舊

稿補充整理而成的,《南史》亦爲李延壽據其父李大師所撰《南史》舊稿刪削合併而成。兩書的共同點是:成于唐而作于隋。今兩書記載嶸著的稱名均爲《詩評》,結合隋人劉善經的《四聲論》,我們可以得出這樣的結論:嶸著于隋及隋唐之際稱名《詩評》。

《隋書》的編纂時間雖與《梁書》相仿佛,但其中的《經籍志》卻爲于志寧、李淳風等人所撰,成于顯慶元年(656),是作于唐而成于唐的官史。在時間上晚于《梁書》與《南史》。

《隋書·經籍志》說:

《詩評》三卷,鍾嶸撰。或曰《詩品》。

從《經籍志》著録書名,標明卷數與作者可知,此與《梁書》、《南史》所載《詩評》之名,均爲嶸著"初名"而不是對它的"通稱"。値得注意的是:這裏第一次出現《詩品》之名。唐代史料尚未發現第二條證明材料。稱《詩評》的倒有,如盧照鄰《南陽公集序》云:

近日劉勰《文心》,鍾嶸《詩評》,異議蜂起,高談不息。

至宋代,《詩評》與《詩品》之名開始並用。但就目前所見宋人著録看,仍以稱《詩評》者居多。如歐陽修《唐書·藝文志》稱"鍾嶸《詩評》三卷",陳騤《中興館閣書目》稱"《詩評》一卷",王應麟《玉海》稱"《詩評》一卷"。《太平御覽》、《古今合璧事類備要》、《廣事類賦》、《琅邪代醉編》、《西溪叢語》、《詩人玉屑》等均引作《詩評》。陳振孫《直齋書録解題》、尤袤《遂初堂書目》稱《詩品》,葉夢得《石林詩話》等引作《詩品》,其他如《竹莊詩話》、《記纂淵海》等均前引作《詩評》,後引作《詩品》，出現一書中兩名混用的情况。

元、明、清三代，仍《詩評》、《詩品》二名並用，但比例起了變化，人們多稱《詩品》而很少稱《詩評》，這實在是文學批評發展和文化傳播學上的一個有趣現象。由梁、陳、隋、唐至於宋、元、明、清，隨着詩歌創作實踐經驗的積累和詩歌理論的嬗變，鍾嶸此著爲越來越多的詩人及詩評家所重視[①]。在廣爲流傳的基礎上，人們因其三品論詩的特點而別稱爲《詩品》，但這不應該引起我們的誤解。在稱名問題上，我們應該尊重《梁書》、《南史》、《隋書》及劉善經、盧照鄰等史實記載的嚴肅性和可靠性。

既然以"三品升降"的方式品評詩人，且在著作中多次提到"品"和"品第"，《詩品序》説"一品之中，略以世代爲先後"、"至斯三品升降，差非定制"、"諸英志録，並義在文，曾無品第"。正文中也有"越居中品，爱曰宜哉"[②]、"故擢居中品"[③]、"宜居中品"[④]、"允爲中品之第矣"[⑤] 之語，又爲什麽稱《詩評》呢？

這似乎不難解答。《梁書·本傳》説："嶸嘗品古今五言詩，論其優劣，名爲《詩評》。"《玉海》説："鍾嶸《詩評》三卷"，"自漢以來能詩者一百二十二人，分三品爲評"。可見，唐姚思廉和宋王應麟都不以爲三品升降品評詩人與稱名《詩評》有什麽矛盾或不一致的地方。在他們看來，《詩評》確是這本著作的名稱；三品爲評，又確是這一著作的評論方法。"分三品爲評"，把目的和方法糅合統一在一起，其重心仍落在"評"字上。

[①] 如唐殷璠《河嶽英靈集》、高仲武《中興間氣集》、舊題司空圖《二十四詩品》、釋皎然《詩式》等。
[②] 見《詩品》中品"晉處士郭泰機"等人條。
[③] 見《詩品》中品"梁太常任昉"條。
[④] 見《詩品》中品"魏尚書何晏"等人條。
[⑤] 見《詩品》中品"梁左光禄沈約"條。

從版本上看，得宋本之舊的《吟窗雜錄》及其系統的《詩法統宗》、《格致叢書》、《硃評詞府靈蛇》諸本，品評詩人時，均以"評曰"二字發端。如評《古詩》"評曰：其源出於國風"；評中品魏文帝詩"評曰：其源出於李陵"。

今檢上、中、下三品，評漢魏迄齊梁一百二十三位詩人，共用了六十二個"評曰"。這也許是鍾氏所著取名《詩評》的一個原因。這種以"品評"為目的，以"評曰"二字發端的批評模式，曾為唐皎然所取法。

既然正名應稱《詩評》，為什麼今人多稱《詩品》，《詩評》之名卻幾乎絕跡了呢？這與宋以後的文化傳播方式及流傳系統有關。

宋、元、明、清迄今，《詩品》的稱名及其流傳可分為四個系統：

（一）正史藝文志往往承襲《梁書・鍾嶸傳》稱《詩評》。如元代脫脫《宋史・藝文志》稱"鍾嶸《詩評》一卷"。

（二）目錄學系統往往承宋代尤袤《遂初堂書目》和陳振孫《直齋書錄解題》稱《詩品》。如晁瑮《晁氏寶文堂書目》、高儒《百川書志》、周弘祖《古今書刻》、孫星衍《孫氏祠堂書目》等。

（三）各叢書本承宋章如愚《山堂先生群書考索》和《吟窗雜錄》系統稱《詩品》。如《顧氏文房小說》、《夷門廣牘》、《續百川學海》、《津逮秘書》、《歷代詩話》等。一些單刻本或鈔本亦從之，如《退翁書院》《希言齋》明鈔本等。延綿至今，已有五十多種。

（四）詩話、注釋承《竹莊詩話》、《石林詩話》系統，或稱《詩品》，或稱《詩評》，或一書中兩名混用。前稱《詩評》，後稱《詩品》。如胡應麟《詩藪》、王世貞《藝苑卮言》、謝榛《四溟詩話》等稱《詩品》。張錫瑜注本稱《詩平》（評），張溥《漢魏六朝百三家集題辭》承《竹莊詩話》，二名混用。百三家題辭中，《詩品》之名凡四見，二稱《詩品》，二稱《詩評》①。

民國以來，人們多稱《詩品》而廢《詩評》之名，如某人被忘卻正名而以字行，這種情況，實際上與（二）、（三）流傳系統發展有關，可從官史式微、私家著述增加和明清叢書興盛、板刻發展上找原因，本身並不奇怪。既然《隋書·經籍志》說"或曰《詩品》"，《詩品》是《詩評》的別稱，我們依明清人的慣例稱《詩品》也無不可（筆者亦仍用《詩品》之名），但把別名或字型大小誤爲正名，視正名爲僞的說法，卻不能不溯其淵源，詳加辨析，以期澄清。

二、《詩品序》的位置

《詩品序》論述詩歌發展規律和對詩歌本質的認識，論及寫作的緣起，品評的標準，體現鍾嶸的理論體系和美學思想，是全書的主腦和總綱。但目前通行本《詩品序》卻顛倒混亂，雜有錯簡，本文即擬對古本《詩品序》的原貌作一番窺測，爲正確闡發其意蘊做一些勾稽工作。

從今存五十餘種版本和各種史料看，《詩品序》的內容起迄和位置有五種不同形式：

在明正德元年《退翁書院》鈔本、《沈氏繁露堂》本、《顧氏文房小說》本、《夷門廣牘》本、《津逮秘書》及其系統的四十餘種版本中，《詩品序》以三段的形式分列三品之首：上品序從"氣之動物"至"均之於談笑耳"；中品序從"一品之中"，至"方申

---

① 如《摯太常集》題辭云："劉勰《雕龍》、鍾嶸《詩品》，緣此起議。"《謝法曹集》題辭云："《詩品》云：'康樂銳思，無以復加。'"《丘中郎集》題辭云："鍾仲偉《詩評》云：'希范取賤文通，秀於敬子。'"《庾度支集》題辭云："若在梁時，則與鍾仲偉《詩評》同行天壤乎？"

變裁,請寄知者爾";下品序從"昔曹、劉殆文章之聖"至末"文采之鄧林"。《四庫全書總目提要》說鍾嶸《詩品》評漢魏以來五言詩,論其優劣,"分爲上、中、下三品,每品之首,各冠以序",指的就是這種位置形式。《四庫全書總目提要》的作者亦未覺察,這種序分三段列於三品之首的做法,明顯存在不合理的地方。故清代以來,人們多有懷疑。疑點集中在中、下品序與中、下品內容不符上,這可以古直爲代表。《鍾記室詩品箋》說:

> 夫"一品之中,略以世代爲先後"云云,略同凡例。"昔曹、劉殆文章之聖"云云,專議聲律,末後所舉陳思諸人,又不屬於下品,其不能冠諸中品、下品以爲序……乃諸家刻本皆承訛襲謬,不能致辨,是可怪也。

日本中沢希男《詩品考》說:

> 中品序可分三部分:自"一品之中",至"不錄存者"爲此書凡例;下"夫屬詞比事"至"亦一理乎"論反對用事;末"陸機《文賦》"至"請寄知者耳"又應目爲凡例。下品序應分二部分:前一部分論反對聲病;後一部分列舉五言詩優秀作品。但列舉的優秀作品又分別屬於上品和中品諸詩人,下品詩人的作品一篇也沒有。像這樣的中、下品二序,內容既屬片斷拼合,散漫而無序的體裁特點,且與各卷內容完全游離,足以證明此二序並非原有的中品和下品序[①]。

此外,中國學者逯欽立、日本學者高木正一、韓國學者車柱

---

① 參見日本《群馬大學紀要·人文科學編》第7卷第6號。筆者譯。

環、法國學者陳慶浩等多有論述①，均以爲目前中、下品序與各卷内容游離無關，且體裁不類，並非原有的中、下品二序。

對第一種位置形式的否定，導致了第二種《詩品序》形式的出現。清人何文煥編《歷代詩話》，將不能致辨的三品序合在一起置於卷首。這種錯上加錯的做法因古直《鍾記室詩品箋》、許文雨《鍾嶸詩品講疏》、葉長青《詩品集釋》、杜天縻《廣注詩品》、陳延傑《詩品注》（人民文學出版社修訂本）、汪中《詩品注》承襲而成了目前最通行的形式，臆改的《歷代詩話》本也就成了以後三序合一的版本根據，産生很大影響。以致有些研究者以爲《詩品序》就是這連成一篇的長文，這是一個亟待糾正的錯誤。

《歷代詩話》將三序合一時，遵《顧氏文房》《退翁書院》諸明本之例，前未加"序"或"序曰"字樣。至古直、葉長青、汪中等均冠以"序"或"詩品序"，陳延傑、杜天縻冠以"總論"二字，直是自家口吻。日本學者興膳宏、高木正一雖將序合置卷首，卻以"其一"、"其二"、"其三"分開並加說明，比較謹慎可取②。

事實上，《詩品序》分列三品之首固然令人生疑，但合置于卷首帶來的問題也許更多。

首先，三序合一不僅使原有的問題不能徹底解決，還產生了一些新問題。誠如日本高松亨明《詩品詳解》指出的"中品序有

---

① 參見逯欽立《鍾嶸詩品叢考》（載 1947 年《現代學報》第 1 卷第 9、10 期合刊，收入其所著《漢魏六朝文學論集》）。高木正一《鍾嶸詩品》（昭和五十三年三月東海大學出版會出版），車柱環《鍾嶸詩品校證》《鍾嶸詩品校證補》（韓國《亞細亞研究》第 3 卷第 2 號、第 4 卷第 1 號），陳慶浩《鍾嶸詩品集校》（東亞出版中心，由法國國立巴黎第八大學協助出版）。

② 參見興膳宏《詩品》（昭和四十七年五月二十五日出版《中國文明選》第 13 卷《文學論集》，高木正一《鍾嶸詩品》）。

'近任昉、王元長等'語。記載王元長作詩'詞不貴奇'一事，而下文中又出現'齊有王元長者'，反倒改成介紹王元長的口吻。這說明：這兩段文字原本是分開的。因爲在一篇完整的序文裏，不可能對第二次出現的同一人物反用介紹的口吻"①。

其次，《梁書·鍾嶸傳》及《廣博物志》曾稱引《詩評序》（《詩品序》的第三種形式），即今本《詩品》的上品序。明潘基慶《古逸書》、陳仁錫《詩品會函》稱引《詩品序》（《詩品序》的第四種形式），即今本上品序和中品序的拼合。可見，上、中、下三品序原來一定是分離的。

再次，與通行祖本不同系統的《吟窗雜錄》、《詩法統宗》、《格致叢書》、《硃評詞府靈蛇》諸本，序亦分置三品之上。《梁書》既爲姚思廉據其父姚察作于隋的舊稿修訂而成。梁亡至隋興僅隔二十幾年時間，從鍾嶸作《詩品》到姚察作《梁書》，也不過幾十年。《梁書·本傳》明確稱之爲"詩評序"，應較可靠。《吟窗雜錄》爲宋人所傳，其版本價值亦不可忽視。

由此可見，何文焕三序合一置于卷首的做法，純粹是對中、下品序位置錯亂進行還原的一種推想，這一還原推想主要憑藉主觀臆測而無版本根據。因此，離事實和古本《詩品》原貌距離更遠，治《詩品》者，切不可從。

以上、中二序合而爲《詩品序》的做法同樣是錯誤的。陳仁錫《詩品會函》承潘基慶《古逸書》，錄漢魏六朝及唐宋人詩，卷首爲"鍾嶸《詩品序》云"，下即錄上品序，又另起一行錄中品序，序前混入"潘基慶云"四字，而潘氏《古逸書》錄中品序自"一品之中"起，亦低正文一格，與前錄上品序有別。因此，將上、中二序合一的形式，不是三序的刪節，就是《詩品序》的竄

---

① 參考高松亨明《詩品詳解》。筆者譯。

加，看來也不是古本《詩品序》的原貌，亦不可取。

目前，我們見到的《詩品》原本，最早是元代延佑七年（1320）圓沙書院刊宋章如愚《群書考索》本（藏北京大學圖書館），這一刊本《詩品序》的形式（第五種形式）是：上品序爲全書總序列於卷首，與《梁書·鍾嶸傳》相同，中、下品序各冠"序曰"二字列於中、下品品語前，與《吟窗雜錄》諸本相同。應該説，這一種形式與古本《詩品》比較接近。韓國車柱環以爲嚴可均《全梁文》所載《詩品序》形式承襲《梁書》①，實嚴氏所本，爲元刊宋章如愚《群書考索》。

從對最早的元刊本《詩品序》及《梁書·本傳》所載《詩評序》比較分析，我們可以知道：古本《詩品序》實即今本的"上品序"。由此就產生了一個問題：既然上品序爲全書總序，也就是説，古本《詩品》只有總序而無"上品序"，那麼，有中、下品序就顯得不合體例和有悖情理。

據筆者分析，位於中上品之間的那段文字，雖也提到中品的顏延之和任昉，但主要是在説明近來"詞不貴奇，競須新事"的詩壇現狀，申明自己反對詩中用典的主張。顏延之僅在追溯大明、泰始詩風，爲闡述主旨時附帶提及的。下文任昉與下品的王元長並提，也説明鍾嶸這裏不在論中品人物，而是在譴責當時詩風，解釋齊梁時期無人入上品的原因，這是很清楚的。

事實上，這段文字内容雖與中品無涉，卻與上品有關，應是上品的後序而不是中品序；位於中、下品之間的那段文字，内容雖與下品無涉，卻與中品有關。應是中品的後序而不是下品序。清人張錫瑜《鍾記室詩平》説：

---

① 參見車柱環《鍾嶸詩品校證》、《鍾嶸詩品校證補》（韓國《亞細亞研究》第3卷第2號、第4卷第1號）。

夫古人敘意，必附篇終，爰逮後人，終冠篇首。今此書行本率以總敘直聯上篇，而割上篇之論作中篇之首；斷中篇之論著下篇之前。

惜此愜心之論，古直、許文雨、逯欽立、陳延傑及日本、韓國等國學者均未及見。這些都表明：今本《詩品序》存在錯簡和位置的錯亂。

一般認爲：《詩品》流傳分足本與節本兩種。事實上，足本的中、下品序可能經過拼合，未經拼合而一定程度上保持古本原貌的倒像作了刪節。如《梁書·本傳》錄《詩評序》即爲一例。還有些"節本"因未羼入屬錯簡的撰例及論贊文字，與羼入的足本相比，有如刪節。

如明馮惟訥《詩紀》不錄下品序，中品序刪去"一品之中"至"不錄存者"（以上顯屬撰例）。《吟窗雜錄》、《詩法統宗》、《格致叢書》、《硃評詞府靈蛇》中品序刪去"顏延、謝莊"至"曾無品第"一段。下品序刪去"陳思贈弟"至"文采之鄧林"（以上應爲全書論贊）。這些都說明："一品之中"撰例及"陳思贈弟"論贊二段文字很可能是錯簡，原來的位置就不在這裏而並非"刪去"（當然，節本不少地方確有刪節）。

再看宋人《竹莊詩話》、《詩人玉屑》、《石林詩話》的引文。

《詩人玉屑》引中品序從"夫屬詞比事"起，未引"一品之中，略以世代爲先後"數句撰例。以下一節，《詩人玉屑》引至"蠹文已甚"；《石林詩話》引至"但自然英旨，罕值其人"，均不與"陸機《文賦》"至"曾無品第"一節相連。宋詩話所引固然各取所需，有較大的隨意性，引用它的評論而捨棄它的凡例，但觀其錯簡處引文是否相連，仍有很大的參考價值，可與"節本"相發明，爲判斷錯簡的位置提供了間接的版本根據。在前賢研究成果的基礎上，考察元、明、清各種足本、節本及宋代詩話，我初步以爲：

一、原中品序"一品之中"至"不錄存者"數句爲撰例，因錯簡而語次顛倒，應歸於撰例"嶸今所錄，止乎五言"下，"雖然，網羅今古"上，與車柱環氏結論相同。因車氏論之過簡，故作此補充。今觀其順序，亦與劉勰《文心雕龍·序志篇》內容段落相似，其不滿前賢論文，列舉曹丕、陸機、摯虞、李充諸家，亦與《文心雕龍·序志篇》相同。

二、原中品序"夫屬詞比事"至"亦一理乎"，應爲上品"後序"或"小序"（《毛詩》有"大序"、"小序"之別，梁庾肩吾《書品序》後另有"後序"及"上之上"之類的"小序"，或即類同）。《詩品》中，上品十二人（"古詩"計算在內）：漢三人，魏三人，晉五人，宋一人，齊梁均無人。對此，時人一定大感不解。故鍾嶸在品評上品詩人之後，隨即有必要解釋上品未列齊、梁詩人，宋僅列謝靈運一人的原因。是因爲"近任昉、王元長等""詞不貴奇，競須新事"，缺乏"自然英旨"和"直尋""真美"。此兼中上品標準和自己反對詩中用事的主張，故應歸上品之後。

三、原下品序"昔曹、劉殆文章之聖"至"閭里已具（甚）"爲中品"後序"或"小序"。主要解釋當今名公巨卿、文壇領袖沈約被置之中品的原因。據《南史·鍾嶸傳》載："嶸嘗求譽于沈約。約拒之，及約卒，嶸品古今詩爲評，言其優劣云：'……于時謝朓未遒，江淹才盡，范雲名級又微，故（約）稱獨步。故當辭弘于范，意淺于江。'蓋追宿憾，以此報約也。"如果這一史實可靠，無論鍾嶸是否"追宿憾"報復沈約，鑒於沈約在當時文壇的地位和影響，對沈約的評價都必須慎重，要充分説理，使人心服口服，故"沈約"條後再附此"後序"或"小序"，重申反對平、上、去、入，蜂腰鶴膝的詩論主張，對沈約的聲律論作一番辨析，讓時人看到聲律論引起的弊端和危害。

　　沈約之論，是否符合實際，置沈約於中品，是否不公等等。既然沈約曾在《宋書·謝靈運傳論》中說"自騷人以來，此秘未睹"，"張、蔡、曹、王，曾無先覺；潘、陸、謝、顏，去之彌遠"，以爲"妙達此旨，始可言文"，把聲律論看成是自己的獨創，鍾嶸便針對"千古未睹"論說："昔曹、劉殆文章之聖，陸、謝爲體貳之才，銳精研思，千百年中，而不聞宮商之辨，四聲之論，或謂（指沈約所論）前達偶然不見，豈其然乎？"且聲律論並非沈約獨創，鍾嶸爲正視聽說"王元長創其首，謝朓、沈約揚其波"。此後辨明音韻之義，均與置沈約中品和反對聲病有關，故應歸於中品"沈約"條後。

　　四、原下品序"陳思贈弟"至"文采之鄧林"一段，應爲全書論贊或總跋。清紀昀評《文心雕龍·序志篇》云：

> 古人之序皆在後，《史記》、《漢書》、《法言》、《潛夫論》之類，古本尚班班可考。

　　劉勰《文心雕龍·頌贊篇》說："贊者，明也，助也。""至相如屬筆，始贊荆軻，及遷史、固書，托贊褒貶。約文以總錄，頌體以論辭。"形式是"必結言於四字之句，盤桓乎數韻之辭，約舉以盡情，昭灼以送文，此其體也"。《文心雕龍·序志篇》末即以四字句，以"智"、"易"、"義"、"寄"爲韻，並標明"贊曰"二字。王充《論衡·自紀篇》末多以四字句，以"來"、"材"、"開"、"該"、"哉"爲韻作結，這類例子，在漢迄齊梁的著作中十分常見，是當時撰述的一種固定格式。《詩品》末段"陳思贈弟，仲宣《七哀》，公幹思友，阮籍《詠懷》……"一反全書散體結構和語言上的規律特點，"結言於四字之句，盤桓乎數韻之辭"，亦以"哀"、"懷"、"鷖"、"單"、"亂"、"泉"、"宴"、"邊"韻作結，特點是"約舉"、"昭灼"；作用是"盡情"、"送文"。從文脈和位置上應是總括全書的贊論，根據當時的著述慣例，理應置之全篇之末，亦可與上、中品的"後序"或"小序"相對應。

從全書的結構看，《詩品》首申明論五言詩之綱領，末舉五言詩警策佳篇以示詩界法程，也較合理。當然，這一問題還可作進一步探討，本文僅提供參考。

（本文原載於《中州學刊》1989 年第 5 期）

《詩品》中詩人的排列次序問題

鍾嶸《詩品》作爲"百代詩話之祖",是中國文學批評史上第一部詩論專著,與劉勰《文心雕龍》並美,堪稱六朝文學批評史上的雙璧。《詩品》除了提出"吟詠情性"的詩歌本質論,以"三品升降",辯彰清濁,掎摭病利,建立批評方法論和批評體系以外,還以其獨特的"撰寫體例",爲自己的理論體系建立了新的框架,其中深意,值得研究者重視。但是,對《詩品》的兩條撰例"一品之中,略以世代爲先後,不以優劣爲詮次"、"嶸今所錄,止乎五言",長期以來,我們都是"模糊理解",甚至錯誤理解,不求鍾嶸的原意,故有必要考釋。因爲這是讀《詩品》的第一步,對正確理解鍾嶸的文學觀念和美學思想都至關重要。

一

有一條撰例,鍾嶸的原意,我們的理解都還存在問題。又容易被忽視,故有必要加以考釋。這就是三品詩人的排列次序問題。

鍾嶸以三品爲自己的總體框架,把自漢迄梁一百二十三位詩人納入上、中、下三品。這就產生排列問題。

"三品升降"確定詩人的地位已經很麻煩,古往今來有意見的人不少,鍾嶸已經料到,所以申明"差非定制";而同品中的詩人排列,同樣十分敏感,需仔細斟酌,排名先後,要有統一的原則。

按世代排？還是按詩人的優劣？

《詩品》序説："一品之中，略以世代爲先後，不以優劣爲詮次。"

這是正確而重要的選擇。因爲，用這條規則可以"網羅古今"，"詞人殆集"，把無序變成有序，把歷代各自散漫的詩人有條不紊地納入自己的理論體系之中，即——

所有的詩人，先爲上品；次爲中品；再爲下品。每品中的詩人，大體按世代先後排列。今檢《詩品》，基本上似乎遵循了這一原則。如魏之曹植，不會排在漢"古詩"或"李陵"之前；宋之謝靈運，不會排在晉陸機或晉左思之前。假如不作深究，這就是鍾嶸説的"一品之中，略以世代爲先後，不以優劣爲詮次"了。

但是，我們要注意句中的兩個關鍵字詞：一是"略"；二是"世代"。

"略"，表面的意思似乎好理解，是大體上，大略如此的意思；但其內涵，卻要複雜得多。此外，"世代"也費解，到底指一個時代？一個時期？還是指詩人的生卒年？又，"略以世代爲先後，不以優劣爲詮次"的原則是否貫穿全書？三品是否按同一原則？這些問題，容易因鍾嶸已作了含糊的説明而爲我們所忽視[1]。

其實，鍾嶸是以優劣爲詮次的。"不以優劣"云云只是某種掩飾。既然"辯彰清濁"、"掎摭病利"是《詩品》的靈魂，鍾嶸爲拯救詩風而用"顯優劣"的品評是他獨特的創意。故以三品升降確定詩人的地位外，在詩人的排列次序上，也不可能不顯優劣。弄清這一點，不僅明白了一條寫作體例，且對讀懂《詩品》，進一

---

[1] 張錫瑜外，論及此問題的還有王運熙老師《中國文學批評通史》的《詩品》部分；鄔國平《鍾嶸詩品名次排序變例説》（文載《中州學刊》1987年第五期）。

步理解鍾嶸的文學觀念和美學思想都至關重要。

"略"字表明，不是所有的詩人都按世代排列的。至於"世代"先後，清人張錫瑜《鍾記室詩平》説："此亦大判言之，檢勘全書，殊不盡爾。如'中品'謝混在宋謝瞻下，'下品'魏應瑒在晉歐陽建下，魏繆襲在晉張載、二傅下。蓋亦微存優劣之意也。"

張錫瑜言之不虚，亦言之不詳。

其實，"世代"有多層意思。總體指《詩品》品評的漢、魏、晉、宋、齊、梁各代；具體指各個時期，如漢分西漢、東漢（炎漢）；晉分太康、永嘉、義熙；宋分元嘉、大明、泰始；細分還指詩人的輩份和年齡，本身是個模糊概念；與"略"字一起，具有很大的彈性和解釋空間。

譬如，《詩品》中存在不同世代和同世代詩人排列兩方面問題，此撰例只説了前者而未涉及後者。毋寧説，鍾嶸正是用這種模糊性和解釋空間，在"世代"的框架下"以優劣詮次"的。

二

爲了顯現優劣，鍾嶸採取了很大的靈活性，三品區別對待：

在上品中，對不同世代的詩人，"略"變動詩人的排列次序；對同一世代的詩人，則基本上"以優劣爲詮次"；因爲上品詩人已可以代表時代的優劣，故中、下品則用了不同的原則。

爲了説明這一問題，不妨列表作一對照。

上 品

序號	時代	詩人次序	生卒年	重排次序
1	東漢	古詩	炎漢之制	李陵
2	西漢	李陵	？—前74	班婕妤

3	西漢	班婕妤	前 48？—前 6？	古詩
4	魏	曹植	公元 192—232	王粲
5	魏	劉楨	？—217	劉楨
6	魏	王粲	公元 177—217	曹植
7	晉	阮籍	公元 210—263	阮籍
8	晉	陸機	公元 261—303	潘岳
9	晉	潘岳	公元 247—300	左思
10	晉	張協	？—307	陸機
11	晉	左思	公元 250？—305？	張協
12	宋	謝靈運	公元 385—433	謝靈運

從上表中可以看出，在《詩品》原列次序和根據世代重排次序之間，有很大的不同，主要是：

（一）"古詩"排在李陵、班婕妤之前；

（二）曹植排在劉楨、王粲之前；

（三）陸機排在潘岳、左思之前。

要說"世代"，"炎漢之制"的古詩，排在比它產生早二百多年的西漢李陵和西漢班婕妤前，是不合體例的。《詩品》序敘五言詩產生的過程說："逮漢李陵，始著五言之目矣。'古詩'眇邈，人世難詳。推其文體，固是炎漢之制，非衰周之倡也。"

可見，鍾嶸明明知道李陵"始著五言之目"；"古詩"則始於二百年後的"炎漢"；又說："自王、楊、枚、馬之徒，詞賦競爽，而吟詠靡聞。從李都尉迄班婕妤，將百年間，有婦人焉，一人而已。"[1] 也知道班婕妤的"世代"，當在"古詩"前，但實際卻與之相反。

---

[1] 鍾嶸知道李陵、班婕妤見疑于後代，但他並不贊同懷疑的觀點。

如按"世代"排，上品十二人（古詩算一人），就有七人變了次序：可見這樣的排列，決非一個"略"字可以説明，而是涉及重要的結構上的變動。

三

鍾嶸何以要做這樣重要的變動？先看"古詩"：

漢代五言，首推"古詩"。"古詩"代表漢代五言詩的最高成就，是當時文論家的共識。不僅鍾嶸譽爲"文温以麗，意悲而遠；驚心動魄，可謂幾乎一字千金"，劉勰《文心雕龍·明詩》篇也稱"古詩佳麗"；"觀其結體散文，直而不野，婉轉附物；怊悵切情，實五言之冠冕也"。因此，儘管李陵、班婕妤在"世代"上都早於"古詩"，但鍾嶸仍把"古詩"置於漢詩之首。再看曹植：

魏詩人，以曹植成就最高。

曹植五言詩是建安的代表，同樣是當時人的共識。沈約《宋書·謝靈運傳論》説："子建、仲宣，以氣質爲體，並標能擅美。獨映當時。"劉勰《文心雕龍·明詩》篇説："兼善則子建、仲宣。"鍾嶸更譽爲"骨氣奇高，詞采華茂；情兼雅怨，體被文質，粲溢今古，卓爾不群"，"譬人倫之有周、孔，鱗羽之有龍鳳，音樂之有琴笙，女工之有黼黻"。劉楨、王粲也代表了一種詩歌美學，但比起曹植來，劉楨"氣過其文，雕潤恨少"；王粲"文秀而質羸"，"方陳思不足"。儘管王粲比曹植大十五歲，劉楨也比曹植年長，但曹植仍排名劉楨、王粲之前。

劉楨生年不可知，與粲孰優劣，"家有曲直"[1]。沈約、劉勰以爲王粲勝；鍾嶸以爲劉楨優："曹、劉殆文章之聖"，"自陳思以

---

[1] 均見江淹《雜體詩三十首》序。

下，楨稱獨步"，"故孔氏之門如用詩，則公幹升堂，思王入室。"實際品評：楨置粲前。

同樣，陸機、潘岳，"人立矯抗"①。但鍾嶸以爲機優於岳，故置岳前。左思與陸機相比，雖年齒長於陸機，因"淺於陸機"②，亦出於優劣考慮置於機後。

可見，上品的情形是：同世代甚至不同世代，哪怕是相差二百多年，鍾嶸是"以優劣爲詮次"的。

"以優劣爲詮次"的目的，是把自認最優秀的詩人，放在那一時代的首位，代表那一時代，統攝一代詩學，從而強烈地表明自己的文學理念和詩學理想。一如《詩品》序末標舉五言警策昭示詩界法程。

因爲，鍾嶸評漢、魏、晉、宋、齊、梁歷代詩人的同時，也在評自漢迄梁的詩歌史。五言詩如何發展？有幾個高峰？幾個時期？哪些是巔峰詩人？鍾嶸心裏有一個圖式，這就是《詩品》序說的："陳思爲建安之傑，公幹、仲宣爲輔；陸機爲太康之英，安仁、景陽爲輔；謝客爲元嘉之雄，顏延年爲輔。"

由此，整個漢、魏、晉、宋、齊、梁的詩歌發展史，在建安—太康—元嘉形成三個高潮；並由曹植—陸機—謝靈運爲軸心，以劉楨、王粲、潘岳、張協、顏延之爲輔助的綫索而發展的。爲突出軸心詩人的地位，故上品詩人不得不"以優劣爲詮次"。

四

中品情況如何？再看下表：

---

① 均見江淹《雜體詩三十首》序。
② "淺於陸機"，通行本作"野於陸機"。今據《吟窗》、《格致》諸本改。

序號	時代	詩人次序	生卒年	重排次序
1	漢	秦　嘉	生卒年不詳	秦　嘉
2	漢	徐　淑	生卒年不詳	徐　淑
3	魏	曹　丕	公元 188—226	曹　丕
4	晉	嵇　康	公元 224—263	何　晏
5	晉	張　華	公元 232—300	應　璩
6	魏	何　晏	？—249	孫　楚
7	晉	孫　楚	公元 218—293	嵇　康
8	晉	王　贊	生卒年不詳	張　華
9	晉	張　翰	生卒年不詳	何　邵
10	晉	潘　尼	公元 250？—311？	王　贊
11	魏	應　璩	公元 190—252	張　翰
12	晉	陸　雲	公元 262—303	石　崇
13	晉	石　崇	公元 249—300	潘　尼
14	晉	曹　攄	？—308	曹　攄
15	晉	何　邵	公元 236—310	陸　雲
16	晉	劉　琨	公元 217—318	劉　琨
17	晉	盧　諶	公元 284—350	郭　璞
18	晉	郭　璞	公元 276—324	盧　諶
19	晉	袁　宏	公元 328—376	袁　宏
20	晉	郭泰機	生卒年不詳	郭泰機
21	晉	顧愷之	公元 345？—401？	顧愷之
22	晉	謝世基	？—426	謝　混
23	宋	顧　邁	生卒年不詳	謝世基
24	宋	戴　凱	生卒年不詳	顧　邁
25	宋	陶　潛	公元 365—427	戴　凱
26	宋	顏延之	公元 384—456	陶　潛

27	宋	謝瞻	公元387—421	顏延之
28	晉	謝混	？—412	謝瞻
29	宋	袁淑	公元408—453	謝惠連
30	宋	王微	公元415—453	袁淑
31	宋	王僧達	公元423—456	鮑照
32	宋	謝惠連	公元407—433	王微
33	宋	鮑照	公元414？—466	王僧達
34	齊	謝朓	公元464—499	謝朓
35	梁	江淹	公元444—505	沈約
36	梁	范雲	公元451—503	江淹
37	梁	丘遲	公元464—508	范雲
38	梁	任昉	公元460—508	任昉
39	梁	沈約	公元441—513	丘遲

從上表中看出，中品詩人亦未完全按世代排列：

一是魏何晏置於晉嵇康、張華後；

二是魏應璩置於晉孫楚、王贊、張翰、潘尼後；

三是晉謝混置於宋謝世基、顧邁、戴凱、謝瞻、陶潛、顏延之後。但這種變化，性質與上品不同。上品"以優劣爲詮次"表現鍾嶸的詩學理念；中品則爲了評品結構上的需要。

因爲，其品評形式有所不同。上品每條只評一人；中品每條評一到五人不等。這種數人合評的方法，是從詩人間的關係、品評的內容、詩歌的流派、作品的風格諸因素考慮的。爲了集中地表現某種詩學思想，鍾嶸有時將風格相同、性別相同、流派相同、身份相同或父子、君臣、夫妻詩人合在一起品評。合評的詩人，有的年齒相近，有的相去甚遠，以至出現"世代"不一致，甚至優秀詩人排名後移的情況。

例如，曾配合謝靈運組成元嘉詩歌軸心的顏延之，並未排在宋代詩人的首席；宋代詩人的前三位，倒是讓謝世基、顧邁、戴凱佔據了。

又如，不逮劉琨的盧諶，排在"中興第一"的郭璞之前；無非因爲劉琨略早于郭璞，而盧諶爲劉琨主簿，有生死與共，歌詩酬唱的經歷，使鍾嶸覺得有必要把他們合在一起評論，從而使盧湛揀到了領先的便宜。

再如，根據謝惠連的世代，當在袁淑、王微、王僧達之前，鍾嶸對謝惠連的評價，也明顯高於"才力苦弱"的袁、王諸人。但因爲晉謝混和宋謝瞻的輩份高於謝惠連，而謝混、謝瞻、袁淑、王微、王僧達五人均"源出於張華"，同務"清淺"，"殊得風流媚趣"，有必要同條合評。這就使袁、王諸人沾了合評的光，排名於謝惠連之前。

同樣情況的還有鮑照。鮑照論輩份也在王微、王僧達前，鍾嶸對鮑照的評價也遠遠高於二王，但因合評的原因使鮑照反列其後。相同的例子還有丘遲、范雲合評列任昉之前等等。

五

也有人會問，嵇康與張華不是因爲地位重要就越居何晏、應璩、孫楚之前？其實，這一情況，與其説是嵇康、張華位置的前置，不如説何晏、應璩、孫楚後移。"並得虯龍片甲，鳳凰一毛"的何晏、孫楚、王贊、張翰、潘尼五人，以其性質相同、風骨類似而同條合評。其中潘尼、王贊、張翰三人年次都晚于嵇康與張華，當居嵇康、張華後，這使與三人合評的何晏、孫楚也跟着屈居嵇康、張華之後。晉謝混後移與宋謝瞻、袁淑、王微、王僧達合評也是同樣的例子。

一個簡單的道理是：既然顏延之、郭璞、鮑照、謝惠連等人的名次都向後移，鍾嶸當然不會因嵇康、張華的地位較高而破例前置。可見，中品排列，是"不以優劣爲詮次"的。

中品不以優劣爲詮次有兩方面的原因：一是，代表漢、魏、晉、宋的優秀詩人，已領銜般地列於上品之首，起到警策人心的作用。至中、下品，無必要疊床架屋，重新標舉；二是，數人合評產生時間、世代上的跨度，不允許，也不可能做到以優劣爲詮次，這是中品與上品詩人排列有不同原則的出發點。

下品詩人的排列原則與中品相同。只是組合人數更多，組合原因更多，組合的方式更有意思：

如帝王的組合，父子的組合，沙門僧侶的組合，女詩人的組合，同效"顏、陸體"的組合，甚至"人非文是"的組合。在這種情況下，同樣不必也不可能以優劣爲詮次。

綜上所述，爲了體現自己的詩學理想，鍾嶸除了整體框架以"三品升降"顯現優劣外，在上品中也採用了"以優劣爲詮次"的原則。

中、下品結構與上品不同，組合不同，原則也不同，這是我們閱讀《詩品》，尤其在理解"略以世代爲先後，不以優劣爲詮次"的撰例時必須注意的。

（本文原載於《復旦學報》1998年第6期）

鍾嶸的文學觀念及詩學理想

作爲有獨創性的評論家，鍾嶸的文學觀念和詩學理想是值得我們珍視的。

這些觀念和理想，既屬於他的時代，也屬於他自己，是他對時代精神、詩學傳統、審美理想合乎邏輯的繼承和發展。

鍾嶸的文學觀念及詩學理想，主要表現在《詩品》的詩歌發生論、本質論、詩體論、創作論等方面，表現在他具體的品評之中。

一、詩歌發生論

對詩歌的發生，鍾嶸以前已有論述。《詩大序》説："詩者，志之所之也。在心爲志，發言爲詩。情動於中而形於言，言之不足，故嗟歎之；嗟歎之不足，故永歌之；永歌之不足，不知手之舞之，足之蹈之也。""至於王道衰，禮義廢，政教失，國異政，家殊俗，而變風變雅作矣。"略早於鍾嶸的劉勰也説："在心爲志，發言爲詩。"多從主觀自我出發，把"詩"看成是"志"的外化。至於内在的情志，則來源於天地，來源於糾正世道缺喪的功利需要。

鍾嶸也提倡詩歌的心理起源説，但他更傾向於物我統一，強調主客觀結合。《詩品序》劈頭四句説：

> 氣之動物，物之感人；故搖蕩性情，形諸舞詠。

就"搖蕩性情，形諸舞詠"看，其説法與《詩大序》和劉勰沒有什麽不同。但鍾嶸更强調"物感"的作用。在詩歌發生的過程中，假如《詩大序》和劉勰偏重人心是"主動"的話，鍾嶸則偏重人心是"被動"的。就是説，首先是被物感，其次才是抒發這種"物感"。儘管這種"物感説"已是當時的共識，差不多所有的文論家都明白這一點，劉勰在某些篇章裏也有論述，但上述傾向仍然存在。

劉勰的詩歌發生論是從《詩大序》來的；鍾嶸的詩歌發生論，與其説也受了《詩大序》的影響，不如説與《禮記·樂記》更具淵源。

《禮記·樂記》論音樂發生説："凡音之起，由人心生也；人心之動，物使之然也。感於物而動，故形於聲。"《禮記·樂記》認爲，在音樂的發生中，人心是"被動"的。由"物"感於"心"，心裏才會産生音樂。但"物"又是如何"發動"的呢？鍾嶸認爲是"氣"的作用。首先是"氣"動"物"，然後是"物"感"人"，再是被感動的人寫詩、唱歌。

這樣，鍾嶸就把《禮記·樂記》中：物──人心──音樂的三段論，發展成：氣──物──人心──詩歌的四段論。這裏的"氣"，既是抽象的，又是具象的；既是充盈於天地間蓬勃的元氣，又是四季轉換的節氣，是一種能使大自然萌動，觸於物而感於心的東西。把"氣"引進詩歌理論，並以"氣"爲核心，是鍾嶸的天才創造。

鍾嶸的天才創造還表現在：物──人心作用的環節上。

鍾嶸前後的文論家，幾乎毫無例外地把物──人心看成是大自然的萌動，四季感蕩的過程。陸機《文賦》説："遵四時以歎逝，瞻萬物而思紛；悲落葉於勁秋，喜柔條於芳春","慨投篇而援筆，聊宣之乎斯文。"

劉勰《文心雕龍》說："春秋代序，陰陽慘舒，物色之動，心亦搖焉。蓋陽氣萌而玄駒步，陰律凝而丹鳥羞；微蟲猶或入感，四時之動物深矣"，"是以詩人感物，聯類不窮，流連萬象之際，沉吟視聽之區。寫氣圖貌，既隨物以宛轉；屬采附聲，亦與心而徘徊。"比鍾嶸略晚的蕭統、蕭綱、蕭子顯，乃至陳叔寶等人，也都懂得這個道理。

蕭統《答湘東王求文集及詩苑英華書》說："或日因春陽，具物韶麗，樹花發，鶯鳴和，春泉生，暄風至，陶嘉月而嬉遊，藉芳草而眺矚。或朱炎受謝，白藏紀時，玉露夕流，金風多扇，悟秋山之心，登高而遠托；或夏條可結，倦於邑而屬詞，冬雪千里，覿紛霏而興詠。"

蕭綱《答張纘示集書》說："至如春庭落景，轉蕙承風；秋雨且晴，檐梧初下；浮雲生野，明月入樓，時命親賓，乍動嚴駕，車渠屢酌，鸚鵡驟傾，伊昔三邊，久留四戰，胡霧連天，征旗拂日，時聞塢笛，遙聽塞笳，或鄉思淒然，或雄心憤薄。是以沉吟短翰，補綴庸音，寓目寫心，因事而作。"

蕭子顯《自序》說："若乃登高極目，臨水送歸，風動春朝，月明秋夜，早雁初鶯，開花落葉，有來斯應，每不能已也。"陳後主叔寶《與詹事江總書》也說："每清風朗月，美景良辰，對羣山之參差，望巨波之淇瀁；或玩新花，時觀落葉，既聽春鳥，又聆秋雁，未嘗不促膝舉觴，連情發藻。"

因此，如果說鍾嶸論自然萌動，四季感蕩只是基於西晉以來詩論家的共識，《詩品序》中"若乃春風春鳥，秋月秋蟬，夏雲暑雨，冬月祁寒，斯四候之感諸詩者也"的說法，與陸機、劉勰等人並沒有什麼不同的話，那麼，從物——人心的"物"，不僅包括

"自然感蕩",同時包括"人際感蕩",則是鍾嶸的獨創。

這種"人際感蕩",其實是"社會感蕩",是詩歌發生的第二大根源。《詩品序》說:

> 嘉會寄詩以親,離群托詩以怨。至於楚臣去境,漢妾辭宮,或骨橫朔野,或魂逐飛蓬;或負戈外戍,殺氣雄邊;塞客衣單,孀閨淚盡;又士有解佩出朝,一去忘返;女有揚蛾入寵,再盼傾國:凡斯種種,感蕩心靈,非陳詩何以展其義,非長歌何以騁其情?

由於"氣"的發動,四季更替變化,萬物陰陽盛衰;社會動蕩不寧,人際悲歡離合。這一切,都使情感豐富,內心激蕩,靈魂騷動而充滿了傾訴的渴望。

自然—社會,是詩歌發生的兩大根源。

鍾嶸晚年曾任晉安王蕭綱記室。因此,這一說法,也許影響了蕭綱。蕭綱《答張纘示集書》中"時命親賓,乍動嚴駕","寓目寫心,因事而作"的說法,多少涉及到人際悲歡離合與詩歌創作的關係。鍾嶸的這種詩歌發生論,對後世產生了巨大影響。

二、詩歌本質論

與發生論緊密關聯的是對詩歌本質的理解。而對詩歌本質屬性的確定,又是《詩品》批評論、創作論的出發點和鍾嶸詩學理想的基石。

詩爲何物?它的本質是什麼?中國文學傳統裏有許多現成的答案:

《尚書·舜典》說:"詩言志,歌永言,聲依永,律和聲。"《荀子・儒效》篇説："《詩》，言其志是也。"《禮記・樂記》説："詩，言其志也；歌，詠其聲也；舞，動其容也。"從語言學的角度看，"詩"，都與"意"、"志"有關。《廣雅・釋言》説："詩，意也。"《説文・言部》："詩，志也。從言，寺聲。"詩的古字，即言"志之所之"之意。言志以外，《詩大序》還提出："國史明乎得失之跡，傷人倫之廢，哀刑政之苛，吟詠情性，以風其上。"承認詩歌具有某種抒情性，並以這種抒情性來影響政教風化，挽救潰敗的道德倫理。

迄於西晉，在主情詩人張華的啓發下，陸機在《文賦》中提出了——"詩緣情而綺靡，賦體物而瀏亮"的詩歌"緣情説"。這種"緣情説"很快成爲一種新思潮，在詩界，形成一種衝擊波。

詩是什麼？言志的？還是言情的？或是情、志並言的？還有，情是言志的手段？還是目的本身？這些不成問題的問題，都一起擺在文論家面前，要他們作出不容回避的解釋。

劉勰顯然繼承了《詩大序》的情、志並提説。他的《文心雕龍》體大思精，但某些觀點卻傳統得近於保守。《明詩》篇釋詩説："詩者，持也；持人情性，三百之蔽，義歸無邪。持之爲訓，信有符焉耳"，"人稟七情，應物斯感；感物吟志，莫非自然。"《宗經》篇説："詩主言志，詁訓同書；摛風裁興，藻辭譎喻，溫柔在誦，故最附深衷矣。"《情采》篇也説："風雅之興，志思蓄憤；而吟詠情性，以諷其上。"可謂集前人説法之大成。

鍾嶸的回答與這位前輩不同。比起劉勰的求大、求正、求深、求穩、面面俱到來，鍾嶸更有求新、求奇、求變、求獨創的個性特點。面對《詩大序》，他只取"吟詠情性"，而棄其政教風化。在"吟詠情性"的字面裏，賦予新的內容。面對"詩有六義"，鍾嶸只取"賦、比、興"三義，且對三義作出了與漢儒迥異的解釋。説"比"是"因物喻志"；"興"是"文已盡而意有餘"。從創作和審美的角度，而不是從政教風化的角度，對"六義"作出新的解釋。對這一問題，許多研究者已經指出，我並無新見。我只想強調：對詩歌本質的認識，是一個流動的不間斷的過程。在中國文學史上，以張華"主情説"爲分界綫，由張華影響陸機，形成"緣情綺靡"的一路，在這條綫上，鍾嶸只是一個點。從張華——陸機——陸雲——鍾嶸——蕭綱——蕭繹。

最後由蕭繹《金樓子》提出："吟詠風謠，流連哀思者謂之文"，"至如文者，惟須綺縠紛披，宫徵靡曼，唇吻遒會，情靈摇蕩。"沿主情、緣情一路，對詩歌本質的揭示，最終出現純文學的理論主張。應該指出的是，除了陸雲，鍾嶸是較早認識張華"情多"的批評家，儘管他對張華的"氣少"有所不滿。

可以説，"吟詠情性"，作爲鍾嶸對詩歌本質的認識，貫穿了《詩品》發生論、創作論和詩學理想的始終。

三、詩歌創作論

《詩品》的創作論，首先基於對詩歌"吟詠情性"的認識。詩既吟詠情性，發抒情感，就當與經國文符和撰德駁奏有本質的區别。儘管對文體的辨析，在曹丕的時代就開始了，《典論·論文》説："奏議宜雅，書論宜理，銘誄尚實，詩賦欲麗。"陸機《文賦》也指出詩、賦、碑、誄、銘、箴、頌、論、奏、説十種文體的區别和特徵。但是，他們只談區别，卻把文學和非文學混在一起。只有鍾嶸從詩歌的本質出發，以"吟詠情性"爲標準，指出了文學的"詩"和非文學的"經國文符"、"撰德駁奏"在寫作方法上的不同。《詩品序》説：

夫屬詞比事，乃爲通談。若乃經國文符，應資博古；撰德駁奏，宜窮往烈。至乎吟詠情性，亦何貴於用事？

由此，他從創作論的角度，批評任昉、王元長由於對詩歌性質不清，導致詩和非詩在創作方法上的混淆。《詩品序》説："近任昉、王元長等，詞不貴奇，競須新事，爾來作者，浸以成俗。遂乃句無虛語，語無虛字；拘攣補衲，蠹文已甚。""任昉"條又説："昉既博學，動輒用事，所以詩不得奇。"由此，他提出"直尋"的創作方法，並舉例説：

"思君如流水"（徐幹《室思》），既是即目；"高臺多悲風"（曹植《雜詩》），亦惟所見；"清晨登隴首"（張華詩句），羌無故實；"明月照積雪"（謝靈運《歲暮》），詎出經史？觀古今勝語，多非補假，皆由直尋。

用"直尋"的方法，寫生活的"所見"、"即目"。這種直面其景、直抒其情的創作論，與"吟詠情性"的本質論是互爲表裏的。

基於同樣的認識，鍾嶸反對在詩中用典、堆砌學問的同時，也反對拘忌聲病、有礙真美的創作傾向。沈約在《宋書·謝靈運傳論》中要求四聲制韻，追求精密諧美，提出："若前有浮聲，則後須切響。一簡之內，音韻盡殊；兩句之中，輕重悉異。妙達此旨，始可言文。"鍾嶸認爲，這種追求音響效果的做法，勢必會影響感情的表達，妨礙真美的傳遞。在社會上產生不良的風氣，造成流弊。這就是："士流景慕，務爲精密；撥績細微，專相淩架。故使文多拘忌，傷其真美。"鍾嶸自稱："至如平上去入，則余病未能；蜂腰、鶴膝，閭里已甚。"從吟詠情性的詩歌本質出發，他主張取消套在自由吟詠上的枷鎖：

余謂：文制本須諷誦，不可蹇礙；但令清濁通流，口吻調利，斯爲足矣。

儘管從詩歌聲律已經成熟的今天看，鍾嶸的這一主張未免顯得保守，經過永明詩人和宮體詩人集體的努力，聲律入詩最初階段產生的弊端已不斷被克服，事實證明聲律入詩的可行性和生命力，但是，鍾嶸反對聲病的大原則是正確的。四聲至唐，逐漸發展成"平仄二元"的歷程，同樣是由詩人實踐，批評家批評共同完成的，是同一事物正、反合力的結果。試想，假如沒有鍾嶸那樣的批評家從反面提供不同的意見，這種發展也許會變得相當緩慢。

作爲創作論的核心，鍾嶸取"六義"中的"三義"，賦予它新的意義，使它們更接近審美和吟詠情性。這就遠遠避開了漢儒經義的桎梏。但在具體運用時，他又提倡"賦、比、興"酌而用之，避免單調的方法帶來膚淺和讓人讀得很累的作品。《詩品序》說：

弘斯三義，酌而用之，幹之以風力，潤之以丹彩，使味之者無極，聞之者動心，是詩之至也。若專用比興，患在意深，意深則詞躓；若但用賦體，則患在意浮，意浮則文散，嬉成流移，文無止泊，有蕪漫之累矣。

這種創作方法的考慮，是與詩歌本質的確定聯繫在一起的。

四、詩歌詩體論

有什麼樣的本質論，就會有什麼樣的詩體確定和詩歌形式選擇。

由於奉爲經典的《詩經》是四言詩，幾百年來形成心理定勢和審美定勢，爲人們熱愛和崇拜。所以，儘管東漢以來，文人多寫五言，很少再寫四言，但不少文論家仍視四言爲正宗，看不起五言詩。摯虞《文章流別論》說："古詩率以四言爲體。"五言則"於俳諧倡樂多用之"，"雅音之韻，四言爲正，其餘雖備曲折之體，而非音之正也"。劉勰《文心雕龍·明詩》篇說："若夫四言正體，則雅潤爲本；五言流調，則清麗居宗。"均視四言爲"正體"，五言爲"曲折之體"或"流調"。俗雅之分，高下之別，其義甚明。

鍾嶸則以爲：五言是在四言的基礎上發展起來的。今人多寫五言，不是什麼"流調"或"曲折之體"，而是五言詩體比四言詩優越。在寫景狀物，吟詠情性上，五言比四言更有迴旋餘地，也就更具滋味和審美價值。《詩品序》說：

> 夫四言，文約易廣，取效《風》、《騷》，便可多得。每苦文繁而意少，故世罕習焉。五言居文詞之要，是衆作之有滋味者也，故云會於流俗。豈不以指事造形，窮情寫物，最爲詳切者邪！

由此可見，鍾嶸寫作《詩品》，專評五言詩，是從詩歌抒情這一本質特徵出發的。專評五言詩，本身就體現了鍾嶸對詩體的看法和對五言詩的肯定，成爲當時優秀的批評家的代表，並逐漸扭轉批評界重四言輕五言的風氣。略晚於鍾嶸的蕭子顯《南齊書·文學傳論》說："五言之制，獨秀衆品。"孟棨《本事詩》載李白論詩體說："嘗言寄興深微，五言不如四言，七言又其靡也。"記載不一定可靠，但假如是可靠的話，大詩人尚且如是說，鍾嶸作爲第一個奠定五言詩在中國詩歌史上宗主地位的評論家，其識力之卓偉，是令人敬佩的。

章太炎《國故論衡·辨詩》篇説五言取代四言,是"四言之勢盡矣"。王國維《人間詞話》:"四言敝而有《楚辭》,《楚辭》敝而有五言,五言敝而有七言……蓋文體通行既久,染指遂多,自成習套。豪傑之士,亦難於中自出新意,故遁而作他體,以自解脱。一切文體所以始盛終衰者,皆由此來。"比起這些説法,鍾嶸似乎更能從詩體本身的角度,從審美來説明五言取代四言的内在原因。

五、詩歌美學理想

鍾嶸是一個充滿理想、充滿追求的批評家。他尚氣、慕采、好奇,有重視骨鯁的個性。他寫《詩品》的原因,除了《南史》本傳説他與沈約有宿怨,以此報復沈約外,更重要的,也許是爲了表述自己的詩學理想,爲詩壇建立坐標,提供準則。在古今詩人中,最能體現鍾嶸美學理想的詩人是曹植。上品評曹植説:

> 其源出於《國風》,骨氣奇高,詞采華茂。情兼雅怨,體被文質。粲溢今古,卓爾不群。嗟乎!陳思之於文章也,譬人倫之有周、孔,鱗羽之有龍鳳,音樂之有琴笙,女工之有黼黻。俾爾懷鉛吮墨者,抱篇章而景慕,映餘暉以自燭。故孔氏之門如用詩,則公幹升堂,思王入室,景陽、潘、陸,自可坐於廊廡之間矣。

這是魏詩人曹植,更是鍾嶸心目中的曹植。鍾嶸從曹植的詩歌中概括出自己的詩學理想,又以對曹植的理想化,使自己的詩學理想得以體現。其中,"骨氣奇高,詞采華茂;情兼雅怨,體被文質",正是鍾嶸詩學理想的核心。這一核心包括兩組美學範疇:一是感情内容上的"雅"、"怨";二是體制風格上的"文"、"質"。

鍾嶸把詩歌感情分成兩種不同的美學類型：即源出《詩經》的"雅"和源出《楚辭》的"怨"。"雅"爲雅正，代表典雅和高層次、高品味的美學原則；"怨"爲怨悱，代表了漢魏以來以悲爲美的思想。鍾嶸的美學理想是：感情内容上，要求"雅"、"怨"結合；風格體制上，要求"文"與"質"；"風力"與"丹彩"；"骨氣"與"詞采"的結合。把這種處於兩極，又對立，又統一的美學要素合在一起，使剛性的詩歌精神與柔性的詞采相融合，體現剛柔相濟的美學原則，當是受《周易》美學思想的影響。在批評實踐中，鍾嶸正是以這種美學原則來品評古今詩人的。

（一）先看感情類型

凡入品的詩人，感情多與"雅"、"怨"有關。

上品：古詩"意悲而遠"、"多哀怨"；李陵"文多悽愴，怨者之流"；班婕妤"怨深文綺"；王粲"發愀愴之詞"；阮籍"洋洋乎會於風雅"。

中品：秦嘉、徐淑"文亦悽怨"；嵇康"傷淵雅之致"；劉琨、盧諶"善爲悽戾之詞"，"善敘喪亂，多感恨之詞"；郭泰機"孤怨宜恨"；顏延之"經綸文雅"；鮑照"頗傷清雅之調"；任昉"拓體淵雅"；沈約"長於清怨"。

下品：曹操"有悲涼之句"；曹彪、徐幹"亦能閑雅"；繆襲"唯以告哀"；謝莊"氣候清雅"；謝超宗七子"得士大夫之雅致"；毛伯成"文多悁悵"等等。但是，我們注意到，以上詩人，非雅則怨，"雅"、"怨"二端，僅得其一。只有曹植一人"情兼雅怨"，能把雅正美和悲愴美結合在一起。

（二）再看體制風格

在所有的詩人中，也只有曹植一人符合他的要求。曹植的

"骨氣奇高，詞采華茂"和"體被文質"，正是鍾嶸心中的美學境界。以曹植爲尺規，其他詩人，不是"文"勝"質"，就是"質"勝"文"。連劉楨、王粲也不例外。劉楨"氣過其文，雕潤恨少"；王粲"質羸"偏美。偏美，顯然不是鍾嶸的詩學理想。至如陸機"氣少於公幹，文劣於仲宣"；左思"淺於陸機"。中、下品詩人如曹丕"新歌百許篇，率皆鄙質如偶語"；應璩"善爲古語"；曹操"古直"，皆質勝文之謂。若張華"巧用文字"、"兒女情多"，則文勝於質，均不能完美，不能剛柔相濟。

不過，在同是偏美，不能相兼的情況下，鍾嶸似乎更重視代表《詩經》的"雅"和代表詩歌精神的"質"。如組成漢魏、晉宋詩歌軸心的曹植——陸機——謝靈運，均源出《國風》一系；同是上品的王粲、劉楨，鍾嶸更看重質勝文的劉楨，把他置於王粲之前。稱"曹、劉殆文章之聖"，"自陳思以下，楨稱獨步"，"故孔氏之門如用詩，則公幹升堂，思王入室"。而王粲僅"在曹、劉間別構一體，方陳思不足，比魏文有餘"。儘管王粲、劉楨優劣，齊梁以來，家有曲直。沈約、劉勰重視王粲。《宋書·謝靈運傳論》謂"子建、仲宣，以氣質爲體，並標能擅美，獨映當時"，以曹植、王粲並提而不及劉楨；《文心雕龍·才略》篇稱："仲宣溢才，捷而能密，文多兼善，辭少瑕累，摘其詩賦，七子之冠冕乎！"

晚出的《詩品》重視劉楨，固然反映了鍾嶸不拘時論和敢於向前輩理論家挑戰的勇氣，更本質的，是在詩歌理論和美學理想上，鍾嶸與沈約、劉勰之間，存在深刻的審美原則上的分歧。

與吟詠情性的本質論相聯繫，從個人的審美經驗出發，鍾嶸重視的"滋味說"，同樣是他詩歌美學的重要組成部分。

任何一種理論都有它產生的背景。鍾嶸所以強調"滋味說"，是因爲東晉以來的玄言詩"淡乎寡味"。同時，庸音雜體，動輒用事使詩歌變成書奏和文符，妨礙了美的創造。故提倡"滋味説"，正可爲時弊之藥石。作爲詩學的體系，他認同五言詩，因爲五言詩是"衆作之有滋味者也"；他提倡"直尋"，因爲"直尋"會産生"真美"，産生"自然英旨"，這與滋味有關；鍾嶸釋"興"爲"文已盡而意有餘"，此處"餘"，即"餘味"，是"滋味"的另一種説法。

從孔子"在齊聞《韶》，三月不知肉味"①，把聽音樂與吃肉聯繫起來，用肉味比喻音樂，以直覺把握審美以來，人們多喜歡以"味"談詩，以"味"談美。兩漢司馬遷、王充以"味"喻文章之美，經阮籍《樂論》、嵇康《聲無哀樂論》一步步演化，至晉陸機《文賦》提出，文章當有"大羹之遺味"。齊梁之際，隨着文學批評的發展，"味"字作爲文學評論的術語，開始被廣泛使用。劉勰《文心雕龍》中有《宗經》篇的"餘味"，《明詩》篇的"可味"，《史傳》篇的"遺味"，《附會》篇的"道味"、"辭味"，《總術》篇的"義味"，以及《聲律》篇的"滋味"等等。儘管劉勰在《隱秀》《物色》諸篇中也論述了"味"的審美作用，但總體上看，劉勰談"味"，只是附帶而論，儘管他用了那麼多的"味"字，但其重心、主旨卻不在此。不像鍾嶸把"滋味"放在《詩品》的中心，與詩歌的本質論、發生論、詩體論、創作論交融在一起，貫穿始終，成爲詩歌審美和詩學理想的重要組成部分。因此，不妨可以説，由孔子《論語》發端的"滋味説"，在鍾嶸的《詩品》裏，才最後完善成爲一個純美學的範疇，取得了獨立的意義，並對中國美學史和文學批評史産生重大影響。

——以上從入品詩人的角度考察。未入品的詩人，同樣體現了鍾嶸的文學觀念和審美原則。

---

① 見《論語·述而》篇。

未入品的詩人、詩歌有多種情況：只寫四言的不品；五言詩成就太小的不品，除了"忽而不察"，偶有遺漏外，也有今天我們看來是很重要的詩人、詩作未品。若與今存作品對照一下，最引人注目的是：

一些漢樂府五言詩未品
《孔雀東南飛》未品
卓文君的《白頭吟》未品
蔡琰的《悲憤詩》未品

爲什麼評無名氏的《古詩》，不評同爲無名氏的《陌上桑》、《相逢狹路間》、《雙白鵠》、《豔歌行》和《隴西行》？評班婕妤的《怨歌行》，不評卓文君的《白頭吟》？強調怨深文綺，卻不評《孔雀東南飛》；重視女子的情緒天地，同樣不評蔡琰的《悲憤詩》？

《孔雀東南飛》最早見於徐陵的《玉臺新詠》，題爲"古詩爲焦仲卿妻作"，作者爲"無名人"。徐陵沒有說明此詩的來源，從何處輯得？假如此詩在當時並未流傳，徐陵直接采自民間，來於里巷，鍾嶸沒有見過此詩的可能性是存在的。又此詩作年代尚有爭議，假如產生於鍾嶸寫《詩品》到徐陵編《玉臺新詠》的半個世紀內，鍾嶸也同樣未及一睹。但現在問題是，假如鍾嶸看到這首詩，會不會品評？我以爲不會。

與入上品的無名氏《古詩》同時，無名氏的《陌上桑》，辛延年的《羽林郎》，鍾嶸是應該看到的。上品"古詩"條說"其外'去者日以疏'四十五首"，可見，鍾嶸當時看到的這類詩比我們多得多。還有，蔡琰的《悲憤詩》著錄於范曄的《後漢書》。《詩品》說范曄詩"不稱其才"，可見鍾嶸注意到范曄在寫《後漢書》時表現出的文學才能，當然也會看到蔡琰的《悲憤詩》。看到那些驚心動魄，催人淚下的場面。諸如：

> 卓眾來東下，金甲耀日光。平土人脆弱，來兵皆胡羌。……馬邊懸男頭，馬後載婦女。長驅西入關，迴路險且阻。……旦則號泣行，夜則悲吟坐。欲死不能得，欲生無一可。……

中國文學史上少有這種正面的血淋淋的描寫，把悲憤撕碎了給人看：先被董卓亂軍所虜，一路受盡凌辱折磨；入蕃後被迫嫁給胡人，內心痛苦自不必說，等已在蕃地生兒育女，意想不到地回漢，又使她必須捨棄親生兒女。兒女漸漸長大，聽說母親離開他們，一去不返。有些似懂非懂——

> 兒前抱我頭，問"母欲何之？人言母當去，豈復有還時？阿母常仁惻，今何更不慈？我尚未成人，奈何不顧思？"見此崩五內，恍惚生狂癡。號泣手撫摩，當發復回疑……

這種生離死別，欲行不行的悲痛場面，令人摧折心肝，久久難忘。回漢後，女主人翁還將面臨改嫁，托命新人的不幸。種種淒涼，種種悲愴，從反映社會歷史的深廣度，以及反映個人內心痛苦的強烈度，比起曹植的《贈白馬王彪》來，都有過之而無不及。以今天的眼光看，實爲建安時代的傑作。鍾嶸推尊曹植，將"陳思贈弟"列爲五言警策的首篇，但卻不提蔡琰的《悲憤詩》。這與未品漢樂府五言詩、《陌上桑》、《孔雀東南飛》是一致的。妄加推測，也許有以下幾個原因：

第一，《詩品》評五言詩，更是評五言詩人。學班固"論人"，劉歆"裁士"，均以詩人爲骨架，沒有詩人，組不成三品。漢樂府五言詩年代久遠，多已不知作者，有的雖標作者，卻真僞不辨，難以品評。《白頭吟》之類也許就是例子。有人以爲鍾嶸未品漢樂府古辭，是《詩品》只評五言詩而不及樂府詩。這種説法是不對的。就《詩品》品評的對象看，不僅班婕妤的《團扇辭》曾入漢樂府相和歌辭楚調曲，就是曹操、曹丕、曹植，今存大部分詩歌都是樂府詩，一些作品被蕭統《文選》選録，可資佐證。評漢詩而不及漢樂府，是不可能的。《詩品》一般不評無名氏的作品，唯《古詩》影響深遠①。列入上品，是一個特例。

第二，鍾嶸的詩學理想是"情兼雅怨，體被文質"，而這些漢樂府古辭多來自民間，以當時的審美眼光，不免格調卑俗，少淵雅之致，若以"文溫以麗，意悲而遠"的古詩來衡量，則大異其趣。如《陌上桑》中對羅敷美麗的描寫：

> 行者見羅敷，下擔捋髭須；少年見羅敷，脱帽著帩頭；耕者忘其犁，鋤者忘其鋤；來歸相怨怒，但坐觀羅敷。

這段文字，儘管我們今天覺得它誇張詼諧，生動有趣。以賦鋪陳的手法，從不同人對羅敷的觀看，表現羅敷驚人的美麗。但以當時的審美標準，卻類近俳優，淫雜不文，不過逗人笑笑而已。劉勰《文心雕龍》斥此類詩爲"淫辭"，可見這並不是個別評論家的意見。而鍾嶸不評漢樂府古辭，用的仍是"雅"、"怨"兩把尺規。

---

① 《古詩》佳麗，人所共識，故魏晉以來，多有擬作。陸機所擬十二首，爲蕭統《文選》所録。《世説新語·文學》篇載："王孝伯在京，行散至其弟王睹户前，問：'古詩中何句最佳？'睹思未答。孝伯詠'所遇無故物，焉得不速老'：'此句最佳。'"又劉勰《文心雕龍·明詩》篇亦稱《古詩》爲"五言之冠冕"。

(三)《詩品》基本上不品敘事詩

儘管，鍾嶸認爲五言詩的特點是"指事造形，窮情寫物"。寫景、狀物、抒情之外，也包涵敘事的成分。但從"吟詠情性"詩歌本質論出發，在潛意識裏，仍把詩與抒情詩劃上等號，以爲只有寫景狀物的才是詩歌。

反觀《孔雀東南飛》也好，蔡琰的《悲憤詩》也好，儘管抒情意味很濃，但在本質上都是敘事詩。敘事詩當時只在民間流傳，見誦閭里，格調卑俗，不在鍾嶸的批評範圍之內。凡受民歌影響，帶有敘事成分的詩人，大多遭到鍾嶸的批評。如批評鮑照"險俗"、"頗傷清雅之調"；批評沈約"淫雜"、"見重閭里，誦詠成音"；說陶詩"風華清靡"，批駁時人蔑陶詩爲"田家語"等等；《詩品序》自謙自己的作品是"農歌轅議"，只能"周旋於閭里，均之於談笑"，也反映了鍾嶸重雅輕俗、重抒情、輕敘事的美學思想，並由此看出一個時代和另一個時代在審美上的差異。因爲"重雅輕俗，重抒情，輕敘事"並非鍾嶸一人私見，而是歷代文論家的共識，這是中國敘事詩不發達的原因之一①。

其實，《詩經》裏是有敘事詩的，《國風》裏的《氓》，《大雅》裏的《公劉》、《生民》，都是非常優美的敘事詩，且與抒情詩成一定的比例，但人們仍執拗地把抒情詩看成是中國詩歌史的正宗，把敘事詩看成別調，看成是"以文爲詩"或"文章傳記之體"。

從詩言志——歌永言——緣情綺靡——吟詠情性——滋味說——不著一字，盡得風流②——含不盡之意，見於言外③——羚

---

① 參見王運熙老師《從詩論看我國古代敘事詩不發達的一種原因》（收入《中國古代文論管窺》，齊魯書社 1987 年）。
② 舊題（唐）司空圖：《二十四詩品》語。
③ （宋）歐陽修：《六一詩話》引梅堯臣語。

羊掛角，無跡可求①——不若鄙人拈出境界二字②。代代相續，中國詩歌史就這麼發展了，抒情言志的方向就這麼確定了，不能説是好還是壞，是是還是非。聞一多在《文學的歷史動向》中説："對近代文明影響最大、最深的四個古老民族——中國、印度、希伯萊、希臘——都在差不多同時猛抬頭。邁開了大步。……但那些歌的性質並非一致，印度、希臘是在歌中講着故事，他們那歌是近乎小説戲劇性質的，而且篇幅都很長，而中國，以色列則都唱着以人生和宗教爲主題的較短的抒情詩。"③ 中國詩歌即此定位。在中國歷代詩人和詩論家集體意志形成的走向中，鍾嶸的文學觀念及詩學理想同時找到了自己的定位。

（本文原載於《上海師範大學學報》1996年第1期）

---

① （宋）嚴羽：《滄浪詩話》語。
② 王國維：《人間詞話》語。
③ 參見《聞一多全集》，開明書店，民國三十七年八月初版，第201—202頁。

《詩品》批評方法論

——《詩品》批評方法論舉隅

　　《詩品》所以垂式千秋，獨秀衆品，成爲百代詩話之祖，除了其中包蘊的詩歌史觀，剛柔相濟的美學理想，確立"滋味說"以外，其獨特的批評方法，同樣是它成爲經典的原因。

　　從理論與批評的分野看，《詩品》既是一部理論著作，又是一部批評著作，這就把文學批評的廣、狹二義融爲一體，使詩學理論成爲批評實踐的昇華和總結，又使具體的批評受理論指導，成爲詩學理論坐標上的交叉點。

　　鍾嶸非常重視批評的方法，他把批評方法、批評目的和批評效果看成是一個整體：他稱自己的方法是："致流別"、"辨清濁"、"掎摭病利"和"顯優劣"。

　　"致流別"，指區分詩歌流派，追流溯源和歷史師承，辨體貌之所出。"辨清濁"，指分辨聲調清濁，區別風格流派的一致性和多樣性。"掎摭病利"，指褒貶作品，指陳得失。用"顯優劣"、"三品升降"在比較批評的基礎上確定詩人品第。

　　假如用"現代話語"轉換，在《詩品》集大成的網狀交叉、重迭運用的批評方法中，有六種批評方法最引人注目，它們分別是："比較批評法"、"歷史批評法"、"摘句批評法"、"本事批評法"、"知人論世批評法"和"形象喻示批評法"。以下對這些批評方法試加分析①。

一、比較批評法

鍾嶸《詩品》諸多方法中，用得最多最有特色的是"比較批評法"。

儘管批評的本質是比較，批評離不開比較，廣義的坐標無處不在，但這裏探討的是具體的批評方法。《詩品》的比較批評法是古代文論中具有特色的經典。其中包涵了三個層次：

第一層是在漢、魏、晉、宋、齊、梁歷代詩人中汰選、鑒別、比較，確定可以入品的詩人。

人們往往忽視這一比較，忘了鍾嶸面對的是漢以來龐大的五言詩隊伍，以爲比較在分品以後才開始，從而把詩人總數與《詩品》中的123家混成一個概念。其實，在當時的詩人中，鍾嶸僅選擇了一小部分，而汰其大半的鑒別、比較工作似乎没有算鍾嶸的工作量，這是不對的。

第二層是分品比較，把入選的123人分上、中、下三個等級，以"三品升降"顯現優劣。

鍾嶸的"分品比較"法，植根於古代文化學術傳統，又是當時時代風氣的產物。班固《漢書·古今人名錄》九品論人，啓發他三品論詩；劉歆《七略》叙歷代學術源流，啓發他追溯詩人的風格淵源。曹魏選拔人才的"九品中正制"，魏晉以來品評人物的清談風氣，都對《詩品》分品比較評論產生影響。

早於《詩品》的南齊謝赫《古畫品錄》，分品評論畫家；晚於

---

① 參見張伯偉《鍾嶸〈詩品〉的批評方法論》，《中國社會科學》1986年第3期。

《詩品》的梁庾肩吾《書品》，分三品評論書家，每品之中，又分三等，實際上是九品，與政治上的"九品中正制"正相吻合。此外梁阮孝緒的《高隱傳》也分三品評古今高隱。證明分品批評，已是當時評論家的共識，成爲帶時代特徵的批評方法。

鍾嶸的分品批評無疑是有特色的。我們先看三品結構的人數：

上品12人，中品39人，下品72人；12、39、72都是當時的"模式數字"，或稱"易數"；是劉宋乃至齊梁以來編纂家和文論家經常用來結構自己著作的"數學公式"。

譬如建造一座大廈，造幾層？每層多少房間？層與層的關係如何？用什麼方法建構？這些"模式數字"或"易數"就起總體設計和具體組合的作用。這在當時十分普遍，如劉義慶編纂《世説新語》，用的就是"36"數字的組合；即全書由"德行第一"、"言語第二"、"政事第三"、"文學第四"，直到"仇隙第三十六"的36個部分組成的一個整體。

劉勰的《文心雕龍》50篇，是49篇加1篇。其《序志篇》自謂"位理定名，彰乎大易之數，其爲文用，49篇而已"。

同樣，鍾嶸上品12、中品39、下品72，也是構架全書的"易數"和"模式數字"，這種"模式數字"代表系列和整體，有象徵"全部"、"所有"的意義。是鍾嶸構成詩學體系的内在圖式。

有鑒別才有比較，有比較才能"網羅今古"，"詞人殆集"（見《詩品・序》）。

但是，《詩品》中的三品人數不是總數除以三，每品相同，而是形成積差：上品12人，中品39人，下品72人，反映了鍾嶸對當代詩壇和詩人的看法：最優秀的詩人總是少數，他們代表着時代，是詩人群中"最高的一枝"，這使三品人數構成金字塔形狀。這種數字上的比例，隱喻着結構上的意義。在此結構之中，三品詩人在漢、魏、晉、宋、齊、梁的分佈情况，則反映了鍾嶸最根本的文學觀念。上品12位詩人分佈：漢3人（"古詩"算一人），魏3人，晉5人，宋1人，齊、梁均無人。可知，鍾嶸以爲宋以來五言詩處於低潮，近代詩"詞不貴奇，競須新事"的頹靡作風，是他要抨擊糾彈的重要方面。這些都通過比例清楚地表現出來。

中、下品的情況也一樣，每個時代有多少人，分別是哪些人？都是鍾嶸詩學思想的體現，不過不像上品那麼引人注目。由此，我們可以看出，在分品比較這一帶時代特徵的批評方法中，《詩品》具有鮮明的個性。這與"模式數字"結構《詩品》一樣，均爲鍾嶸的重要創造。

第三層是詩風、詩派、詩人之間的比較。這一比較，貫穿上、中、下三品評論的始終，並且是在多元和多角度的視野裏展開的。

具體説，在詩學理想上，有"文"與"質"的比較，"雅"和"怨"的比較；"丹彩"與"骨氣"的比較。

在詩歌源流、詩學宗派上，有《詩經》系與《楚辭》系的比較；《詩經》系中，又有《國風》系與《小雅》系的比較。

在詩學風格上，有王粲"秀"與劉楨"骨"，劉琨"風雲氣"與張華"兒女情"的比較；有陸機的"深密"與潘岳"輕淺"，謝靈運"芙蓉出水"與顔延之"錯彩鏤金"，以及顔延之"文雅"與鮑照"仄危"之間的比較。其中，以詩人之間的比較最豐富多彩，具體而微。它不僅涉及詩風、詩派、流變特點，更兼容了比較評論的各種方面和鍾嶸所能窮盡的審美。我們先看上品詩人成就的比較：

> 故孔氏之門如用詩，則公幹升堂，思王入室，景陽、潘、陸，自可坐於廊廡之間矣。（《上品·曹植》條）

此以"孔氏之門用詩"爲坐標，用《論語·先進》篇和揚雄

《法言·吾子》篇句法，比較評論了曹植、劉楨、張協、潘岳、陸機五位詩人。

這些詩人的地位便被"入室"、"升堂"、"廊廡"這些古代禮儀一一對應並確定下來。孔門論聖，揚雄論賦，鍾嶸論詩，立意警策，對比鮮明，使"孔門"為喻體的比較批評形成一個精彩的系列。

在這"大"的比較中，潘岳、陸機同處一個等級，但潘、陸之間，還可以作"小"的比較，雖同坐"廊廡"，但左右之分，高下之別還是有的。《詩品·序》說：

陸機為太康之英，安仁、景陽為輔。

這就暗示我們，同坐廊廡時，是陸機居上位，潘岳居下位。同坐孔門，沒有必要說明，自有整體中的"互見法"互見。進一層比較，不僅兩人的成就、影響有高下，風格上也存在差別：

謝混云："潘詩爛若舒錦，無處不佳；陸文如披沙簡金，往往見寶。"嶸謂：益壽輕華，故以潘為勝；《翰林》篤論，故歎陸為深。余常言：陸才如海，潘才如江。（《上品·潘岳》條）

潘、陸優劣，前人已有論述。謝混以為"潘勝"，李充以為"陸勝"；鍾嶸的意見傾向李充。但是，鍾嶸既讓潘、陸同坐"孔門"廊廡，並給他們作過定位，這裏就不必重複，從而轉到風格學方面："陸才如海，潘才如江。"

用"江"修飾潘岳，"海"形容陸機，並非興到之語，而是鍾嶸的一貫看法。陸機詩謂其意"深"，"海"給人以"深"的印象；

潘岳人皆云情長，正可用"江"字來形容。潘、陸同處一時代，爲並美詩人，以"水"設喻，生動，形象，最愜人意，自此成爲對潘、陸風格的定評，不斷爲後人所重複。

由此可以看出，比起前輩的批評家來，鍾嶸的比較批評更深入，更立體，更有層次，也更豐富多彩。而且，不同詩人的比較可以在序和品語裏互相交叉，這種"互見比較法"，是《詩品》的重要特點，也是《詩品》有體系的表現。

潘、陸而外，上品的比較還有陸機、劉楨、王粲的比較："（陸機）氣少於公幹，文劣於仲宣"（《上品·陸機》條）；張協、潘岳、左思的比較："（張協）雄於潘岳，靡於太冲"（《上品·張協》條）；左思、陸機、潘岳的比較："（左思）雖淺（野）於陸機，而深於潘岳。謝康樂嘗言：'左太冲詩，潘安仁詩，古今難比。'"（《上品·左思》條）。

"氣"、"文"、"雄"、"靡"、"深"、"淺"（野），六字點評了六位詩人，而且交叉重疊。不同風格甚至是對立的美學範疇，用少得不能再少的一兩個字，這種典型的印象式批評，是一種模糊批評，與某些西方理論把文藝作品放在手術台上，條分縷析，分析清楚了，作品也死了大異其趣。印象式，又只用一個字，其最大特點，是高度集中地把作品看成是一個字的整體，作最簡單也最完美的把握。文學批評和數學一樣，有時需要清晰，有時需要模糊；在不同的情況下，有時清晰比模糊好，有時模糊比清晰好。

中品詩人之間，有同條的謝瞻、謝混、袁淑、王微、王僧達五人比較："課其實錄，則豫章、僕射，宜分庭抗禮；徵君、太尉，可托乘後車。征虜卓卓，殆欲度驊騮前。"有鮑照與謝混、顏延之比較："骨節强於謝混，驅邁疾於顏延。總四家而擅美，跨兩代而孤出。"有謝朓與謝混、鮑照比較："然奇章秀句，往往警遒。足使叔源失步，明遠變色。"有沈約與謝朓、江淹、范雲比較："約於時謝朓未遒,江淹才盡,范雲名級故微,故約稱獨步","故當詞密於范,意淺於江矣。"

這些比較批評,在警策凝練、鮮明生動的同時,又兼顧詩人的成就、影響和風格。客觀公允,用最少的文字,表達了豐富的內容。

比起上品和中品來,下品詩人之間的比較批評用得較少,也許下品詩人相對不太重要,彼此之間的聯繫少了一點;也許鍾嶸評論的重點在上、中品,對下品有所忽略;儘管如此,仍有一些近於佳話的比較批評生動有趣,給人留下深刻的印象。如比較"善於風人答贈"的吳邁遠與風格相似的湯惠休:

> 湯休謂遠云:"我詩可爲汝詩父。"以訪謝光祿。云:"不然爾,湯可爲庶兄。"(《下品·吳邁遠等人》條)

此以父子與庶兄弟比較湯、吳詩風,亦人倫喻詩之例。此外加評阮瑀諸人詩:"元瑜、堅石七君詩,並平典不失古體。大檢似,而二嵇微優矣。"評張載:"孟陽詩,乃遠慙厥弟,而近超兩傅(傅玄、傅咸)。"亦體察細微,深得文心。

《詩品》的比較批評,不僅在同品詩人之間展開,還在不同品第的詩人之間進行。當然不是比優劣,因爲優劣早有第二層次的比較判定,但上品詩人何以比中品詩人高明?下品詩人爲什麼一定不如中品詩人?其中的原因,還有待於不同品第詩人間的比較來說明。因此,這種比較,有時顯得非常重要。如上品與中品詩人比較:

> (王粲)在曹、劉間別構一體。方陳思不足,比魏文有餘。(《上品·王粲》條)

這是說王粲雖比不上曹植，但比曹植的哥哥曹丕（中品）寫得好。故王粲在上品，曹丕在中品。

（鮑）照嘗答孝武云："臣妹才自亞於左芬，臣才不及太沖爾。"（《下品·鮑令暉》條）

照今天文學史的看法，鮑照不比左思差。但在當時，甚至鮑照自己也承認妹妹鮑令暉不如左芬，自己不如左思。鮑照的這一說法，並非完全出於謙虛，而是出於今不如昔、後必遜前的觀念。錢鍾書《談藝錄》說"古人好憲章祖述，每云後必遜前"，詬病鍾氏體例。其實鮑照也這麼說，這種文學觀念是時代風氣的產物。

上品與下品詩人的比較，優劣更加明顯：

白馬（曹彪）與陳思（曹植）答贈，偉長（徐幹）與公幹（劉楨）往復，雖曰以莛扣鐘，亦能閒雅矣。（《下品·徐幹》條）

孟陽（張載）詩，乃遠慚厥弟（張協）。（《下品·張載》條）

中品詩人與下品詩人比較：

曹公古直，甚有悲涼之句。（曹）叡不如（曹）丕，亦稱三祖。（《下品·曹操、曹叡》條）

安道（戴逵）詩雖嫩弱，有清工之句。裁長補短，袁彥伯（袁宏）之亞乎！（《下品·戴逵條》）

不同品第詩人之間的比較，形成有趣的比較對象：有父子之間的比較，如曹丕、曹叡父子；有兄弟之間的比較，如曹丕、曹植、曹彪，張載、張協及陸機、陸雲兄弟；有表兄弟之間的比較，如張融、孔稚圭；還有以兄弟比兄弟的，如《中品·陸雲》條：

> 清河（陸雲）之方平原（陸機），殆如陳思（曹植）之匹白馬（曹彪）。

這種兩對兄弟之間的比較，加上前所舉鮑照、左思兩對兄妹間的比較（左芬未品），使人覺得，讀詩是一件有趣的事，而品詩則更有趣，鍾嶸是以自己的有趣使讀者覺得有趣的。

此外，女詩人之間（如班婕妤、徐淑、鮑令暉、韓蘭英），朋友之間，賓主之間，相同風格和不同風格之間，所有的比較都新意迭出，精彩紛呈。

可以說，比較批評是《詩品》用得最多、最普遍的批評方法，其中，"多重比較"和"互見比較"，體現出《詩品》創意的獨特和結構的奇妙。

二、歷史批評法

《詩品》最有價值的地方，照章學誠的說法是"深從六藝溯流別"。章學誠《文史通義》說：

> 《詩品》之於論詩，視《文心雕龍》之於論文，皆專門名家勒為成書之初祖也。《文心》體大而慮周，《詩品》思深而意遠，蓋《文心》籠罩群言，而《詩品》深從六藝溯流別也。
>
> 如云某人之詩，其源出於某家之類，最為有本之學。

論詩論文而知溯流別，則可以探源經籍，而進窺天地之純，古人之大體矣。此意非後世詩話家流所能喻也。

章氏以爲《詩品》高出後世詩話的地方，正在於這種"深從六藝溯流別"的歷史批評法。

鍾嶸稱這種方法來自"《七略》裁士"，受劉歆敘述學術史源流的啓發。其實劉歆只是濫觴，真正作爲批評方法對《詩品》產生影響的，至少還有兩方面：

一是，晉陸機以來，以"擬古"或"擬某某體"、"效某某體"的方式學習、規模前人的作法蔚爲風氣。這種"規模"的表層意義是學習寫作，深層意義則在對前輩詩人和某種詩風特徵的認同，使這種體貌特徵定型化，形成詩學淵源和前後嗣承關係。這種社會風氣和文學風氣，對鍾嶸"歷史批評法"的運用，無疑產生重要影響。

如王素的《學阮步兵體》；鮑照的《學劉公幹體》、《學陶彭澤體》；《南齊書·武陵昭王曄傳》稱蕭曄"與諸王共作短句詩，學謝靈運體"；《梁書·伏挺傳》稱"（伏挺）爲五言詩，喜效康樂體"。

蕭統編《文選》，專設"雜擬"一欄，錄陸機（擬古）以來10家詩計60餘首，見其風氣之盛。

其中，模擬最多最著名的江淹的《雜體詩三十首》，分別擬從"古離別"、"李都尉陵從軍"、"班婕妤詠扇"，到"鮑參軍照戎行"、"休上人怨別"等30種詩體。這些體貌風格，是由不同的詩人用不同的寫作方法、不同的審美情趣，在創作實踐中形成的。此後被"模仿"凝固成"模式"，形成傳統，形成鍾嶸一再說的"體"。

《詩品》評論的對象與江淹的摹擬對象基本類似，從《詩品》

提到的名篇名句複疊在江淹的擬詩中可以看出，擬詩的風習，對鍾嶸運用歷史批評的方法，追溯詩人的體貌和風格淵源，提供了極爲重要的根據。

第二個影響是沈約的文學史批評。

在中國文學批評史上，最早產生文學史意識並首先使用"歷史批評法"的，大概是沈約。沈約在《宋書·謝靈運傳論》中論文學源流變遷說：

> 自漢至魏，四百餘年，辭人才子，文體三變：相如巧爲形似之言；二班長於情理之說；子建、仲宣，以氣質爲體，並標能擅美，獨映當時。

與鍾嶸同時而略晚的蕭子顯，在《南齊書·文學傳論》中，也運用了歷史批評的方法說：

> 今之文章，作者雖衆，總而爲論，略有三體：一則啓心閑繹，托辭華曠，雖存巧綺，終致迂迴，宜登公宴，本非準的。而疏慢闡緩，膏肓之病，典正可采，酷不入情。此體之源，出靈運而成也。次則緝事比類，非對不發，博物可嘉，職成拘制。或全借古語，用申今情，崎嶇牽引，直爲偶說。難睹事例，頓失清采。此則傅咸五經，應璩指事，雖不全似，可以類從。次則發唱驚挺，操調險急，雕藻淫豔，傾炫心魂。亦猶五色之有紅紫，八音之有鄭、衛。斯鮑照之遺烈也。

蕭子顯把當時的文章分爲"三體"，指出它們的淵源流變。"三體說"，當受沈約"三變說"的影響。

沈約在《宋書·謝靈運傳論》中提出"聲律論"和文學史觀，

是有劃時代意義的。鍾嶸嚴厲抨擊沈約的"聲律論",説明鍾嶸對《宋書·謝靈運傳論》的關注和瞭解,因此對其中的文學史論不會不注意。但是,在追溯這種批評方法的來源時,鍾嶸只提劉歆《七略》,不提沈約《傳論》。

也許劉歆是首倡,更受鍾嶸重視?也許這裏舉劉歆是出於與班固對舉的需要?但不提沈約,是否與《南史》載鍾嶸求譽沈約未成一事有關,這是沒有人能説得清的問題。

需要指出的是,劉歆《七略》的對象是學術,他所敘述的只是學術的歷史;直到沈約的《宋書·謝靈運傳論》才開始了文學歷史的批評。但沈約所論,主要論辭賦,論詩則語焉不詳,過於簡單,而鍾嶸用歷史批評法專論五言詩,這同樣是有開創意義的。

還有,《宋書》、《南齊書》都是歷史著作,沈約、蕭子顯都在寫歷史。雖然其中的《謝靈運傳論》和《文學傳論》也討論文學,但這裏"文學",僅僅是"歷史"的一部分,是"歷史中的文學"。即以歷史爲載體,從歷史走向文學的;而鍾嶸論的卻是"文學中的歷史",是從文學走向歷史的。這是兩個既同又異,既相聯繫又相區別的概念。

劉勰《文心雕龍·序志》篇自稱論文體各章內容是:"原始以表末,釋名以章義,選文以定篇,敷理以舉統;上篇以上,綱領明矣。"其中,"原始以表末"論各體文章源流,《時序》篇則更總論歷代文學的發展,合而觀之,實具文學史的意味。而鍾嶸更是從純詩學的角度出發,建立起漢、魏、晉、宋、齊、梁的詩歌史。

由此可以證明,我國的文學史觀和詩歌史觀,實導源於歷史,也依附於歷史,一開始就是歷史的一部分;直到劉勰的《文心雕龍》,特別是鍾嶸的《詩品》以後,才真正從文學的角度出發,追溯文體和風格的淵源,建立從文學出發的文學史觀,形成歷史批評的方法。

在具體的批評實踐中，鍾嶸追溯歷史，探究本源。他的基本看法是：所有的詩人及詩風詩派之間都有"歷史的"聯繫。找出詩人與詩人，詩風與詩風，詩派與詩派之間的"歷史聯繫"，是《詩品》的任務，也是《詩品》至今最具價值的部分之一。

鍾嶸把所有入品的詩人，總歸於《詩經》、《楚辭》兩大系統，分隸於《國風》、《小雅》、《楚辭》三條源流。按時代先後，上掛下連，如網之在綱，有條不紊。以此揭示詩歌的嗣承關係和發展淵源。如評《古詩》："其源出於《國風》。"評劉楨："其源出於《古詩》。"評阮籍："其源出於《小雅》。"評李陵："其源出於《楚辭》。"中品評曹丕："其源出於李陵。"評張華："其源出於王粲。"評陶潛："其源出於應璩，又協左思風力。"評沈約："憲章鮑明遠。"下品評謝超宗等人"並祖襲顏延"等等，這裏的"其源出於"、"其體源出於"、"祖襲"、"憲章"，字面雖有不同，其含義是一致的。

在123位詩人中，鍾嶸追溯了"36"人的體貌特徵。"36"人兼及上、中、下三品，基本包羅了《詩品》中重要和相對重要的作家，如前所述，與《世說新語》"36門類"一樣，這是以"模式數字"做框架，以36代表123，並以此象徵中國詩學淵源完美的系列。

儘管文學創作是一種複雜的精神活動，一個作家所受的影響，也是立體、多元，多方面，而不可能是一脈單傳，陳陳相因的。但是正如以36人便代表、象徵所有的詩人都淵源有自一樣，對一個作家多方面的影響，鍾嶸也僅取其主要的方面，主要的師承而言，只有少數作家兼有兩種淵源，如上品的謝靈運"其源出於陳思，雜有景陽之體"；中品曹丕"其源出於李陵，頗有仲宣之體則"；陶潛"其源出於應璩，又協左思風力"等等。而後人往往忽略《詩品》的象徵意義，一一坐實，自不免拘於形跡，至於謬誤。

如宋葉夢得《石林詩話》卷下說:"且此老(陶潛)何嘗有意欲以詩自名,而追取一人而模仿之,此乃當時文士與世競進而爭長者所爲,何期此老之淺,蓋嶸之陋也。"明謝榛《四溟詩話》說:"鍾嶸《詩品》,專論源流,若陶潛出應璩,應璩出於魏文,魏文出於李陵,李陵出於屈原,何其一脈不同邪?"王世貞《藝苑卮言》卷三說:"(詩品)第所推源出於何者,恐未盡然。"許學夷《詩源辨體》說:"至論源流所自,率多謬誤,元美、元瑞亦嘗詆之。"

清紀昀說鍾嶸論某人源出某人"若一一親見其師承者,則不免附會",這些說法,都把"某某源出某某"直接看成"某某是某某的老師",過於拘泥,以致謬誤。即如毛晉《詩品》跋語謂"六朝作者,各自專工一體,後來爭相祖述,故云某出於某也",同樣也只注意到後人祖述和風格上的繼承,忽略了其中的象徵意義和"歷史批評法"。

其實,祖述和象徵肇源於漢。漢人依經立論,以爲天下詩章,莫不同祖風騷。《詩三百》和《楚辭》被先後看成是《詩經》和《離騷經》,成爲百代詩章的祖先和最高法則。漢人依經立論的精神,爲兩晉及齊梁文論家所承襲。《世說新語·文學》篇注引檀道鸞《續晉陽秋》云:

　　自司馬相如、王褒、揚雄諸賢,世尚賦頌,皆體則《詩》、《騷》,傍綜百家之言。

沈約《宋書·謝靈運傳論》論漢魏時文體:

　　其飆流所始,莫不同祖《風》、《騷》。

劉勰《文心雕龍·序志》篇稱"本乎道，師乎聖，體乎經，酌乎緯，變乎騷"爲"文之樞紐"。《辨騷》篇稱"憑軾以《倚雅》《頌》，懸轡以馭楚篇"爲作文應循之原則。

　　鍾嶸《詩品》把所品詩人總歸於《詩經》、《楚辭》兩大系統，分隸於《國風》、《小雅》、《楚辭》三條源流，亦即"同祖風騷"之意。在《風》、《騷》之間，《詩經》一系不僅有《國風》、《小雅》二支，比《楚辭》多出一支，且鍾嶸把組成漢、魏、晉、宋詩學史軸心的曹植—陸機—謝靈運，以及在孔門升堂入室的"文章之聖"，包括劉楨都源出《詩經》國風一系，由此看出鍾嶸"歷史批評法"的思想傾向和詩學內涵，表明詩學源流的象徵意義。

三、摘句批評法

　　比較評論和歷史評論以外，"摘句批評法"同樣是《詩品》用得較多的批評方法。

　　摘句評論法的核心在於"斷章取義"。或以一句代全章，或以個別代整體，不僅本身具有獨立的意義，有時更兼暗示、舉例、鑒賞等作用。斷章摘取的，可以是首句，也可以是爲人熟悉稱道的佳句；從性質上看，可以是寫景句，也可以是言情句，更可以是言志或哲理富於形象之句。但無論是景語、情語、理語，只要凝煉，有形象，概括性強，能朗朗上口就行。最早，也最具經典意義的摘句，是摘《詩經》之句。在先秦典籍，如《孟子》、《荀子》、《左傳》、《國語》中，經常有各國使者摘引《詩經》、斷章取義以言志或作外交辭令的情況，後世文學評論中的"摘句法"，當濫觴於此。

　　魏晉以後，隨着審美意識的覺醒和文學觀念的演進，人們更重視警句的作用。陸機《文賦》說："立片言以居要，乃一篇之警策。"又説:"石蘊玉而山輝,水懷珠而川媚。"指的是,佳句在詩,如玉之在石,珠之在水,可使山輝、川媚、文章生色。摘佳句評論,當然能起到舉重若輕,能使文章增輝的評論效果。晉、宋以後,摘句評論更成爲一種風氣。《南齊書·丘靈鞠傳》云:"宋孝武殷貴妃亡,靈鞠獻挽歌詩三首,云:'雲横廣階闇,霜深高殿寒。'帝摘句嗟賞。"又如沈約《宋書·謝靈運傳論》云:"至於先士茂制,諷高歷賞,子建函京之作,仲宣'灞岸'之篇,子荆'零雨'之章,正長'朔風'之句,並直舉胸情,非傍正史。"此以篇名或佳句指代全詩,如以"灞岸"指代王粲的"南登灞陵岸,回首望長安"(《七哀詩》);以"零雨"指代孫楚的"晨風漂歧路,零雨被秋草"(《征西官屬送於陟陽侯作》);以"朔風"指代王贊的"朔風動秋草,邊馬有歸心"(《雜詩》)等,同樣是摘句的一種。據《南齊書·文學傳論》載:"張視摘句褒貶。"明確説明張視有專門摘句評論的著作,但今佚不傳。

在當時的文論著作中,除劉勰《文心雕龍》一些篇章也使用了"摘句評論法"外,較早用"摘句評論法"專評詩歌的是《詩品》。

《詩品》是摘句評論法用得多而成功的典型,如以摘句示例,用以褒貶的有:

> 其外"去者日以疏"四十五首,雖多哀怨,頗爲總雜。舊疑是建安中曹、王所制。"客從遠方來"、"橘柚垂華實",亦爲驚絕矣!(《上品·古詩》條)

> 新歌百許篇,率皆鄙質如偶語。惟"西北有浮雲"十餘首,殊美瞻可玩,始見其工矣。(《中品·魏文帝》條)

> 其云:"奈何虎豹姿。"又云:"戢翼棲榛梗。"乃是坎壈詠

懷，非列仙之趣也。(《中品・郭璞》條)

至如"歡言酌春酒"、"日暮天無雲"，風華清靡，豈直爲田家語耶！(《中品・陶潛》條)

此外，評郭泰機、謝世基、顧邁、何晏、孫楚、王贊、張翰、潘尼等人，均摘句示例，意與此同。

以摘句表明詩學理想和詩歌本質特徵的如：

若乃經國文符，應資博古；撰德駁奏，宜窮往烈。至乎吟詠情性，亦何貴於用事？"思君如流水"，既是即目；"高臺多悲風"，亦惟所見；"清晨登隴首"，羌無故實；"明月照積雪"，詎出經史？觀古今勝語，多非補假，皆由直尋。(《詩品》序)

以警策佳句昭示詩界法程的有：

陳思贈弟，仲宣《七哀》，公幹思友，阮籍《詠懷》，子卿"雙鳧"，叔夜"雙鸞"，茂先寒夕，平叔衣單，安仁倦暑，景陽苦雨，靈運《鄴中》，士衡《擬古》，越石感亂，景純詠仙，王微風月，謝客山泉，叔源離宴，鮑照戍邊，太沖《詠史》，顏延入洛，陶公《詠貧》之製，惠連《擣衣》之作；斯皆五言之警策者也。(《詩品》序)

由於《詩品》、《文心雕龍》的大力運用，齊梁之後，摘句評論便成爲古代文論中重要的批評方法。至唐代，無論是王昌齡的《詩格》，皎然的《詩式》，或是唐人選唐詩，如殷璠的《河嶽英靈集》、高仲武的《中興間氣集》等，多摘句褒貶。可以說，詩歌評論客觀上也離不開摘句，已成爲評論家認同的常識和固定的模式。

《新唐書·藝文志》著録元思敬的《詩人秀句》二卷、元兢的《古今詩人秀句》二卷、黄滔的《泉山秀句集》三十卷，均以"秀句集"代"詩集"，如黄滔的《泉山秀句集》只是閩籍詩人的詩歌選集，可見編選者重視"秀句"的編選標準，由"摘句褒貶"到"摘句選編"；而編選的過程其實就是褒貶的過程。北宋蔡傳編《吟窗雜録》，其中收李商隱所撰的《梁詞人麗句》，雖不一定可靠，但也說明以"麗句"示例或作選詩標準的批評方法，其内在的精神，即摘句批評法。

四、本事批評法

"本事批評"在《詩品》中有五例，在記載或轉述的本事中，有的引自他書，有的是當時的傳聞；有的可能確有其事，有的則帶神話和民間傳說的色彩。五則中，謝靈運就占了兩則；一爲他出生的奇異，寄養于杜明師靜室的經歷，二爲他創作佳句時心理機制的發生：

> 初，錢唐杜明師夜夢東南有人來入其館，是夕，即靈運生於會稽。旬日而謝安亡①。其家以子孫難得，送靈運于杜治養之。十五方還都，故名客兒。（《上品·謝靈運》條）

> 《謝氏家録》云："康樂每對惠連，輒得佳語。後在永嘉西堂，思詩竟日不就，寤寐間，忽見惠連，即成'池塘生春草'。

---

① "謝安"原作"謝玄"，誤。今據改。詳參拙作《詩品集注》。

故嘗云:'此語有神助,非我語也。'"(《中品·謝惠連》條)

前條出於劉敬叔的《異苑》,後條出自今已亡佚的《謝氏家錄》。這兩條"本事"的共同特點都是記"夢":一是謝靈運出身時,錢塘杜明師夜夢"東南有人來入其館";出身前托夢高人,預示着新生兒降臨的不凡,故送杜明師"靜室"一直培養到十五歲才還都。二是靈感源在寤寐間出現,在似夢非夢、似醒非醒之間,由於最能理解自己,與之談話最會引發興會,激發創造力的謝惠連出現,久塞不開的思緒突然打通,似有神助的佳句因此產生。這種"小羊刺激母羊乳",以打通靈感的做法是世界性的,因爲夢是世界性的,在外國文學中也有大同小異的記載。但《詩品》轉述的《謝氏家錄》,也許是較早的一種。夢中得佳句的"本事",由此發端,此後形成一個系列,龔自珍的"月怒明"也是夢中得來的,不過僅僅是"浙江仁和(杭州)"人能夢浙江潮而已,缺少像謝惠連那樣的"中介"。

《詩品》記載的第三件"本事"也是一夢。但最具神話傳說色彩。

《中品·江淹》條解釋"江郎才盡",鍾嶸用了一則他聽到的當時說法頗有些不同的夢:

初,淹罷宣城郡,遂宿冶亭,夢一美丈夫,自稱郭璞,謂淹曰:"我有筆在卿處多年矣,可以見還。"淹探懷中,得五色筆以授之。爾後爲詩,不復成語,故世傳江淹才盡。

"冶亭"在冶城,故址在今南京市朝天宮附近;爲齊梁時士人才子餞送之所,江淹自宣城東下,將入都城宿此。而"淹罷宣城郡",離宣城太守職,被召回京城建康是齊明帝建武四年丁丑

(497)的事。其時,鍾嶸已經三十歲,不是小孩子,而且,此前鍾嶸即與劉士章、謝朓、虞羲、王融諸人討論詩歌創作,不滿時風,並有繼劉士章"其文未遂",欲爲當世《詩品》的發想,故對任何有關詩學的"本事",自然會十分關心。所聽傳聞,應該是第一手和最清晰的。但唐人李延壽《南史·江淹傳》記載與此頗有不同。《南史》曰:

> 淹少以文章顯,晚節才思微退,云爲宣城太守時罷歸,始泊禪靈寺渚,夜夢一人,自稱張景陽,謂曰:"前以一匹錦相寄,今可見還。"淹探懷中得數尺與之。此人大恚曰:"那得割截都盡!"顧見丘遲,謂曰:"餘此數尺,既無所用,以遺君。"自爾淹文章躓矣。

同一傳說故事,唐寫本《類書·文筆部》"借筆"條(見韓國車柱環《鍾嶸〈詩品〉校證》)曰:

> 江淹少時,夢見人與五色筆,因此有文章。後二十餘年,夢還筆,自此文章不復成。

三條記載,二種說法,一爲借筆,一爲寄錦;一借自郭璞,一寄自張協,後來又給了丘遲。唐寫本《類書》只說借筆和還筆,沒有提到人,其說可以重複在《詩品》的"郭璞借筆說"中。這些說法的產生,有沒有先後?如果有先後,隋唐的李延壽就應該把最早《詩品》記載的"郭璞借筆說"寫進歷史;如果沒有先後,是同時產生的,則選擇什麼樣的說法就大有深意可以挖掘。《詩品》中沒有明確說江淹詩源出何人,只說他"詩體總雜"。

江淹手中的"筆"源出張協,還是郭璞?對故事的選擇可以有所體現。當然，中品不可能源出中品。故江淹只能"總雜"而不明言出於郭璞；但假如鍾嶸選擇"張協借錦説"，江淹的詩體，是否就應該源出張協而不再"總雜"？總之，比較不同的説法，不僅可以知道時人對文學才華的顯露和消失帶有神秘的認識，認可哪些人屬於天才？而且可以窺見《詩品》中安排細密的針綫。後世以借筆論影響爲大，李白、李商隱都自稱："我是夢中傳彩筆。"

除上品謝靈運，中品江淹以外，下品兩則"本事"，分別記載宋監典區惠恭和齊釋寶月：

> 惠恭本胡人，爲顏師伯幹。顏爲詩筆，輒偷定之。後造《獨樂賦》，語侵給主，被斥。及大將軍修北第，差充作長。時謝惠連兼記室參軍，惠恭時往共安陵嘲調。末作《雙枕詩》以示謝。謝曰："君誠能，恐人未重，且可以爲謝法曹造，遺大將軍。"見之賞歎，以錦二端賜謝。謝辭曰："此詩，公作長所製，請以錦賜之。"（《下品·區惠恭》條）

> 《行路難》是東陽柴廓所造。寶月嘗憩其家，會廓亡，因竊而有之。廓子齎手本出都，欲訟此事，乃厚賂止之。（《下品·釋寶月》條）

此二則"本事"，與江淹"夢中還筆"一樣，與寫作《詩品》的時間也相去不遠，又不見於他書，很可能是鍾嶸作爲第一手材料搜集記載的。此類"本事"，不僅包含了創作的背景材料，還包含創作機制的發生和整個創作過程，與作品的關係十分密切。

"本事批評"，作爲一種批評方法，其意義在於：它溝通了美的創造和美的接受，作爲理解作品的前提和中介，批評家把握住它，就把握了批評鑒賞的真諦。這種以"本事"進行評論鑒賞的方法，至唐人孟棨寫作《本事詩》，分情感、事感、高逸、怨憤、徵異、徵咎、嘲戲七大類。自序謂，不明詩之本事，就不解詩之本義。宋人詩話，即由此生發。歐陽修《六一詩話》所奠定的"資閒談"的筆記式詩話批評，在很大程度上是以作家作品的"本事"爲基礎的。

五、知人論世批評法

如果説，本事批評主要是對作家、作品提供背景材料或創作過程，以對該作品進行理解、鑒賞，貫通美的接受的話，"知人論世"則是提供作家的整個身世和社會、歷史背景材料，以把握該作家所有作品理解鑒賞的一種方法。

這種方法由孟子發現提出，《孟子·萬章》下云：

> 孟子謂萬章曰："一鄉之善士斯友一鄉之善士，一國之善士斯友一國之善士，天下之善士斯友天下之善士。以友天下之善士爲未足，又尚論古之人。頌其詩，讀其書，不知其人，可乎？是以論其世也，是尚友也。"

孟子在《告子》下對《小弁》、《凱風》詩加以比較，就運用了從作者遭遇出發論詩的"知人論世法"。漢代司馬遷《報任少卿書》説："蓋西伯拘，而演《周易》；仲尼厄，而作《春秋》；屈原放逐，乃賦《離騷》；左丘失明，厥有《國語》；孫子髕腳，《兵法》修列；不韋遷蜀，世傳《吕覽》；韓非囚秦，《説難》、《孤憤》。《詩》三百篇，大抵聖賢發憤之所爲作也。"這從歷史和社會學的角度，闡明了作者身世與作品的關係。對《詩品》知人論世批評方法的運用，詩歌發生的人際感蕩，"楚臣去境，漢妾辭宮"

的敘述,以及劉琨源出王粲,王粲源出李陵,李陵源出《楚辭》系列的確定,都不無影響。

但是,對《詩品》知人論世批評方法產生更爲直接影響的,也許是謝靈運的《擬魏太子鄴中集詩》序。《擬魏太子鄴中集詩》共八首,分別擬詠魏太子曹丕、王粲、陳琳、徐幹、劉楨、應瑒、阮瑀和曹植。每首詩前有一段小序,論述時代,詩人的身世,不同的遭際和由此產生的詩風特點,作爲知人論世的典型,爲鍾嶸提供了劉宋、齊梁以來論漢魏詩人的范式。如論王粲:"家本秦川,貴公子孫。遭亂流寓,自傷情多。"論陳琳:"袁本初書記之士,故述喪亂事多。"論劉楨:"卓犖偏人,而文最有氣,所得頗經奇。"論應瑒:"汝潁之士,流離世故,頗有飄薄之歎。"論曹植:"公子不及世事,但美遨遊,然頗有憂生之嗟。"等等。其中對王粲、劉楨的評論,都爲《詩品》所承襲。

在《詩品》中,知人論世方法的運用,除在序言裏談詩歌發生及對《楚辭》"怨詩"系列的論述外,具體品語中亦多有涉及。如論漢都尉李陵:

> 文多悽愴,怨者之流。陵,名家子,有殊才,生命不諧,聲頹身喪。使陵不遭辛苦,其文亦何能至此!

又如論晉太尉劉琨:

> 其源出於王粲。善爲悽戾之詞,自有清拔之氣。琨既體良才,又罹厄運,故善敍喪亂,多感恨之詞。

此外,如論班婕妤"怨深文綺";論漢上計趙壹"斯人斯困"而有"斯文";論宋越騎戴法興等人"人非文是,愈有可嘉焉",

均知其人而論其詩，使知人論世之法在《詩品》中貫穿始終。

六、形象喻示批評法

形象喻示法，同樣是《詩品》用來批評的重要方法。

《詩經》中就有"手如柔荑，膚如凝脂，領如蝤蠐，齒如瓠犀；螓首蛾眉；巧笑倩兮，美目盼兮"（《衛風·碩人》），以動植物形象比喻人物外貌美的傳統。

漢魏以來，隨着人物品評風氣的盛行，人們轉以動植物和自然、社會現象來比喻人物的風采。如《世說新語·容止》篇稱嵇康："嵇康身長七尺八寸，風姿特秀。見者歎曰：'蕭蕭肅肅，爽朗清舉。'或云：'肅肅如松下風，高而徐引。'山公曰：'嵇叔夜之爲人也，巖巖若孤松之獨立；其醉也，傀俄若玉山之將崩。'"同篇稱王羲之："時人目王右軍'飄如游雲，矯若驚龍'。"稱王恭："有人歎王恭形茂者，云：'濯濯如春月柳。'"稱會稽王簡文帝："海西時，諸公每朝，朝堂猶暗，唯會稽王來，軒軒如朝霞舉。"同時，也用這種形象喻示的方法進行文學評論。《文學》篇載孫綽評潘岳、陸機詩云：孫興公云："潘文爛若披錦，無處不善；陸文若排沙簡金，往往見寶。"晉李充《翰林論》評潘岳詩文之美說："潘安仁之爲文也，猶翔禽之羽毛，衣被之綃縠。"（《太平御覽》卷五九九引）又，《南史·顏延之傳》說："延之嘗問鮑照，己與靈運優劣。照曰：'謝五言如初發芙蓉，自然可愛；君詩如鋪錦列繡，亦雕繪滿眼。'"此句《詩品》引作湯惠休語，意同。

齊梁時，書論、畫論與詩論同時盛行。齊謝赫《古畫品錄》、梁袁昂《古今書評》中都有動植物或自然、社會現象來品評書畫的例子。如袁昂《古今書評》評羊欣書："羊欣書如大家婢爲夫人，雖處其位，而舉止羞澀，終不似真。"評崔子玉書："崔子玉書如危峰阻日，孤松一枝，有絶望之意。"評蕭子雲："蕭子雲書如上林春花，遠近瞻望，無處不發。"等等。這些都表明：形象喻示法是有特點的評論方法，而各種藝術門類在評論方法上是互相溝通，互相影響的。

在《詩品》中，形象喻示法用得既多且好，如評上品的曹植：

> 陳思之于文章也，譬人倫之有周、孔，鱗羽之有龍鳳；音樂之有琴笙，女工之有黼黻。(《上品·曹植》條)

> 然名章迥句，處處間起；麗曲新聲，絡繹奔發①。譬猶青松之拔灌木，白玉之映塵沙，未足貶其高潔也。(《上品·謝靈運》條)

> 余常言：陸才如海，潘才如江。(《上品·潘岳》條)

> 范詩清便宛轉，如流風回雪；丘詩點綴映媚，似落花依草。(《中品·范雲、丘遲》條)

上述例子可以看出，形象喻示法重在"形象"的"喻示"，即用"形象"喻示"形象"；用自己創造的新的"批評形象"勾通原來的"詩歌形象"。換句話說，這是把"批評"理解成"創作"，把對評論物件的理論闡述，用創作的方式表達出來。最典型集中地完成感性—理性—感性的批評過程。作爲一個優秀的批評家，當他在對作品進行定性分析以後，不應該把乾巴巴的定義硬塞給讀者，而是把這種理論升華，通過自己形象的創造，用形象思維的規律重新把它變成感性的東西，讓讀者領悟和接

---

① 麗曲，原作"麗典"；"奔發"，原作"奔會"，誤。今據《太平御覽》及《竹莊詩話》改，詳參拙著《詩品集注》。

受。在賞心悅目中獲得比理性教條告訴人們還要多和深刻的內涵。

譬如，在前所舉《中品・范雲、丘遲》條裏，鍾嶸評范雲、丘遲的詩是："范詩清便宛轉，如流風回雪；丘詩點綴映媚，似落花依草。"四句之中，只用二個比喻加二個形容詞，十六個字便品評了兩位詩人，這簡直是不可思議的事情。但是，當你讀完這十六個字以後，相信你對這兩位詩人的詩風特徵，自會有一種妙不可言的領悟，感受到甚至比定性分析更清晰的內容。

可以這麼認為，鍾嶸的這段品語本身就是一首詩，一首格調清麗，如流風回雪、落花依草式的詩。只是，鍾嶸寫"這首詩"的目的，不是為了抒發自己的胸臆，而是為了概括他所評論的物件，強化范雲和丘遲詩歌美的風格資訊。由於鍾嶸的再創造，原來擔心批評過程會損耗的詩美的信息量，經《詩品》的傳遞，反而被放大了，這使讀者對兩位詩人的詩歌風格把握得更全面，感受得更深刻。

以上舉范雲、丘遲一例，其他如評曹植，評謝靈運，評潘岳、陸機，都是成功的例子。如比較批評時分析的"潘江"、"陸海"，此不贅述。

其實不要誤會，六朝詩人的風格並不是那麼好把握、好分析、隨隨便便、輕輕鬆鬆便可以評論的。假如不用形象喻示法，不在批評中加進新的形象，新的創意，感受到的效果就不會如此強烈鮮明。可見，用形象喻示法的批評家，除了要有邏輯思維，理性分析能力以外，本身還要具有與詩人同樣的才能。鍾嶸正是兼具這兩種才能的批評家。《南史》本傳說他"明《周易》，有思理"，《瑞室頌》寫得"辭甚典麗"。前者說他有邏輯思維能力；後者說他有形象思維能力。兩種才能結合，是《詩品》精彩的重要原因。

七、結　語

　　以上，我們分析了《詩品》的六種主要批評方法。現在要說明的是，這些批評方法並不是機械、孤立，彼此不相聯繫的。在實際品評中，各種方法被有機地組合在一起。在同一條品語，對同一位詩人的評論中，互相貫通、互相依存、互相發明，完整地把握住批評的對象。

　　如《上品·宋臨川太守謝靈運》條：

　　　　其源出於陳思，雜有景陽之體（歷史批評法）；

　　　　故尚巧似，而逸蕩過之（比較批評法）；

　　　　頗以繁蕪為累。嶸謂：若人學多才博，寓目輒書，內無乏思，外無遺物，其繁富，宜哉！然名章迥句，處處間起；麗曲新聲，絡繹奔發。譬猶青松之拔灌木，白玉之映塵沙，未足貶其高潔也（形象喻示法）；

　　　　初，錢塘杜明師夜夢東南有人來入其館。是夕，即靈運生於會稽。旬日而謝安亡。其家以子孫難得，送靈運于杜治養之。十五方還都，故名"客兒"（本事批評法）。

　　如《中品·宋徵士陶潛》條：

　　　　其源出於應璩，又協左思風力（歷史批評法）；

> 文體省靜，殆無長語。篤意真古，辭興婉愜。每觀其文，想其人德（知人論世法）。

> 世歎其質直。至如"歡言酌春酒"，"日暮天無雲"（摘句批評法）；

> 風華清靡，豈直爲田家語耶！古今隱逸詩人之宗也（歷史批評法）。

再如《中品·宋參軍鮑照》條：

> 其源出於二張（歷史批評法）；

> 善製形狀寫物之詞。得景陽之諔詭，含茂先之靡漫。骨節強於謝混，驅邁疾於顏延。總四家而擅美，跨兩代而孤出（比較批評法）；

> 嗟其才秀人微，故取湮當代（知人論世法）；

> 然貴尚巧似，不避危仄，頗傷清雅之調。故言險俗者，多以附照（歷史批評法）。

此外，在同一條，對同一個詩人的品評，不僅各種方法並列使用，互相連成一個整體，而且，各種方法還交叉重疊，有時一句兼用兩種方法。如前所舉："范詩清便宛轉，如流風回雪；丘詩點綴映媚，似落花依草。"

對范雲、丘遲個人說，用的是"形象喻示法"；但將范雲與丘遲對舉合評，從整條看，又是"比較批評法"。相同的例子還有《上品·潘岳》條："謝混云：'潘詩爛若舒錦，無處不佳；陸文如披沙簡金，往往見寶。'嶸謂：益壽輕華，故以潘爲勝；《翰林》篤論，故歎陸爲深。余常言：陸才如海，潘才如江。"比較潘、陸，又兼"形象喻示"。還有如評曹植："故孔氏之門如用詩，則公幹升堂，思王入室，景陽、潘、陸、自可坐於廊廡之間矣"亦是形象喻示兼有比較。

　　綜上所述，鍾嶸在吸取前人批評方法的基礎上不斷創新，不斷發展，形成了自己的理論體系和方法體系。如"比較批評"發展成"多重比較"和"互見比較"；"本事批評"重視搜集當世的第一手材料，打通詩美的創造和詩美的接受；"歷史批評"則"深從六藝溯流別"（章學誠語）；而"知人論世"、"形象喻示"、"摘句批評"均被創造性的運用，各種方法並列、交叉，複疊在一起，組成了一張互相聯繫又互相區別的巨大的網路，立體、多側面、多角度地反映了漢、魏、晉、宋、齊、梁詩歌發展的歷史；表現了詩人的成就、地位和自己的詩學理想。上承先世，下啓後人，影響深遠。

　　　　（本文前部分載於《學術月刊》1998 年第 3 期，後部分
　　　　　　載於《上海師範大學學報》1997 年第 4 期）

《詩品》評陶詩發微

一、陶詩之顯首推記室之功

千載以下，論陶詩者，多譏鍾嶸《詩品》列淵明中馴之不公，訕其局促，笑其鄙陋；而治《詩品》者，亦責仲偉顯陸機、潘岳、顏延之而晦陶潛，以爲意存偏袒，指爲疵病。

最早對陶詩作出評價的，是南朝劉宋時期的鮑照和梁時的江淹。鮑照有《學陶彭澤體》一詩，江淹《雜體詩》中有《陶徵君潛田居》一首。江淹《雜體詩序》說：「今作三十首詩，學其文體。雖不足品藻淵流，庶亦無乖商榷云爾。」明確地表明「學其文體」有「品藻淵流」的用意包蘊在内。五言詩自東漢末年逐步成熟，從建安迄於晉、宋、齊、梁，已形成作家如林、佳篇紛呈、優秀作家作品各具風格特徵彬彬以盛的局面。一些大作家如曹植、王粲、劉楨、阮籍等人，不僅其體貌特徵爲人們所熟悉，而且，他們的風格乃至名篇佳製都已成了人們學習模擬的對象。這實際上是一種間接批評。被學習模擬的作家大都是標能擅美、獨具風格特點而爲人私心傾慕的大作家；學習模擬的内容和形式，往往是該作家的擅勝處。

鮑照和江淹作爲在不同時代負有盛名的作家，對陶詩的風格體制和詩酒隱逸的内容作了充分的肯定。但在鍾嶸《詩品》以前，這種微弱的肯定和贊揚之聲似乎根本沒有引起當時文論家的重視。

沈約的《宋書·謝靈運傳論》、劉勰的《文心雕龍》，以及後來蕭子顯的《南齊書·文學傳論》談晉宋之際作家時，談到張華、陸機、陸雲、潘岳、左思、鮑照、劉琨、郭璞、孫綽、許詢、湯惠休、謝琨、謝莊、殷仲文，乃至"應、傅、三張之徒，孫、摯、成公之屬"，卻隻字不提陶淵明（《文心雕龍·隱秀篇》提到陶淵明，但該篇爲僞作）。

聯繫爲陶淵明作誄的好友顏延之在誄文中除"文取指達"四字，幾乎完全沒有談到他的詩歌創作，北齊陽休之雖説陶淵明"往往有奇絶異語"，但他的《陶集序録》仍説陶詩"詞采未優"等評價來看，劉勰、沈約、蕭子顯等人所以不提陶淵明的詩歌創作，決非一時疏忽，而是出於某種文學觀念和文學批評標準。劉勰在《文心雕龍》中爲自己建立了龐大而謹嚴的寫作指導框架，臚列了那麼多大大小小的詩人，卻不肯給陶詩一席之地。在他們眼裏，陶潛不僅在詩歌界缺少知名度，且在詩歌創作上也未入流，够不上品評資格，可略而不加論列。最説明問題的是，沈約在《宋書》裏置淵明於"隱逸傳"而未授予他詩人的桂冠，此可謂陶詩之晦。

評價陶詩除需要精鑒和識力，還需要衝破傳統輿論批評的定格和約定俗成的觀念，具有首創和獨立的批評精神。在中國文學批評史上，第一次高度評價陶淵明詩歌創作並多方加以論述的是鍾嶸《詩品》。

《中品·陶淵明》條説：

> 宋徵士陶潛，其源出於應璩，又協左思風力。文體省静，殆無長語。篤意真古，辭興婉愜。每觀其文，想其人德。世歎其質直。至如"歡言酌春酒"、"日暮天無雲"，風華清靡，豈直爲田家語耶？古今隱逸詩人之宗也。

《詩品》共品評一百二十三位詩人。上品十二人（包括古詩）、中品三十九人、下品七十二人。在陶詩未被正式闡述論列，被有些人認爲不夠品評資格的情況下，鍾嶸置之於十一位有名的詩人之下，七十二位各顯赫過一時的詩人之上，這不能不說是慧眼獨具。再看陶淵明在中品中的地位，《詩品序》標舉歷代優秀的五言詩說：

> 陳思贈弟，仲宣《七哀》，公幹思友，阮籍《詠懷》。子卿"雙鳧"，叔夜"雙鸞"，茂先寒夕，平叔衣單。安仁倦暑，景陽苦雨，靈運《鄴中》，士衡《擬古》。越石感亂，景純詠仙，王微風月，謝客山泉，叔源離宴，鮑照戍邊，太沖《詠史》，顔延入洛，陶公（陶淵明）詠貧之製，惠連《擣衣》之作；斯皆五言之警策者也。所謂篇章之珠澤，文采之鄧林。

以上所舉優秀五言詩作家，均由上品和中品詩人組成。其中中品十人。在三十九位中品詩人中標舉的十位詩人，大多以感恨之氣和清麗之詞爲鍾嶸所贊賞。如嵇康、劉琨、郭璞、顏延之、鮑照、謝惠連等人，其中張華即置之上品疑弱而屈處中品的詩人。陶淵明以《詠貧》之製被鍾嶸譽爲"五言警策"，自入標舉者之列。從陶淵明雖列中品，而在中品諸家中實居上乘地位，可見鍾嶸對陶淵明的重視。另外，鍾嶸稱陶淵明爲"宋徵士"。上品十二人中，漢三人、魏三人，晉五人，宋僅謝靈運一人，齊梁均無人。鍾嶸對近世詩人要求嚴格，宋、齊、梁上品僅列一人，陶淵明未列上品，這也是原因之一。鍾嶸評陶詩並予贊揚以後，梁、陳乃至唐、宋之世，陶詩沖和淡遠、自然渾成之妙被越來越多的人所認識，陶淵明的地位在詩界越來越高，至宋代達到登峰造極的地步。

由上可知，陶詩顯晦實以鍾嶸《詩品》爲疆界。《詩品》問世以前，晉宋迄於劉勰寫作《文心雕龍》之際，是陶詩的晦昧時期。這一時期，除鮑照、江淹從詩歌創作的角度肯定陶詩的體制風貌以外，陶潛身入隱逸傳而不以詩名，陶詩未曾入流，未及品第而湮没不彰。《詩品》出而陶詩始顯，從蕭統、蕭綱，由唐迄宋，至蘇東坡甚至置淵明於李、杜之上，陶詩顯而論其功，鍾記室實爲第一人。

二、二蕭嗜陶與鍾嶸品陶之關係

比鍾嶸略晚而酷嗜陶詩的有蕭統、蕭綱兄弟。"幼而敏睿，識悟過人"，"器守寬弘"、"實有人君之懿"① 的梁簡文帝蕭綱，"性既好文，時復短咏"②，"引納文學之士，賞接無倦，恒討論篇籍，繼以文章"③。在所討論的篇籍中，陶詩無疑是被常常討論的話題之一。所以顔之推《顔氏家訓·文章篇》説："劉孝綽當時既有重名，無所與讓；唯服謝朓，常以謝詩置几案間，動静輒諷味。簡文愛陶淵明文，亦復如此。"置陶詩几案間，動静輒諷味，可見簡文帝蕭綱嗜陶之甚。哥哥蕭統序陶集説：

> 吾觀其意不在酒，亦寄酒爲跡者也。其文章不群，辭彩精拔，跌宕昭彰，獨超衆類，抑揚爽朗，莫之與京。横素波而傍流，干青雲而直上。語時事則指而可想，論懷抱則曠而且真。加以貞志不休，安道苦節，不以躬耕爲恥，不以無財爲病。自非大賢篤志，與道汙隆，孰能如此乎？

---

① 見《梁書·簡文帝紀》。
② 見蕭綱《與湘東王書》。
③ 見《梁書·簡文帝紀》。

"余素愛其文，不能釋手，尚想其德，恨不同時。"評價確實很高。但有些研究者據此以爲鍾嶸晦陶，齊梁之際只有蕭統、蕭綱才真正發現陶詩的價值，是陶淵明的知音。日本林田慎之助《中國中世紀文學評論史》也説"六朝對陶淵明作品的評價，在鍾嶸《詩品》中評價很低"，只有簡文帝蕭綱和兄長蕭統"對陶淵明超脱世俗的生活作風和高邁的襟懷表示由衷地傾慕"①。事實上，這些説法是出於誤解。

蕭綱《與湘東王書》論漢、魏、晉、宋以及齊梁的詩文創作説：

> 歷方古之才人，遠則揚（雄）、馬（司馬相如）、曹（植）、王（粲）；近則潘（岳）、陸（機）、顔（延之）、謝（靈運）。……至如近世謝朓、沈約之詩，任昉、陸倕之筆，斯實文章之冠冕，述作之楷模。張士簡之賦，周升逸之辯，亦成佳手，難可復遇。

蕭綱在文中列舉了十四位作家。除揚雄、司馬相如、張士簡之賦，周升逸之辯不在鍾嶸論述範圍之内外，其餘列舉詩人作手，均與《詩品》評品詩人相契合。其中上品被蕭綱提及的有曹植、王粲、潘岳、陸機、謝靈運等人，中品提及的有顔延之、謝朓、沈約、任昉等人，同樣未及陶淵明。曹、王、潘、陸、謝這些世所公認、早有定評的大家且不必説，連顔、謝（朓）、沈、任等中品詩人也在陶淵明之上，這是值得人們思考的問題。

再看蕭統。蕭統雖在序陶集時用了許多贊語，把陶淵明看成

---

① 見筆者譯日本林田慎之助《南朝文學放蕩論的審美意識》文（《上海師大學報》增刊1986年3月《海外中國學專輯》）。

是寄酒爲跡而意不在酒的優秀詩人，充分肯定了陶詩的風格和藝術特徵。但在他寫的《陶淵明傳》裏，卻又把陶淵明看成是一個沉溺於酒的隱者，仿佛出自不同人的手筆。《陶淵明傳》除轉述沈約《宋書·陶潛傳》外，談及陶詩，只用了"博學，善屬文"五字。又把陶淵明回歸到隱者的隊伍中去。蕭統除在《文選序》中表明自己的文學觀點和取捨標準外，又以所選作家作品的多寡和内容風格來表現自己的審美趣味及批評標準，事實上是以選編作品的方法對歷代詩人進行品第，顯示該作家在文學上的地位和自己的重視程度。

據統計：《文選》録曹植詩歌十六題二十五首，陸機十九題五十二首，謝靈運三十二題三十九首，王粲十三首，沈約十三首，顏延年十五首，江淹三十二首，謝朓二十一首，而陶淵明僅七題八首，對陶詩的肯定和重視程度，同樣不及曹、陸、謝、王、沈、顏、江諸人，可見蕭統、蕭綱雖然嗜好陶詩，卻也没有把他置之第一流之列，他們對陶詩的看法，總體上說，與鍾嶸《詩品》對陶詩的評價大致相同。

蕭統、蕭綱對陶淵明的評價似乎有些矛盾，有兩方面原因：

一是主觀與客觀，個人愛好與社會公認之間存在着矛盾和落差。雖然鍾嶸與二蕭喜歡陶詩，諷詠不已，但對陶淵明的評價，最多也只能把他從隱居的田廬裏解放出來，落實到詩人的名册中去，提高到一個恰當的適可而止的地位，以避免社會和理論界的非難。蕭綱置陶詩於几案，動静諷詠和《與湘東王書》中不拔擢淵明於曹、王、潘、陸、二謝及顏（延之）、沈（約）、任（昉）之列，蕭統陶集序中熱情洋溢的贊語和《文選》選陶詩甚少（相對說已適可而止地多了）形成鮮明的對照，都足以説明這一點。

二是不同場合説話寫文章對陶詩的評價也會産生差異，《顏氏家訓》所載，《與湘東王書》所論、《陶淵明集序》、《陶淵明傳》

所言，《文選》所選，反映了二蕭對陶詩態度的不同側面。即往往在個人較自由發表意見的非正式場合對陶詩評價高，在較鄭重其事、不便過於強調自己所好的著述中對陶詩評價較低，這是完全可以理解的。對於研究者來說，不能光看一些打上主觀感情色彩、熱情洋溢的言辭就匆忙得出結論，事實上，只有將陶淵明與其他作家進行比較評價的時候，我們才能全面地看出他們對陶詩的真正態度及持此態度的原因。

鍾嶸評價陶淵明是在比較中進行的。它包含了二蕭評論中同時存在的兩種制約因素，既置之中品，又加贊語並努力爲陶詩辯白，實際上是鍾嶸主觀上愛好陶詩與當時社會承認許可度的折衷意見。《詩品序》中標舉"陶公詠貧之製"爲"五言警策者"，正可以透露此中消息。

據《梁書》、《南史》本傳所載：鍾嶸在寫作《詩品》的晚年曾任晉安王蕭綱的記室，並卒於官。鍾嶸卒時，蕭綱約十五歲。《梁書·簡文紀》說："（帝）雅好題詩。其序云：'余七歲有詩癖，長而不倦。'"從七歲到十五歲，蕭綱有詩癖，對詩研討不倦已有八九年時間。其時，在他任晉安王的雍州藩王宅邸已形成頗具特色的文學集團。即前所舉"引納文學之士，賞接無倦，恒討論篇籍，繼以文章"的情況，陶詩即作爲討論的話題，鍾嶸正是被"引納"、"賞接"的"文學之士"。作爲有"詩癖"的晉安王蕭綱與作爲詩論家的鍾嶸，經常交流包括品評陶詩在內的文學批評問題應是情理中的事。酷嗜詩歌的蕭綱，既與鍾嶸等人"賞接無倦"，常常"討論篇籍"，因此，受到自成系統的詩論家鍾嶸包括對陶詩評價的影響，也是毫不足怪的。我們若對蕭統《文選》與《陶淵明集序》作一番考察，就會發覺其中與鍾嶸《詩品》有驚人的相一致之處。

鍾嶸評陶舉了三首詩爲例：一是序中標舉的"詠貧之製"，即陶淵明《詠貧士》詩，二是品語"至如'歡言酌春酒'、'日暮天無雲'、風華清靡，豈直爲田家語耶"所舉二詩。"歡言酌春酒"爲《讀山海經》中句，"日暮天無雲"爲《擬古》中句。有趣的是，蕭統不僅選了《詩品序》中標舉的《詠貧士》詩，而且選了《讀山海經》和《擬古》詩。《讀山海經》共十三首，《擬古》亦有九首。十三首中，蕭統獨選鍾嶸標舉的"歡言酌春酒"一首；九首中，蕭統同樣僅選錄鍾嶸標舉的"日暮天無雲"一首，這種相似與"巧合"，結合《文選序》揭示的文學觀點和取捨標準，正表明蕭統對鍾品中"陶公詠貧之製"爲"五言警策者"，"至如'歡言酌春酒'、'日暮天無雲'。風華清靡，豈直爲田家語耶"的評語深表贊同。兩人對陶詩的審美趣味、品評取捨標準是一致的。

鍾嶸完成《詩品》並卒於晉安王蕭綱記室任時（約公元518年），蕭統年十八，在以後招聚文學之士編輯《文選》的過程中，選陶詩很可能直接受到鍾嶸《詩品》的影響。再看《陶淵明集序》，這一點似乎更明確。

蕭統陶集序除強調諷諫移情、仁義教化的作用外，內容實與鍾品大致相同。"其文章不群，詞采精拔"，即鍾品"辭興婉愜"、"風華清靡"之謂；"跌宕昭彰，獨超衆類，抑揚爽朗，莫之與京"指陶詩中爽朗抑揚的風力，與鍾品中"又協左思風力"和"古今隱逸詩人之宗"意思相通，"論懷抱，則曠而且真"，與鍾品中"篤意真古"相同。而"余愛其文"，"尚想其德"，與鍾品中"每觀其文，想其人德"更有祖嬗之跡，看得出是對鍾嶸品語的化用。

三、古今隱逸詩人之宗

陶淵明除其人其德對後世產生影響外，詩歌上則開創了田園詩派。鍾嶸從歷史批評的角度，尊之爲"古今隱逸詩人之宗"，既揭示了隱逸詩人田園閒適詩的發展綫索，又在風格體制上肯定了陶詩在我國詩歌史上的重要地位。

有人對"古今隱逸詩人之宗"一語提出懷疑。李文初《讀〈詩品‧宋徵士陶潛〉劄記》説："這句話出自鍾嶸筆下是太離奇，太令人疑惑了！我經過反覆研究，發現這句話並非《詩品》原文，而是後人讀《詩品》時順便寫下的批語，後來在輾轉抄傳過程中屏入正文的。"因爲"古今一詞在這裏不合齊梁人的習慣"，而《宋書》《晉書》《南齊書》中，從陶潛到鍾嶸八九十年間無隱逸詩人①。實此推斷妄不足據。

經查閱宋、元、明、清五十餘種《詩品》版本（包括現存最早的元延佑七年圓沙書院本）和大量類書、詩話，我發現有兩條異文。一是宋人何汶《竹莊詩話》引用此句作"古人隱逸詩人之宗也。"後清人《詩品詩式》本"古今"亦作"古人"。二是宋《太平御覽》徵引此句作"古今隱逸詩之宗也"。無一"人"字。"古人"明顯係"古今"闕畫之誤。"人"字顯爲脱漏之誤。《竹莊詩話》《太平御覽》徵引，均爲宋或宋以前古本《詩品》，今載之鑿鑿，不容置疑。

事實上，對"古今"和"隱逸詩人"的理解，不可過於狹窄。"古今"或"今古"一詞，在《詩品》中頗多用例。如"謝朓今古獨步"（詩品序）、"觀古今勝語，多非補假，皆由直尋"（詩品序）、"網羅今古，詞文殆集"（詩品序）、"粲溢今古，卓爾不群"（評曹植）、"左太沖詩，潘安仁詩，古今難比"（評左思），"宗"如"預此宗流者，便稱才子"（詩品序）、"王元長等，皆宗附之"（評沈約）、"賞心流亮，不失雅宗"（評張欣泰、范縝）、"乖遠玄宗"（評郭璞）等，都符合鍾嶸的語言習慣。"古"與"今"對舉

---

① 見《文藝理論研究》1980年第2期（收入《陶淵明論略》一書）。

成文,是一個模糊的概念,泛指古往今來的一段時間。"隱逸詩人"也是個寬泛概念,並非一定要身入隱逸傳又有詩篇傳世方才夠格。

　　事實上,從晉宋迄於齊梁,入隱逸傳的只是其中著名的隱者,當時作詩今已失佚不傳的也不在少數。如李文謂王微《雜詩》二首"與隱逸無涉",而鍾嶸既列王微爲中品,王微當然就不止只寫過我們目前見到的《雜詩》二首。《詩品序》列舉五言警策者時舉了"王微風月",足見他與閒適隱逸的內容和詩風特徵有關。另外,"隱逸詩人"還指雖非隱者但也寫過田園隱逸詩的詩人。這在當時不會令人感到突兀奇怪。陶淵明詩酒隱逸,描寫田園村居生活得風氣之先並具有廣泛的影響,在鍾嶸以前已早有定評。前所舉鮑照、江淹都有學習模仿陶淵明體制風格的詩篇。鮑照《學陶彭澤體》詩說:

　　　　長憂非生意,短願不須多。但使尊酒滿,朋舊數相過。秋風七八月,清露潤綺羅。提琴當戶坐,歎息望天河。保此無傾動,寧復滯風波。

江淹《雜體詩‧陶徵君潛田居》詩云:

　　　　種苗在東皋,苗生滿阡陌。雖有荷鋤倦,濁酒聊自適。日暮巾柴車,路闇光已夕。歸人望煙火,稚子候簷隙。問君亦何爲,百年會有役。但願桑麻成,蠶月得紡績。素心正如此,開徑望三益。

　　以上兩詩都以隱逸爲中心,模擬了陶詩中的尊酒、隱居、田園生活和高遠的志趣。實際上隱括了陶淵明《癸卯歲始春懷古田舍》《歸園田居》《飲酒》《庚戌歲九月中於西田穫早稻》《移居》《雜詩》中的詞句和意境，表明田園和隱逸是陶詩最大的主題，並由此形成獨具風貌的田園隱逸詩派而成爲後人學習規模的對象。鮑照學陶彭澤體是"奉和王義興"的，這説明，鮑照、江淹模仿陶詩決不是偶然的現象。從晉宋迄於齊梁，陶詩的隱逸内容及與之相聯繫的體貌風格在詩壇上起著不小的影響，鍾嶸説他是"古今隱逸詩人之宗"，正是看到了這一事實，它只是在前人基礎上的總結，既没有抬高，也没有貶低。

鍾嶸以後各家論陶，雖也有提法的不同和角度的變換，如將陶淵明與顏延之並稱爲"陶顏"；與謝靈運並稱爲"陶謝"；與韋應物、李白等並列對舉，評價由唐逐步提高，至宋到達最高點。但除了朱熹論陶一反歷來"平淡説"，以爲是"豪放得來不覺"，開了魯迅"怒目金剛説"的先河外，大多數評論家仍著眼於陶淵明的飲酒、歸隱、人品、田園生活和語言風格方面。在陶詩的地位影響上，不少評論都是圍繞"古今隱逸詩人之宗"展開的。他們或師其詞，或師其意，或褒或貶，然皆不出其範圍。

如黄文焕《陶詩析義自開》説："鍾嶸品陶，徒曰隱逸之宗；以隱逸蔽陶，陶又不得見也。"王夫之《古詩評選》説："鍾嶸以陶詩爲古今隱逸詩人之宗，論者不以爲然。然自非沈酣六義，豈不知此語之確也。"沈德潛在爲唐代山水田園詩"尋根"時説："陶詩胸次浩然，其有一段淵深樸茂不可到處。唐人祖述者，王右丞有其清腴，孟山人有其閑遠，儲太祝有其樸實，韋左司有其沖和，柳儀曹有其峻潔：皆學焉而得其性之所近（《説詩晬語》）。"胡應麟《詩藪·外編》説得好："善乎鍾氏之品元亮也，千古隱逸詩人之宗也。"

在唐代，陶詩的地位逐步提高，但許多人仍對它持保留意見。如杜甫《遣興五首》説："觀其著詩集，頗亦恨枯槁。"因爲唐代總體説是一個生氣勃勃、積極進取，勇於開拓的社會，頓挫的聲律和奕奕詞藻正由齊梁至唐匯成高峰，發展成詞藻華美、對偶精工而格律謹嚴的近體詩。唐代取士試排律，仍重用典、對偶、詞藻和聲韻等形式美學因素。在兼備風骨的前提下，聲律和詞彩的運用方興未艾，詩歌所屬的形式美學正走着上坡路。

  因此，陶淵明閒散沖淡，較爲質直，缺乏聲律和形式美的詩歌不爲血氣方剛的唐代社會高度重視乃是情理中的事。而兩宋是一個充滿理性的時代，宋人善於反思，重視議論，長於邏輯思維。取士也由排律改爲策論，由韓愈發起的唐代古文運動在歐陽修的"兩次革命"中取得了徹底的勝利。詩歌中聲韻、詞藻、對偶等形式美學因素也已發展到它的盡頭。這使陶淵明超越形式美的詩篇至此更大程度地被認識成爲必然。就個人説，蘇東坡嗜陶也在困頓流徙、磨盡鋒芒的晚年，這些都值得研究者注意，因爲屬於題外話，這裏就不再展開。

（本文原載於《復旦學報》1988 年第 2 期）

《詩品》研究的新成果

——評新出版的三種鍾嶸《詩品》注

按照紀昀《四庫全書總目提要》、章學誠《文史通義》和目前學術界較普遍的看法，鍾嶸《詩品》應與劉勰《文心雕龍》同爲六朝文學評論中的雙璧。但在相當長的時間内，不論是與《文心雕龍》研究相比，還是與日本、南朝鮮、中國臺灣等地的情況相比，建國後的《詩品》研究尤其在注釋方面，都顯得落後，自一九四九年至一九八四年三十五年内，除將初版於民國十六年的陳延傑《詩品注》修訂再版外，竟無一種《詩品》新注問世。

在這種情況下，中州古籍出版社、北京大學出版社、齊魯書社陸續出版了蕭華榮《詩品注譯》（1985年）、吕德申《鍾嶸詩品校釋》（1986年）、向長青《詩品注釋》（1986年）三種新注。這三種新注的出現，打破了長時期的沉寂，填補了建國以來《詩品》注釋上的空白，使這一時期我國《詩品》注本出現了與日本學者《詩品》注本數3∶3持平的局面。因此，對三種新注詳加考察，分而觀之，合而評之，指出其中的利弊得失和研究方法上存在的問題，對《詩品》和古代文論研究的深化，都有必要。

與民國十六年以後出版的《詩品》舊注相比，三種新注具有明顯的特點和優點，主要表現在以下四方面：

一、在理論的闡發上，新注勝過舊注

儘管陳延傑的《詩品注》（包括人民文學出版社的修訂本）後有"跋語"，古直的《鍾記室詩品箋》前有"凡例"，許文雨的《鍾嶸詩品講疏》以注釋的方式多少涉及理論問題，但總體上尚未脫離對《詩品》版本、體例、分品情況和歷來評價所作說明的範圍，缺少對《詩品》理論體系上完整的論述和把握。杜天縻《廣注詩品》中的"引言"以及葉長青《詩品集釋》中的"導言"，雖也談到"鍾氏作《詩品》之動機及著書年代"、"詩人之品第及其派別"、"論詩大旨"，"詩品之取材"等問題，但限於當時研究的整體水準，對此既沒有作理論上的升華，也沒有從美學上加以闡發，粗陳梗概，訛誤亦多。新注之出，以理論闡發爲擅長。

如蕭注前言即從（一）鍾嶸的生平與《詩品》；（二）鍾嶸詩歌批評的理論（1.鍾嶸論詩的性質；2.鍾嶸論詩歌批評的標準；3.鍾嶸論詩歌批評的內容、方法）；（三）鍾嶸詩歌批評的實踐（1."致疏別"——探討風格流派；2."掎摭利病"——分析作品得失；3."顯優劣"——評價作家地位）；（四）《詩品》的歷史地位和影響等四方面，詳細論述了全書的體例、結構、鍾嶸文學觀，《詩品》批評標準和批評方法。

呂注從鍾嶸生平、成書年代、鍾嶸的文學觀、批評標準、對歷代評論的再評論、版本流別等七個方面加以闡發。向注着重闡述了《詩品》所含蘊的內容，剖析鍾嶸對詩歌源泉、詩歌功用、詩歌表現方法、評詩標準、古代詩歌流別，當代詩風和對各家排座次方面的看法。

蕭注立論精審，得其環中；呂注言皆公允，誠篤可信；向注多承傳統，理論稍遜而鏤析細密，亦具特點。新注理論上的升華、美學思想的闡發，以及識鑒之精，角度之新，論述之詳，都突破前人，取得了長足的進步。其中三注相較，蕭注爲優。

二、在注釋的範圍和詳細縝密上，新注勝過舊注

新注和舊注在注釋的對象和範圍上有很大的不同。陳延傑、古直、許文雨、杜天縻、葉長青諸氏的舊注，僅注人物生平、官職年號、詩歌出處，重徵事、數典以資品藻而不重詮字釋句和疏通文意。正如陳延傑《詩品注》跋語所說："昔裴松之注《三國志》，劉孝標注《世説新語》，並旁稽博考，發揮妙解，且以補本書之所不及，非但釋文而已也。余今所注，竊慕斯義。"這表明陳延傑注《詩品》是用裴松之注《三國志》、劉孝標注《世説新語》的方法。這種注釋方法對考稽史實、發揮妙解、補本書之不足確實有它特定的作用，但由於不詮釋字句，不掃除文字障礙，因此，對讀者理解原文仍無多大補益，這不能不說是舊注的一種不足和缺陷，同時給新注超過舊注提供了機會。

三種新注既抉隱發微，徵事數典，資徵於史實，又兼注音和詮釋字句，掃除文字障礙（蕭注每節附有譯文），這對讀懂原文、進一步研究提供了方便。在考稽出典，資徵史實上，新注吸取今人的研究成果又有了發展。如《詩品序》"'清晨登隴首'，羌無故實"一句，舊注均不知所引詩出處。陳注曰："未詳所出。"古箋曰："'清晨登隴首'句，今考未得。"許疏曰："吳均《答柳惲》首句云：'清晨發隴西'，沈約《有所思》起句云'西征登隴首'，仲偉殆誤合二句爲一句耶？"蕭、呂二注於此吸取近人研究成果，均注明爲張華詩。全詩佚，今僅存四句"清晨登隴首，坎壈行山難。嶺阪峻阻曲，羊腸獨盤桓。"出自《北堂書鈔》卷157《地理部

一·隴篇八》。

在詮釋字句，疏通文意上，新注對原文一些既難辨認，又難索解的辭句，如《詩品序》中"掎摭利病"、"陸、謝爲體貳之才"，《上品·晉黃門郎張協》條"詞采蔥蒨，音韻鏗鏘，使人味之，亹亹不倦"，《中品·宋參軍鮑照》條"得景陽之淑詭，含茂先之靡嫚"，《下品·魏白馬王彪、魏文學徐幹》條"雖曰以莛扣鐘"等，或注音詮意，或解字釋辭，均益於讀者，從而使新注成爲俗雅共賞，提高與普及結合得較理想的注本。三注之中，蕭注簡潔練達，譯文流暢優美；呂注詳明縝密，資材宏富；向注頗具功力，時有新解。裁長補短，應以呂注爲優。

三、資料之富、校勘之精，新注勝過舊注

舊注之中，陳、古、許三家間有校證。陳注修訂本校《津逮秘書》本和家藏《明鈔本》（實即《吟窗雜錄》系統之鈔本）。古箋校《津逮秘書》、《漢魏叢書》。《歷代詩話》本（古擇善而從，偶有校記）。許疏校《明鈔本》（實爲《退翁書院》系統鈔本）。陳校家藏《明鈔本》補《下品·晉徵士戴逵》條品語（安道詩雖嫩弱，有清上之句。裁長補短，袁彥伯之亞乎？逵子顒，亦有一時之譽）及《下品·宋記室何長瑜、羊曜璠》條品語（方難，信矣！以康樂與羊、何若此，而□人之辭，殆不足奇），但仍有闕字訛字。□，應爲"二"字，"之"，應爲"文"字。許疏據黃丕烈《吟窗雜錄》校語補"戴逵"條而漏"何長瑜、羊曜璠"條。古箋兩條均遺漏。葉釋同許疏，杜注同古箋。由此可見，舊注中無一處《詩品》本文是完整無闕的，此乃校勘不精所致。

新注中，蕭注校《吟窗雜錄》及《詩人玉屑》等引文。呂注

校《退翁書院》、《吟窗雜録》、《顧氏文房小説》、《沈氏繁露堂》、《夷門廣牘》、《對雨樓》等二十七種版本及類書、詩話有關材料。向注校《學津討原》、《談藝珠叢》、《龍威秘書》、《續百川學海》、《説郛》等十三種版本及類書、詩話。除向注另出《校勘後記》附於書末外，蕭、吕二注均據所校補全所脱原文及除注闕字，改正了明顯的版刻和次序上的錯誤，使全書品語比舊注更完善可信，更接近《詩品》原文的面貌。而以三注論之，蕭校過簡，未能逮意；向校與注文游離，時有失檢之處；吕校取資繁富，並專設"校記"一欄，較蕭、向二注爲優。

四、在採用底本上，新注（吕注）勝過舊注

陳延傑《詩品注》民國十六年初版以《津逮秘書》爲底本，修訂後改用《歷代詩話》爲底本。古直以《顧氏文房小説》參酌《歷代詩話》自成新本，多改易闕漏。許疏及蕭、向二注以《歷代詩話》爲底本。實何文焕《歷代詩話》本臆改成份最大，離古本《詩品》面貌最遠，最不足據。

從明正德元年《退翁書院》、《顧氏文房小説》、《沈氏繁露堂》、《吟窗雜録》等五十多種明清版本考察，《詩品序》均以三段形式分置三品之首（上品序從卷首"氣之動物"至"均之於談笑耳"；中品序從"一品之中"至"方申變裁，請寄知者爾"；下品序從"昔曹、劉殆文章之聖"至末"文采之鄧林"）。《四庫全書總目提要》説鍾嶸《詩品》評漢、魏以來五言詩，"分上、中、下三品，每品之首，各冠以序"，即指此類版本序形式。

這種序的形式固然有錯誤，如中品序語次混亂，"一品之中，略以世代爲先後"云云，略同凡例，下品序專談聲律，與下品内

容毫無關係，末舉五言警策者，又無一人出自下品，故不爲下品序甚明。但對這種形式的否定，導致何文煥將三品序合置卷首卻是一種錯上加錯的做法，不僅毫無版本根據，而且隨之產生的問題更多。陳注、古箋、許疏、杜注、葉釋以及蕭、向二注均未之察，究以何本爲根據，承襲何本訛誤，以爲《詩品序》就是這一氣連成的長文，這實在是《詩品》研究中一個亟待澄清的誤解。

目前現存《詩品》的最早版本，是元延祐七年（1320）圓沙書院刊宋章如愚《群書考索》本（此本比尤足珍貴的《文心雕龍》至正十五年本還早三十五年）。元延祐本以上品序爲全書的"詩品序"，與唐人《梁書·鍾嶸傳》所引《詩評序》同。雖中、下品序還存在位置上的一些問題，這一問題是唐人三卷本→北宋一卷本→南宋三卷本→元人三卷本流傳過程中產生的。但序言形式和正文比明代流傳的三卷本已減少了一些錯誤，更接近古本《詩品》原貌。此本現藏於北大圖書館，呂先生執教北大中文系，近水樓臺，得其便利。因此。以此作底本，比陳、古、許、杜、葉、蕭、白諸人所據清人何文煥《歷代詩話》本顯然優越得多。

作爲對《詩品》研究新成果的檢閱，合觀三種新注，蕭有譯文，呂有校記，向有考釋，於注同中有異，可謂各有側重，各具特點：

蕭注簡明，譯筆流暢，文理可觀，書成於向注以後，出版在向氏之前。是建國以來的第一部問世的《詩品》新注。呂釋博贍，取資宏富，精而能詳，是《詩品》校勘、版本、資料結合得較完美的注本。向注老成，時見功力。

但是，新注也還有可待商榷的地方。蕭注過簡且不必說，注釋中也偶有疏漏。如《下品·齊諸暨令顏則》條"顏諸暨最荷家聲"句，蕭注云："顏則：顏延之的後代，生平事蹟不詳，詩亦不存。"實"顏則"應爲"顏測"之誤。顏測爲琅琊臨沂（今屬山東）人，顏延之次子，官至江夏王劉義恭大司馬錄事參軍。事見《宋書》、《南史》顏延之傳。《宋書·顏竣傳》："太祖問（顏）延之：'卿諸子誰有卿風？'對曰：'竣得臣筆，測得臣文，䖒得臣義，躍得臣酒。'"其中"測得臣文"即《詩品》"顏諸暨（測）最荷家聲"之謂。《吟窗雜錄》、《格致叢書》、《詩法統宗》、《砕評詞府靈蛇》諸明本"則"均作"測"，惜蕭注失檢。

又如《下品·齊參軍毛伯成》條，蕭注云："毛伯成，生平事蹟不詳，詩亦不存。"實毛伯成名毛玄，字伯成，潁川（今河南禹縣）人。"齊參軍"應作"晉參軍"。《世說新語·言語》篇：云"毛伯成既負其才氣，常稱：寧為蘭摧玉折，不作蕭敷艾榮。"事見《世說新語》注引《征西寮屬名》。《隋書·經籍志》曰："毛伯成詩一卷。"注："（毛）伯成，東晉征西參軍。"蕭亦未察。

呂校注搜羅廣富，注釋縝密。然亦有疏漏之處。如《上品·魏侍中王粲》條"文秀而質羸"。呂校云："《退翁》本、《對雨樓》本、《擇是居》本作'文質而秀羸'。"（"羸"誤作"嬴"）。余細心校閱此北圖所藏明正德元年《退翁》鈔本，發現此條雖誤抄為"文質而秀羸"，但抄者已自察其筆誤，並已作了上下兩字互換記號，即在"質"與"秀"右側注一朝下和朝上的箭頭加以改正，《對雨樓》、《擇是居》承《退翁》本而忽略改正記號致誤。故呂校應注明《退翁》不誤，同時應指出《對雨樓》《擇是居》誤訛之源。同類《退翁》改正後不誤，《對雨樓》、《擇是居》誤刻，呂注未能致辨的還有《詩品序》"蓋將百年（計）"→"蓋將百年"；《中品·晉宏農太守郭璞》條："翰（林）以為詩首"→"翰以為詩首"；《詩品序》："楚臣去楚（境）"→"楚臣去楚"等近十處。

注釋徵誤的如《下品序》"若'置酒高堂上'、'明月照高樓'，為韻之首。"呂注云："'置酒高堂上'：阮瑀《雜詩》：我行自凜秋，季冬乃來歸。置酒高堂上，友朋集光輝……"此承襲陳注、許疏、杜注致誤。實"高堂"當作"高殿","置酒高殿上"爲曹子建《箜篌引》中句("置酒高殿上,親交從我遊"),此與下引曹植《七哀詩》句("明月照高樓,流光正徘徊")對舉,以闡明"文或不工,而韻入歌唱"的"音韻之義"(《詩品序》)(詳拙文《鍾嶸詩品校考》載《中州學刊》1987年第1期)。

　　向注訛誤似較二注爲多。因未校《吟窗雜錄》系統版本,未明其公認的校勘價值,正文中未補陳注、許疏已補入的"戴逵"、"何長瑜、羊曜璠"條,遂忍使品語文氣凋喪。此外如注"顏則"爲"顏延之之孫",顯誤。注"孝沖雖曰後進"爲"夏侯湛雖是後進之士",未察夏侯湛字孝若,而孝沖乃湛弟夏侯淳之字,其中有誤。未附"詩選"加注,不免喧賓奪主之嫌,一些句讀也還有可以商榷的地方,然亦大醇小疵而已。

五、讀三種新注,喜賀之餘,思量亦有堪憂處

　　據日本藤原佐世《日本國見在書目錄》著錄,《詩品》在唐昭宗大順元年以前便走向世界,東漸日本,隨着世界性的文化交流和意識形態、心理特點的開放融合,任何民族的精神財富都在迅速地世界化,中國古代文學、古代文論作爲世界文學、文論的一部分,其研究的國界也正在消失。據筆者所知,目前研究《詩品》的就有日本、韓國、蘇聯、美國、法國等國家和地區。自一九四九年至三種新注問世前的一九八四年,在校勘上,有日本高松亨明的《鍾嶸詩品校勘》(1965年刊)、韓國車柱環的《鍾嶸詩品校證》、《鍾嶸詩品校證補》(1960—1963年)、法國陳慶浩的《鍾嶸詩品集校》(1977年刊)。其中韓國車柱環的《鍾嶸詩品校證》、《鍾嶸詩品校證補》除用三十多種版本外,還參酌大量筆記、詩

話、類書，取資富於呂注。陳慶浩《鍾嶸詩品集校》亦採用三十多種版本，也勒成專書。

有影響的注釋著作有高松亨明的《詩品詳解》（1959年出版）、興膳宏的《詩品》（1972年出版）、高木正一的《鍾嶸詩品》（1978年出版）及韓國李徽教的《詩品匯注》、中國臺灣楊祖聿的《詩品校注》等。其中《鍾嶸詩品》是日本包括吉川幸次郎、小川環樹在內的二十多名漢學家集體討論，由高木正一執筆寫成的。全書以通箋的形式，先校後注，旁徵博引，詳盡縝密，世評極高，是目前國際上較爲完善理想的注本。值得指出的是，日本、韓國、法國的學者在他們的著作中不僅吸取他們之間的研究成果，還吸取了中國陳延傑、古直、許文雨、杜天糜、葉長青等注和目前研究論文中的精義。而迄今爲止，還沒有一位中國學者《詩品》研究專著吸取過日本、韓國、法國等研究專著和論文中的成果。蕭、呂、向三注雖相繼於一九八五、一九八六年問世，但對近年來國際《詩品》研究的資訊和動態恐怕知之甚少，對日本一度興盛的《詩品》熱同樣瞭解不多，國際研究的成果和合理部分當然無法反映和吸取，這是我們的研究不能有更大突破和更帶世界性的原因之一。

因此，打破目前自我封閉的研究結構，代之以新的開放型的研究就成了十分迫切的問題。它要求我們的研究者拓寬眼界，強化現代研究意識，把過去視爲國粹的漢學研究放在當今世界漢學的大背景下進行。即不僅縱向吸取我們古人研究中的精義，還要打破國界橫向吸取國際學者的新方法和新成果，互相融合，博採衆長，我們的古典文學和古代文論研究才會進入更高層次，結出更豐碩的成果。

（本文原載於《文學遺產》1988年第2期）

《詩品》所存疑難問題研究

《詩品》研究百年來已取得重大進展,但還有一些疑難問題沒有解決。這些疑難問題包括:

(一)鍾嶸身世的疑點;《詩品》重"雅"、"怨"的美學觀念與鍾嶸悲劇的身世之間有無必然聯繫?古代文論家在構築理論、提出新見解的時候,是否一如古代詩人寫他們生命的歌,有個人命運和家庭因素的參與?

(二)《詩品》中的職銜稱謂是否亂而有序?

(三)《詩品》中的誤文問題,在沒有任何版本證明的情況下我們如何判斷?

(四)《詩品》爲什麽不品卓文君的《白頭吟》、蔡琰的《悲憤詩》?不品《陌上桑》、《孔雀東南飛》等漢樂府五言詩?本文試圖對這些問題作出解答。

一、鍾嶸身世的疑點——曾祖父爲什麽任後魏永安太守

鍾嶸身世有一個疑點:曾祖父鍾源任後魏永安太守。這個問題,以前沒有發現。一般研究者以爲,鍾嶸高祖、曾祖、祖父史無其名,不可考稽。後來,查閱他家譜時發現,鍾嶸高祖、曾祖、祖父三代均有其名,不僅有姓名、字號,還有仕宦情況:高祖鍾

靖，字道寂，爲潁川太守；曾祖鍾源，字循本，爲後魏永安太守；祖父鍾挺，字發秀，爲襄城太守，封潁川郡公。

又進一步發現，《新唐書・宰相世系表》上也有記載，其世系雖與《鍾氏家譜》有出入，但"三祖"的部分完全相同，經比較考察，此世系是可靠的。七世祖鍾雅至鍾嶸世系爲：

鍾雅──鍾誕──鍾靖──鍾源──鍾挺──鍾蹈──鍾嶸

發現新材料，對考證鍾嶸的身世很有幫助，但鍾嶸身世，畢竟有我們完全沒有瞭解的一面。隨之產生的疑問是：

爲什麼高祖鍾靖爲潁川太守，曾祖鍾源卻任後魏永安太守，祖父鍾挺又爲襄城太守、封潁川郡公？我們知道，鍾氏歷仕漢、晉要職，七世祖鍾雅因護元帝過江，爲建立東晉王朝作出貢獻，封廣武將軍。此後鍾氏便世居建康（今南京），何以高祖鍾靖仕潁川？曾祖鍾源仕後魏？祖父鍾挺又仕襄城？其時，潁川早已淪爲北方政權的轄地。是不是根據當時的習慣，人在南朝，官封北地，這些官銜只是空的封號？即使"潁川太守"、"潁川郡公"是，"後魏永安太守"也絕不是，因爲它屬於北方政權，應是實有其職，實行其權的。那麼，這個"後魏永安太守"與前面的"潁川太守"，後面的"潁川郡公"是什麼關係？祖孫三代犬牙交錯的仕宦經歷，顯然隱藏着一些不爲人知的疑點。對此應該如何解釋？

我的假想是，鍾氏的高祖、曾祖、祖父，其仕宦經歷會不會與當時的陳伯之有類似之處？陳伯之爲齊江州刺史，梁武帝起兵討齊，陳伯之降梁，協助平齊有功，封豐城縣公；梁天監元年，他又投降北魏；梁伐魏時，由於丘遲的勸說，陳伯之重新降梁。

在鍾嶸高祖、曾祖、祖父，包括鍾嶸生活的時期，南方政權與北方政權互相對峙,長期進行拉鋸戰争。雙方你來我往,互相攻伐,混亂紛紜,階級矛盾和民族矛盾,包括少數民族之間的矛盾交織在一起。這不僅帶來城市的殘破,萬姓的死亡,還使土地歸屬屢易其主,將帥郡守朝叛夕降成爲那一時代特殊的景觀。陳伯之降魏時,其親屬、妻妾仍在梁地。梁武帝的政策如丘遲在《與陳伯之書》中所説的,是"松柏不翦,親戚安居;高臺未傾,愛妾尚在"。假如鍾源任後魏太守,身居僞官,其家屬子女仍在南朝,情况與陳伯之相同,那鍾嶸的家庭無疑會受到牽累,並與東晉政權處於某種對立的境地,由此蒙受巨大的政治陰影和生活悲痛是不言而喻的。

鍾嶸與父祖輩的關係,鍾嶸只提從祖鍾憲,列於"下品",與謝超宗等人同條,並轉述:"余從祖正員常云:'大明、泰始中,鮑、休美文,殊已動俗。惟此諸人,傳顔、陸體。用固執不移,顔諸暨最荷家聲。'"由此,我們知道二點:

第一,鍾嶸寫作《詩品》,事實上有家學淵源,先輩指導,這是人們忽視的;

第二,説明鍾嶸與祖父一輩尚有接觸、交流;鍾憲能對鍾嶸談詩,鍾嶸記住並寫進以後的著作,可見鍾嶸當時年齡已不小。由此推斷,鍾嶸應該有與父親鍾蹈、祖父鍾挺甚至曾祖鍾源共同生活的經歷,瞭解在這個家庭内所發生的一切。鍾嶸在《詩品》中没有提鍾蹈、鍾挺、鍾源,也許他們不擅五言詩,無法評論?也許有一個鍾憲代表就够了,自己的父親、祖父、高祖,直系親屬應該避嫌疑?

不管怎麽説,鍾源仕北魏的經歷,會使他們家庭處於山川阻隔、政治磨難、親人思念、分離的痛苦之中;儘管這一變故到鍾嶸祖父和父親時已經結束,但創傷和陰影會重重地壓在他們心裏。

從祖鍾憲在評價詩歌,並對大明、泰始詩風作出批評的同時,會不會把家庭的悲劇,把詩歌的感蕩和人生的感蕩告訴鍾嶸,在解釋大明、泰始詩風漸趨華美的同時,有意無意地向鍾嶸表明情性與詩歌的對應、悲劇與情感的發生?不得而知。但是,鍾嶸的詩學理論,既有時代風氣的影響、前代文論家的遺傳,也會與自己的身世有關。從宋都建康,到後魏永安,再到襄城,必定悲歡離合,魂夢飛揚。鍾嶸也會由家庭的悲劇,聯想"楚臣去境,漢妾辭宮"的歷史悲劇,聯想屈原的《九章》、《九歌》和《離騷》,領悟人生悲劇和詩歌發生的關係;從家庭個人的艾怨,聯想整個社會的怨悱,貫穿漢、魏、晉、宋以來"以悲爲美"的傳統;理解江淹《別賦》、《恨賦》所蘊涵的社會意義,最後把"怨"與"雅"同時作爲重要的審美標準,以評判詩歌的優劣高下。鍾嶸論詩歌的作用是"嘉會寄詩以親,離群托詩以怨",從鍾嶸的身世可知,這並不是簡單重複孔子"詩可以群,可以怨"的陳言,而有自己家庭悲劇的"潛台詞"。在當時的文論家只把"自然感蕩"和"四季感蕩"作爲詩歌發生的根源時,鍾嶸卻説:"至於楚臣去境,漢妾辭宮,或骨橫朔野,或魂逐飛蓬;或負戈外戍,殺氣雄邊;塞客衣單,孀閨淚盡;又士有解佩出朝,一去忘返;女有揚蛾入寵,再盼傾國:凡斯種種,感蕩心靈,非陳詩何以展其義?非長歌何以騁其情?"把"人際感蕩"也作爲詩歌發生的重要原因,超越了同時代的批評家。鍾嶸天才的創造,是否融入了自己的身世、表達了家庭的悲愴?

假如是,我們就能找到隱藏在鍾嶸文學觀念背後的社會原因和家庭原因:中國古代論家在構造理論、形成觀念、提出自己新見解的時候,一如古代詩人在寫他們生命的歌,同樣有個人身世和家庭命運的參與。

在新材料進一步證明以前,本文的説法還是個假設。但由此深入,弄清鍾嶸身世及其詩學理論的關係,《詩品》研究便會有一個新的突破。

二、《詩品》中詩人的職銜稱謂

《詩品》既品一百二十三位詩人的優劣等第,就應該對這些詩人的職銜稱謂有一個統一的規定。但目前詩人的職銜稱謂存在某種程度的混亂:一是稱名、稱字的混亂;二是職銜稱法的混亂;三是人名前職銜稱謂缺漏的混亂。有的可以解釋,有的則解釋不通。

(一)稱名、稱字的混亂

最早注意到《詩品》中稱名、稱字問題的是紀昀。他在《四庫全書總目提要》中說:《詩品》"一百三人之中,惟王融稱王元長,不著其名。或疑其有所私尊。然徐陵《玉臺新詠》亦惟融書字。蓋齊梁之間避和帝之諱,故以字行,實無他故。"紀昀的說法不對。故古直《鍾記室詩品箋》反駁說:"案:見行《詩品》,如汲古閣本、《歷代詩話》本、《漢魏叢書》本、嚴可均輯《全梁文》本,均稱'齊甯朔將軍王融詩',不稱元長,與《提要》異,不知《提要》所據何本也。'齊司徒長史張融'亦不稱字,知非避和帝諱矣。《提要》誤也。"

我懷疑紀昀沒有看過《詩品》全文,至少沒有看仔細。怎麼對"王融"、"張融",標題上兩個"融"字都視而不見,致使大學問家犯了低級錯誤?《詩品》稱名、稱字確實存在混亂,但王元長沒有錯,紀昀說錯了,紀昀的錯誤因古直駁正而為人關注。

鍾嶸大致的體例是:標題中稱名,在序或品語中稱字或稱名,稱字可使評的口吻顯得更加親切,語調和緩,古人稱謂法如此,《詩品》亦如此。如對王融、劉繪等大多數詩人皆是,混亂來自例外。譬如，《下品·宋記室何長瑜、羊曜璠》條中的"羊曜璠"（羊曜璠名羊璿之，字曜璠）、《下品·晉東陽太守殷仲文》條中的"殷仲文"、《下品·晉參軍毛伯成》中的"毛伯成"（毛伯成名毛玄，字伯成）、《下品·齊高帝》等人條中的"齊太尉王文憲"（王文憲名王儉，字仲寶，謚文憲），共四人。

四人中，三人稱字，一人稱謚號。爲何？我的理解是，四人情況並不一致。其中殷仲文、王文憲比較好解釋。

殷仲文以字行，字仲文，故當時或後世皆稱殷仲文，如《晉書》本傳、《世説新語·言語》篇注引《續晉陽秋》等。《宋書·謝靈運傳論》説："仲文始革孫、許之風。"《南齊書·文學傳論》説："仲文玄氣，猶不盡除。"《隋書·經籍志》謂有"晉東陽太守殷仲文集七卷"。謝靈運嘗云："若殷仲文讀書半袁豹，則才不減班固。"是皆稱殷仲文。《詩品》稱法相同，當無疑義。

王儉不稱名，不稱字，而稱謚號王文憲，乃是私尊。王儉是鍾嶸的老師和恩人。《南史·鍾嶸傳》説：永明中，鍾嶸爲國子生時，"衛將軍王儉領祭酒，頗賞接之。"《梁書》還説王儉曾薦舉鍾嶸爲"本州秀才"，對鍾嶸特別關愛，鍾嶸由是感激，故《詩品》中稱"文憲"，不直呼其名，品語中亦稱"王師文憲"，見其私尊，這也好理解。難解釋的是羊曜璠和毛伯成。

毛伯成無緣無故，又不屬私尊。我懷疑毛伯成也以字行。《世説新語·言語》篇説"毛伯成既負其才氣"，《隋書·經籍志》謂有"晉毛伯成集一卷"、"毛伯成詩一卷"，惟《世説新語》注引《征西寮屬名》曰："毛玄，字伯成，潁川人。"鍾嶸未見《征西寮屬名》？或是從俗稱毛伯成？難以斷定。

羊曜璠最大的可能是原標題脱漏，後人增補致誤。因爲通行本《詩品·宋記室何長瑜、羊曜璠》條"才難，信矣！以康樂與羊、何若此，而二人文辭，殆不足奇"原脱，與"宋詹事范曄"

合爲一條。今據明刻《吟窗雜録》本補入。明刻《吟窗雜録》本因有大量删節而頗爲複雜。會不會整條原文脱漏的同時，羊曜璠的標題也脱漏了？後人因品語中有"以康樂與羊、何若此，而二人文辭，殆不足奇"句，而在標題上增"羊曜璠"三字？

值得懷疑的地方還有，"羊曜璠"名字前脱去職銜稱謂。羊曜璠曾任"臨川内史"，按《詩品》體例應稱之爲"宋臨川内史羊曜璠"，一如同條何長瑜稱"宋記室何長瑜"一樣，現標題稱謂脱漏未加。又，品語稱"羊、何"，羊曜璠在前，何長瑜在後，但標題卻是何長瑜在前，羊曜璠在後，是不是脱漏增補留下的痕跡？

（二）職銜稱法的混亂

譬如陸機：《上品·晉平原相陸機》條稱陸機"平原相"。張錫瑜《鍾記室詩平》改"平原相"爲"平原内史"。校云："《晉書·職官志》：'王國改太守爲内史省相。'《地理志》有平原國。則此云'相'，非也。本傳及《隋志》並稱'平原内史'。"《上品·宋臨川太守謝靈運》條稱謝靈運爲"臨川太守"，亦頗有争議。張錫瑜《鍾記室詩平》改條中"臨川太守"爲"臨川内史"云："内史，原作太守。《宋書》本傳及《隋志》並云'臨川内史'。考《宋書·州郡志》，作内史是也，今據改。"張氏改得對不對？今人鄭騫《鍾嶸詩品·謝靈運條訂誤》說："太守與内史，名義不同，實際則一樣，這是晉宋時的官制。《晉書》卷二十四《職官志》云：郡皆置太守，諸王國以内史掌太守之任。《宋書》卷四十《百官志》下亦云：宋用晉制，王國太守稱内史。宋時臨川郡是王國，撰《世説新語》的劉義慶即是臨川土，所以《宋書》卷三十六《州郡志》二：江州諸郡長官皆稱太守，只有臨川稱内史。謝靈運的官銜當然是臨川内史，《詩品》太守之稱，實與當時官制不合。"韓國車柱環《鍾嶸詩品校證》説："鄭説是也。當據《宋書》作

'臨川內史'爲正。"理論上雖然如此，但州郡長官，稱名屢變，歷代又有反復，故世多混用，實際稱法並不那麼嚴格。如謝靈運，《宋書》本傳、《隋書·經籍志》稱"临川内史"；劉敬叔《異苑》稱"太守"，《文選》注引《宋書》亦稱"臨川太守"。

相同的例子還有《中品·晉清河太守陸雲》條。《晉書》陸雲本傳稱"清河内史"，《隋書·經籍志》稱"清河太守"；《詩品》通行本稱"清河守"，《吟窗雜錄》一系稱"清河太守"。《詩品》標題習稱"太守"，也許當時流傳兩種稱法，稱"太守"是其中的一種選擇。正如當時對王粲、劉楨、潘岳、陸機的評價，江淹說"家有曲直"、"人立矯抗"，而鍾嶸選擇了劉楨和陸機一樣。

惟《下品·晉中書張載》等人條標題"晉司隸傅玄、晉太傅傅咸"，張錫瑜《鍾記室詩平》作"晉太傅傅玄、晉司隸傅咸"，傅玄、傅咸前官職顛倒。張校云："《晉書·傅咸傳》：咸以議郎兼司隸校尉而卒，初無爲太傅之事，惟咸父玄乃嘗拜太傅而後轉司隸校尉。仲偉蓋以玄、咸父子同官，嫌無識別，故以太傅稱玄，司隸稱咸。而爲後人所亂。"至於錯誤的原因，張錫瑜以爲品語稱"長虞（傅咸字）父子"，乃以卑統尊（以子統父），疑此本原作"晉司隸傅咸、晉太傅傅玄"，與品語相合，"後人覺其不順，又不深考玄、咸歷官之詳，但互易其名而致此誤耳"。今疑不能明也。

《詩品》職銜稱法的混亂，也許與鍾嶸品詩不喜拘泥的觀念有關。張錫瑜《鍾記室詩平》說：

> 至於諸人歷職，多是隨便而稱，不盡舉其所終之官，難以例定。就其無例之中，細加撿核，略以顯近爲重歷者，必稱顯近；若同則舉其最。未據要路，乃稱外官；未登王朝，始稱府佐。

可見,《詩品》中稱謂的標準一是稱其顯近之職,舉其官職之最,這是古之作者遵循的慣例;二是從俗,從實際出發,有時為服從具體的品評內容而改變稱謂。譬如《中品・漢上計秦嘉、嘉妻徐淑》條:秦嘉最顯也最通行的官職是"黃門郎",《詩品》當稱"漢黃門郎秦嘉"才是。《隋書・經籍志》正稱"後漢黃門郎秦嘉"。但因與徐淑同條,夫婦同品,品語內容又與夫婦贈答有關。秦嘉後雖任"黃門郎",但贈答時任"上計掾",《詩品》遂稱之為"漢上計",而不計其職銜之大小遠近。

再是,《下品・齊黃門謝超宗》等人條中亦頗有趣。

丘靈鞠曾遷尚書左丞,歷通直常侍、正員常侍、車騎長史,終於太中大夫,有很多顯赫的官銜,但《詩品》卻稱其"潯陽太守",不稱其顯要之職。是否鍾嶸以為丘靈鞠重要的創作在"潯陽太守"時期?但假如是這樣的話,謝朓任"宣城太守"時詩歌創作最為輝煌,《詩品》稱謝"吏部",不稱"謝宣城",是不是鍾嶸和謝有私交,平時就這麼稱,是遵循他們平時的習慣稱法?又《南齊書・文學本傳》稱丘靈鞠為"潯陽相",均未詳何義。《詩品》一書,其稱謂時有與衆不同處,大抵如此。

(三) 詩人職銜稱謂的缺漏

詩人職銜稱謂的缺漏,《詩品》中亦有數例。一是"下品"的"羊曜璠";二是"中品"的"宋謝世基"。羊曜璠職銜稱謂,當為脫漏,前文已有假說,當補為"宋臨川內史羊曜璠"。張錫瑜之後,韓國學者車柱環、李徽教亦有論述,但恨無版本根據耳。謝世基名前也僅有一個"宋"字,沒有任何職銜稱謂。張錫瑜《鍾記室詩平》說:"謝世基上亦當有稱謂,傳寫脫去耳。"韓國李徽教《詩品匯注》說:"'宋'字下,脫其官名數字。"韓國車柱環《鍾嶸詩品校證》疑"世基'橫海',顧邁'鴻飛'"下"本有品語,與上文一律。今本蓋誤脫也"。但楊祖聿《詩品校注》謂："《宋書》亦未言世基官位，或非誤脫。"我贊成誤脫説，但證明還有待於將來。

三、《詩品》中的誤文

《詩品》中的誤文可分三類：

(一) 詩人名前時代的錯誤

《詩品》中，冠諸詩人名前的時代多有錯誤。如：《中品·宋僕射謝混》條中的"宋僕射"當作"晉僕射"；《下品·晉侍中繆襲》條中的"晉侍中"當作"魏侍中"；《下品·齊高帝》等人條中的"齊征北將軍張永"當作"宋征北將軍張永"；《下品·齊參軍毛伯成》等人條中的"齊參軍"當作"晉參軍"；同條中，吳邁遠的"齊朝請"當作"宋朝請"；《下品·梁秀才陸厥》條中的"梁秀才"當作"齊秀才"等等。這些錯誤都很明顯，因此也不難證明：

謝混，字叔源，小字益壽；爲謝安之孫，謝靈運族兄，歷任中書令、中領軍、尚書左僕射。因與劉毅關係密切，于晉安帝義熙八年（412）爲劉裕所殺，未能入宋。劉裕受禪，謝晦恨不得謝益壽奉璽紱。《隋書·經籍志》謂有"晉左僕射謝混集三卷"。故當稱"晉僕射"，不得稱"宋僕射"。

繆襲，字熙伯，歷事魏四世，累遷至侍中光禄勳，卒于魏正始六年（245），未及晉。事見《三國志·魏書·劉劭傳》附。《隋書·經籍志》謂有"魏散騎常侍繆襲集五卷"。故當稱"魏侍中"，不得稱"晉侍中"。

張永，字景雲，宋明帝時爲金紫光禄大夫，後都督南、徐、青、冀、益五州諸軍事，任征北將軍。卒于宋元徽三年（475），未及齊世，故當稱"宋征北將軍"，不得稱"齊征北將軍"。

毛伯成，名毛玄，字伯成，《世說新語》注引《征西寮屬名》謂毛伯成任東晉征西參軍；《隋書·經籍志》謂有"晉毛伯成集一卷"、"毛伯成詩一卷"。可知毛伯成爲東晉人，故當稱"晉參軍"，不得稱"齊參軍"（錯兩個時代）。

吳邁遠，字與籍貫不詳，曾任宋奉朝請、江州從事。因參與桂陽王劉休範謀反，兵敗，宋元徽二年（474）被殺，未及齊世。《隋書·經籍志》謂有"宋江州從事吳邁遠集一卷"。故當稱"宋朝請"，不得稱"齊朝請"。

陸厥，字韓卿，齊永明九年（491）舉秀才。因父陸閑被誅，陸厥被繫在獄，後遇赦，感痛而卒于齊永元元年（499），未及梁世。《隋書·經籍志》謂有"齊後軍法曹參軍陸厥集八卷"。故當稱"齊秀才"，不得稱"梁秀才"。

這些都是明顯的錯誤。此外，還有不明顯或處於兩可之間者：

《上品·晉步兵阮籍》條中的"晉步兵"；《中品·晉中散嵇康》條中的"晉中散"；《下品·魏倉曹屬阮瑀》等人條中的"魏倉曹屬"；《下品·齊惠休上人》等人條的"齊惠休上人"和"齊道猷上人"；《下品·齊鮑令暉》等人條中的"齊鮑令暉"等等。

阮籍、嵇康的卒年相同；均卒于魏景元四年（263），不及晉世，阮籍的步兵尉又屬王官，理論上不當稱"晉步兵"，而應該稱"魏步兵"。嵇康的情況更荒謬，嵇康因爲不肯依附司馬氏被殺，張錫瑜《鍾記室詩平》說："冠以'晉'字，不惟失其實，且乖其意矣。"《隋書·經籍志》稱有"魏步兵校尉阮籍集"、"魏中散大夫嵇康集"可證。但《晉書》又爲阮籍、嵇康立傳。其時雖屬魏，而大權已旁落司馬氏手中，阮籍、嵇康均與司馬氏周旋，或苟存，或被殺，故習慣上把他們劃入晉代。

同樣的情況還有阮籍的父親阮瑀。阮瑀曾任司空曹操的倉曹掾屬，爲"建安七子"之一，其所任亦爲府佐，並非國官。卒于建安十七年（212），未及魏世。《隋書·經籍志》稱有"後漢丞相倉曹屬阮瑀集五卷"亦可證。但出於同樣的習慣，《詩品》仍稱他"魏倉曹屬"。

惠休、道猷生卒年均不詳。惠休本姓湯，字茂遠，法名惠休。曾入沙門，宋孝武帝劉駿命使還俗，官至揚州從事。《隋書·經籍志》謂有"宋宛朐令湯惠休集三卷"。張錫瑜、古直均引《宋書·徐湛之傳》："時有沙門釋惠休"語，以爲當稱"宋惠休上人"；但韓國李徽教以爲此時距齊受宋禪"不過三十二年"，惠休若與徐湛之同年，活到齊時，也只有七十四歲，"古氏安得斷云惠休不能活至七十四歲耶"？"總之，存疑可也"。道猷姓馮，改姓帛，山陰（今浙江紹興）人。入沙門後，居若耶山，爲吳人生公弟子。張錫瑜《鍾記室詩平》、許印芳《詩法萃編》本均校改爲"晉道猷上人"，古直《鍾記室詩品箋》引《高僧傳》謂"宜正曰'宋道猷上人'。"然各本均作"齊惠休上人"，故可進一步研究。

鮑令暉爲鮑照妹，生卒年不詳，當稱宋，未知是否入齊，亦難遽斷。這些都給繼續研究留下了空白。

（二）詩人名的錯誤

《詩品》中還有一些詩人名的錯誤。如《詩品·序》："子卿雙鳧"中的"子卿"；《詩品·序》："謝客山泉"中的"謝客"；《上品·宋臨川太守謝靈運》條中的"旬日而謝玄亡"中的"謝玄"；《下品·晉中書張載》等人條中的"孝沖"等等。

因爲元、明、清各本均是如此，沒有異文，故糾正這些錯誤，意見頗爲歧紛。

按照《詩品》的邏輯和品評范圍，作"子卿"是明顯的錯誤。

這裏的"子卿"（蘇武）當作"少卿"（李陵）。梁任公以爲也許别指六朝的"子卿"，葉長青《詩品集釋》反駁説："梁任公謂：'乃六朝另一子卿，非漢之子卿。'然《哀江南賦》：'李陵之雙鳧永去，蘇武之一雁空飛。'六朝另有一蘇子卿，六朝另有一李陵乎？《古文苑》載《蘇武别李陵詩》云：'雙鳧俱北飛，一鳧獨南翔。'即本李陵《録别詩》'爾行西南遊，我獨東北翔'及'雙鳧相背飛'諸句。"杜天縻注："《詩品》不列蘇武，此云子卿，恐非蘇武字也。"日本中沢希男《詩品考》説："《詩品》不列蘇武，然此'子卿'可疑。恐子卿爲少卿（李陵）之訛。《古文苑》卷四載蘇武《别李陵詩》一首，中有'雙鳧俱北飛，一鳧獨南翔'之句。'子卿雙鳧'指此。《古文苑》此詩題爲'蘇武'之作，而《初學記》十八引則題爲《李陵贈蘇武詩》（《初學記》"雙鳧"作"二鳧"）。庾信《哀江南賦》曰：'李陵之雙鳧永去，蘇武之一雁空飛。'此即六朝人以'雙鳧'詩爲李陵作的一個證據。原文爲'少卿雙鳧'，'子卿雙鳧'當爲後人妄改。"日本立命館大學《詩品》研究班《鍾氏詩品疏》云："或如中沢氏之所言，'子卿雙鳧'爲後人妄改。然而，若聯繫此詩'子當留斯館，我當歸故鄉'句的史實來看，則也許把子卿的蘇武設想爲作者是合理的。"韓國車柱環《鍾嶸〈詩品〉校證》云："《詩品》三品中皆未列子卿。……考'雙鳧詩'乃李陵贈蘇武之作。《初學記》十八引李陵《贈蘇武詩》曰：'二鳧（《古文苑》作"雙鳧"）俱北飛，一鳧獨南翔。子當留斯館，我當歸故鄉。'……竊疑'子''我'二字當互易，因'子'、'我'誤錯，《古文苑》遂列入蘇武别李陵之作矣。……幸《初學記》引此爲李陵《贈蘇武》，此文'子卿'爲'少卿'之誤，可得而正。又（金）王朋壽《類林雜説》七云：'陵贈武五言詩十六首，其詞曰："二鳧俱北飛，一鳧獨南翔。我獨留斯館，子今還故鄉。一别秦與胡，會見誰何殃。幸子當努力，言笑莫相忘。"出《臨川王集》中．'……《初學記》、《古文苑》'子當留斯館，我當歸故鄉'二句'我'、'子'二字之錯誤，《類林雜説》所引正可以證其誤。則此詩爲少卿贈子卿之作，可成定論。而《詩品》此文'子卿'爲'少卿'之誤，亦決無可疑矣。"諸説可參。

"謝客山泉"中的"謝客"，亦頗令人費解。車柱環《鍾嶸詩品校證》云："上文已舉靈運之《鄴中》詩，則此不得復舉其詩。上下文皆單舉一人，此'謝客'疑本作'謝朓'。謝朓《忝役湘州與宣城吏民別》詩甚佳，且其中有'山泉諧所好'之句；《直中書省》詩尤佳，末有'聊恣山泉賞'之句，可爲本作'謝朓山泉'之證。此作謝客，蓋由後人僅知謝客長於山水詩而臆改（《詩人玉屑》十三引此"山泉"作"山水"，亦由靈運長于山水詩而臆改也。"泉"與下文"宴"、"邊"爲韻，則《詩品》本作"山泉"，明矣）。"日本立命館大學《詩品》研究班《鍾氏詩品疏》云："'謝客山泉'，當指謝靈運所作衆多的山水詩。江淹《雜體詩三十首》中，亦有《謝臨川靈運·遊山》的模擬之作。然謝靈運已見於上文的'靈運鄴中'，此重出，故車柱環氏疑'本作謝朓'。云其詩有'聊恣山泉賞'之句，故可從之。然此處列舉，似皆限於建安以後及宋代詩人之作，中間插入齊代詩人謝朓恐爲不妥。而同一詩人重出亦不妥，故'謝客'或爲謝莊之誤。'客'、'莊'二字，草體相似，可知有訛誤可能。"

日本清水凱夫教授《詩品研究方法之探討與五言警策等問題的探究》說："既然在同組詩人（《中品·謝瞻、謝混、袁淑、王微、王僧達》條）中，評價明顯居於下位的王微亦被列入'五言之警策'，而與謝混齊名，在同組詩人中評價最高的謝瞻，則當然更應該列入'五言之警策'。而且從越石——景純——王微——謝客——叔源——鮑照的排列順序及與'王微風月'對仗方面來看，把謝瞻排列在'謝客'之處，可以説各方面都最合適。""謝瞻是謝靈運的從兄，特別賞愛年輕的謝靈運的詩才，傾慕他的詩風。很可能受靈運詩的影響，創作過不少像靈運山水詩那樣描寫自然的詩。"

由此可知，"謝客山泉"中的"謝客"有四説：1. 謝靈運；2. 謝朓；3. 謝莊；4. 謝瞻。未知孰是。

同在《上品·宋臨川太守謝靈運》條，有"旬日而謝玄亡"一語。"謝玄亡"，顯誤。張錫瑜《鍾記室詩平》説："本傳云：祖玄，晉車騎將軍。父瑍，生而不慧。靈運幼便穎悟，玄甚異之，謂親知曰：'我乃生瑍，瑍那得生靈運？'考靈運見誅，在宋文帝元嘉十年，年四十九。逆數之，生於晉孝武帝太元十年。《晉書·謝玄傳》：玄以太元十三年卒。則玄之卒，靈運生四歲矣！'旬日玄亡'之語，近出無稽。且惟靈運生已四歲，漸有知識，故玄得見其穎悟而加稱歎。若止旬日，尚自蒙昧無識，玄何由發此語？此蓋《異苑》妄談，仲偉不察而誤筆之耳。"

"旬日亡者"非謝玄，則爲何人？近有二説：一説爲許文雨《鍾嶸詩品講疏》："仲偉殆誤其父瑍爲祖玄歟！"逯欽立《鍾嶸詩品叢考》説："'玄'，應作'瑍'。"車柱環《鍾嶸詩品校證》説："又以常情而論，祖死，不可謂'子孫難得'。疑本作'瑍'，由'瑍'、'玄'音近，又由聯想而誤。"日本高松亨明《詩品詳解》亦從謝瑍説。

二爲葉笑雪《謝靈運詩選》："據《通鑒》的記載，謝安卒於太元十年八月二十二日，恰好與鍾嶸的説法相合，可證鍾嶸記錯了人。'玄'當爲'安'。"鄭騫、楊祖聿、清水凱夫、楊勇、吕德申諸氏均從"謝安説"。按《晉書·謝玄傳》云："子嗣，秘書郎，早卒。"謝玄卒，謝靈運始能嗣而襲封康樂縣公，任秘書郎。謝玄卒時，靈運已四歲，可證。"旬日亡"者亦非謝玄。"玄"當爲"安"之形誤。

此外,《下品·晉中書張載》等人條:"孝沖雖曰後進,見重安仁。"其中"孝沖"當爲"孝若"。孝若"見重安仁",事見《世説新語·文學篇》:"夏侯湛作《周詩》成,示潘安仁。安仁曰:'此非徒温雅,乃别見孝悌之性。'潘因遂作《家風詩》。"夏侯湛字"孝若","孝沖"乃夏侯湛弟夏侯淳字。

糾正這類錯誤不難,但是鍾嶸記錯人,還是後世版本錯誤?沒有新材料則很難判斷。

(三)品語中的誤文

除標題時代,詩人姓名誤訛外,品語中也有一些令人頭疼的疑難雜症。如:《下品·晉中書張載》等人條"惟以造哀爾"中的"造哀"。

"惟以造哀",語出《詩經·小雅·四月》:"君子作歌,維以告哀。""告"、"造"不同,語義有别。張錫瑜《鍾記室詩平》以爲"此致不滿之詞,當是以其劣,故貶之。"許文雨《鍾嶸詩品講疏》謂繆襲《挽歌》詩"哀涼獨造",則"造哀"並非貶詞。日本高木正一氏釋"惟以造哀"爲"僅有悲傷的詞句,缺少深婉的感情,故雖有哀詞,也只能給予較低的評價"[①]。意同張錫瑜。吕德申《鍾嶸詩品校釋》以爲:"'造哀'實爲'告哀'之誤","王粲《爲潘文則作思親詩》'詩之作矣,情以告哀',亦作'告哀'。"

繆襲《挽歌》詩云:"生時遊國都,死没棄中野;朝發高堂上,暮宿黄泉下。白日入虞淵,懸車息駟馬;造化雖神明,安能復存我?形容稍歇滅,齒髪行當墮;自古皆有然,誰能離此者!"此嗟人生秒忽,離亂哀傷,正與作歌告哀意合。故何焯《義門讀書記》

[①] 高木正一注云:"若'造哀'作'告哀',意亦可通。只是貶詞成爲褒詞,評價正好相反,拙文暫不采用褒詞説。"見《鍾嶸的文學觀》,文載《日本學者中國文學研究譯叢》第3輯,吉林教育出版社1990年3月版。筆者譯。

説：" 繆熙伯《挽歌》詩，詞極峭促，亦淡以悲。"觀此條同評五人，各有勝擅，張載雖不及其弟張協，但"近超兩傅"；玄、咸父子"繁富可嘉"；夏侯湛見賞于潘岳；均無貶詞，知此亦不當貶繆襲。《詩品》"造"字凡六見，惟此"造哀"不詞。"告哀"爲六朝習見語，故"造"當爲"告"之形誤。

再如，《下品·宋詹事范曄》條"亦爲鮮舉矣"中的"鮮舉"。古直《鍾記室詩品箋》以爲："'鮮舉'當爲'軒舉'，形近而訛也。《世説新語·容止篇》曰：'林公道王長史曰："斂衿作一來，何其軒軒韶舉。"'曹植《與楊德祖書》：'然此數子，猶復不能飛軒絶跡，一舉千里。'"日本中沢希男《詩品考》説："此句不順，恐'鮮舉'二字有誤。古直《箋》以爲'鮮舉'爲'軒舉'之訛。然毋寧説誤在'舉'字。'舉'或爲'華'之訛。'鮮'字則似與《中品·袁宏》條'鮮明緊健'中'鮮'字意同。"韓國車柱環《鍾嶸詩品校證》謂："古説疑是。'軒舉'爲複語，軒亦舉也，故又可分用。顏延之《詠白常侍詩》有云'交呂既鴻軒，攀嵇亦鳳舉'，即其比。"

《詩品》中的文字錯誤還有很多，弄不清即影響對原文的理解。如：《上品·古詩》條"陸機所擬十二首"（原作十四首）；《上品·阮籍》條"無雕蟲之巧"（原作"無雕蟲之功"）；《中品·張華》條"置之甲科疑弱，抑之中品恨少"（原文作"置之中品疑弱，處之下科恨少"）；《下品·齊鮑令暉》等人條"齊武以爲韓公"（原作"齊武謂韓云"）；"惟《百韻》淫雜矣"（原作"惟百願淫矣"）等等。但這是屬於通行本的錯誤，是通行本在流傳抄寫過程產生的，今有不同版本、類書或宋詩話可以校勘證明，與前所謂"誤文"不同。

這些文字上的"疑難雜症"是怎麼產生的？是鍾嶸理解錯誤？還是知識性錯誤？筆誤？屬《詩品》本身？還是有其他原因？目

前弄不清楚。按理説，鍾嶸與其中大多數詩人生活的時代很近，有的還是同代，相互之間有交往，對詩人的時代、姓名、職銜、字號不應該出錯。

現在問題是，除張錫瑜、古直、許文雨、吕德申外，不少注家對《詩品》中的"誤文"並未重視，有的没有核對版本，以爲是通行本的錯誤；對於誤文，有的不注，有的照錯的底本注；即如張、古、許、吕，也有部分誤文未注，這些任務，都留給了後人。

四、未品詩人研究

鍾嶸《詩品》品評自漢迄梁一百二十三位詩人，什麽人該品，什麽人不品？什麽人置上品，什麽人置中品，什麽人入下品？可謂殫精竭慮，凝聚了一生的心血。

品總有品的原因，從什麽詩人置於何品，可以研究《詩品》的詩歌美學和批評標準，這方面的例子很多，幾乎所有的研究都循此途。但是，不品的也有不品的道理，如果從未品詩人入手，同樣可以研究鍾嶸的文學觀念和審美原則。譬如，只寫四言的不品；五言寫得不好的不品，成就小的不品。清人許印芳對此不理解，《詩法萃編》有頗多質疑。《上品·漢婕妤班姬》條下說："兩漢能詩婦人，可考者十餘人，何僅收班姬及徐淑耶！"《上品·魏侍中王粲》條下說："仲宣同時詩人，尚有陳孔璋琳，名在七子中，何以遺之？"此外，許氏提出質疑的還有魏代的甄后；晉代的束晳、慧遠；宋代的謝道韞等人。末了又作解釋說："漢京作者，既多遺漏；魏、晉、宋、齊，亦未賅括。于魏不錄陳琳，爲其《飲馬長城窟》工樂府也；于晉不錄束晳，爲其《補亡詩》工四言也。錄晉之帛道猷，而不錄同時之慧遠；錄宋之鮑令暉，而不錄魏之甄后、晉之謝道韞，殆未見三人五言爾。"

儘管許氏說《詩品》不評樂府詩，說法大謬；所舉遺漏的例子也不能說明問題，如西漢詩人，《詩品》只錄李陵、班婕妤兩家，未錄枚乘、蘇武，其實只是當時通行的看法，因為作者和作品真偽，都有弄不清的地方。江淹《雜體詩》擬漢詩，也只擬李陵、班婕妤兩家；劉勰《文心雕龍‧明詩》篇也說"李陵、班婕妤，見疑於後世"。但許氏的這番言論，還是啟發了對未品詩人的研究，因為確有今天看來是重要的詩人和詩歌作品，《詩品》卻未予置評的，譬如：《陌上桑》等一些漢樂府五言詩未品，《孔雀東南飛》未品，卓文君的《白頭吟》未品，蔡琰的《悲憤詩》未品。為什麼評無名氏的《古詩》，不評同為無名氏的《陌上桑》、《相逢狹路間》、《雙白鵠》、《豔歌行》和《隴西行》？評班婕妤的《怨歌行》，不評卓文君的《白頭吟》？強調作品的怨深文綺，不評《孔雀東南飛》？重視女子的情緒天地，不評蔡琰的《悲憤詩》？這些問題，在《詩品》的文本中並不存在，但是，假如深入探討，這些由歷史帶來的疑難卻存在於我們的研究視野，因而不能不對此作出解釋。

《孔雀東南飛》最早見於徐陵的《玉臺新詠》，題為"古詩為焦仲卿妻作"，作者為"無名人"。徐陵沒有說明此詩從何處采得。假如此詩在當時並未流傳，徐陵直接采自民間，來於里巷，鍾嶸沒有見過此詩的可能性是存在的。又此詩作年尚有爭議，假如產生于鍾嶸寫《詩品》到徐陵編《玉臺新詠》的半個世紀內，鍾嶸也同樣未及一睹。

但假如鍾嶸看到這首詩，會不會品評？我以為不會。

與《古詩》同時，無名氏的《陌上桑》、辛延年的《羽林郎》，鍾嶸是應該看到的。《上品‧古詩》條說"其外'去者日以疏'四十五首"，可見，鍾嶸當時看到的這類詩比我們多得多。還有，蔡琰的《悲憤詩》著錄于范曄的《後漢書》。《詩品》說范曄詩"不稱其才",可見鍾嶸注意到范曄在寫《後漢書》時表現出的文學才能,當然也會看到蔡琰的《悲憤詩》,看到那些驚心動魄、催人淚下的場面。諸如:"卓衆來東下,金甲耀日光。平土人脆弱,來兵皆胡羌"、"馬邊懸男頭,馬後載婦女。長驅西入關,迴路險且阻"、"旦則號泣行,夜則悲吟坐。欲死不能得,欲生無一可。"中國文學史上少有這種正面的血淋淋的描寫,把悲憤撕碎了給人看:先被董卓亂軍所虜,一路受盡凌辱折磨;入番後被迫嫁給胡人,內心痛苦自不必説;已經在番地生兒育女,意想不到的回漢,又使她必須捨棄親生兒女。兒女漸漸長大,聽說母親離開他們,一去不返。有些似懂非懂——

兒前抱我頸,問"母欲何之?人言母當去,豈復有還時?阿母常仁側,今何更不慈?我尚未成人,奈何不顧思?"見此崩五內,恍惚生狂癡。號泣手撫摩,當發復回疑……

這種生離死別,欲行不行的悲痛場面,撕肝裂肺,令人心折骨驚。其情景比江淹的《別賦》更真實、更強烈,也更難忘、更具感染力。而回漢後,自己還將面臨改嫁,托命新人的不幸。種種悽涼,種種悲愴,其反映社會歷史的深廣度,表現個人内心痛苦的烈度,比曹植的《贈白馬王彪》都有過之而無不及。以今天的眼光看,實爲建安時代的傑作。鍾嶸推尊曹植,將"陳思贈弟"列爲五言警策的首篇,卻不提蔡琰的《悲憤詩》。這與未品漢樂府五言詩、《陌上桑》、《孔雀東南飛》是一致的。妄加推測,也許有以下幾個原因:

第一,《詩品》評五言詩,更是評五言詩人。學班固"論人",劉歆"裁士",均以詩人爲骨架,沒有詩人,組不成三品。

漢樂府五言詩年代久遠，多已不知作者，有的雖標作者，卻真僞不辨，難以品評。《白頭吟》之類也許就是例子。故許印芳以爲《詩品》只評五言詩而不評樂府詩。《詩法萃編》本謂"（鍾嶸）自序所錄止於五言，而無一語及於樂府。意謂漢人論文，詩、樂分體（自注：如劉子政是也），五言古詩，不宜闌入樂府。"此說雖不確，《詩品》品評，包括許多警策佳篇都屬樂府詩。如《詩品·序》列舉鮑照的"日中市朝滿"、虞炎的"黄鳥度青枝"、劉琨的《扶風歌》（"越石感亂"）、鮑照的《代出自薊北門行》（"鮑照戍邊"）；上品曹植的"置酒高殿上"、"明月照高樓"；班婕妤的《怨歌行》（"《團扇》短章"）；下品魏侍中繆襲的《挽歌》等等皆是①。評漢詩不可能不評及漢樂府。但《詩品》一般不評無名氏的作品，當是撰例。惟《古詩》影響深遠，列入上品，是一個例外②。

第二，鍾嶸的詩學理想是"情兼雅怨，體被文質"，而這些漢樂府古辭多來自民間，以當時的審美眼光，不免格調卑俗，少淵雅之致，若以"文溫以麗，意悲而遠"的古詩來衡量，則大異其趣。如《陌上桑》中對羅敷美麗的描寫：

  行者見羅敷，下擔捋髭須；少年見羅敷，脫帽著帩頭；耕者忘其犁，鋤者忘其鋤；來歸相怨怒，但坐觀羅敷。

這段文字，儘管我們今天覺得它誇張詼諧，生動有趣，以賦鋪陳的手法，從不同人對羅敷的觀看，表現羅敷驚人的美麗。但

---

① 參考拙文《詩品撰例考之二：嶸今所錄，止乎五言》，《詩品研究》，上海古籍出版社 1998 年 7 月版。

② 《古詩》佳麗，人所共識；故魏晉以來，多有擬作。陸機所擬十二首，爲蕭統《文選》所錄。

以當時的審美標準，卻類近俳優，淫雜不文，不過逗人笑笑而已。劉勰《文心雕龍》斥此類詩爲"淫辭"，可見這並不是個別評論家的意見。而鍾嶸不評漢樂府古辭，用的仍是"雅"、"怨"兩把尺規。

第三，《詩品》基本上不品敘事詩。儘管，鍾嶸認爲五言詩的特點是"指事造形，窮情寫物"。寫景、狀物、抒情之外，也包涵敘事的成分。但從"吟詠情性"的詩歌本質論出發，在潛意識裏，仍把詩與抒情詩劃上等號，以爲只有寫景狀物的才是詩歌。反觀《孔雀東南飛》也好，蔡琰的《悲憤詩》也好，儘管抒情意味很濃，但在本質上都是敘事詩。敘事詩當時只在民間流傳，見誦閭里，格調卑俗，不在鍾嶸的批評範圍之內。凡受民歌影響，帶有敘事成分詩歌的詩人，大多遭到鍾嶸的批評。如批評鮑照"險俗"、"頗傷清雅之調"；批評沈約"淫雜"、"見重閭里，誦詠成音"；批駁時人誣蔑陶淵明詩爲"田家語"等等。《詩品·序》自謙自己的作品是"農歌轅議"，只能"周旋於閭里，均之於談笑"，均與此相表裏。真僞難以確定；"情兼雅怨，體被文質"的詩學理想；不品敘事詩，也許是《詩品》未品《陌上桑》、《孔雀東南飛》、卓文君《白頭吟》和蔡琰《悲憤詩》的原因。如果這些分析成立，則反映了鍾嶸重雅，輕俗；重抒情，輕敘事的美學思想。由此可見齊梁時代和我們在詩體和詩歌審美上的差異[①]。

以上是《詩品》所存疑難問題的研究。

把疑難問題集中起來引起讀者的重視，比單純研究某個枝節有好處。本文即最大程度地收集資料，在前人研究的基礎上，將《詩品》所存疑難問題歸爲幾類，作出自己的解釋。儘管這些解釋

[①] 參見王運熙老師《從詩論看我國古代敘事詩不發達的一種原因》，收入《中國古代文論管窺》，齊魯書社1987年。

證據還不足，有的只是筆者的假説，有的疑難一時無法解決，但在此基礎上進一步開掘，仍可爲今後二十一世紀的《詩品》研究，提供方向和綫索。

（本文原載于《文學評論》1997年第6期）

《詩品》流傳史：從隋至清

《詩品》流傳的歷史，就是被接受的歷史，研究的歷史。以下對《詩品》流傳史和接受史，作一番勾稽評論。

一、隋代：劉善經《四聲指歸》的挑戰

廣義上的《詩品》研究，最早可以追溯到隋代的劉善經。因爲劉善經是最早對《詩品》的品評作出回應，並作出拒斥和接受的人。

那是鍾嶸逝世，隋朝建立，《詩品》傳世六十多年的事。劉善經著《四聲指歸》，批駁鍾嶸的聲律觀點，重新肯定四聲入詩的作用和意義。

早在齊永明年間，當鍾嶸還是國子監年輕的太學生時，沈約、王融、謝朓等人便同聲相求，進行四聲制韻、文用宮商的試驗。沈約《宋書·謝靈運傳論》宣稱："自騷人以來，此秘未睹。"而"妙達此旨，始可言文。"

沈約的觀點引起爭鳴。齊秀才陸厥《與沈約書》反駁說："前英已早識宮徵，但未屈曲指的，若今論所申。"至於以此制韻，必然合少謬多，於詩無補。陸厥的批評，立刻遭來沈約的反批評。沈約《答陸厥書》中重申聲律宮商的重要，并多方辯解，有些以倚老賣老。

無論《南史·鍾嶸傳》説鍾嶸作《詩評》爲"追宿憾"是否可靠，至少，沈約以"老夫"自居的橫蠻態度激起了鍾嶸的憤怒。鍾嶸一面在"下品·陸厥"條盛稱陸厥"具識文之情狀"，同時在"中品"後序裏正面指責沈約。指責分兩方面：

一謂沈約"前賢未睹"是無稽之談。鍾嶸説：

> 昔曹、劉殆文章之聖，陸、謝爲體貳之才，鋭精研思，千百年中，而不聞宮商之辨、四聲之論。或謂前達偶然不見，豈其然乎！

鍾嶸解釋説，五音入詩頌，古已有之，而今聲律入詩，實在沒有必要：

> 嘗試言之：古曰詩頌，皆被之金竹，故非調五音，無以諧會。若"置酒高殿上"、"明月照高樓"，爲韻之首。故三祖之詞，文或不工，而韻入歌唱。此重音韻之義也，與世之言宮商異矣。今既不備於管弦，亦何取於聲律耶？

二謂沈約四聲流弊，遍及閭里，詩之真美，喪失殆盡。鍾嶸説：

> 於是士流景慕，務爲精密，襞績細微，專相凌架。故使文多拘忌，傷其真美。

鍾嶸自己的看法是：

> 文製本須諷讀，不可蹇礙，但令清濁通流，口吻調利，

斯爲足矣。至如平上去入，則余病未能；蜂腰、鶴膝，閭里已甚。①

《詩品》"其人既往，其文克定"。鍾嶸責難時，沈約已經死了，不可能復起反擊。但鍾嶸死後，又出現維護聲律論的劉善經。更重要的是，在鍾嶸死後的六七十年間，四聲入詩初級階段帶來的弊端正逐步被克服，四聲八病的理論主張經過永明體和宮體詩人的實踐，已不斷得到修正與完善，詩學本身的發展證明了聲律論的可行性和生命力。此時的劉善經，當然會對《詩品》只強調口吻調和、反對四聲制韻主張大加伐撻：

嶸徒見口吻之爲工，不知調和之有術，譬如刻木爲鳶，搏風遠揚，見其抑揚天路，騫翥煙霞，咸疑羽翮之行然，焉知王爾之巧思也。四聲之體調和，此其效乎！除四聲已外，別求此道，其猶之荆者而北魯、燕，雖遇牧馬童子，何以解鍾生之迷哉！（遍照金剛《文鏡秘府論·四聲論》引）

鍾嶸說："至平上去入，則余病未能。"劉善經嘲諷曰：

或復云"余病未能"，觀公此病，乃是膏肓之疾，縱使華陀集藥，扁鵲投針，恐魂歸岱宗，終難起也。（遍照金剛《文鏡秘府論·四聲論》引）

當然，劉善經只是在聲律論上向鍾嶸挑戰，對整部《詩品》，

---

① "甚"，此前通行本作"具"，今據《竹莊詩話》及《吟窗雜錄》系統本改。

並未一概否定，或者不如說，他還贊同鍾嶸的某些觀點。譬如用贊賞的口吻說：

（詩品）料簡次第，議其工拙，乃以謝朓之詩末句多蹇，降爲中品。侏儒一節，可謂有心哉！

從《文鏡秘府論》的引文可知，劉善經《四聲指歸》的某些論述，還化用了鍾嶸《詩品》的句法，襲用了其中的成辭。

二、唐代：史家・注家・詩家・選家

唐代是我國詩歌史上的鼎盛時代。隨着詩人的實踐，詩歌的發展，詩歌理論日益受到人們的重視。但從總體講，唐代又是一個生氣勃勃，充滿開拓和進取的社會，詩歌創作和詩歌形式美學都呈上揚、飆升曲綫，而且勢頭強勁。與任何學習前人的理論、拜倒在成規面前相比，唐人對自己的批判精神和創造精神更感興趣。這就決定了《詩品》在唐代具有較爲複雜的地位。儘管可以有一個總體的評價，但在唐代史家、詩家、選家面前，《詩品》還是扮演着不同的角色。

首先歷史選擇了《詩品》。

《詩品》所以垂遠百世，沾溉後人，首先要感謝由隋至唐的史家。《詩品》在唐代的存在和被關注，首先反映在唐代的正史裏。姚思廉的《梁書》和李延壽的《南史》，都爲鍾嶸立傳。這就是歷史承認，比什麼都重要。

照鍾嶸一生的仕宦、任職和政治活動的情況看，鍾嶸是進不了歷史的，要不是他寫了《詩品》。在《梁書》和《南史》中，鍾嶸都身在"文學傳"，最清楚不過地表明了，歷史是對他文學活動——撰寫《詩品》地位的肯定。

在經歷了短短的梁、陳以後,從隋代開始,約半個世紀,當社會稍稍穩定下來以後,鍾嶸作爲詩學家的地位從此載入史册並被固定下來,《詩品》從此被稱爲詩話伐山;鍾嶸被稱爲百代詩話之祖;鍾嶸的生平、家世、仕宦、學歷、交遊和寫作《詩評》的情況,賴以有了較爲詳細的記載。

從文獻的角度看,《南史》記載了鍾嶸寫作《詩評》的原因,《梁書》則全文摘録了《詩評序》,結合劉善經的《四聲指歸》,不只讓我們知道此書在隋、唐之際正名當稱《詩評》,且爲校勘提供了十分有用的資料,對於《詩品》研究來説,離開《梁書》《南史》的鍾嶸傳都是無法想像的。

《梁書》、《南史》以外,由魏徵總其成,由于志寧、李淳風等撰寫的《隋書·經籍志》也有關於《詩品》的著録:"《詩評》三卷,鍾嶸撰。或曰《詩品》。"更具體地指出本名《詩評》,小名亦稱《詩品》的流傳過程。

《詩品》既論五言詩,無疑會對以五言爲主的唐代詩人產生影響。這方面材料儘管不多,但仍可透露出某種資訊:初唐之際,指名道姓,正面提及鍾嶸《詩品》的有"四傑"之一的盧照鄰。其《南陽公集序》云:

> 嗟乎!古今之士,遞相毀譽,至有操我戈矛,啓其墨守。《三都》既麗,譏夏熟於上林;《九辯》已高,責春歌於下里。踳駁之論,紛然遂多。近日劉勰《文心》、鍾嶸《詩評》,異議蜂起,高談不息。

儘管盧照鄰這番議論不算高妙,以下"人漸西氏,空論拾翠之容;質謝南金,徒辯荆蓬之妙"也套用了曹植《與楊德祖書》

的句意①，對鍾嶸、劉勰的態度也欠公允，缺少分析。但是，我們仍然感謝他，因爲他這番帶有敵意的評論，表明了《詩品》在唐代詩人心目中的存在，銜接了詩學批評上的重要環節，盧照鄰的態度並不偶然。

唐人強烈的自信心和創造欲，使他們不甘人後，急於想推翻、否定前人的成說而別創新途。追慕玄妙，開以禪論詩先聲的唐釋皎然，看法與盧照鄰亦頗類似，執意把會不會寫詩看成是有無資格評詩的先決條件。皎然《詩式》"池塘生春草，明月照積雪"條說：

> 評曰：客有問予謝公此二句優劣奚若？余因引梁征遠將軍記室鍾嶸評爲"隱秀"之語（按《文心雕龍》有《隱秀》篇），且鍾生既非詩人，安可輒議？

釋皎然引《詩品》稱"隱秀"，顯然出於誤記。今觀《詩式》，從品藻形式到詩歌美學，都不同程度地受《詩品》影響。這種受了影響不承認，學《詩品》又排斥《詩品》的現象，不只釋皎然一人，以後歷代的詩人兼詩論家亦大抵如此，也許反映了詩論家相輕和《詩品》被妒忌的地位。

正面稱引鍾嶸和《詩評》的，還有唐人林寶的《元和姓纂》。《姓纂》云："（鍾）蹈生嶼、嶸、岏。……嶸撰《詩評》三卷。"《姓纂》成於元和七年（812）十月，根據習慣上的分期，時已進入中唐，也許略晚於釋皎然的《詩式》。

《詩品》對唐詩和唐代詩論的真正影響，是通過殷璠《河嶽英

---

① 曹植《與楊德祖書》云："蓋有南威之容，乃可以論於淑媛；有龍泉之利，乃可以議於斷割。"

靈集》和高仲武《中興間氣集》等唐人選唐詩體現出來的。殷璠、高仲武没有直接提鍾嶸《詩評》之名，但他們編選的唐詩選集，從體例、形式、審美標準、聲律觀點乃至章句，都明顯地受《詩品》影響，尤以對所選詩人的品評，更有祖襲、搬用《詩品》的痕跡①。這説明，《詩品》對唐詩和唐代詩學的影響，首先是影響殷璠、高仲武這些唐詩選家，然後再通過他們向全唐詩輻射的。

以上所言，雖是《詩品》對唐人的影響，但就本質而言，《詩品》流傳的歷史、研究的歷史，就是《詩品》影響的歷史。

三、宋代：正史·詩話·私家著録·叢書類書四系統

《詩品》研究至宋代，開始趨於多元。主要表現在正史、詩話、私家著録和叢書類書四方面。

正史繼唐代的《梁書》、《南史》、《隋書·經籍志》以後，宋代歐陽修的《新唐書·宰相世系表》，從追溯唐代宰相鍾紹京世系出發，詳細地追述了鍾氏世系："鍾氏出自子姓，與宗氏皆晉伯宗之後也。伯宗子州犁仕楚，食采於鍾離，因以爲姓。楚漢時有鍾離昧，爲項羽將，有二子：長曰發，居九江，仍故姓；次曰接，居潁川長社，爲鍾氏。"其中尤以對鍾嶸祖父、曾祖、高祖三世的敍述，對照今存的《鍾氏家譜》，可補鍾嶸世系之闕，對考察鍾嶸身世有很大幫助②。

以歐陽修《六一詩話》爲發端，詩話在宋代產生並興盛起來。

---

① 參見拙論《詩品東漸及對日本和歌的影響》，《文學評論》1991年第6期。

② 參見拙文《鍾嶸身世考》，曹旭《詩品研究》，上海古籍出版社，1998年。

作爲詩論的一種形式，這些詩話，有的只是隨筆所記，收集軼事掌故、文壇趣聞，以資閒談；有的評論作家作品，追源溯源，摘句褒貶；有的分門別類地彙集前人的論述，以資佐證，其中保留了不少同代或前代人的評論資料。

在宋詩話中，保留《詩品》的序言或品語，筆者所寓目的，就有葉夢得《石林詩話》、黃徹《䂬溪詩話》、張戒《歲寒堂詩話》、何汶《竹莊詩話》、魏慶之《詩人玉屑》、姚寬《西溪叢話》、胡仔《苕溪漁隱叢話》、趙與時《賓退錄》、王楙《野客叢書》等十多種，其中《竹莊詩話》和《詩人玉屑》引用尤多，保存了全部上品、部分中品和《詩品序》的宋本原貌，爲校勘提供了有價值的參考資料。

如評中品詩人張華，《竹莊詩話》《詩人玉屑》所引，便與通行本文字大有出入，通行本作"興托不奇"，詩話引作"興托多奇"；通行本作"置之中品疑弱，處之下科恨少"，詩話引作"置之甲科疑弱，抑之中品恨少"，根據《詩品》評語、體例、張華的地位影響，從整體考察，當以宋詩話異文爲是，其他校勘文字，勝通行本處亦多多。

在旨意的闡發上，詞人、詩人兼詩論家的葉夢得最富識見。《詩品》論詩，亟稱即目寫景，直抒胸臆，追求自然真美，反對經史補假，徒生蠹文。又稱引《謝氏家錄》，謂："康樂每對惠連，輒得佳語，後在永嘉西堂，思詩竟日不就。寤寐間，忽見惠連，即成'池塘生春草'。故常云：'此語有神功，非吾語也。'"言其觸發，自生靈感，非人力補綴而成。葉夢得深愛此言，《石林詩話》卷中說：

"池塘生春草，園柳變鳴禽。"世多不解此語爲工，蓋欲以奇求之耳。此語之工，正在無所用意，猝然與景相遇，藉以成章，不假繩削，故非常情所能到。詩家妙處，當須以此爲根本，而思苦言難者，往往不悟。鍾嶸《詩品》論之最詳，其略云："'思君如流水'，既是即目；'高臺多悲風'，亦惟所見；'清晨登隴首'，羌無故實；'明月照積雪'，詎出經史？古今勝語，多非補假，皆由直尋。顔延之、謝莊尤爲繁密，於時化之。故大明、泰始中，文章殆同書抄。近任昉、王元長等，辭不貴奇，競須新事。邇來作者，浸以成俗。遂乃句無虛語，語無虛字，牽攣補衲，蠹文已甚，自然英旨，罕遇其人。"余每愛此言簡切，明白易曉，但觀者未嘗留意耳。

但是，葉夢得對《詩品》追溯源流的歷史批評不太理解。《石林詩話》卷下云：

魏晉間人詩，大抵專工一體，如侍宴、從軍之類，故後來相與祖習者，亦但因其所長取之耳。謝靈運《擬鄴中七子》與江淹《雜擬》是也。梁鍾嶸作《詩品》，皆云某人詩出於某人，亦以此。

特別對陶淵明詩源出應璩更感惶惑：

然論陶淵明乃以爲出於應璩，此語不知其所據。應璩詩不多見，惟《文選》載其《百一詩》一篇，所謂"下流不可處，君子慎厥初"者，與陶詩了不相類。五臣注引《文章錄》云："曹爽用事，多違法度，璩作此詩，以刺在位，意若百分有補於一者。"淵明正以脫略世故，超然物外爲意，顧區區在位者何足累其心哉？且此老何嘗有意欲以詩自名，而追取一人而模放之，此乃當時文士與世進取競進而爭長者所爲，何期此老之淺，蓋嶸之陋也。

對陶淵明的評價，不只葉夢得，黃徹的《䂬溪詩話》、胡仔的《苕溪漁隱叢話》也都發表了類似的見解。黃徹《䂬溪詩話》卷三云：

> 靖節"歡言酌春酒"，"日暮天無雲"，此處畎畝而樂堯、舜者也。堯、舜之道，即田夫野人所共樂者，惟賢者知之爾。鍾嶸但稱其"風華清美，豈直爲田家語"，其樂而知之，異乎衆人共由者，嶸不識也。

胡仔《苕溪漁隱叢話·後集》卷三也説：

> 苕溪漁隱曰："鍾嶸評淵明詩爲'古今隱逸詩人之宗'，余謂陋哉，斯言豈足以盡之！不若蕭統云：'淵明文章不群，詞采精拔，跌宕昭彰，獨超衆類，抑揚爽朗，莫之與京。横素波而傍流，干青雲而直上。語時事則指而可想，論懷抱則曠而且真。加以貞志不休，安道苦節，不以躬耕爲恥，不以無財爲病，自非大賢篤志，與道汙隆，孰能如此乎！'此言盡之矣。"

陶詩從不被時人重視，由《詩品》品評，地位逐步提高，至宋達到登峰造極的地步，反觀《詩品》僅列中品，從而責備鍾嶸，這是可以理解的。明清以後，除少數人如王夫之《古詩評選》外，大多數詩論家都衆口一詞地責難鍾嶸，多少受了宋人詩話的影響。

隨着社會生活、文化消費和印刷業的發展，與詩話興盛同步、各種類書、叢書和私家著述也在宋代蓬勃發展起來。這些類書和叢書，保存了大量的文獻資料，其中徵引節錄《詩品》的有宋李昉等編的《太平御覽》，王應麟《玉海》和鄭樵《通志》；全文刊載《詩品》的，有托名狀元陳應行，實爲北宋末年蔡傳輯的《吟窗雜錄》和章如愚的《山堂先生群書考索》。《吟窗雜錄》今存明刪節本，《群書考索》有元刊本。二書均爲善本，且各有自己的版本系統。對《詩品》的文字校勘、序言形式和版本研究，具有不可或缺的意義。

此外，王堯臣的《崇文總目》卷五文史類、陳騤《中興館閣書目·集部·文史類》、尤袤《遂初堂書目·文史類》、陳振孫《直齋書錄解題》卷二十二《文史類》、馬端臨《文獻通考》卷二百四十九《經籍考·文史類》，都有關於《詩品》的著錄。從尤袤、陳振孫等私家著錄，《吟窗》、《考索》等類書、叢書稱名《詩品》，考察它對後世稱名的影響，我們就會忽然領悟到今人多稱《詩品》而廢《詩評》之名的原因①。從《中興館閣書目》題作"一卷"，《隋書·經籍志》及後來陳振孫《直齋書錄解題》等均爲"三卷"可知，《詩品》在南北宋之間可能出現卷次混亂，從而造成"上品後序"變成"中品序"、"中品後序"變成"下品序"的誤植②。從這些書目和經籍志著錄裏，通過正史、詩話、類書叢書、私家書目四系統，我們正可以把摸《詩品》在宋代的呼吸，瞭解它流傳和研究的歷史。

與南宋對峙了一百多年的金朝，唯一值得注意的是元好問。元好問《論詩絕句》三十首，歷評自漢魏迄唐宋諸詩人、詩派，

---

① 詳拙文《詩品叢考·詩品的稱名》，參見《詩品研究》，上海古籍出版社，1998年。
② 詳拙文《詩品叢考·詩品序的位置》，參見《詩品研究》，上海古籍出版社，1998年。

標舉建安詩風，作意與《詩品》相仿佛，其評語亦有類似之處。三十首中，有一首正面提到《詩品》。

此論晚唐溫庭筠、李商隱感傷綺靡的詩風，元好問以鍾嶸評張華相對照、謂溫、李之詩，其濃艷柔靡更過於張華也。詩云：

<blockquote>
鄴下風流在晉多，壯懷猶見缺壺歌。風雲若恨張華少，溫李新聲奈爾何！
</blockquote>

此處"爾"指鍾嶸。自注："鍾嶸評張華詩，恨其兒女情多，風雲氣少。"詩爲張華辯解的口吻，評論了"溫、李新聲"的流弊，巧妙、貼切。其論劉琨諸篇，句意亦與《詩品》相近。

四、元代：今存《詩品》的最早版本

《詩品》在元代有些寂寞。也許那時人們大多喜歡聽書、看戲，不喜歡誦詩。因此，除脫脫《宋書·藝文志》"文史類"著錄"鍾嶸《詩評》一卷"外，元刊《群書考索》便成了唯一的慰藉。值得慶幸的是，這個"唯一"卻爲我們留下了今存《詩品》的最早版本。

今藏北京大學圖書館的《山堂先生群書考索》八函八十册，爲元延祐七年（1320）圓沙書院刊刻。由章如愚編，荊一朋跋，卷二十二《前集·文章門·評詩類》載有《詩品》。

《群書考索》雖爲類書，但所載《詩品》，品語完整，刻工古樸，款式多存宋本之舊，在時間上比《文心雕龍》至正十五年本還早三十五年，當具毋庸置疑的文字校勘、序言形式和版本研究價值。

五、明代：版刻衆多與校、注的出現

《詩品》在明代的流傳和研究，最引人注目的是版刻的衆多。比起宋代來，明代，特别是晚明，經濟發展，商業繁榮，印刷業更發達，印刷技術也更爲精良，這爲詩論流傳、文化傳播提供了有利條件。

叢書、叢刻在明代勃爾盛興，其種類和規模都遠遠超過宋代。收録《詩品》的叢書、叢刻計有：明正德戊辰《山堂先生群書考索》本（宋刊明刻本、且有多種刻本）、明正德丁丑《顧氏文房小説》本、明正德、嘉靖間"沈氏繁露堂"本、明嘉靖戊申《吟窗雜録》本（宋刻明刊本，下同）、明嘉靖辛酉《吟窗雜録》本、明《吟窗雜録》鈔本、明嘉靖天一閣藏書樓刻本、明周履靖《夷門廣牘》本、明何允中輯《廣漢魏叢書》本、明胡文焕輯《格致叢書》本及《詩法統宗》本、明鍾惺輯《詞府靈蛇》本、明程胤兆輯《天都閣藏書》本、明毛晉輯《津逮秘書》本、明吳永輯《續百川學海》本、明梅鼎祚輯《梁文紀》本（《吟窗雜録》本、《詞府靈蛇》本、《格致叢書》本、《詩法統宗》本爲删節本）①。

此外，明代還有一些鈔本，如明正德元年退翁書院鈔本、明希言齋藍格鈔本等，清刊《説郛》及《五朝小説》本，均由明代輯成，《説郛》爲明陶挺重輯。

除了版本，明代叢書、從刻徵引《詩品序》，録其評語的情況也很多。如馮惟訥的《詩紀》、王圻的《稗史彙編》、解縉等輯的《永樂大典》（或爲全録，今僅見其片段，或散佚之故）、潘基慶的《古逸書》、陳仁錫的《詩品會函》、董斯張的《廣博物志》、俞允

---

① 詳參拙文《詩品版本敘録》和《詩品版本源流考》。

文的《名賢詩評》等等。

明代著錄的有：楊士奇的《文淵閣書目》、焦竑的《國史·經籍志》、陳第的《世善堂藏書目》、晁瑮的《晁氏寶文堂書目》、高儒的《百川書志》、周弘祖的《古今書刻》、徐㶿的《徐氏紅雨樓書目》、趙用賢的《趙定宇書目》等。

明代詩話引用也更多。如王世貞的《藝苑卮言》、謝榛的《四溟詩話》、許學夷的《詩源辨體》、胡應麟的《詩藪》、《少室山房筆叢》、閔文振的《蘭莊詩話》，此外還有諸多跋語。如楊五川、毛晉的跋，張溥的《漢魏六朝百三家集》題辭等。

由於版刻的衆多，流傳的廣泛，在閱讀中有看不懂的地方，需要對其中的一些字句加以解釋，這使明代產生了最初的注釋；又版刻多，裏面刻錯的地方也就多，非校勘不能正其本來面貌，這又使明代出現了最初的校勘。

日本藤原佐世《日本國見在書目·雜家》載有《注詩品》三卷，京都大學興膳宏教授以爲此當爲中國人所注，書未見，故難以確論。

明代的校勘，有梅鼎祚的《梁文紀》本。梅氏校語不多，但涵蓋了《詩品·序》和上、中、下三品。其首校《詩品·序》云：

《梁書》惟錄此篇爲序，無上、中、下之目。

梅氏第一次用《梁書》校勘，發現《梁書》所載《詩評序》，與今本《詩品序》不同，這涉及到三品序言的形式問題，頗爲重要。對《梁書》所引《詩評序》文字，梅氏亦與所見本校勘：

"無文"，《梁書》作"無文致"；"人各爲容"，作"各爲家法"；"衆睹"，作"衆視"；"瞰"，作"睨"；"周旋"作

"周遊"。

對三品詩人標題形式,梅氏亦校曰:

一(本)每人名下俱有"詩"字。

此校,不僅本身具有價值,且開啟了明清以後校勘的先河。

明代注釋,有鍾惺的《詞府靈蛇》本和馮惟訥的《詩紀》。鍾惺的注雖簡略,卻也貫穿三品,且分注音、注義兩種。注音的有三處:一爲《詩品序》,注"駁奏""駁,音剝";二爲"嵇康"條,注"訐直""訐,音結";三爲"應璩"條,注"應璩""璩,音卻";注義的亦有三處:一爲"鮑照"條,注"驅邁""驅,驅同";二爲《詩品·序》,注"三祖"爲"曹操、曹丕、曹睿";三爲"鮑令暉"條,注鮑令暉曰:"令暉,鮑照妹。"

馮惟訥《詩紀》的注比鍾惺的豐富。除注人名、術語外,還注了一些詩句出處。例如:"謝益壽"下注"混";"三張"下注"載、協、亢也";"日中市朝滿"句下注"鮑照《結客少年場行》";"黃鳥度青枝"句下注"虞炎《玉階怨》";"思君如流水"句下注"徐幹《雜詩》";"高臺多悲風"句下注"陳思《雜詩》";"明月照積雪"句下注"謝康樂《歲暮》"等等。

儘管以上的校注只是粗陳梗概,有的並不準確,與現代意義上的校注還有很大距離。但是,校、注的濫觴正從這裏開始。清代、民國乃至今天的校注,均肇源於此。

民國十六年,陳延傑《詩品注》問世,其中誤釋"黃鳥度青枝"爲:"今《謝宣城集》中不見此詩,想是玄暉逸句也。"明馮惟訥注此句爲"虞炎《玉階怨》"不誤;而民國的陳延傑卻誤爲謝宣城詩。可見,明注本不僅有肇源的意義,且有參考取資的價值。

六、清代：層面拓展與研究的深化

比起前人來，清代的研究又有了拓展和深化。所謂拓展，指清人開拓了前人未涉的新領域；所謂深化，指前人雖已研究，清人在此基礎上有進一步的發展。這是對前人研究成果合乎邏輯的繼承，又是清代集大成式研究方法的展示。

清代的叢書、叢刻比明代更多，其詩話、著錄的數量也超過了明代。清代的著錄主要有：錢謙益的《絳雲樓書目》、錢曾的《述古堂書目》、紀昀的《四庫全書總目提要》、永瑢的《四庫全書簡明目錄》、邵懿辰的《增訂四庫簡明目錄標注》、孫星衍的《孫氏祠堂書目》、黃丕烈的《士禮居藏書題跋再續記》、瞿鏞的《鐵琴銅劍樓藏書目錄》、祁理孫的《奕慶藏書樓目錄》（明末清初）、鄒存淦的《己丑曝書記》、季振宜的《季滄葦書目》、張之洞的《書目答問》、繆荃孫的《藝風藏書記續記》、傅增湘的《藏園群書經眼錄》《雙鑒樓善本書目》，以及《談生書目》、《近古堂書目》等等①。

清代的版刻，主要有：《說郛》本（明本清刻）、《五朝小說》本（明本清刻）、蔣廷錫等輯《古今圖書集成》本、朱琰輯《學詩津逮》本、姚培謙、張景星輯《硯北偶抄》本、何文煥輯《歷代詩話》本、紀昀等輯《四庫全書》本、王謨輯《增訂漢魏叢書》本、陳□輯《紫藤書屋叢刻》本、馬良俊輯《龍威秘書》本、張海鵬輯《學津討原》本、朱琰輯《詩觸》本、汪士漢輯《秘書二十八種》本、繆荃孫輯《對雨樓叢書》本、王啓原輯《談藝珠叢》

---

① 參見何廣棪《中日歷代書目有關鍾嶸詩品之著錄》，載《書目季刊》第十九卷第二期。

本、鄒淩瀚輯《玉雞苗館叢書》本、嚴可均輯《全上古三代秦漢三國六朝文》、許印芳輯《詩法萃編》本、清刊退翁書院鈔本、張錫瑜校注本等等。

明清二代叢書、叢刻的衆多，不僅反映了文化上的進步，且爲多層面的深入研究，提供了版本基礎。

清代詩話論《詩品》，以王士禎的影響最大，最受後人重視。宋代詩話論《詩品》，除葉夢得《石林詩話》解釋"某人源出某人"的原因，黃徹《䂬溪詩話》、張戒《歲寒堂詩話》、胡仔《苕溪漁隱叢話》等對陶詩源出應璩表示不滿外，大多數詩話，只是引用詩品序言和具體品語以爲論詩準的。

明人詩話，以王世貞爲代表，除對《詩品》"所推源于何者，恐未盡然"外，還第一次對三品升降、詩人等第提出質疑："邁、凱、防、約濫居中品。至魏文不列乎上，曹公屈第乎下，尤爲不公，少損連城之價。"但是，王世貞仍說《詩品》"折衷情文，裁量事代"，加以稱道，對《詩品》評曹植、阮籍、謝靈運、劉琨、鮑照、謝朓、江淹等人，也說是"贊許既實，措撰尤工"。所見不乏公允。

至清代的王士禎，則棄其贊許的一面，把王世貞的批評傾向發展到極端，攻其一點，不及其餘。《漁洋詩話》卷下說：

> 鍾嶸《詩品》，余少時深喜之，今始知其踳謬不少。嶸以三品銓敘作者，自譬諸九品論人，七略裁士。乃以劉楨與陳思並稱，以爲文章之聖。夫楨之視植，豈但斥鷃之爲鯤鵬耶？又置曹孟德下品，而楨與王粲反居上品。他如上品之陸機、潘岳，宜在中品。中品之劉琨、郭璞、鮑照、謝朓、江淹，下品之魏武，宜在上品。下品之徐幹、謝莊、王融、帛道猷、湯惠休，宜在中品。而位置顛錯，黑白淆訛，千秋定論，謂

之何哉？建安諸子，偉長實勝公幹，而嶸譏其以莛扣鐘，乖反彌甚。至以陶潛出於應璩，郭璞出於潘岳，鮑照出於二張，尤陋矣！又不足深辯也。

鍾嶸寫《詩品》時，也許料到有人會提這類意見，因此在《詩品・序》裏申明："至斯三品升降，差非定制。"誰願意重寫《詩品》，重排三品次序，悉聽尊便。但是，這一申明並未能消彌後人對此的重複批評，王世貞的公允，反不如王士禎的極端。清末陳衍的《詩品平議》，其口吻亦如出一轍；而後世維護《詩品》的人，進行反批評，亦以此爲中心，斷章取義，徵引發揮。王氏片面的深刻，在批評效應上取得了極大成功。

主張"性靈"的袁枚，也許把鍾嶸視作千古知音，他在《詩品》中找到了理論根據。且可用《詩品》爲例，證明他的"性靈說"，以鍾嶸的金玉良言，爲當世"詅癡"之藥石。《續元遺山論詩》說：

> 天涯有客號冷癡，誤把抄書當作詩。抄到鍾嶸《詩品》日，該他知道性靈時。

七絕論詩，引用《詩品》，此非首例。正如標題所揭示，此乃承金元好問《論詩絕句》三十首。故袁氏自稱其爲元遺山論詩之續。

觀清代的校注，比明代有長足的進步。首先值得一提的是黃丕烈以《吟窗雜録》本校退翁書院鈔本。黃氏《士禮居藏書題跋記再續》說：

> 此舊鈔鍾嶸《詩品》上、中、下三卷，藏篋中久矣，苦無

别本相勘。適書賈有攜示陳學士《吟窗雜錄》舊鈔本，中載《詩品》，殊多刪節。唯卷下第四葉第二行"晉徵士戴逵"後所品語脱，又第三行"晉東陽太守殷仲文"後所品人脱，似以《吟窗雜錄》本爲是。爰補於尾。至於字句異同，當別爲簽記，不敢以刪節本定此全文也。嘉慶甲戌正月初五日燒燭記。

黃丕烈以《吟窗雜錄》補退翁書院鈔本所脱"晉徵士戴逵"條脱文①。今觀北圖所藏此本，中多朱、墨二色校勘記，其中，當有黃氏的"別爲簽記"，這是毫無疑問的。黃氏在校勘上的功績，不只是校出戴逵條異文，彌補了通行本所缺漏，還在於引用《吟窗雜錄》這一不同系統的版本，開闢了校勘的新途徑，又，《吟窗雜錄》異文可資處甚多，補通行本缺漏，除"戴逵"條外，尚有"何長瑜"、"羊曜璠"條。後人校勘，由此問津，屢校屢得。

清詞人鄭文焯手校《津逮秘書》本，同樣是對《詩品》校勘的貢獻。人謂庾肩吾《書品》堪與鍾嶸《詩品》同粲溢古今。鄭氏云：

> 按，《書品》著于墨池編，未若鍾氏精博，亦以詩家與書人一藝之能事，而所執之心聲心畫，流傳迥殊，故品題不可同日而語也。

又，鄭氏自述其校云：

> 鍾氏《詩品》，近世刻者有張海鵬《學津討原》本，校勘

---

① 黃氏所補脱文爲："評曰：安道詩雖嫩弱，有清工之句。裁長補短，袁彦伯之亞乎？逵子預，亦有一時之譽。""晉謝琨"。詳參拙著《詩品集注》。

未精。此《津逮》本也，世號完善，間有訛奪，尚易校訂。昔見有明鈔大字本，惜爲好事取得之，未取以正是也。

鄭文焯是詩壇耆舊，晚清四大詞人之一。詞風雅健清空，句妍韻美，尤善選字煉聲。故其《詩品》校勘，時有興會而識見卓絕。所作案語，多由此出發，得詩人之旨。如校《詩品序》"士有解佩出朝"及"五言警策"末段，前由文意出校；後由音韻出校，皆有可資取處。如：

文士，本作"又士"。蓋與下文"女有"句爲對舉。"又"字承上文至於及。

又如：

自陳思贈弟句，並有韻之文。故疑末句當以"澤"字煞。結句上二語倒置，宜據上韻文校正。

此校雖未有版本根據，但從音韻學的角度，以贊的慣例理校，仍具新解，迪人以思。此外，鄭氏校勘、點評，精彩處尚多。如校"中品·沈約"條"不閑於經論"。鄭氏曰："閑，當作嫺。""袁嘏"條"須人促著"。鄭氏曰："促，當作捉。"均爲有識之見。又，論"一品之中"云云，爲"蓋棺論定，此其義例"，乃爲《詩品·序》中雜有"撰例"説之第一人。

陳鍾凡先生録其校語，以爲"《詩品》之單行者，以此爲第一校"①。非爲確論。如前所云，黄丕烈校退翁本既在鄭校之前，而

---

① 見陳鍾凡過録鄭文焯《津逮》本跋語。藏於南京圖書館。

黄校之後，《詩品》之單行者，尚有清咸豐十年（1860）張錫瑜的《鍾記室詩平三卷》，張校亦在鄭校前。清代研究，當推張氏最爲有功。

翁同書序張氏校注云：

（詩品）期逾十世，數越千齡。既多竹素之流傳，不乏麻沙之刊布。烏焉貌似，轉寫淆訛；鳳吴圖殘，裁縫顛倒。篇移畢誓，時代自亂其後先；序冠《關雎》，體例遂迷於大小。誤書求適，誰深邢邵之思？中秘勤讎，空嗣更生之校。諒前賢其有待，詎後起之無聞。

在這種情況下，"文慨慕乎齊梁，業覃精於許鄭" 的真州明經張錫瑜（石甫），對《詩品》開始了自己的研究。翁氏亟稱張氏：

極好學深思之致，具實是求是之心。補蓮勺之遺書，張論著錄；訂龍門之史表，侯第成編。乃以枕葄之餘閑，作丹鉛之細勘。義必求其比附，論必究其指歸。整理方新，支離悉見。於是辨中、下簡端之弁語，爲上、中篇末之綴言。推脱誤所從來，咎由分並；抉辭趣所隱伏，理契淵微。類庖丁之解牛，識通窾竅；譬狄牙之辨水，味折淄澠者矣！爾乃核正史以勾稽，援群書而參證。表時世職官之舛，訂語言文字之訛。爰舉初名，各還舊觀。載登本傳，胥斥浮言。觀其證康樂之髫齡，逮事車騎；考臨川之詩夢，已去永嘉。毛玄名屬於征西，遠非齊世；何胤室移于秦望，瑞豈邪山？凡若斯流，咸加是正。憾無遺於毫髮，美不盡於探研。非徒長社之功臣，抑亦河間之畏友也。

此序幾乎詳盡地述説了張氏作《詩品》校注的動機、目的、方法和過程，對張氏獨到的發明之處，一一加以例舉和贊美。今讀張氏此校，可知翁氏序之不虛，非盡溢美之辭。

應該説，張氏校注對《詩品》作了多方面的探討和研究①。《詩品》研究以有張氏注而邁上新臺階，跨進新階段，境界始大，水準始高。約略言之，有以下數端：

（一）第一本校注

前所云明清校注，粗陳梗概，或有校無注，有注無校。大多是讀《詩品》的劄記，零星不全。張氏不僅有校有注，校注結合，且首尾完整。校勘除用《梁書》，還第一次引用《太平御覽》及宋詩話，校既取資廣泛，注又縝密精審，既注語源出處，又及名詞術語。譬如注"三張"：

> 三張，本謂張載兄弟。載字孟陽；協字景陽；亢字季陽。所謂"二陸入洛，三張減價"者也。但亢詩無聞，品所不及。則此三張，内當有茂先而無季陽。"中品·鮑照"條以景陽、茂先並稱"二張"可證。黄叔琳謂當數亢，不當數華，蓋未見及此耳。

（二）層面的拓展：校勘、注釋、義理、考證的結合

以往的研究，往往局限在原文的徵引、版本的著録、歷史的傳記或叢書叢刻、選家化用等方面，僅執一端，不及其餘。張氏此本，打破原來的格局，拓展了研究的層面，不僅校、注結合，

---

① 詳參拙文《詩品叢考》中《詩品》的稱名、序言的位置，及《詩品集注》所引張氏校注。

且將校、注與義理的闡發、具體的考證聯繫起來，其中有校與注的結合，注與義理的結合，義理與考證的結合，還有更廣泛的考證與校勘、考證與注釋的結合。如校、注《上品·謝靈運》條，張氏改"臨川太守"爲"臨川內史"云：

內史，原作太守。《宋書》本傳及《隋志》並云"臨川內史"。考《宋書·州郡志》，作內史是也，今據改。然《文選》注引《宋書》，亦作臨川郡守。

又"謝靈運"條云："靈運生於會稽，旬日而謝玄亡。"此語前人未嘗著意，其實大謬。張氏校、注兼考證云：

（靈運）《本傳》云：祖玄，晉車騎將軍；父瑍，生而不慧。靈運幼便穎悟，玄甚異之，謂親知曰："我乃生瑍，瑍那得生靈運？"考靈運見誅，在宋文帝元嘉十年，年四十九。逆數之，生於晉孝武帝太元十年。《晉書·謝玄傳》：玄以太元十三年卒。則玄之卒，靈運生四歲矣！"旬日玄亡"之語，近出無稽。且惟靈運生已四歲，漸有知識，故玄得見其穎悟而加稱歎。若止旬日，尚自蒙昧無識，玄何由發此語？此蓋《異苑》妄談，仲偉不察而誤筆之耳。

又如注《下品·夏侯湛》條，品語謂："孝沖雖曰後進，見重安仁。"此亦大誤而前人未察。張注改"沖"爲"若"云：

原作沖，誤。孝若乃湛弟淳字也。今據《晉書》本傳改。

以上校勘、注釋、義理、考證的結合，均前無古人，在相當長的時間內亦後無來者。

（三）研究的深化：稱名、序言、標題，從內容到形式的研究

有些問題，至今爲人所忽略，這就是對《詩品》稱名、序言、標題形式等方面的研究。而早在一百多年前，張氏的研究即很深入。對稱名問題，張氏說：

> 書名《詩評》，唐志猶爾。或曰《詩品》，見於《隋書》。今"評"廢而"品"行，大抵起于宋後（宋姚寬《西溪叢話》卷下尚稱《詩評》）。考"評"之與"品"，義本兩道。以"品"爲稱，詎云或失，今欲稍存古舊，故特復其"評"名，且令得與表聖之書相爲區別。

至於《詩品序》分三段置三品之首，人多未察其訛，紀昀的《四庫全書總目提要》等均未能致辨。清人唯何文煥編《歷代詩話》，收錄《詩品》，遂將不能致辨的三序合置卷首，訛誤更甚。張氏校注考辨說：

> 三卷之目，則自《隋志》已然。其"氣之動物"云云，載于《梁書》本傳。詳其文義，乃書之總敘也。夫古人敘意，必附篇終，爰逮後人，始冠篇首。今此書行本，率以總敘直聯上篇，而割上篇之論，作中篇之首；斷中篇之論，著下篇之前。不知表勝語之直尋，由謝客而推；破聲律之拘忌，緣隱侯而發。文接理顯，無可致疑。而乃剖裂平分，儼成三敘，無識紊亂，深可怪歎。揆厥所來，諒由文字簡少，始則並三爲一，冀省簡編，繼又分一爲三，求符《志》目，而徒拘卷

數，文義靡研，率爾相將，故致斯謬。

此説由逯欽立諸氏承嗣，筆者論《詩品序》的位置，亦循此問途。

在張氏校注中，還有一些精彩的例子，有的前文已及，此不贅述。可知張氏此著，對"五四"以後第二時期的研究，實具開啓的意義，不僅在清代的《詩品》研究，且在整個《詩品》研究中，都佔據重要地位。張錫瑜外，清代許印芳的《詩法萃編》本，也有部分跋語和注文，一些校注亦具識見，如論《詩品》不列樂府詩云云，可供今天的研究者參考。

(本文原載于《詩品研究》，上海古籍出版社 1998 年 7 月版)

《詩品》東漸及對日本和歌的影響

作爲"百代詩話之祖",我國齊梁時代第一部詩論著作,鍾嶸《詩品》與同時代的《文心雕龍》堪稱六朝批評史上的雙璧。《詩品》中的詩歌本質論、發生論、方法論、詩歌史觀和詩歌美學,不僅指陳當代,沾溉後人,在我國批評史上產生重要影響,且東漸日本,影響日本和歌理論和和歌創作。在特定的歷史條件下,《詩品》"吟詠情性"的詩歌主張,"四季感蕩"和"人際托怨"的詩歌發生論、鍾嶸的文學理念和美學思想,在影響和歌的漫長藝術實踐裏,與日本民族文化、審美心理融合,已和諧地進入日本民族獨特的美學結構之中,成爲日本和歌精神和民族審美意識不可分割的組成部分。

本文擬對《詩品》傳入的時間,影響和歌的過程,產生影響的原因作一番探索。從中考察中國古代文論走向世界,影響、形成"周邊文明"的歷史進程。

一、《詩品》東漸:人與時間

要確切弄清《詩品》東漸對和歌的影響,首先要了解《詩品》東漸的時間與過程——這就必須從文化傳播學的角度考察。

因爲《詩品》的傳出與傳入,是中日兩國不同民族在文化上雙向交流、雙向選擇的結果。這種雙向交流和選擇，必須建立在内在主體需要和外在客觀條件的許可上。

從外部條件看，中、日兩國的歷史和文化形式並不同步，地理上更隔着波濤洶湧的東海，從上海到長崎，最近的水路也有八百五十多公里。但主體和歷史的需要使中日兩國人民在西漢時即有接觸，並通過朝鮮半島進行文化交流。東漢時，光武帝授予日本國王金印，可看作是政府間第一次正式往來。但是，從東漢經鍾嶸寫作《詩品》的梁代直至唐初，這種主體需要和雙向選擇主要不在精神文化而在物質文化方面。

由於地理條件的限制和影響，日本列島長期與外界隔絕，在漫長的歲月裏滯留在使用石器和刀耕火種的文化階段。其時，日本社會首先需要的，不可能是"均之於談笑"[1] 的詩歌評論，而是稻種、耕作技術和鐵製的犁鏵。日本外務省編定認可的《日本文化史》說：(唐以前，包括梁、陳、隋)"起源於中國的文化傳到了日本，它的影響遍及日本，使日本人民的祖先們學會了農業技術和使用金屬工具。金屬工具有青銅和鐵製的，它使日本相當突然地進入了鐵器時代"[2]。鐵器和青銅器使日本突然強盛，耕作技術使四季開滿鮮花的島國成爲富庶之邦。其意義在於：日本從原始的"採集文化"，一下子跨入與中國同步的"農耕文化"形態，物質文化和精神文化全方位交流的背景，使《詩品》傳入日本成爲一種現實的可能。換句話說，《詩品》寫成的梁代，日本最古老的和歌集——《萬葉集》中絶大部分的作品尚未產生，和歌還處於萌芽狀態。日本《古事記》、《日本書紀》等文獻典籍中均無有關《詩品》的記載，因此，可以斷定，《詩品》撰成後並未立

---

[1] 見鍾嶸《詩品序》。
[2] 見《日本文化史·一個剖析》"古代生活與文化"。

即傳到日本。

《詩品》何時傳到日本？

——唐代。中晚唐。

"從外國進口的東西，大部分來自唐代統治下的有世界觀念和異國情調的中國社會。在這一時期中，唐代社會對日本的巨大影響，使日本吸收了相當可觀的國際文化"①。特別是大化革新（645）以後，宮廷放逐了控制朝政的強大部族聯合體——蘇我家族，清除了王朝不穩定的根源，採用了唐代的政治體制，制定法律，成立中央政府，兩國相似的政體和相似的文化特質使中日文化交流顯得更頻繁迫切，以致形成日本全面吸取唐代文化以創造自己獨特民族文化的爆發期和繁盛期。從中央機關的"二官八省"、九品官吏等級制，到梁陳建築，佛寺的斗拱飛簷和釋迦牟尼塑像；從設立官學，到郡國驛站，乃至語言、文字、陶瓷、繪畫、詩歌、各種手工藝，都大量地源源不斷地湧向日本，《詩品》也就在這種總的文化背景下東漸。

同時，和歌創作的實踐已使這種新詩體蔚爲大觀，八世紀，收有西元四世紀到八世紀長短和歌四千五百餘首的《萬葉集》編成②，其中絕大部分是奈良時代的作品，標誌着那一時代日本人民對以和歌表達內心感情的渴望和整個民族詩學的覺醒。《萬葉集》促進了和歌創作的發展，而和歌創作的發展，則進一步需要藝術上的品評和理論上的指導，需要系統的全面評論詩歌的批評著作。

日本衆歌手無疑想看看漢人如何評漢詩，以爲創作、評論和

---

① 見《日本文化史・一個剖析》"導言"。
② 《萬葉集》成書年代一般認爲在奈良朝末，由大伴家持（717—785）編輯而成。所收和歌總數有 4 560 首、4 533 首、4 515 首、4 496 首等説法不同，一般認爲四千五百餘首。

歌之借鑒。於是，"深從六藝溯流別"①，"集論詩之大成"② 的鍾嶸《詩品》，便在中日文化雙向交流的大背景下，在日本歌壇的迫切期待中，於中晚唐之際傳入日本。

確切傳入的時間，中國無典籍記載。從日本方面考察，最早顯露《詩品》在日本存在的，是唐元和末年（820）前後。在日本天長四年（827），良峰安世等總其成的日本漢詩《經國集序》中，就有模擬《詩品》成句的痕跡，表明其時已有傳入的可能。且摘《經國集序》的詞句與《詩品》原句作比較：

A. 譬猶衣裳之有綺縠，翔鳥之有羽儀。（《經國集序》）
翩翩然如翔禽之有羽毛，衣服之有綃縠。（《詩品・晉黃門郎潘岳》）

B. 琬琰圓色，則取虯龍片甲，麒麟一毛。（《經國集序》）
文采高麗，並得虯龍片甲，鳳凰一毛。（《詩品・晉中書潘尼》等）

C. 清拔之氣，緣情增高。（《經國集序》）
善為淒決之詞，自有清拔之氣。（《詩品・晉太尉劉琨》）

然而，《詩品》傳入日本，最有說服力的證據還是藤原佐世的《日本國見在書目》。在寬平三年（890）陸奧守藤原佐世奉敕編纂的《日本國見在書目》中，就有：《詩品》三卷（見"小學家"）、

---

① 清章學誠《文史通義》語。見《詩話》內篇五。
② 劉師培《搜集文章志材料方法、古代論詩評文各書必宜詳錄也》語。見《左盦外集》。

《注詩品》三卷（見"雜家"），這表明，《詩品》在西元820年前後即傳入日本並在日本歌界流傳，其句式，以及由句式包含的思想內涵已被日本詩人引用。其傳入的下限，最遲在890年《日本國見在書目》成書之前①。

那麼，是誰把《詩品》傳入日本的？

最顯眼，也最令人感興趣的目標是空海（弘法大師）——這位赴大唐留學，並在長安西明寺攻讀的優秀學生。儘管晁衡（700—770）和吉備真備（690—775）也都是留唐學生中的佼佼者。但晁衡的可能性幾乎是零，因為他天寶十二載（753年）隨日本第十一次遣唐使回國，途遇颶風，漂流安南，幾乎溺死的經歷表明，即使他船上帶有《詩品》也已葬身海底。吉備真備於元正天皇養老元年（717）留學唐朝，聖武天皇天平七年（735）回國，以後又往來於中、日之間，從事兩國的文化交流活動。但至今沒有發現他與《詩品》有聯繫的資料，連他是否讀過《詩品》，也無材料證明。特別是他生前和逝世後一段時間內，《詩品》未在日本詩歌界流傳，因此，由他傳入的可能性同樣很小。

從奈良朝到平安朝前期（630—894），是中、日文化交流史上最密切頻繁的黃金時期，在這一時期內，日本派出"遣唐使"十九次，派遣人員包括僧侶、巫醫、詩人、歌手、畫師、工匠等幾千人次。但在這幾千人次中，既在時間上與《詩品》流傳契合，又曾攜帶大批漢籍，包括詩論著作回國且與《詩品》有密切關係的，當為空海一人。

空海於日本桓武天皇延曆二十三年（804）赴唐，在長安師事

---

① 參見太田青丘氏的《六朝詩論與古今集序》（《日本中國學會報》第二冊）、高松亨明氏的《詩品詳解·詩品研究》（昭和三十四年十二月弘前大學中國文學會發行）。

惠果阿闍梨、僧志明、談勝、韓方明、曇貞等人，又與馬總、朱干乘、朱少端、鄭壬、鴻漸等才子詞人酬答交往，學習中國的佛學、文學、書法藝術和印度梵文，對當時興盛的詩學理論有精深的研究。學成回國，又帶回大批有用的佛學和詩學典籍，這不僅以後使他成爲日本佛教真言宗的始祖，且以淵博的學識，秀於一世的才藻，與嵯峨天皇、桔逸勢並稱"日本三筆"。

據空海自己說，他曾先後在長安和越州收集抄寫各種圖書帶回日本，收書的範圍是："三教之中，經律論疏傳記，乃至詩、賦、碑、銘、卜、醫，五明所攝之教，可以發蒙濟物者。"① 內容包括佛學典籍、詩文集、詩文評、書法、醫學乃至占卜之學，一切可以"發蒙"和對日本有用的書籍。從他回日本所作《表上請來目錄》可知，他帶回日本的書籍爲二百十六部，五百六十一卷。儘管《表上請來目錄》僅列內經，未列外經詩文集和詩文評目錄，但從他以後所撰《文鏡秘府論》中涉及包括鍾嶸《詩品》在內的大量詩學著作看，五百六十一卷中含有《詩品》三卷是不會令人感到意外的。

《文鏡秘府論·天卷·四聲論》中有幾段《詩品》的引文：

> 潁川鍾嶸之作《詩評》（即《詩品》），料簡次第，議其工拙。乃以謝朓之詩末句多蹇，降爲中品，侏儒一節，可謂有心哉！又云："但使清濁同流，口吻調和，斯爲足矣。至於平上去入，余病未能。"

---

① 見空海《與越州節度使求內外經書啓》（《遍照發揮性靈集》卷五）。《求書唐》記載搜求，抄寫各種圖書的情況："今見於長安城中所寫得經論疏等凡三百餘軸，及大悲、胎藏、金剛界等大曼荼羅尊容，竭力淍財，趁逐圖畫矣。然而人劣教廣，未撥一毫，衣鉢竭盡，不能雇人，忘食寢，勞書寫，日車難返，忽迫發期，心之憂矣，向誰解紛？"

嶸又稱："昔齊有王元長者，嘗謂余曰：'宮商與二儀俱生，往古詩人，不知用之，唯范曄、謝公頗識之耳。'"

《文鏡秘府論・四聲論》源於隋劉善經的《四聲指歸》。故文中有"經謂：嶸徒見口吻之爲工，不知調和之有術"，"雖遇牧馬童子，何以解鍾生之迷。或復云'余病未能。'觀公此病，乃是膏肓之疾，縱使華陀集藥，扁鵲投針，恐魂歸岱宗，終難起也。"

由於劉善經的《四聲指歸》今已散佚，使我們無法知道，上述引文是全本《四聲指歸》，還是"經謂"後爲劉善經的原話，其中包含了空海自己的理解和評論？不過，從他的《文鏡秘府論序》可以知道，他寫作該書前曾先"閱諸家格式"，"勘彼同異"。且深感這類詩歌理論著作"卷軸"之"多"，"名異文同"之"繁"。這些"諸家格式"，應是他從中土帶來的，假如他在撰寫作爲詩學著作的《文鏡秘府論》前，在閱覽卷軸既繁且多的"諸家格式"之中，竟然沒有第一本詩學著作——《詩品》，那是難以想像的。事實上，《文鏡秘府論》把主要的詩歌作法分成《四聲論》、《十七勢》、《二十九種對》、《文三十種病累》、《論文意》、《論對屬》等十九種類型，然後把諸家論詩著作如網在綱，有條不紊地歸屬在這十九種類型裏，《詩品》論聲律即歸於劉善經的《四聲指歸》中，與劉勰、沈約等人論四聲的內容共同組成了《天卷・四聲論》。因此，空海所閱"諸家格式"，應該包括《詩品》，他在"勘"四聲論的異同時，無疑也勘察了《詩品》與《四聲指歸》的異同。故維寶之《文鏡秘府論箋》釋"諸家格式"爲沈約《四聲譜》、劉善經《四聲指歸》、梁湘東王《詩評》、王斌《五格四聲論》、鍾嶸《詩品》等，實爲有識之見。

從《詩品》在日本出現和流傳的時間看，自《文鏡秘府論》第一次引用《詩品》之名，幾年後，《經國集序》化用《詩品》的成句，七十年後，《詩品》列於《見在書目》，亦順理成章，先後契合。儘管作爲定論，目前還拿不出更確鑿有力的證據，但綜合以上諸種因素，我們仍大致可以推測：把《詩品》傳入日本的是留唐學生——弘法大師空海。

二、鍾嶸《詩品》與紀貫之《古今和歌集序》

文化傳播和文化接受的實踐表明：一種民族文化對另一種民族文化的影響，總是通過傳播和接受的代表來實現的。《經國集》學習、模仿《詩品》的成句，表明《詩品》對日本影響，但由於《經國集》是漢詩選集，因此，《詩品》對《經國集》的影響，只表明《詩品》對日本漢詩的影響。對和歌的影響，主要是通過對紀貫之《古今和歌集》影響和《古今和歌集》對《詩品》的接受來實現的。

《古今和歌集》是繼《萬葉集》後第二部有重大影響的和歌總集。延喜五年（905）由第六十代醍醐天皇下詔編選，延喜八年至十三年紀貫之等進呈，選詩一千一百餘首，前後有紀貫之所作"真名序"（漢文序）和"假名序"（和文序）。這兩篇序文論述和歌的起源、社會功用和本質特徵，揭示和歌發展的歷史，品評歷代歌人的優劣，劃時代地提出了一整套和歌創作及和歌批評的理論，奠定了日本和歌美學的基礎。因此，一千多年以來，不僅"二序"被日本歌人奉爲圭臬，視爲珍寶，每每稱引；紀貫之本人亦受日本詩學界普遍的仰戴，歌人們或驚歎其卓見，或絕賞其妙文，對他頂禮膜拜，並尊他爲和歌理論和散文文學的開山祖師。

然而，紀貫之通過《古今和歌集序》所奠定的日本和歌理論和美學風格，並不是憑空而起、絕無依傍的創造，而是遵循了由

《萬葉集》所體現的日本和歌獨特的創作方法、民族情緒和審美道路,並在全面學習、繼承、祖襲鍾嶸《詩品》的基礎上構建的。

也許因爲草創伊始,缺少經驗,也許出於對大陸異質文化的崇拜,也許因爲和歌本身產生、發展的過程,就是中國漢詩、騷體和樂府詩體被日本化的過程,日本歌之魂與中國詩之魂本質上有類似的地方,因此,紀貫之在構建和歌理論、奠定美學風格之時,不僅吸取和借鑒鍾嶸的美學原則和美學理想,且從作意、章法、結構乃至遣詞造句各方面,都對鍾嶸《詩品》表示認同。確定認同、被認同的關係,揭示日本歌魂與中國詩騷精神的歷史淵源,從美學理想、章法、作意、結構、詞句等方面,把《古今和歌集序》和《詩品》作一番比較對照是必要的。

先看雙方的寫作動機:

(一) 庸音雜體・淄澠並泛——世風澆漓・浮詞雲興

鍾嶸寫《詩品》,出於兩方面原因。一是當時創作界"庸音雜體,各各爲容",社會上的"膏腴子弟,恥文不逮,終朝點綴,分夜呻吟"。甚至有"輕薄之徒,笑曹、劉爲古拙,謂鮑照羲皇上人,謝朓今古獨步"。創作失去了嚴肅性並誤入歧途,有必要撥亂反正,指點迷津。

二是理論界對此緘口不語,"隨其嗜欲,商榷不同,淄澠並泛,朱紫相奪,喧議競起,準的無依"。而此前已有的理論著作在"顯優劣"、"辨彰清濁"、"掎摭利病"方面又不盡如人意。正是出於"疾其淆亂",針貶時弊,力糾世偏的社會責任感,鍾嶸寫作了《詩品》。

紀貫之古今集《序》,固然是因爲醍醐天皇下詔編和歌的需要,有奉聖旨寫作的一面,但《序》中同樣包含了對當時日本創作界世風澆漓,人貴淫詞,以致浮詞雲興現狀的不滿,包含了針貶時弊、力糾世偏的社會責任感，在這個意義上説，奉旨只不過是他得以履行社會職責的一種契機。古今集《序》批評世風澆漓，創作缺乏嚴肅性和誤入歧途的情況説：

> 及彼時變澆漓，人貴奢淫；浮詞雲興，豔流泉湧；其實皆落，其花孤榮。至有好色之家，以之爲花鳥之使；乞食之客，以之爲活計之媒。故半爲婦人之右，難進丈夫之前。近代存古風者，才二三人。

時澆漓→人奢淫→詞豔浮→風力消亡，論述程式和着眼點與《詩品》基本一致。"至有好色之家"，舉人奢淫、詞豔浮之例，意亦襲《詩品》"至使膏腴子弟，終朝點綴，分夜呻吟"例。"故半爲婦人之右，難進丈夫之前"，實與《詩品》"獨觀謂爲警策，衆睹終淪平鈍"對應，只是獨→婦人，衆→丈夫而已。"近代存古風者，才二三人"，實亦《詩品》批評輕薄之徒學鮑照、謝朓，菲薄曹、劉，大失古風之謂。

比較兩者的寫作動機，十分相似。相似的原因，表層上固然是紀貫之對《詩品》形式的模仿，此外還基於他們對各自社會世風、詩風、人風、歌風所持的批判態度。然而，鍾嶸面對的，是中國五、六世紀齊、梁以來的詩壇現狀；紀貫之看到的，則是日本九、十世紀延喜前後的歌壇情景。因此，與其説日本延喜歌壇與中國齊梁詩壇在客觀現狀上十分相似，不如説是紀貫之與鍾嶸在主觀批判態度上的相似，而其相似的原因，在深層意義上，實則是紀貫之學習《詩品》，對鍾嶸《詩品》內在詩學觀和美學理想表示認同的結果。

古今集《序》對《詩品》詩學觀、美學理想的認同，除表現在寫作動機上，更多地表現在對所錄歌手品評時運用的"美學原則"之中。

（二）風力・丹彩・崇尚雅怨——氣力・彩色・鄙薄俗制

"風力"、"丹彩"、"雅怨"既是鍾嶸的美學理想，又是《詩品》品評詩人時運用的美學原則。作爲鍾嶸美學理想的核心，他要求詩人把"風力"與"丹彩"（即"骨氣"與"詞采"、"文"和"質"）、"雅"和"怨"這些既相互對立，又相互聯繫的美學要素有機地結合起來，中和成一個既具高奇的骨氣，又具華茂的詞藻，且情兼雅怨的高度和諧的整體，以達到包容陽剛、陰柔兩種美學風格的最高美學境界。《詩品序》闡述這種美學觀點説：

　　幹之以風力，潤之以丹彩，使味之者無極，聞之者動心，是詩之至也。

具體品評，他又以自己心目中的文章之聖——曹植爲樣板，《詩品》"曹植"條贊美曹植：

　　骨氣奇高，詞采華茂，情兼雅怨，體被文質，粲溢今古，卓爾不群。

接着又以"人倫之有周、孔，鱗羽之有龍、鳳"比喻曹植在五言詩中的地位，表彰他的詩最大程度地體現了上述美學理想，達到了最高的美學境界。從這一美學理想和美學原則出發，鍾嶸以曹植爲基準，對"質"多於"文"，氣勢雖勝而文采不足，或"文"多於"質"，詞藻雖美但風力不足的偏勝詩人，提出了批評。

紀貫之古今集《序》雖然沒有詳細闡明"風力"與"丹彩"結合的美學理想，但卻完全認同這一美學理想，並以"氣力"、"彩色"與鍾嶸的"風力"、"丹彩"相對應。以同樣的詩學觀念和美學原則指導自己的批評實踐。致使兩者的批評標準非常相似。

如評詞藻華麗，風力稍遜，文勝於質的詩人；

鍾嶸評王粲："發愀愴之詞，文秀而質羸。在曹、劉間別構一體。"

紀貫之評花山僧正："尤得歌體，然其詞華而少實，如圖畫好女，徒動人情。"

鍾嶸評張華："巧用文字，務爲妍冶。雖名高曩代，而疏亮之士，猶恨其兒女情多，風雲氣少。"

紀貫之評小野小町："小野小町之歌，古衣通姬之流也。然豔而無氣力，如病婦之著花粉。"

這裏的"氣力"，實與《詩品》中的"風力"、"骨氣"意思相同。

再如對風骨凜然，詞彩稍遜，質勝於文的詩人的品評：

鍾嶸評劉楨："仗氣愛奇，動多振絕。貞（通行本作"真"，誤）骨淩霜，高風跨俗。但氣過其文，雕潤恨少。"

紀貫之評在原中將："其情有餘，其詞不足。如萎花雖少彩色而有薰香。"

這裏的"彩色"，即"色彩"，是與《詩品》中"丹彩"、"詞采"意思一致的。

除"風力"、"丹彩"的結合外，崇尚雅怨同樣是鍾嶸重要的美學理想和美學批評原則，《詩品》盛贊曹植"情兼雅怨"，批評嵇康"訐直露才，傷淵雅之致"。論鮑照"不避危仄、頗傷清雅之調"。評曹丕"新歌（通行本作"所計"、"新奇"，誤）百許篇，率皆鄙質如偶語，惟'西北有浮雲'十餘首，殊美贍可玩，始見其工"。紀貫之既對鍾嶸的美學理想認同，作爲他的美學批評原則，同樣崇尚雅怨，鄙薄俗制。如評大友黑主說：

> 大友黑主之歌，古猿丸大夫之姿也。頗有逸興而體甚鄙，如田夫之息花前。

又如評善於詠物,體格鄙近的文琳說:

文琳巧詠物,然其體近俗,如賈人之著鮮衣。

此外,古今集《序》批評"浮詞雲興,豔流泉湧"的當世歌風,稱之爲"半爲婦人之右,難進丈夫之前"。與《詩品》評張華"兒女情多,風雲氣少"一樣,均以男女設喻,以男女分別代表特質不同的美學要素,指出這些詩歌因缺"丈夫氣"而破壞了美學上的平衡。鍾嶸評謝朓"一章之中,自有玉石"、"善發詩端,而末篇多躓"。紀貫之評宇治山僧"其詞花麗,而首尾停滯"。都是對雖有奇章秀句但不能保持通篇美學平衡發出的惋歎。

與詩學觀念、美學理想、美學標準相聯繫,紀貫之古今集《序》在詩歌本質論、發生論、社會功用、歷代詩歌興衰史的論述上,亦多方面地師法承襲《詩品》。

(三)搖蕩性情・形諸舞詠——感蕩心靈・形諸倭歌

《詩品序》說:"氣之動物,物之感人;故搖蕩性情,形諸舞詠。"

古今集《序》說:"賞花慕鳥,憐霞悲露,感蕩心靈,形諸倭歌。"《詩品序》說:"若乃春風春鳥,秋月秋蟬,夏雲暑雨,冬月祁寒,斯四候之感諸詩者也。"

古今集《序》說:"若夫春鶯之囀花中,秋蟬之吟樹上,雖無曲折,各發歌謠,物皆有之,自然之理也。"

《詩品序》論人際悲歡離合導致詩歌發生時,列舉了"楚臣去境,漢妾辭宮"、"士有解佩出朝,一去忘返;女有揚蛾入寵,再盼傾國"等事例,然後說:"凡斯種種,感蕩心靈,非陳詩何以展其義?非長歌何以騁其情?"古今集《序》也說:"睹龜鶴遂萌祝壽之想,見秋草頓生家室之思,逢阪山即有默禱之念……觀小石有君主之喻……對鸞鏡有鬢皤之歎。"最後也說"皆得和歌騁情，藉以慰安"。表現出詩學觀上的相似。

(四) 未作——始有——大興——漸衰：詩史發展的四段模式

任何詩史或歌史，都有其自身植根的土壤，有其獨特的歷時性與共時性，因而也就具有獨特的風貌和發展歷史。鍾嶸出於品評的需要，闡述了五言詩產生、發展、興衰、變遷的歷史。他把晉太康以前五言詩史，歸結為"史前"、"發生"、"興盛"、"衰微"四個階段，然後展開論述。

有趣的是：不知是出於對《詩品》四段式的模仿，美學觀的相似，還是確實從和歌興衰的實際出發，紀貫之把日本延喜以前和歌興衰發展的歷史，也同樣以未作——始有——大興——漸衰四段式來概括。其用語亦頗為近似：

史前期　《詩品序》說："古詩眇邈，人世難詳……自王、楊、枚、馬之徒，詞賦競爽，而吟詠靡聞。"古今集《序》說："神世七代，時質人淳，情欲無分，倭歌未作。"

發生期　《詩品序》說："從李都尉迄班婕妤，將百年間，有婦人焉，一人而已。"古今集《序》說："逮於素盞鳴尊到出雲國，始有三十一字之詠，今反歌之作也。"

興盛期　《詩品序》說："降及建安……彬彬之盛，大備於時矣！"古今集《序》說："爰及人代，此風大興。"

衰微期　《詩品序》說："爾後陵遲衰微。"古今集《序》說："民業一改，倭歌漸衰。"

(五) 章法・結構・語言・修辭上的相似

除論述和歌興衰史的四段式外，紀貫之古今集《序》還從文章作法、語言風格諸方面對《詩品》學習、模仿，以致形成兩者在章法、結構、語言、修辭上的相似。

《詩品序》首敘詩歌發生，次言興衰發展，間釋"六義"與"賦、比、興"之義，再談創作方法、詩歌功用、四季感蕩、人際悲歡離合與詩歌的關係，繼不滿當世詩風，抨擊創作和評論中的混亂現狀，表明寫作的目的和社會責任感，末以對"方今皇帝"贊頌和自己的謙詞結束。

古今集《序》也首敘和歌發生，次言"六義"，再追敘和歌的興衰發展，指出和歌的社會功用，論述四季感蕩與和歌的關係，最後亦不滿當世歌風，表明承旨作文的目的，並以對皇帝的贊頌和自己的謙詞結束，章法、結構頗為類似。試以末兩段對皇帝贊頌和自謙之詞為例。

《詩品序》贊頌當時梁武帝蕭衍說：

> 方今皇帝，資生知之上才，體沉鬱之幽思，文麗日月，學（通行本作"賞"，誤）究天人，昔在貴遊，已為稱首。況八紘既奄，風靡雲蒸，抱玉者聯肩，握珠者踵武。

古今集《序》在文章末尾幾乎同樣的位置上贊頌醍醐天皇說：

> 伏惟陛下御宇，於今九載。仁流秋津洲之外，惠茂築波山之陰。淵變為瀨之聲，寂寂閉口；砂長為岩之頌，洋洋滿耳。思繼絕之風，欲興久廢之道。

對梁武帝贊頌之後，是鍾嶸的自謙，而自謙之中，包含着自信：

諒非農歌轅議，敢致流別。嶸之今錄，庶周旋於閭里，均之於談笑耳。

在同樣的位置，紀貫之有同樣的自謙和自信：

臣等詞少春花之豔，名竊秋夜之長。況乎進恐時俗之嘲，退慚才藝之拙。適遇倭歌之中興，以樂吾之再昌。

其次，古今集《序》在語言修辭上師法祖襲《詩品》，受《詩品》散中夾駢，行文風格的影響，一些詞句和比喻，如"此意強而才弱也"、"文繁而意少"、"其情有餘，其詞不足"、"其詞花而實"、"巧詠物"、"首尾停滯"、"半爲婦人之右，難進丈夫之前"等等，都直接運用或化用了《詩品》的成句。就"真名序"與"假名序"比較，"真名序"受《詩品》影響更深，模仿痕跡更重；"假名序"則表現爲某種和漢的融合（使用不同的語言寫作也有關係），在很大程度上具有日本民族的特點。

《古今和歌集》開其端，歷代日本天皇都下詔編纂和歌，有《和歌三代集》《和歌八代集》《和歌二十一代集》以及《後撰和歌集》《拾遺和歌集》《新撰和歌集》《續古今和歌集》等等。其中大部分和歌集序，都不同程度地受《詩品》影響，一種是直接影響，直接師其意乃至師其詞，如《續古今和歌集序》中"氣之動物感人，情蕩於中，言形於外，以暉麗三才，以和理萬有"等，爲直接師其詞。另一種是間接影響，由嗣承紀貫之古今集《序》而來，這種影響更爲普遍和深入。《詩品》影響和歌理論，主要遵循這條由紀貫之鋪設，並以古今集《序》爲中介的道路。

理論影響而外，《詩品》對和歌的影響，還不可避免地表現在和歌創作方面。

鍾嶸除寫作《詩品》，其他文章，今所見者，只有《全梁文》保存下來的片鱗隻羽，詩未見，因此，他的詩是否大類曹植，忠實地履行了他所宣導的骨氣、丹彩、雅怨相濟的美學理想，不得而知。

　　但紀貫之的和歌還在，我們不妨可以略加審視。和鍾嶸仕途蹭蹬，長期任參軍、記室，爲人幕僚一樣，紀貫之也一生坎坷，政治上很不得意，臨死前只做到"木工權頭"（主管木工的司匠）那樣的小官，很像《詩品》中的宋典事區惠恭。晚年又受喪子的打擊，於是長歌騁情，托詩以怨，著有《紀貫之歌集》十卷。在《古今和歌集》所錄一千一百餘首和歌中，紀貫之有歌一百零一首，將近整個總數的十分之一。這些和歌，或描寫四季景色變化對人、心的感蕩，或歌詠自己不幸的遭遇，傾吐壓抑的憤懣和鬱結不解的情愫，多數作品既備風力，且有詞采，寫得情靈搖曳，清雅多諷，悱惻動人，實踐了他自己在古今集《序》中認同的風骨、丹彩、雅怨結合的美學理想。

　　與《萬葉集》相比，無論是紀貫之本人的作品，還是《古今和歌集》中入選的其他佳作，歌風都更流美，藝術都更成熟，具體表現在歌人的藝術感覺更敏銳細膩，更重視春花秋葉對人心的作用，重視生離死別的傷感和夢幻般的追求。這與紀貫之在編選《古今和歌集》時，把由《萬葉集》開端的節候詩和羈旅、宴飲、述懷諸詩，分成"詠四季"和"詠人情"兩大類的編纂原則不無聯繫。隨着《古今和歌集》成爲人們寫作和歌的摹本，紀貫之已部分地達到了他編集糾正世風的目的。當占總數十分之一的紀貫之作品客觀上對一代歌風產生影響時，鍾嶸《詩品》正借助這種影響，在古今集《序》的美學積澱之外，指導了日本和歌創作的實踐。

三、《詩品》影響和歌的種種原因

《詩品》爲什麼會影響和歌？其中有無必然聯繫？原因是什麼？

筆者考慮主要有以下幾方面：

（一）感情載體——詩騷精神的類似

《詩品》影響和歌，諸種因素中，首要的是感情載體——詩體形式和詩騷精神的類似。《詩品》品評的五言詩形式，與和歌形式相比，不僅在文字符號的空間排列上，且在感情表達的容量、節奏、強度，甚至感情類型上都較類似。五言詩有四句、六句、八句、十句、十二句或更長；和歌分短歌、長歌、片歌、旋頭歌等歌體，其中以短歌最流行。短歌由三十一個音組成，分五節：第一節五個音，第二節七個音，第三節五個音，第四節七個音，第五節七個音。一節也稱一句，共五句，這與我國五言四句詩的形式頗爲相似。毫無疑問，載體的類似以致容納感情、表達感情方式的類似，是《詩品》作爲五言詩理論影響和歌理論，直接指導和歌創作的重要原因。同時，中國的五言詩以《詩經》《楚辭》爲其遠祖和濫觴，並在漢代民歌、漢樂府中一步步演化發展起來。

正如劉勰《文心雕龍·明詩篇》揭示的："《召南·行露》，始肇半章；孺子《滄浪》，亦有全曲；《暇豫》優歌，遠見春秋；《邪徑》童謠，近在成世，閱時取證，則五言久矣。"至鍾嶸生活的齊梁時代，五言詩經過《古詩十九首》和建安階段的發展，已蔚爲大國，"三曹"、"七子"在鞍馬間爲詩，使詩歌內容充實，語言剛健有力，更給這種形式注入了風骨和昂奮的精神。鍾嶸贊美五言詩"居文詞之要，是衆作之有滋味者"。並在《詩品》中把歷代五言詩人的源流一分爲二：一系歸於《詩經》(《國風》和《小雅》)；一系歸於《楚辭》。

這正可説明：五言詩的精神，乃是《詩》、《騷》精神體則的遺傳。

日本和歌是韻文學中最古老的形式之一。從《萬葉集》的出現和和歌產生發展的過程看，作爲短詩，五・七・五・七・七句型的和歌，原是"長歌"末尾的"反歌"。這種"反歌"形式，源出於中國《詩經》和《楚辭》末尾的"亂"辭①，大伴家持鑒大伴池主漢文書翰後的二首和歌，都明確記載"式擬亂曰"②，就是最好的證明。王逸《楚辭章句》説："亂，理也。所以發理詞指，總撮其要也。"説明"亂"原是"整理"、"歸納"的意思，即把前面歌唱過的内容撮其要再歌詠一遍。只不過是日本歌人在長期的寫作實踐中，把這種突出重點，使之具有餘音餘味的形式，變成了一種歌體。又《萬葉集》和歌本題所稱"長歌並短歌"，實源於我國漢樂府"長歌"、"短歌"的兩種曲調，如曹丕《燕歌行》"短歌微吟不能長"，傅玄《豔歌行》"咄來長歌續短歌"是也③。可見，中國五言詩與日本和歌在形式體制上實出於同源，只不過一個吸取五言句型形成五言詩，一個吸取"亂"的形式，經日本化而形成和歌，兩者在文化上與中國詩騷精神有着同樣深厚的歷史淵源。

《詩品》影響和歌，正基於詩魂與歌魂這種内在精神上的契合。

---

① 《論語・泰伯》篇云："《關雎》之亂，洋洋乎盈耳。"此"亂"實爲演奏《關雎》時樂章之尾聲。《楚辭》中《離騷》、《九章》不少篇目後均有"亂曰"。
② 語見《萬葉集》卷十七。
③ 參見嚴紹璗《中日古代文學關係史籍》第二章，湖南文藝出版社，1987年。

(二) 受《詩品》批評體系的吸引

與《文心雕龍》及同時代其他理論著作相比,《詩品》不僅是專論五言詩的詩話伐山,且在具體的品評中,已爲五言詩建立了一個包括本質論、發生論、作家作品論、鑒賞論和方法論在内的批評體系。《詩品》論述了五言詩的起源、發展、社會功用、歷代流變,闡明了四季感蕩、人際遭遇對詩歌的影響,運用歷史批評、社會批評、審美批評和比較批評的方法,"推尋源流"、"較其異同"、"辨彰清濁"、"品第高下"、"致流別"而糾世風之偏,其中涉及社會與人、人與詩、詩與自然、作者與讀者的諸種關係,並以自己獨特的文學觀念、美學思想和美學標準,爲五言詩構建了一個完整的詩學體系。晚出的和歌理論既無法回避詩歌本質、詩歌發生、社會功用、作家作品、歷代流變、詩學理想和批評標準種種問題,既不能不解釋社會、自然、人與詩的關係,就必然會受到已經在這些問題上建立了體系的《詩品》的吸引,加上如前所述,和歌與中國詩騷精神、樂府傳說的歷史淵源以及與五言詩的親緣關係,和歌受《詩品》批評體系的影響就成了不可避免的歷史的必然。

(三) 歷史的集體無意識

和歌受《詩品》影響除與五言詩形式類似,精神相契,受其體系吸引這些自身因素外,還有歷史的、時代的因素。

在整個唐代,儘管歌行、樂府、排律、五七言各體詩歌爭奇鬥豔,興衰嬗變,但作爲詩壇大宗或正宗,作爲科舉考試的規定形式[1],創作數量最多的還是五言。唐五古、五絕、五律,都是《詩品》所評議魏齊梁五言詩的後裔。加上受《詩品》評論體系和

---

[1] 參見施子愉《唐代科舉制度與五言詩的關係》,《東方雜誌》卷40,1934年。

美學觀的影響，因此，唐代的詩評家、詩選家以《詩品》的美學標準選詩、評詩、襲用《詩品》的旨意與句法，已成爲一種風氣，一種自然而然的集體無意識。

盧照鄰《南陽公集序》説："近日劉勰《文心》，鍾嶸《詩評》，異議蜂起，高談不息。"以一種不屑和不滿的口吻，表明了《詩品》在唐人心目中不可忽視的存在。對後世有很大影響的殷璠《河嶽英靈集》和高仲武《中興間氣集》，都承襲《詩品》論詩旨意，化用了《詩品》的成句。

如《河嶽英靈集》序"至如曹、劉詩多直語，少切對"，至"責古人不辨宮商徵羽"一段，即本《詩品序》"曹、劉殆文章之聖……或謂前達偶然不見，豈其然乎"。不僅語氣相同，還對《詩品序》的内涵作了進一步闡釋和説明。又如集中"各冠篇額"的品藻方法，亦源出《詩品》。至如"穎年少爲詩，名陷輕薄。晚節忽變常體，風骨凜然"，"儲公詩，格高調逸，趣遠情深"，"詠詩剪刻省静，用思尤苦，氣雖不高，調頗凌俗……亦可稱爲才子也"等詞句、形式、口吻，均襲用、化用《詩品》品語甚明。

《中興間氣集》同樣承《詩品》的美學觀和評詩標準，襲其旨趣和句法。如"侍御詩清雅，工於形似"，"李詩輕靡，華勝於實。此所謂才力不足，務爲清逸"，"冉詩巧於文字……長轡未騁"。此外如"思鋭才窄"、"裁長補短"、"屬詞比事，不失文流"等等，都同樣表明從字面→美學範疇→美學理想都不同程度地受《詩品》影響。這些事實證明：以《詩品》的美學標準選詩、評詩，已是唐代選家和詩論家一種不自覺的行爲。紀貫之奉敕編選《古今和歌集》的延喜五年，正值中國的晚唐之世，因此，他在《序》中全面論述和歌的發生、演變，品評歌人的風格、優劣、承襲，認同《詩品》，實有時代風氣上的原因，與殷璠、高仲武等人一樣，都是歷史集體無意識的表現。

（四）與日本民族的審美情緒・詩學精神相契合

接受美學的規律表明：接受一方對客體的選擇，總是以主體的需要並能與之相容爲前提。《詩品》對和歌的影響，本質上是和歌對《詩品》的接受。重要原因，正在於《詩品》的詩歌美學與日本民族審美情緒、詩學精神之間的契合。《詩品》提倡的"四季感蕩説"、"人際托怨説"、吟詠情性的詩歌主張、以悲爲美的文學思想，無不與日本民族的審美體驗、審美情緒和詩學精神相一致。而日本的審美體驗、審美心理又是特定歷史條件的產物。

作爲懸處非洲大陸和太平洋之間的島國，從大陸來的寒流和太平洋吹向大陸的季節風，形成了日本反差強烈的氣候和四季分明的景色，直接、間接地影響了日本民族的生活風俗習慣，養成他們對自然景色的愛好和對四季變換的敏感。經過長期積澱，最終形成獨特的審美體驗和細膩、感傷的審美情緒。春天的櫻花，夏天的青葉，秋天的朗月，冬天的雪景。四季觸發感蕩，導致詩的發生；萬物興衰枯榮——落花意識和悲秋情緒，成了和歌永恒的主題。用"悲"，喚起人們普遍存在的"美"——和歌吟詠的，正是與自然對應的人心中的四季情緒。

從歷史和地理上看，島國的日本，是南北狹長地形，由本州、九州、四國、北海道等大大小小的島嶼組成。中央多山，海拔在三千公尺以上的高山就有富士山、白根山等十二座，組成日本國土的脊骨，可以説整個日本列島就是露出海面的山脈。加上處於環太平洋造山帶，地震和火山活動十分頻繁[1]。這種十分惡劣的地理條件，帶來南北交通的不便。旅人視爲畏途，鄰島如同絶國。而日本歷史上又長期征戰，互相攻伐。儘管四世紀以來，大和族

---

[1] 參見岡田章雄的《季節風と日本人》、日本事情シリース《日本の地理》（凡人社昭和53年3月發行）。

征服了其他小國，但諸侯割據、豪族紛爭的局面並未結束。割據、紛爭、攻伐帶來的，是邊庭血流野草，征人至老不歸。

這種特定的環境，造成了社會的動蕩不寧，親人的生離死別。無論是百感淒惻的遊子，愁臥不眠的思婦；還是扢血相視的劍客，服食還山的上士，人人心裏都充滿感傷的情緒，離別的慘痛，哀愁的基調。或病中攬鏡自照，或江邊待舟不歸；或閑庭數落花而無意緒，或階前聽秋聲而空斷腸。正如鍾嶸《詩品》所說："凡斯種種，感蕩心靈，非陳詩何以展其義？非長歌何以騁其情？"於是——這就從四季感蕩和人際托怨兩方面決定了和歌"吟詠情性"的特質，形成從"悲"中尋找"美"的傳統。

因此，儘管《詩品》傳入，和歌理論的建立曾對日本民族的審美起了重要的引導、推動作用，並成為其中的一部分，但《詩品》影響和歌的原因，卻不能忽視接受它的日本文化的"期待視野"。即《詩品》與日本民族審美、詩學精神上的契合。此外的契合點還有：《詩品》提倡"直尋"、"真美"、"自然英旨"，反對用典與和歌清新自然、多不用典的創作實踐契合；《詩品》品評的對象：皇帝、貴族、文臣、武吏、秀才、平民、婦女、僧侶、宮妃、工匠頭領等，與《萬葉集》收錄的作者：皇帝、貴族、文臣、武吏、漁民、士兵、婦女、僧尼、乞丐、抒吟藝人等契合。以上事實表明：《詩品》對和歌的影響，和歌對《詩品》的接受，決非巧合，而是有許多必然原因造成的。

到明清時代野野口精一大罵紀貫之"拾取中國古人的糟粕"，要把他"從日本詩論史上放逐出去"①。此後土田杏村、高松亨明等學者進行客觀公允的分析。從紀貫之一味承襲→野野口精一大

---

① 見野野口精一氏的《古今和歌集序和詩品》(《國學院雜誌》第 15 卷第 6 號)。

呼上當→土田杏村諸學者客觀的分析，正反映了來自中國大陸異質文化被日本文化吸收過程中由接受—拒斥—接受的規律，這是不奇怪的。

四、結　語

《詩品》在中日文化雙向交流的背景下東漸，並通過紀貫之鋪設，古今集《序》爲中介的道路影響和歌。在和歌接受的漫長時期裏，鍾嶸的詩學觀念和美學思想與日本民族文化互相浸潤、互相融合，和諧地進入日本民族的美學結構，成爲日本民族審美積澱——"雅、佗、寂、物之哀"[①] 不可分割的組成部分。

英國歷史學家湯因比認爲：日本文明是中國文明的"交流文明"和"衛星文明"[②]，柏格比也說日本文明是中國文明的"周邊文明"。但日本的周邊文明並沒有被中國文明所同化，而是在吸取、借鑒的基礎上，創造性地變化、發展，形成具有獨特民族性格的文化。

從鍾嶸→紀貫之，《詩品》→古今集《序》，大陸詩騷精神→島國歌之魂。考察《詩品》對和歌的影響，不僅讓我們了解日本文化吸收、改造外來文化的相容特徵，了解中國詩論影響和歌的過程和原因，且爲中、日文化與詩學的親緣關係，提供了一個有說服力的新證據。

（本文原載於《文學評論》1991 年第 6 期）

[①] 參見日本外務省編《日本文化史·一個剖析》第一章"導言"。
[②] 見湯因比《歷史研究》第二部"文明的起源"等章節，上海人民出版社 1959 年 8 月版。

日本的《詩品》學

《詩品》在中晚唐之際東漸日本，即對日本的漢詩及和歌產生重要影響。出於對《詩品》詩觀的欣賞，也出於對漢詩、和歌理論建設的需要，日本詩人從天長年間（824—834）開始，到明治（1868—1912）時代，特別是二十世紀五十年代以來，對《詩品》經歷了一個從感性上學習、摹仿、化用，到理性上分析、研究的過程。本文即着眼於這一過程，理清《詩品》在日本的流傳情況，並對日本學術界的研究成果和研究現狀作一番勾稽評論，讓中國讀者瞭解日本的《詩品》學，以取得交流和方法論上的借鑒。

一、《注詩品》三卷

考察《詩品》在日本流傳的歷史，當追溯到唐大順元年（890）以前。而最饒有興味的，莫過於《日本國見在書目》上的記載。《見在書目》由藤原佐世所撰，書成於日本寬平年間（約890年前後）。其"雜家類"載曰："《注詩品》三卷。"① 這裏的《詩品》，不可能是唐代司空圖的《二十四詩品》。因爲司空圖生於晚唐開成二年（837），卒於後梁開平二年（908），從年代和時間上推算，藤原佐世撰《日本國見在書目》和舊題司空圖撰《二十

---

① 舊鈔本《古逸叢書》之十九，臺北：廣文書局影印，1972年，頁53。

四詩品》也許同時，也許更早①；又，《二十四詩品》不爲三卷，故爲鍾嶸《詩品》無疑。

有意思的是，《見在書目》除"雜家類"外，其"小學家類"也有下列記載："《詩品》三卷。"②《詩品》三卷與《詩品注》三卷一樣未著撰人，但兩者均爲鍾嶸《詩品》。藤原佐世把《詩品》三卷歸爲小學家，把《注詩品》三卷歸爲雜家。由此對兩者的區分，則《注詩品》三卷爲注解詮釋《詩品》的著作，屬雜撰一類性質甚明。今檢唐宋以來的各種書目、著錄，均無《注詩品》三卷的記載，則《日本國見在書目》此條記載，正可補中國歷代書志著錄之闕。

《注詩品》三卷作者是誰難以斷定。我在日本京都大學訪問期間，與京都大學興膳宏教授多次談到這個問題，他認爲，《注詩品》三卷的作者是中國人。因爲無論是弘法大師帶回日本的漢籍（以後曾編書目），還是藤原佐世《日本國見在書目》裏的漢籍，多爲中國人所撰。我有保留地同意了。因爲日本留學生注的可能性再小，卻難排除。

由中國人所注，日本人帶回？還是日本留學生所著？日本歌壇對《詩品》的需要，乃是《詩品》東渡成行第一位的原因。漢詩創作、和歌創作的實踐需要理論指導，從《萬葉集》到紀貫之的《古今和歌集》，《詩品》正是在這種創作高潮中傳到日本的。既然日本歌手想看看齊梁鍾嶸如何評論五言詩，從中汲取靈感，

---

① 近年來，《二十四詩品》的作者説頗紛歧。陳尚君、汪湧豪以爲乃明人僞託；張健又作了進一步考證，説皆可信。詳見陳尚君、汪湧豪《司空圖二十四詩品辨僞》，《中國古籍研究》第一期，上海古籍出版社，1996年，第39—73頁。張健《詩家一指的産生時代與作者——兼論二十四詩品作者問題》，《北京大學學報》1995年第5期，第34—44頁。

② 日本《見在書目》"小學家類"，第24頁。

借鑒理論；那麼，清除文字的隔閡，注釋三品的詞句，詮解疑難的典事，闡發其中的妙旨，也就成了歌手的需要和時代的必然。這種必然，使《詩品》有了一部在中土沒有記載過的注本；經歌手和理論家的消化吸收，終以紀貫之爲代表，成了爲日本和歌建立最早理論框架的出處和背景①。

可惜的是，《注詩品》三卷今佚不傳。但《日本國見在書目》證明它存在過。因此它對我們瞭解《詩品》在日本的流傳和影響，仍有珍貴的資料價值。

除《日本國見在書目》以外，日本其他書目，如《誠庵文庫目錄》、《静嘉堂文庫漢籍分類目錄》、《狩野文庫目錄》、《國會圖書館目錄》等，都有《詩品》存在日本、現藏何處的登錄記載。

今檢日本書目中的《詩品》版本，多爲中國叢書本。静嘉堂中的明本，就是收購陸心源皕宋樓中的明代善本。至如《顧氏文房小説》本、《夷門廣牘》本、《格致叢書》本、《漢魏叢書》本、《廣漢魏從書》本、《續百川學海》本、《五朝小説》本、《增訂漢魏叢書》本、《説郛》本、《津逮秘書》本、《歷代詩話》本、《擇是居叢書》本、《對雨樓叢書》本、《學津討原》本、《龍威秘書》本、《秘書二十八種》本等，則都是中國叢書本在日本流傳。

此外，一些日本刻的《詩品》版本，只在日本流傳。如日本文政九年（1826）的《吟窗雜錄》本、狩野文庫藏日本元文四年（1739）的《二家詩品》本、近藤元粹的《螢雪軒叢書》本等。

特別是近藤元粹《螢雪軒叢書》本中，遍及、上、中、下三品，還逐段逐條地附有許多對《詩品》品語的評論，有些評論雖

---

① 參見曹旭《詩品東漸及對日本和歌的影響》，《文學評論》1991 年第 6 期（1991 年 12 月），第 86—96 頁。

然瑣碎、輕率，褒貶失當①，如卷首"《詩品》三卷，平凡不足觀。然其書尤古，故諸家之選，無不載者。今亦仿轝載之，讀者其諒焉"。所有的評語，除兩條"確論"、"卓見"外，多爲貶詞，缺少令人信服的分析。但卻反映了文化傳播和文化吸收中，對異國文化經常一方面吸收，一方面拒斥的情況。

二、日本的《詩品》研究會

《詩品》研究在日本學術界最令人注目的，莫過於日本學者成立的《詩品》研究會。紀昀《四庫全書總目提要》、章學誠《文史通義》都將《文心雕龍》和《詩品》並舉，紀昀說："建安、黃初，體裁漸備，故論文之說出焉……其勒爲屬一書傳於今者，則斷自劉勰、鍾嶸。勰究文體之源流，而評其工拙；嶸第作者之甲乙，而溯其師承，爲例各殊。""嶸學通《周易》，詞藻兼長。所品古今五言詩……每品之首，各冠以序，皆妙達文理，可與《文心雕龍》並稱。"章學誠也說："《詩品》之於論詩，視《文心雕龍》之於論文，皆專門名家勒爲成書之初祖也。《文心》體大而慮周，《詩品》思深而意遠。蓋《文心》籠罩群言，而《詩品》深從六藝溯流別也。"二家所論，最爲有識。

鍾嶸《詩品》和劉勰的《文心雕龍》堪稱六朝文學批評史上的雙璧。但是，中、日學者對《詩品》和《文心雕龍》的研究，卻表現出不同程度的差異。

---

① 《詩品》下品"宋監典事區惠恭"條："謝〔惠連〕曰：'君誠能，恐人未重，且可以爲謝法曹造。'遺大將軍，見之贊賞。"中澤希男《詩品考》說"《螢雪軒》本作'且可以爲謝法曹造遣，大將軍見之贊賞'，均爲誤斷。但《螢雪軒》不僅未覺察到誤斷，反而在書卷眉額上注'敘事缺明瞭'五字以呵"，其態度可見一斑。

在中國，對《文心雕龍》的研究非常熱門。目前已形成"龍學"，擁有"龍刊"，有一支頗爲龐大的《文心雕龍》研究隊伍。從版本到文本；從劉勰生平到與儒學、佛學、道學的關係；從《文心雕龍》的"文之樞紐"，到內在的體系和創作論，都有很大的創獲。范文瀾的《文心雕龍注》、王利器的《文心雕龍新書》、楊明照的《文心雕龍校注拾遺》、王元化的《文心雕龍創作論》都是享有盛譽的著作，研究的勢頭方興未艾，有增無減。

　　但是，與"龍學"的興盛相對照，《詩品》的研究，無論從研究的深度、廣度，研究者的隊伍，受重視的程度，都不能與成爲顯學的《文心雕龍》相提並論。從 1949 年至 1984 年，除人民文學出版社重版民國十六年的陳延傑《詩品注》以外，竟無一種新著問世。這種研究的不平衡是非常有趣的。

　　日本的情況有些不同。從歷史和傳播上說，《文心雕龍》幾乎是與《詩品》同時傳入日本的。與《詩品》一樣，最早提到《文心雕龍》的是弘法大師的《文鏡秘府論》，其《天卷·四聲論》載："是人劉勰著《雕龍》篇云……"由於下面的文字都轉引自隋代劉善經的《四聲指歸》，文字與《文心雕龍·聲律》篇也有出入，因此，弘法大師是否看到過《文心雕龍》與是否看到過《詩品》一樣成問題。

　　最早的著錄是藤原佐世的《日本國見在書目》。其"雜家類"和"別集類"均有"《文心雕龍》十卷劉勰撰"的記載。整個情況與《詩品》十分類似。但兩書對日本文學理論的影響卻不盡相同。

　　昭和三年（1928），日本學者土田杏村在《文學的發生》第八章"批評文學的發生及其源泉"中，論述《文心雕龍》影響日本和歌時以爲：紀貫之《古今和歌集》序"夫和歌者，托其根於心地，發其花於詞林者也"一語，與其說是源於《詩大序》，不如說是從《文心雕龍》的"心生而言立，言立而文明，自然之道也"

來的。他還說:"《古今和歌集》序既取隨性情所至,自然揮灑的純藝術主義的詩觀,又主張道德主義應在個人德性及孤性及國家政治上發揮效用,後一種思想也許來源於劉勰的《文心雕龍》。因爲劉勰的思想就是這樣一種道德主義。"① 此外,太田青丘也曾論述《古今和歌集》的真名序受到《文心雕龍》"原道"、"明詩"、"時序"、"比興"、"物色"諸篇的影響。

但是,土田杏村也好,太田青丘也好,他們論日本"批評文學的發生",都是以《詩品》爲中心的。《詩品》直接而且大量地影響了日本的批評文學,《文心雕龍》只是附帶的影響。原因也許是日本最早的批評文學是和歌的序言,日本歌的序言易受中國詩的序言的影響,是感情載體的相同,詩騷精神的類似;歷史的集體無意識;或者《詩品》精神與日本民族的審美體驗、詩學精神相契合②。不管出於甚麼原因,以《詩品》主的中國詩論影響了日本批評文學的發生是無可置疑的事實。

這使得現當代的研究也發生變化。日本學者儘管也很重視《文心雕龍》的研究,鈴木虎雄、斯波六郎、户田浩曉、目加田誠、岡村繁、興膳宏、安東諒等學者都對《文心雕龍》進行過卓有成效的研究,取得很大的成績,其中以斯波六郎的《文心雕龍范注補正》《文心雕龍劄記》;岡村繁的《文心雕龍索引》;興膳宏、目加田誠、户田浩曉的《文心雕龍》全譯;以及户田浩曉的《文心雕龍研究》爲重要著作。但是,比起較爲正統也較爲保守的《文心雕龍》來,《詩品》"吟詠情性"的詩觀和不落俗套、具有獨創性的美學觀念也許更饒興味,爲日本人喜愛?使日本學者更有

---

① 筆者譯。
② 參見曹旭《詩品東漸及對日本和歌的影響》,《文學評論》1991年第6期。

興趣研究《詩品》?

　　相比之下,中國學者主要強調《詩品》與《文心雕龍》的相同點,而日本學者則往往注重尋找它們的不同點。原載于《吉川博士退休紀念中國文學論集》,後譯成漢語,載於《文藝理論研究》1982年第2期的興膳宏《文心雕龍與詩品在文學觀上的對立》一文,可以清楚地看出日本學者對《詩品》與《文心雕龍》的基本看法。

　　鍾嶸在諸多詩學理論上與劉勰相左:《詩品》與《文心雕龍》在文學觀上對立,不僅只是興膳宏的一家之言,而是代表了許多日本學者的觀點。同樣,林田慎之助在《鍾嶸的文學理念》和《文心雕龍文學理論諸問題》二文中所表現出來的學術傾向也是十分明顯的。但最有意思的是:中國有《文心雕龍》研究會,没有《詩品》研究會;日本有《詩品》研究會而没有《文心雕龍》研究會,儘管二者的性質並不完全相同。

　　不管怎麽説,發起成立《詩品》研究會是日本對《詩品》研究感興趣最好的證明;它直接形成了日本的《詩品》熱。而研究會人員的分佈之廣、研究水準之高,都是空前的。

　　高木正一《鍾嶸詩品》前言記載説:爲了加快對鍾嶸《詩品》的研究,昭和三十七年(1962),日本立命館大學教授高木正一和高橋和巳發起成立《詩品》研究會。對《詩品》的字詞、典事、義理、觀念,進行全面的研討。

　　研究會曾因經費問題一度中斷,後於昭和三十九年(1964)再度召開。參加的學者有:京都大學的吉川幸次郎、小川環樹、清水茂、興膳宏、田中謙二、尾崎雄二郎,東京大學的福永光司,東北大學的村上哲見,神户大學的伊藤正文、一海知義,廣島大學的小尾郊一、鈴木修次,東洋大學的船津富彦,立命館大學的白川静、笠原仲二,以及來自島根大學、名古屋大學的等二十多位教授,可謂集中了日本漢學有關方面的精英和新鋭。

二十幾位教授在研究上作了分工,根據自己的專長,有的專作詞章訓詁,有的專事文字校勘,有的擅長思辨哲學,進行旨意的闡發,各以己之所長,攻《詩品》之一隅,從不同的角度,對《詩品》進行逐字、逐句、逐行、逐段的研究,然後把所有的成果彙集在一起。

成員小尾郊一告訴筆者:"第一次《詩品》研究會於1962年在京都的立命館大學召開,目的是爲了撰寫《詩品講疏》。"①

對於研究成果的整理,高木正一《鍾嶸詩品》序述之甚詳:

> 詩論内容由立命館大學的的助教玉田繼雄氏錄音,我著手寫記錄稿。因爲有發表的責任,由我漸次地進行整理。從昭和三十九年十月開始,以《鍾嶸詩品疏》爲題②,在自己學校的學術雜誌《立命館文學》上連載發表。執筆的還有吉川幸次郎、鈴木修次、伊藤正文、船津富彦、興膳宏諸氏,連同我,共六人。

高木正一在《鍾嶸詩品疏》的基礎上,進一步修改、加工,完成了《鍾嶸詩品》的撰寫工作。由吉川幸次郎介紹,在東海大學出版會出版,標誌着日本學者的《詩品》研究進入了一個新階段。

在《詩品》研究會的成立和討論期間,韓國文理科大學的車柱環、法國法蘭西學士院的保羅・戴密微也參加了討論③。因此不妨説,這是一個以日本學者爲主,由韓國學者和法國學者參加

---

① 見小尾郊一氏致筆者函。《詩品講疏》,即指在立命館大學《立命館文學》上發表答《鍾嶸詩品疏》。
② 當爲《鍾氏詩品疏》。
③ 見高木正一:《鍾嶸詩品・前言》。

的國際《詩品》研究會。

遺憾的是,這樣的研究會,竟然沒有一個來自中國的學者參加。更遺憾的是,從昭和三十七年《詩品》研究會成立,到昭和五十三年研究成果的出版,在日本學者奮起研究的日子裏,鍾嶸家鄉卻經歷了十年文化動亂;《詩品》及《詩品》的研究者正遭受前所未有的劫難。民國十六年和十八年分別出版《詩品注》和《詩品釋》(《詩品講疏》)的陳延傑、許文雨被批鬥致死,陳延傑的家藏明抄本亦毀於劫火①。

三、日本當代研究鳥瞰

鳥瞰日本的當代研究,可以看出他們非常用功。早在本世紀初,他們對《詩品》的研究即已開始。1909年,兒島獻吉郎的《支那大文學史》中已設有《詩品》和《文心雕龍》的專門章節,對《詩品》和《文心雕龍》加以論述,比較分析。此後青木正兒著《支那文學概論》,同樣對《詩品》十分關注。青木正兒還提出了一些前人從未提出的問題。譬如,他根據《詩品》序和中品沈約條中有"夫網羅古今,詞文殆集"、"嶸謂:約所著既多,今剪除淫雜,收其精要。允爲中品之第矣"的話,認爲《詩品》之外,鍾嶸還另有一本五言詩選,《詩品》只是詩選的附錄。

青木正兒也許是受摯虞有《文章流別志論》和《文章流別集》、李充有《翰林論》和《翰林集》的影響,而《文章流別志論》和《翰林論》正是《文章流別集》和《翰林集》的附錄。儘管根據元《群書考索》和《稗編》等引文,"詞文"當作"詞人",指五言詩人;《詩品》之外,並無《詩品集》。中澤希男《詩品考》

---

① 筆者赴江蘇、山東等地調查,此情況由陳延傑之子陳鴻詢親口相告。

也已指出:"整部《詩品》找不出鍾嶸曾編選過五言詩的佐證。""《下品·宋傅亮》條'沈特進選詩,載其數首,亦復平矣',就是有力的反證。如果不是那樣的話,鍾嶸在評傅亮時,爲甚麼要以沈約編的詩選作資料呢?"但不管怎麼說,青木正兒問題的提出,是有創造意義的。

二十世紀五十年代,在《詩品》研究會成立以前,日本的《詩品》研究,主要以中澤希男、高松亨明二人爲代表。其中,中澤希男的《詩品考》,高松亨明的《詩品詳解》、《鍾嶸詩品校勘》被推爲力作。

研究會成立期間,許多學者共同研究;研究會結束以後,一部分人的成果融化在以《詩品》研究班名義發表的《鍾嶸詩品疏》裏,此後不再繼續研究下去;另一部分人則仍獨立地進行的研究,取得了可觀的成果,這使《詩品》研究出現了一個高潮。從1949年到1985年,日本學者與中國的研究相比,竟在著作的數量上占著優勢。

以下從校勘、注釋、論述幾個方面對日本《詩品》學的主要成果作一番流覽:

(一)《詩品考》

中澤希男著。昭和三十四年(1959)6月刊于《群馬大學紀要·人文科學編》第7卷第6號。其内容分三部分:第一部分是"總記";第二部分是"校訂";第三部分是"注解"。"總記"考證《詩品》的書名、著作的年代、《詩品》的版本、《詩品》的序言、《詩品》的人數;"校訂"分《詩品》序和上、中、下三卷,以明代毛晉《津逮秘書》本爲底本;校以《吟窗雜錄》、《顧氏文房小説》、《廣漢魏叢書》、《格致叢書》、《歷代詩話》、《全梁文》諸本;又參考《南史·鍾嶸傳》、《文鏡秘府論》、《太平御覽》、《石林詩話》等書裏的重要引文;"注解"則既注語詞,也注出處,考證嚴密,論斷精詳。其校勘、考證的成果多爲日本學者所引用,在日本當代《詩品》研究上有首開風氣的作用。

(二)《詩品詳解》

高松亨明著。昭和三十四年(1959)12月由弘前大學文理學部中國文學會印刷發行。此書亦分兩部分:第一部分爲翻譯、注解;第二部分爲考證研究。

前有"緒言",追溯留學中國、私淑于郭紹虞及研究鍾嶸《詩品》的經過;注釋兼有校勘,亦以明人毛晉《津逮秘書》本爲底本(《詩品》序以《梁書·鍾嶸傳》爲底本);注釋的方法是,先列原文,原文後分列"校異"、"要旨"、"語釋"、"通釋"(原文翻譯)、"參考"諸項,注解兼采陳延傑《詩品注》、古直《鍾記室詩品箋》、許文雨《詩品釋》、杜天縻《廣注詩品》諸作中的精義;疑難之處,又請教郭紹虞,將他解釋疑難的覆函稱爲"郭書翰",專列一條。

研究部分由"鍾嶸的傳記"、"序的位置"、"源流考"、"品第考"、"陶潛的品第和源流"、"沈約的品第和源流"等十部分組成。末附日本國會圖書館內閣文庫藏書《吟窗雜錄》本《書品》書影、五十音順人名索引。此書兼采衆長,融詞章、考據、義理爲一體,多有發明之處,故出版後爲當時的學術界所矚目。儘管兩年後,入矢義高在他的書評中對此書的誤譯和不足之處提出了批評,但此書首次把中、日兩國的研究成果匯爲一帙,有開創之功,也是當時較爲優秀完善的注釋、研究著作。

(三)《鍾嶸詩品校勘》

高松亨明著。昭和四十年(1965)刊于弘前大學《文經論叢》創刊號(11月20日發行)。

前有"凡例"五則，説明校勘的情況。校勘仍以《津逮秘書》本爲底本，與《詩品詳解》同。用以校勘的有《對雨樓叢書》、《硯北偶抄》、《歷代詩話》、《全梁文》、《吟窗雜録》諸本，參考《梁書·鍾嶸傳》、《太平御覽》、《石林詩話》、《詩人玉屑》、《文鏡秘府論》等，在中澤希男《詩品考》和《詩品詳解》校勘的基礎上又進了一步。精詳細密，多有發前人未發之處。然自謂郭紹虞《中國文學批評史》所列二十四種《詩品》版本，"筆者未見的有《天都閣藏書》本、《四十家小説》本、《詩觸叢書》本、《談藝珠叢》本、《玉雞苗館叢書》本、《諸子百家精華》本、《四部備要》本、《一希筆存》本等八種。又郭氏列舉《詩品》研究著作七種，其中陳衍《詩品平議》搜求未得。在未見資料甚多的情況下，終無勇氣妄出《詩品》之定本"①。

(四)《鍾氏詩品疏》

日本詩品研究班集體著。這是《詩品》研究會研究的重要成果，共分八期，刊於立命館大學《立命館文學》第232號（1964年10月）、第241號（1965年10月）、第268號（1967年10月）、第272號（1968年2月）、第282號（1968年12月）、第300號（1970年2月）、第309號（1971年3月）。

由此，《詩品》研究在日本形成了一個熱點，劃出一條界綫；在版本文字、典章訓詁、義理考據諸方面，都取得重要的進展，爲以後的研究提供了方便。

(五)《詩品》

興膳宏著。昭和四十七年（1972）出版，收入朝日新聞社發

---

① 見高松亨明《鍾嶸詩品校勘·前言》。

行的《中國文明選》第十三卷《文學論集》(與嚴羽《滄浪詩話》合卷)。

首有《文鏡秘府論天卷》所引《詩品》品語書影;次爲"解説"、"解題"各一;"解説"討論中國古代詩論,闡述鍾嶸和嚴羽的文學觀和美學思想。"解題"論鍾嶸《詩品》產生的淵源、理論體系、地位影響等。注釋形式是先錄原文,隨後翻譯,再加通箋。由於著者參加過《詩品》研究會的討論,故譯文精密準備,箋注時多發明,足以啓迪後人,在日本學術界有相當影響。末附"文學論集關係年表"、《詩品》語辭、人名五十音順索引。此書出版後,法國陳慶浩《詩品集校》導論曾贊譽爲"今日日本最好之《詩品》疏釋本"。

(六)《鍾嶸詩品》

高木正一著。昭和五十三年(1978)3月以日本文部省科研經費由東海大學出版。

卷首"前言",敘述發起成立《詩品》研究會的緣起和成書的過程。次有凡例六則,説明版本的選擇、校勘的處理;凡例後爲"解題",論鍾嶸家世、生平、社會背景、理論淵源、評論標準、文學觀念等等。全書以通箋的形式,先注後校,旁徵博引,頗多創獲。末附高木正一撰、《鍾嶸的文學觀》、日本文政九年版《吟窗雜錄》本《詩話》、《詩品》語辭、五十音順人名索引。

此書在吸取中國、韓國學者研究成果的基礎上,綜合了日本二十多位研究者的看法,是目前國際上較爲理想完備的注本。故參加《詩品》研究會的伊藤正文説:"(此書)注釋辭盡縝密,世評極高。"[①] 高松亨明也説:"《鍾嶸詩品》研究的深度和廣度,都超

---

① 參見伊藤正文《日本研究中國文學的概況》,《文學遺產》1982年第3期。

過了拙著《詩品詳解》。"① 岡村繁在《日本研究中國古代文論的概況》一文中認爲:"今後日本的《詩品》研究,將以這本《鍾嶸詩品》爲有力的參考文獻吧!"②

校勘、注釋,勒爲書著的以外,《詩品》的單篇論文亦有相當數量,令人注目。論文大致上分五類:

第一類是研究鍾嶸生平思想及文學觀念的,以高木正一的《鍾嶸的文學觀》(《二松學舍大學論集》創立百周年紀念,1977年10月)和林田慎之助的《鍾嶸的文學理論》(《中國文學論集》,1978年6月)爲代表。

第二類論《詩品》的品語源流,涉及的作家、作品,以現代的眼光重評《詩品》評論過的作家、作品,得出鍾嶸評論是否正確的論文。比較集中的是對陶淵明的源流及其作品的評價。如橋川時雄的《陶淵明文學源流探索》(《人文研究》第5卷第6期,1954年)和小笠原博慧的《隱士詩考——説陶潛出於應璩考》(《國學院大學·漢文學會會報》1975年第21期)等等。

第三類是考證某個作家、某首作品的,如清水凱夫考證上品"謝靈運條"中疑點的《詩品·謝靈運條逸話考》(立命館大學中學藝文研究會《學林》1988年11號)等。

第四類是比較研究。比較研究又分兩類:

第一類是中、日文論之間的比較;第二類是中國同時代及不同時代的比較。多爲有影響比較。第一模擬較如太田青丘的《六朝詩論與古今集序》(日本《中國學會報》第二册)以及小澤正夫的《古今集和詩品》(《平安文學研究》1956年12月)等。

---

① 見《詩品詳解》著者高松亨明教授致筆者函。
② 曦仲譯。見王元化選編《日本研究文心雕龍論文集》,齊魯書社,1983年。

第二種比較如：興膳宏的《文心雕龍與詩品在文學觀上的對立》（《吉川博士退休紀念中國文學論集》，1968年3月），荒井健的《詩的喜悅——詩品與滄浪詩話》（《中國文明選》13文學論集，1972年5月）以及中森健二的《沈約與鍾嶸——圍繞對謝靈運的評價》（立命館大學文學部松本研究室中國藝文研究會，1983年7月）等。

第五類是書評。如高松亨明《關於最近詩品研究的評論》（《弘前大學人文社會》第35號・國語國文學篇第五號，1965年）、入矢義高《評高松亨明詩品詳解》（《中國文學報》1961年4月）以及釜谷武志《評高木正一譯注鍾嶸詩品》（《中國文學報》第30號，1979年4月）等。評論出版的著作，指出其不足，供後來者借鑒。

讀這些論文，可以知道日本學者的《詩品》研究，相當深入。

四、研究方法之啓示

從以上的介紹中，我們可以發現，在研究方法上，日本學者有兩個鮮明的特點：

一是"團隊研究精神"，對一部《詩品》，他們幾乎竭盡全力，把這方面的專家組織起來，利用集體的力量。二十多位專家分工、合作，各從自己最擅長的角度，對《詩品》的某一方面問題進行深入的研究。如對中國古代文學作家、作品和自然觀有獨到之見的小尾郊一專門研究《詩品》中"詩人的系統"；精通中國哲學的福永光司從哲學角度研究《詩品》中的"基礎概念"和理論範疇；對中國文字學、神話學、美學享有盛譽的白川靜從《詩品》的名詞術語研究中國"六朝審美意識的發展"。可謂奇文共賞，疑義相析；相輔相成，百密不疏。

从立命馆大学的《钟氏诗品疏》、兴膳宏的《诗品》，到高木正一的《钟嵘诗品》，都与这种研究方法有关。上述的成果，都是这种研究方法直接和间接的产物。团队研究的方法，取得了十分显著的效果。

二是"世界眼光"，通过上边的鸟瞰和分析，我们发现，日本学者具有某种世界眼光，即他们在研究中，不仅纵向吸取本国学者的研究成果，还横向吸取了中国学者和韩国学者的研究成果，特别是吸取了张陈卿《钟嵘诗品之研究》、陈延傑《诗品注》、古直《钟记室诗品笺》、许文雨《诗品释》（《诗品讲疏》）、叶长青《诗品集释》、杜天縻《广注诗品》、车柱环《钟嵘诗品校证》《钟嵘诗品校证补》中的精义。

这种世界性的眼光、新的研究意义和"团队研究精神"，都给我们以方法论上的启示。

（本文原载于香港中文大学《中国文化研究所学报》1996年新第5期）

漢字文化圈的發想

在《詩品》研究走過百年的今天，選評本集，有四方面的意義：

一、展示《詩品》研究史的意義

從 1900 年到 2000 年，按階段劃分，以 1949 年建國爲界，分爲前五十年和後五十年。

前五十年的研究，由日本野野口精一的《古今和歌集與詩品》(1909) 開其端。十七年後，陳延傑《讀詩品》、張陳卿《鍾嶸詩品之研究》(1926)、陳衍《詩品平議》(1926)、陳延傑《詩品注》(1927)、古直《鍾記室詩品箋》(1928)、許文雨《詩品釋》(1929)、葉長青《詩品集釋》(1933)、杜天縻《廣注詩品》(1935) 紛紛問世，短短二十多年時間，專著計七部（不包括未完成稿），外加單篇論文，校勘、注釋，對《詩品》進行了各個側面的研究，從研究史的角度講，可謂衆體皆備，洋洋大觀。

後五十年的前半段，中國大陸的研究雖然沉寂，但海外的研究卻很興旺。著作有日本高松亨明的《詩品詳解》(1959 年)、中國臺灣大學中研所劉春華碩士論文《鍾嶸詩品匯箋》(1963)、日本"詩品研究班"的《鍾氏詩品疏》(1964—1971)、韓國車柱環《鍾嶸詩品校證》(1967)、臺灣師大汪中《詩品注》(1969)、興膳宏《詩品》(1972)、法國陳慶浩《鍾嶸詩品集校》(1977)、高木正一《鍾嶸詩品》(1978)、臺灣莊嚴編輯部的《文心雕龍與詩品研究》(1978)、楊祖聿《詩品校注》(1981)、馮吉權《文心雕龍與詩品之詩論比較》(1981)、梅運生《鍾嶸和詩品》(1982)、韓國李徽教《詩品匯注》(1983)、蕭華榮《詩品注譯》(1985)、呂德申《鍾嶸詩品校釋》(1986)、向長青《詩品注釋》、廖棟樑《詩品》(1986)、羅立乾《鍾嶸詩歌美學》(1987)、趙仲邑《鍾嶸詩品譯注》(1987)、禹克坤《文心雕龍與詩品》(1989)、徐達《詩品全譯》(1990)、韓國文承勇的碩士論文(1990)、韓國李哲理的博士論文《鍾嶸詩品研究》(1990)、王叔岷《鍾嶸詩品箋證稿》(1992)、張伯偉《鍾嶸詩品研究》(1993)、王發國《詩品考索》(1993)、陳元勝《詩品辨讀》(1994)、曹旭《詩品集注》(1994)、清水凱夫《詩品·文選論文集》(1995)、蔣祖怡《詩品箋證》(1995)、張懷瑾《鍾嶸詩品評注》(1997)、郭晉稀、郭令原《白話詩品》(1997)、周振甫《詩品譯注》(1998)、曹旭《詩品研究》(1998)、張少康《詩品》(1999)、楊明《詩品注譯》(1999)、張連第《詩品箋釋》(2000)等。計著作三十多種（僅收錄白文的叢書本不計在內），論文更是有四百十篇左右。

從著作的性質、內容上看，前五十年的研究，主要集中在對它文字的注釋上；五十年後的研究，主要集中在對它理論的論述上；前五十年，重在對文本的研究，後五十年，除了文本的，更有義理的、比較的、全方位的研究。

假如我們用點將錄的方式，以人存文，以人論文，前五十年的人物主要有張陳卿、陳延傑、古直、許文雨；後五十年則有王叔岷、高松亨明、車柱環、興膳宏、高木正一、李徽教、陳慶浩、楊祖聿、蕭華榮、呂德申、張伯偉、王發國、張少康、楊明、李哲理等人。此外還有汪中、梅運生、蔣祖怡、羅立乾、清水凱夫、趙仲邑、陳元勝、徐達、張懷瑾、周振甫等人，都在《詩品》研究上作出過創造性的貢獻。

把一本著作或一個研究者當作一個"點",通過選評,連點成綫,就基本上勾勒出二十世紀的《詩品》研究史。

二、展示"漢字文化圈"的意義

雖然世界範圍内的漢學早就存在,東亞的"漢字文化圈"也早就存在,但在二十世紀後期,世界經濟和科學技術迅速一體化的大背景,還是加快了"地球變小"和各民族文化的融合,"世界化"不僅成了必然趨勢,而且速度越來越快。這使長期以漢字作爲文化資訊載體的國家,對圈内文化典籍的研究,方興未艾。

其特徵是,所有的研究都不以國別爲分界,而是把研究對象放在東方文化特殊的載體——漢字圈内進行,這是一個很有意思的視角。進行《中日韓詩品論文選評》的工作,就是爲了證明自己對"漢字文化圈"的某些想法。

譬如,通過比較可以看出,前五十年基本上是清一色的中國學者,後五十年就有近一半是外國軍團,其中主要是日本、韓國以漢字爲文化載體的"漢字文化圈"内的優秀學者。

以後五十年比前五十年,無論在論文著作的數量、品質,研究的視角、人數的衆多方面,都勝過前五十年。這不僅因爲,後五十年的研究,是站在前五十年的"肩膀"上進行的;更重要的原因是,研究已不知不覺地置於"漢字文化圈"内進行。而且本人相信,未來圍繞以漢字爲載體的典籍研究,無論是中國古代的典籍,還是對日本、朝鮮、越南漢詩、漢文詩話、小説的研究,都將會出現一個"漢字文化圈"學者研究上互相的競争局面;而且,研究的國界會更加模糊。

對《詩品》的研究,雖然前五十年也有日本學者的論文出現,但野野口精一氏的《古今和歌集與詩品》主要是從研究日本的《古今和歌集》出發，兼及《詩品》的；後五十年則有衆多的日本、韓國學者純以《詩品》爲對象，隊伍的擴大，人數的衆多，研究視角的多元，從前五十年，到後五十年，明顯地看出"漢字文化研究圈"的形成；對中國漢字經典的研究，已經成了"漢字文化圈"内學者共同的任務。

需要説明的是，這個"漢字文化圈"還包括像法國陳慶浩先生那樣的海外華人學者，這是重要的方面軍；《詩品》研究，由此提升爲一門世界性的學問，這是研究水準和層次得到大幅度提高的原因。生動地表明了"漢字文化圈"的存在和發揮越來越重要的作用。

三、完善"自我研究"的意義

十七年前，我在王運熙老師指導下撰寫博士論文的時候，同時進行的，還有集注、翻譯和編選的工作。

我的想法是，彙集各種材料成"詩品集注"，作爲寫博士論文的基礎；同時翻譯日本學者的研究成果成《日本學者詩品研究譯文集》，總結國内學者的研究成果成《詩品研究論文集》，作爲撰寫時的參考。

現在，作爲基礎的《詩品集注》已經出版，博士論文《詩品研究》也已經出版。剩下的翻譯和論文，合置一起，束之高閣多年。

但是，近來看到劉家的《文心雕龍》，蕭家的《文選》——這些原先鍾氏的鄰居，都出了好幾種論文集了，我也不應該讓鍾家的《詩品》獨自寂寞。而且，選評還能使自己的《詩品》研究成爲一種集成式的"立體研究"，有完善自我學術的意義。

四、甄別優劣和思考學術規範的意義

《詩品》研究走過百年，不同的時期，都有優秀的著作和論文；每一種優秀的著作和論文，甚至每一個優秀的研究者本人，都是鍾氏功臣，研究中的界碑，昭示着承前啓後的百年史。

到了後半程，研究的人多了，這本是好事，但不免泥沙俱下。

世紀之交，經濟改制，社會轉型；人文科學受商品大潮衝擊，研究變形，規範扭曲；趨熱點，炒冷飯，少數人心情浮躁，急於求成；不是花大力氣寫小文章，而是花小力氣寫大文章，甚至不花力氣寫大文章。把別人的觀點拿來，改頭換面；或把別人文章裏的材料拆卸下來，重新組裝成自己的"新論文"。

我不希望這種情況出現，但如果不是這種情況，我的選評工作就失去一半的意義。在走完舊世紀，進入新世紀之際，我想在兩個世紀之間加一道閘門，把上一個世紀的論文垃圾過濾一下，不讓它進入下一個世紀。選評就是爲了甄別，爲了加一道閘門，在"漢字文化圈"模糊國界的研究中拔萃，把優秀的論文集中起來，給新世紀一個交待。此計畫在二十世紀末開始做，預計二十一世紀初出版。在幾乎讀過所有的《詩品》著作和論文以後，成這本集子。

閱讀、選評的過程，是一次愉快的旅行，也是一次痛苦的旅行。

尤其是看到一家出版社重印 1961 年初版的《詩品注》，將經過四十年衆學者的努力，對《詩品》原文典事的注釋，在前進了四十年的基礎上倒退了四十年，把已被學術界公認的錯誤，造成很壞影響的錯誤，被錢鍾書在《談藝錄》裏批判得體無完膚的很可笑的低級錯誤，再次蔓延開來。這使我想到，重印舊書，應該重視吸收古籍整理的新成果。

還有，當極個別人不遵守規範，缺少起碼的學術道德，你想學術打假，打不成；因爲你發現不了全部抄襲的論文，這使我重新思考學術規範。全部抄襲倒好辦，就用皎然《詩式》"詩有三偷"條中對"純偷"的態度，繩之以法。但實際的情況是，很少遇到那樣全抄的論文。倒是常常發現半抄襲的，組裝別人觀點、材料的"僞論文"。這使甄別弄假成真，有時連高水準的研究者也會受騙上當，弄不清某條材料到底是誰發現的？某一開拓性的觀點發明權是誰？這要邊讀、邊過濾、邊甄別。

但我可以向讀者保證：本集不收"僞劣論文"，這是我的責任；我選的，都貨真價實；必須有它不可替代的地位，對勾畫二十世紀《詩品》研究史有支撐點作用的。學術工作，像馬拉松長跑，又是接力運動，沒有一個人能跑到底，必須一棒一棒地接，一代一代地接；每一個接棒人，都要記住前面交棒人的姓名，他在哪裏交棒，你在哪裏接棒的？真想讓《選評》成爲一種形式的交班簿。因爲選文定篇，本身就是一種辨彰清濁、捃摭病利的學術。

此外，一本書中，將"選"、"譯"、"評"三者合一；文後均有自己的評論，其學術意義，就超越了一般的論文集和譯文集。我努力向"20世紀《詩品》研究史"和"《詩品》研究學案"方向靠近；這就是我嘗試新體例和喜愛這本書的原因。現在，中、日、韓三國學者的論文放在一起了，研究的方法、關注的熱點，撰文的態度，文章的作風，請你們比較。

（本文爲《中日韓詩品論文選評》中文序，日文序作者爲興膳宏教授，韓文序作者爲車柱環教授。載於《書品》2003年第5輯9月20日）

文學研究,請重視"特殊的"文學本位

——在《文學遺產》編委擴大會上的發言

古代文學研究應該以文學爲本位,多學科、多視角地研究,已成爲學界的共識。

但是,由於我們國家有重歷史的傳統,我國又是世界上歷史記錄最豐富、最發達的國家。國家是歷史的國家,人是歷史的人,文學當然也是歷史進行中的文學。歷史不僅代表了時間和空間,甚至還代表了事實,文學無論如何也擺脫不了歷史的糾纏。

"任何科學都是歷史的科學",文學當然也不例外;歷史的方法無疑是學術研究最重要的方法之一;研究任何一個問題,都應該把它放到歷史的環境和歷史的語境中去,從變化和發展的角度進行系統、嚴密的論證。歷史和哲學的理性、思辨和價值判斷,都是文學研究所必須的。

但是,長期以來,對古代文學主流的研究,其實是以歷史爲本位的研究,這是值得注意的。孟子強調的"知人論世",是高屋建瓴的方法。至今大量的作家年譜、作家評傳、家族史及文學流派研究,都使用這種方法,取得了豐碩的成果。但也有用文學作品來證明社會歷史,闡釋作者的生平;而不是用社會歷史、作者生平來闡釋文學作品。好像一旦離開了歷史背景和社會文化,文學研究就會變成一條無魚的清流;這使絢麗多姿的文學之花,被抽去生命的汁，變成枯黄的葉脈，最後成了壓在歷史大書中的一張書簽。作品的花，固然離不開枝幹、根和土地，但文學研究决不能變成枝幹的研究、根的研究和土壤的研究，對花的研究反而退居次要的地位。

記得在大學學《中國文學史》的時候，對一個作家，時代背景介紹很多，意義分析很多，但真正説到作家作品風格的時候，經常會用"雄渾"、"飄逸"、"清新"、"自然"、"沉鬱"、"沖淡"這些看得見、摸不着的字詞來敷衍學生。

什麽是"飄逸"呢？"飄逸"、"飄動"和"超詣"是不是同一個意思？"雄渾"、"雄放"和"雄壯"，"恬淡"和"沖淡"有没有區别？區别在哪裏呢？我記得我們問過老師，老師解釋不出；我們當老師的時候，也怕學生問我們這樣的問題。以歷史爲本位，没有進入"文學本體"，不僅難以解釋清楚，還造成了審美的近視與判斷能力的下降，只能借用傳統文論家的話語系統和一些一成不變的陳詞。

歷史、文學、哲學，研究的對象不同，方法也不一樣。歷史研究力求真實、客觀公正；雖然在叙述歷史事件的過程中，難免打上撰寫者個人的喜好和主觀偏見；但從原則上説，歷史要避免感情的投入；哲學研究同樣應該摒棄感情。因爲哲學是思辨性的，哲學常常要用到幾何學、邏輯學的思維和方式，哲學中的許多分支都與自然科學相聯繫。

"文學是什麽"？文學的"本體"，决定了"文學研究的方法"。

文學不僅表現思想，也表現情感；不僅表現認識，也表現體驗；不僅表現意識，也表現潛意識；文學當然有理性的成分，但它並不以理性的形態出現，而是滲透在情感、形象等感性特徵之中。

那麽，什麽才是以文學爲本位的研究呢？以文學本位的研究是對作品文本審美的研究,是以作品爲"中心"不斷的向外擴展,如對語言美的研究、修辭美的研究、音韻美的研究、結構美的研究和風格美的研究;再就是意象美和意境美的研究。小説、戲曲還有場景和典型環境中的典型人物等研究。

以文學爲本位的研究必須在"知人論世"的基礎上"以意逆志"。不妨説,"知人論世"的歷史學研究,是文學的"外部研究",而在文本細讀基礎上的文學本位研究,則是文學的"内部研究"。"以意逆志",會因爲不同人、不同時代,對作品得出來的結論不同而光景常新。文學是感情的結晶,活的生命。因此,文學研究是"特殊的"科學研究,除了像研究歷史、研究哲學那樣靠文獻和理論,還要靠感覺、靠感性和感情的投入。

德國哲學家費爾巴哈説:"理性的對象就是對象化的理性,感情的對象就是對象化了的感情。如果你對音樂没有欣賞力,没有感情,那麽你聽到的最美的音樂,也只是像聽到耳邊吹過的風,或者脚下流過的水一樣。那麽,當音調抓住你的時候,是什麽抓住了你呢?你在音調裏聽到什麽呢?難道聽到的不是你自己的聲音嗎?因此感情只是向感情説話。"① 詩歌和日常生活雖然用同一種語言,但它們的效果是完全不同的。有時,文學的意藴並不與其符號及其組構形式一一對應,而更依賴於語境和人的直覺體悟。

譬如,"回家",文學中的"回家"和歷史記載中某人的"回家"不完全是一回事。歷史可以記載陶淵明《歸去來兮辭》的作年和他回家鄉的情況,但永遠不能解釋陶淵明的"回家",是回歸精神上的本土;"田園"也不僅是種蔬菜瓜果的地方,而是與黑暗官場相對立的一塊樂土;文學中的四季,也不完全等同於自然界的春夏秋冬,"春花"和"秋月"的背後,會有更深的思想内容;

---

① 見費爾巴哈《十八世紀末——十九世紀初德國哲學》,第 551 頁。

"青松"和"磐石",很可能是人格的象徵。

文學研究的最主要目的在於,感受、發現並傳達"文學的美"。魯迅《詩歌之敵》說:"詩歌不能憑仗了哲學和智力來認識,所以情感已經冰結的思想家,即對於詩人往往有謬誤的判斷和隔膜的揶揄。"①

一種文學之所以有價值,在很大程度上取決於它反映現實的功能和反映心靈的功能;這種功能,是借助語言喚起讀者的美感來實現的。雖然某些文學作品反映現實的全面性未必超過史書的記載,杜甫筆下的盛唐和中唐社會,無論從量還是全面性、準確性來看,也許都不如新舊《唐書》和宋人的《資治通鑒》,但是,人們還是說,杜甫的詩歌是"反應安史之亂的一面鏡子";白居易的《新樂府》和《秦中吟》,也不如《順宗實錄》裏記載的全面。但是,更加生動,也更加深刻。不僅因爲杜甫和白居易的詩歌是文學,具有審美價值,能感染讀者;更重要的是,文學還具有反映人心靈的功能,在這一點上,是新舊《唐書》、《資治通鑒》、《順宗實錄》所難以企及的。

亞里斯多德在《詩學》裏說:"詩比歷史更真實。"因爲詩所反映的是一個時代的精神,而不是一件一件具體的事情。一件一件的事情,發生的原因,事件的經過,等到歷史書記載它們的時候,有時並不真實。後來恩格斯用這個理論來論述巴爾扎克的小說。說巴爾扎克的《人間喜劇》,比法國當時許多歷史記錄、檔案表格反映的法國社會更真實,就是這個道理。

由此想到二十世紀王國維的"二重證據法"和陳寅恪的"詩史互證法"。

王國維曾說:"吾輩生於今日,幸於紙上之材料外,更得地下

---

① 見《京報》附刊《文學週刊》第5期,1925年1月17日。

之新材料。由此種材料,我輩固得據以補正紙上之材料,亦得證明古書之某部分全爲實録,即百家不雅訓之言亦不無表示一面之事實。此二重證據法,惟在今日始得爲之。"① 陳寅恪總結爲:"一曰:取地下之實物與紙上之遺文,互相釋證","二曰:取異族之故書與吾國之舊籍,互相補正","三曰:取外來之觀念與固有之材料,互相參證。"② 陳寅恪主張"以詩證史","以史證詩",最終達到"詩史互證"的目的。

"二重證據法"與"詩史互證法",是研究歷史和文學比較科學合理的方法,尤其是"詩史互證"法,將古代文學作品和古代社會資料互相證明,還原了文學所處當時的歷史真實。但是,歷史真實距離文學的内核還有一段距離。在"材料真"的基礎上,可以做到"事真"、"理真";但做不到"心真"、"情真"。正如科林伍德的歷史觀念一樣,我們的研究不能僅僅停止在文學事件、文學史料、文學語境本身,而應該透過這些事件、史料和語境來得出背後隱藏的思想、情感和人的心靈。

譬如陳寅恪在《元白詩箋證稿》中,從白居易《新樂府·賣炭翁》"回車叱牛牽向北"一句引發,聯繫到"唐代長安城市的建置,市在南而宫在北",解釋杜甫《哀江頭》"黄昏胡騎塵滿城,欲往城南望城北"這一歷代"費解"的名句説:"杜少陵哀江頭詩末句'欲往城南望城北'者,子美家居城南,而宫闕在城北也。""而猶回望宫闕爲言,隱示其眷戀遲回不忘君國之本意矣。"③ 而

---

① 王國維:《古史新證》,《王國維全集》第 11 卷,浙江教育出版社 2010 年版,第 241—242 頁。
② 陳寅恪:《王静安先生遺書序》(《陳寅恪先生全集》下補編里仁書局 1979 年版,第 1435 頁)。
③ 陳寅恪:《元白詩箋證稿》,上海古籍出版社,1987 年,第 251—252 頁。

錢鍾書《管錐編》卻列舉張衡《西京賦》、陸游《老學庵筆記》、《敦煌掇瑣》、北宋李復《兵饋行》詩説明，"欲往城南望城北"是"事境危迫，衷曲惶亂"，"言皇惑不記爲南北也"，用文藝心理學闡釋。二者都有極高的學術價值，但陳是歷史研究，錢是文學研究，研究的本位不同。

對陶淵明的研究，陳寅恪的《桃花源記旁證》是一篇名文。但他對《桃花源記》的研究，不是研究《桃花源記》的藝術與審美，而是倒過來研究，推測陶淵明是"有可能聽到"北方的"塢堡"，而寫出《桃花源記》的。不説南方這樣的塢堡也很多，何必要扯到北方？最關鍵的是，把已經經過陶淵明升華成"桃花源"的"藝術形象"，還原成"塢堡"這一"社會現象"，把《桃花源記》中虛擬描寫的"藝術真實"，一一坐實、還原成當時的"生活真實"——這是典型的歷史學家對文學的研究，是屁股坐在歷史本位上的研究。不是説，這樣的研究不需要，不重要，而是不免有以歷史考據代替文學研究的嫌疑。他本人也坦白地承認了這一點："若有以説詩專主考據，以致佳詩盡成死句見責者，所不敢辭罪也。"①

1978年上海古籍出版社在《元白詩箋證稿》的"出版説明"中，也寫了"有時也陷於繁瑣，甚而以詩代史"② 這樣的批評。

宋之問的《渡漢江》："嶺外音書斷，經冬復歷春。近鄉情更怯，不敢問來人。"這首詩寫離家日久的遊子返鄉，把快到家鄉時因激動引起緊張、驚喜產生不安的心情表現得淋漓盡致，這是典型環境中的典型感情。這首詩，不要説在初唐，就是放在盛唐，

---

① 陳寅恪：《韋莊秦婦吟校箋》，《寒柳堂集》，上海古籍出版社1980年版，第112頁。

② 陳寅恪：《元白詩箋證稿》，上海古籍出版社，1978年版，第1頁。

同寫還鄉的五絕之中，亦無能出其右者。

　　杜甫《述懷》説："自寄一封書，今已十月後。反畏消息來，寸心亦何有！"爲杜甫翻用宋之問詩一例。杜甫"畏消息"，由宋之問"情更怯"來；而"自寄一封書，今已十月後"，亦不如宋詩"嶺外音書斷，經冬復歷春"凝練形象遠甚。但考據者認定此是神龍二年（706）宋之問從流放地逃亡洛陽途經漢江所作，詩中的"不敢問來人"是因爲有罪在身，這樣的研究，不免大煞風景。

　　物當以情觀，詩更當以情來品讀，理性判斷與詩史互證是進一步詰難與求證的方式，前提必少不了感性的審美與詩性的品味。

　　清朝詩論家吳喬《圍爐詩話》説："文出正面，詩出側面。"①　"意思猶五穀也。文，則炊而爲飯；詩，則釀而爲酒也。"②　這是著名的"文飯詩酒説"。不妨説，歷史是"飯"，文學是"酒"。飯能吃飽肚子，酒能陶醉人生。但以爲"酒"和"飯"都是糧食做的，"飯"是"酒"的哥哥，只要研究"飯"，就可以代替研究"酒"的觀念，會笑倒所有的酒徒。

　　文學具有"藝術虛擬化"的功能，裏面寫到的人物、情節、故事、情感，都是經過"發酵"成"酒"的"能陶醉人"的東西，並不是原來釀酒用的高粱、米穀和番薯片。

　　我化用西方歷史學家的一句話説文學：一切文學史，都是人的心靈史和審美史。文學研究是研究人本身、認識人本身，通過文學研究人類過去的、現在的精神狀態、審美史和感情脈絡，才是我們研究文學的意義所在。

　　研究文學的方法和工具，除了歷史、哲學經常用的"歷史判

---

　　①　吳喬：《圍爐詩話》，中華書局1985年版，第72頁。
　　②　按：楊鍾羲《雪橋詩話》三集卷五説："少時見趙秋谷爲述吳修齡（吳喬）語云：'意思猶五穀也，文則炊而爲飯，詩則釀而爲酒。'"見楊鍾羲撰集，劉承幹參校《雪橋詩話》三集，北京古籍出版社1991年版，第208頁。

斷"、"理性判斷"和"價值判斷"以外，還要從人心出發，加入"感性判斷"；將心比心，"以心傳心"，以今人之心度古人之心，用生命去體驗，去領悟，去感覺，揭示文字內在的靈魂，這是文學研究的前提和出發點。假如情感缺席，心不在焉，把文學研究混同於歷史、哲學、天文學、地理學的研究，就是失去文學自身特性，把"活文學"弄"死"，意義喪失大半的研究。

錢鍾書是堅決反對文學研究中的"實證主義"傾向的，他對把文學研究等同於"考據"，致使後者與"科學方法"幾爲同義的情況非常不滿。他説："文學研究是一門嚴密的學問，在掌握資料時需要精細的考據，但是這種考據不是文學研究的最終目標，不能讓它喧賓奪主、代替對作家和作品的闡明、分析和評價。"[1]

我説文學研究應該重視文學本位，並不反對用歷史學的方法對古代文學進行研究，因爲借助歷史的、社會的、文化的"外部研究"，能夠更好地促進我們在文本細讀後對文學的"内部研究"。幾十年對《紅樓夢》的研究、對曹雪芹、賈寶玉、林黛玉、薛寶釵原型風生水起、衆説紛紜的研究，各種各樣新鮮的解碼，超過了小説本身的精彩。如索隱派、考證派求證賈寶玉的原型是不是曹雪芹？寶、黛之戀是不是曹雪芹的自傳等等，只要實事求是，不故作怪、力、亂、神，也還是有助於對《紅樓夢》理解的；但是，外部的工作做完以後，更重要的是進入《紅樓夢》的文本，揭示《紅樓夢》成爲偉大作品的意義。

除了歷史説的"作品表現了什麽"，還要讓文學説"是怎麽表現的"。在這個過程中，我們既不要"得魚忘筌"，更不能"買櫝還珠"。

研究者要把每一首詩、每一首詞、每一篇文章、每一部小説，

---

[1] 錢鍾書《寫在人生邊上 人生邊上的邊上 石語》，第179頁。

都當成活的生命體。以"感性判斷"介入"理性判斷";讓"審美判斷"聯手"歷史判斷"。讓它們共同參與,互相詰難,最後趨於一致,得出全面的結論,應該是二十一世紀文學研究中重要的思想方法和研究方法。

(原載於《文學遺產》2012年第1期)

中國古代文論研究的民族性與現代轉換問題

——二十世紀中國古代文論研究三人談

曹　旭（上海師範大學教授，研究生部部長）：歡迎二位先生。《文學遺產》編輯部請我們三人一起，就本世紀古代文論研究的情況做一個簡要的回顧，並且展望一下這一學科在下一世紀的發展前景。今天由我權充東道主，所以我姑妄先談，請兩位前輩指教。

作爲二十世紀出現的新學科，中國古代文論研究是本世紀初從古代文學和文學理論研究中分化出來的，而到了今天，這門學科已經取得了很大的成績，這是非常值得高興的。説到回顧，我想首先遇到的問題就是如何劃分本世紀古代文論研究的歷史。

對於這個問題，我贊同三大階段説，即從"五四"至1949年爲第一階段；1949年至"文革"結束前後的1976年爲第二階段；這以後至今爲第三階段。這樣劃分，主要是基於上述三大階段在意識形態、文化觀念和哲學思想的背景上都有很大不同，因此這三個階段的研究方法也就呈現出不同的風貌。大體上説，第一階段處在東漸的西學衝擊傳統、中國的思想文化產生激烈變化的時期；這是一個裂變的時期，所以許多東西從無到有，而中國文學批評史也作爲一個獨立的學科而建立。第二、第三階段同樣是意識形態發生巨大變化的時期，三個階段之間表現出一張一弛、螺旋式發展的曲綫。其間，不同的思想文化背景、研究人員的組成，不僅決定了研究的特點、研究成果的性質，而且更決定了研究方法的差異。

第一階段的實績，除了像陳受頤的《文學批評發端》（1910）、廖平的《論〈詩序〉》（1913）等單篇文章外，主要是對"批評史"的研究。代表著作有陳鍾凡的《中國文學批評史》（1927）、方孝岳的《中國文學批評》（1934）、郭紹虞的《中國文學批評史》（1934）、朱東潤的《中國文學批評大綱》（1944）和羅根澤的《中國文學批評史》（1943），等等。這些研究差不多都是在新文化運動的推動下，借鑒西方的理論觀念，重新評價中國文學和古代文論的成果，其主要方面重在"史"的梳理。

第二階段提出用馬克思主義的立場、觀點和方法爲指導，研究建立有民族特色的文藝理論、批判地繼承古代文藝理論，但是從總體上來說，並沒有結合好。

第三階段的發展我們比較熟悉，其重要特點是研究視野的拓展和研究角度和方法的多元。這在研究方法上帶來了一系列變化：其一，除了傳統的社會學之外，更從哲學、宗教、美學的視角進行探討。其中，把創作看成是審美的過程，尋找老莊、禪宗與中國古代文學理論和美學的"切點"，一時頗爲興盛，出現了李澤厚《美的歷程》等著作。另一方面，被我們關在門外幾十年的各種西方理論思潮，如結構主義、新批評、接受美學、闡釋學、甚至原來屬於自然科學的系統論、資訊理論、控制論，也成爲古代文論研究的新式武器。

其二，宏觀研究的提倡。宏觀研究本身也有一個發展的過程：從一開始在方法論上與微觀的對立，到宏觀與微觀的融合互補，這種提倡和發展影響了一代學風。

其三，是研究重心的轉移，從世紀初對"批評史"的研究，到比較詩學研究，轉移到對古代文學理論內部的體系、概念、範疇、方法論的研究。最近，在世紀末，又興起"古代文論的現代轉換"的問題。大家更關注古代文論與現代的關係，現在如何闡釋古代文論？是以現代改鑄古人，還是"以古釋古"？構建具有中國特色的文學理論的立足點在哪裏？這些討論，很可能會從本世紀文論研究的第三階段，一直延續到二十一世紀。

黃　霖（復旦大學教授）：你剛才是從時間上來劃分階段，這種劃分比較通行，另一種思路，我們不妨從幾個不同的角度上來考慮這個問題：比如第一種，從對本學科認識的自覺性來看，約略可分三個階段：

第一階段，本世紀初至"五四"前後，是一個對於"中國文學批評史"這門學科的研究來說還不自覺的階段；

第二階段是"五四"前後至六十年代，是自覺地將中國文學批評史作為一個學科、一門學問來研究的階段；

第三階段是六十年代至今，是將批評史研究自覺地與當代中國特色的文學理論結合起來的階段。

這裏有必要簡單回顧一下傳統的中國文學批評研究的情況。前不久，讀到中山大學吳承學、彭玉平寫的《從古典形態的詩文評研究到現代形態的批評史》一文，很受啓發。由此想到，中國古代對於"中國文學批評史"的研究實際上還是反映在多方面的。許多目錄著作中的提要固然關係到對中國詩文學批評的研究，此外，還有以下幾類情況：一是不少"詩文評"著作本身就是對"詩文評"的研究，例如馮班的《嚴氏糾謬》就是專論《滄浪詩話》的，此外如《文心雕龍》、《文史通義》以及一些詩話、文話、詞話中都有不少內容；二是文集中的單篇文章和有關序跋，以及一些筆記雜著中的記載；三是一批關於《文心雕龍》、《詩品》、

《二十四詩品》、《滄浪詩話》等專著的校、注、箋、釋作品；四是評點，如楊慎、鍾惺、紀昀、黃叔琳等許多人對《文心雕龍》作過評點，這些評點有的是從文章學的角度出發，也有不少是從文論史着眼的。

在古代所有研究"詩文評"的人當中，紀昀確實是一個最具批評史眼光和最有成就的人。這不僅是從《四庫全書總目提要》中反映出來，而且他評點過《文心雕龍》、《史通》等著作，甚至他出的一些會試策問竟然也都是文學批評史和文學史的題目，弄得一些舉子們目瞪口呆。這樣的情況到二十世紀初，如李詳的《〈文心雕龍〉黃注補正》、廖平的《論詩序》，以及劉師培、黃侃在北大開設《文心雕龍》課程和發表有關論文，都是沿着傳統路子，他們實際上已經接觸到了文學批評史的問題，但是並不自覺。

"五四"以後，陸續發表了一些如《中國的文學批評家》、《批評中國文學的方法》（1922）、《中國文學批評》（1924）等論文，至1927年陳鍾凡的《中國文學批評史》出版，標誌着人們對於"中國文學批評"這個概念已經明確，這個學科已經確立，有關的專著也陸續問世，學術界已公認古代文論研究是中國文學研究的一個重要方面。但是，人們對於為什麼要研究這門學問並沒有深究，大致照搬了西方的一套而覺得人家有這門學問而我們也必需建立，研究的態度和方法主要建立在"詮釋古代"的基點上，而並未認真考慮對於"建設現代"有什麼意義？到六十年代初，覺得在文藝理論上不能再沿着蘇聯的一套走下去了。於是強調要建立有中國作風和中國氣派的文藝理論。《文藝報》等報刊組織了專門的文章、由人民文學出版社出版新校點的中國古代文論叢書、1949年以前的一些重要的批評史著作紛紛重版。可以說，在中國歷史上文學批評史的研究從來沒有像六十年代初那樣熱過。

我覺得，這種熱的意義，並不僅僅在於對批評史的重視，而更深的一層是，從此使研究者們更加明確：研究中國文學批評史的目的不僅僅是爲了弄清過去，而更重要的是爲建設具有當代中國民族特色的文學理論服務。當然，人們還是認識到這裏有直接和間接的區別，但即使是間接地服務，也在內心深處明白這最終還是爲了有功於現實。

可是到最近又面臨兩個問題：一是有人強調自由、獨立的"個人性研究"而反對服務於現實的"社會性研究"，於是對中國文學批評史的研究是否要"古爲今用"？另一問題是有人提出"話語轉換"的任務，這實際上是主張我們的理論建設走"蘇聯化"→"民族化"→"西方化"的道路。

再比如，以觀點和方法來劃分，首先要將"傳統的"與"現代的"兩個時期區分開來。所謂"傳統的"時期是指二十世紀初。這時主要還是以經史觀主導下的傳統文學觀與文獻學的方法相結合的研究期。李詳、劉師培、黃侃等人的觀點方法與紀昀、黃叔琳等的研究還是在一個範圍內，並沒有出現如王國維《紅樓夢評論》那樣用西方的新觀點和方法來研究小說一樣來研究"詩文評"的作品。"五四"以後，對於古代文論的研究的觀點和方法才進入了一個新的"現代期"。這一時期又可以分成三個階段：

第一段是"五四"至1949年。這階段是在傳統的基礎上，廣泛而自由地吸取了西方文學觀點和治史方法之後，呈現了一種中西交融、百花齊放的形態。馬克思主義作爲一種思想，儘管在中國文學史的研究方面已經逐步呈現出主導態勢，但在批評史的研究領域內還顯得相當薄弱。

第二階段是1949年至"文革"。這階段確立了唯物主義觀點方法的統治地位。不論在史料的整理詮釋，還是在理論分析方面都取得了一定成績。但在不適當地強調階級論和爲政治服務的干擾下，也產生了許多弊病。

第三階段是"文革"以後到現在。其特點是重新廣泛地借鑒中外古今的理論觀點、思維方式和研究方法，因此出現了新的生機。

以中國文學批評"史"的研究角度來分，也可劃成三個階段：

第一階段是從本世紀初至陳鍾凡的《中國文學批評史》出版，這是一個對於"史"的研究不明確、不自覺的時期。中國古代如《四庫全書總目提要》那樣的作品，現在看來也可以說有"史"的意味，但並不是一種嚴格和自覺意義上的學術史，一般做的都是個案研究，而不是史的研究。

第二階段是從 1927 年至 1946 年傅庚生先生的《中國文學批評通論》出版。這時期的研究者已明確是在作中國文學批評"史"的研究，研究者們即使不是寫"批評史"，而是在作個別作家作品的研究，也是自覺不自覺地放在整個"批評史"的長鏈中加以觀照的。在這階段，也出現了一些橫向的研究，文章如《中國文學批評史上之"神"與"氣"》、《先秦儒家之詩論》等，或從一、二個範疇觸發，或從一派批評家着眼，或從一種問題考察，都不同於史的縱向的歷時性研究，而開始作橫向的共時性研究，但總的說來還未形成氣候。

第三階段是從 1946 年傅庚生的《中國文學批評通論》問世，標誌着進入橫向研究的新階段。這階段中，儘管縱向研究還是久盛不衰，但橫向的研究越來越受到重視。特別是近年來，諸如《中國文學之精神》、《中國古代美學範疇》、《中西詩學體系比較》、《中國古代文學原理》等論著陸續出版，人們對橫向研究越來越重視。在橫向研究的過程中，人們也從搬用西方的觀點和體系、臚列一些材料開始，到注意用中國傳統的概念、範疇去構建體系框架，再到努力抓住中國傳統文化的核心精神去探索中國文學批評的內在體系，也在不斷的深化。而這一視角的研究實際上就關係到"體系"的研究了。現在有人提出中國古代文學批評究竟"有沒有體系"這個問題時,很有點像三十年代中國文學批評史的研究已經走了相當一段路程以後,還有人問"舊時的'詩文評',是否也算得文學批評"一樣。我想,從"是不是文學批評"到"有沒有體系"的問題提出,也正從一個側面反映了中國文學批評史研究的深入。

陳伯海(上海社會科學院文學研究所研究員、所長):我同意將二十世紀中國古代文論研究的歷史劃分爲三個階段,這三個階段構成本世紀古文論研究進程的三大步。回顧這個歷程會發現,古文論研究中的每一次新步子的跨出,其實都有一股新的社會思潮爲之撐住,學術發展離不開社會變革和隨之而來的觀念、方法更新的驅動;但也正因爲如此,古文論學科的建設不免隨着社會政治潮流的震盪而發生震盪,往往是一種路向尚未充分展開及趨於成熟,便被迫折入另一種路向,新的取代舊的,後浪掩蓋前浪,於是造成頻繁的斷裂和反復。這與整個二十世紀政治、思想變動的急速是分不開的。今後若真能進入和平與持續發展的年代,情況當會有所改變。

除此之外,我想重點談談前瞻的問題。當然,談"未來學"總要冒點風險,搞不好更成了胡言亂語,所以只能聊且一試。

考慮到事物的發展有其延續性,我覺得,當前古文論研究中的許多態勢,如多元化的格局、學科門類的開拓、專題的深入等等,都將長時期地保持下去,並不斷獲得新的成效,這不必細說,而更需要引起關注的,也許是發展中的新動向。就古文論學科建設而言,我想指出的一點,就是有可能從以往側重對"史"的研究,逐漸轉向以後對"論"的研究的加強。我想大家都會同意,二十世紀古文論研究的重點在"史",從這門學科慣常稱作"中國文學批評史"作爲佐證,更從陳鍾凡、郭紹虞諸先生所開創、並由復旦大學所編七卷本《批評通史》爲集大成的專著業績中加以坐實,對古代文學理論批評進行歷史的考察與整合,確實是本世紀幾代學人傾注心力的着眼點所在,也是這門學科取得巨大成就、形成系統構架的標誌所在。這個功績無論如何也不能看輕。但是,歷史的研究並不能窮盡這門學科的內涵。

總結古文論的傳統,不僅要弄清它的源流因革、來龍去脈,還應該致力於理論品格和理論價值的把握,諸如古文論的核心觀念、總體結構、表現形態、批評方法、哲學基礎、文化淵源、民族特性、歷史地位及其在當今世界學術演進中的現實意義、未來趨向等,皆屬於從事此項研究的題中應有之義;而要解答這類問題,便不能單純倚仗歷史的考察,還須憑藉理論的綜合。於是便有了由"史"向"論"轉化的理由。如果説,傅庚生出版於1946年的《中國文學批評通論》還只是這種轉化的孤立兆頭,其形態也遠未成熟,那麽,近年來試圖從理論層面對古文論傳統加以提煉、整合的著作和文章明顯地多了起來,探討也有所深入。

暫且撇開"史"的一頭,專就"論"的概括而言,我以爲也應該有三大步可走:一是對古文論本身進行理論上的綜合,努力把握其基本精神和內在體系;二是充分發掘古文論傳統中有生命力的成份,促進古文論的現代轉換;三是在此基礎上會通其他方面的理論,嘗試建構具有民族特色的新型的中國現代文論。這三步的區分和先後次序主要是就邏輯關係來説的,時間上則容有錯雜混合,不等於非走完前一步,便不能走下一步,更不一定會構成界限分明的三個段落。

先説對古文論的理論綜合,這是很艱巨的任務,且不説傳統理論的繁雜散漫,歸納整理決非易事,更要加小心的是:我們這一輩學人一般都經受過現代文論和西方文論的薰陶,眼界爲其拘限，一出手便容易借取現成的模式爲套式，於是古文論自身的特色便泯滅，只剩下一個"放之四海而皆準"的西方文論的範式。據我看來，綜合而又要保持民族傳統的特色，當從古代文論特定的範疇、命題和論證方法入手，逐步上升到一些理論專題、文體門類以至總體結構。爲什麼要這樣做呢？因爲一種理論形態就其整個體系而言，好比是一張網路，體系所賴以建構的各個範疇好比網路上的點眼，點眼的縱橫交錯紐結成網路，有如各個範疇之間的張力建構成體系一樣，而體系主導精神和內在結構也正具體落實在它的一些基本範疇及其互涵互動的關係之上。這只要想一想古文論傳統中諸如風骨、興寄、興象、意境、理趣、神韻等範疇及其相互推移過程裏蘊涵着的多麼豐富的民族文化情趣和審美經驗，便不難弄懂個中奧妙。範疇如此，命題何嘗不然？由範疇、命題衍生的論證方法又何嘗不然？所以立足於古文論自身特點的理論綜合工作，若能以範疇爲支點，由最具典型意義的範疇、命題和批評方法入手，從個別到一般，從局部到全局，最終進入古文論結構體系的解析，當不失爲一條循序漸進的有效探索途徑。

黃　霖：如何評價中國傳統文學理論特殊批評方式的價值，的確是大家關注的問題。對於中國文學理論批評方式的特殊性，人們已經做了一些探索，但是全面系統的研究並不夠。最近我讀了劉今明同志的《中國文學批評方法論》一書，他在書中把中國傳統的"批評思維與方法"的特點概括成四點：體用不二、整體直覺、通觀整合、圓融不執。我們現在一般注意到的只是"整體直覺"這一方面，從孔夫子將"詩三百"一言以蔽之曰"思無邪"開始，後世的批評家大都走這條路子，如評詩人"魏武帝如幽燕老將，氣韻沉雄。曹子建如三河少年，風流自賞"；評一代詩風曰"唐人詩純，宋人詩駁；唐人詩活，宋人詩滯；……唐人詩如貴介公子，舉止風流；宋人詩如三家村乍富人，盛服揖賓，辭容鄙俗"；總結文意關係時說"凡爲文以意爲主、以氣爲輔，以辭采章句爲兵衞"等等。顯然，這樣的理論批評自有它的短處，這主要有兩點：一是因爲講的是總體印象，不作全面細緻的分析，因而往往有以偏概全的弊病；二是因爲作家感情介入，往往會帶來一定的主觀片面性；三是因爲是籠統、形象的描述，不作具體的評說，就往往使人不明不白，難以悟解。但同時也應看到，這種批評方式也有它的妙處：一是它的批評思維與創作思維相契合，所用的話語形象生動，不但易於傳文學作品之神，而且本身能給人以一種藝術享受，容易被人接受；二是它注重整體的把握，總的傾向鮮明；三是它要求批評家情感投入，往往能真切地體味到作品和創作規律的精微奧妙之處；四是它給讀者留下再思考的餘地，能引發和調動讀者深入思考和批評的積極性和創造性。因此，我們就不難理解我們的祖先何以能樂此不疲。我們現在也不要看到人家碗裏盛的肉，就說我們碗裏的魚不美。所以的確有一個立足於古代文論的特點而進行理論綜合的問題。

曹　旭：對於兩位先生所說的發展趨勢，我也有同感。近年來，出版了人民大學蔡仲翔等人的《中國文學理論史》（五卷本）、復旦大學王運熙、顧易生主編的《中國文學批評通史》（七卷本）和羅宗強主編的《中國文學思想通史》（八卷本）。隨着這些著作的問世，無論是對批評史資料的挖掘整理、對某些文論家個案的研究，還是對"史"的基本描述、對總體規律的解釋上，上述著作已做了集大成式的研究。我覺得，下一世紀的研究應該轉向，不再把重點放在"史"的研究上而應該深入到古代文論的內部，從縱向的研究轉向橫向的研究上。這一轉變其實已經顯露出某些消息，比如復旦大學在七卷本《通史》之後，古代文論研究又有新的嘗試和突破，他們從縱向的"史的研究"，轉向中國文學理論"内部的研究"。從"古代文論體系"、"古代文論範疇"、"古代文論方法"三個方面展開。其中《中國文學批評方法論》已經結項。全書共分三編：第一編討論"批評意識與方法"，第二編討論"批評思維與方法"，第三編討論"批評的具體方法"。每章又都圍繞批評的方法展開，比如第一編把"批評意識"具體分爲"文化歷史意識"、"教化意識"、"人物品鑒意識"、"審美超越意識"等，三編的内容與傳統的"中國文學批評史"相比，角度更加新穎，即如"知人論世"的方法，這裏就從"知人論世方法界説"、"漢魏知人論世方法的展開"、"唐宋時期知人論世方法的深入"等多重角度加以研究，比以前史的研究更爲細緻深入。

説到這些主要由新一代的學者嘗試的研究方向和獲得的成果，又想到一個有關的問題，即本世紀幾代古代文論研究者各自在知識結構、研究方法等方面的特點和利弊。與研究史的三大階段相吻合，研究者也可大致分爲三代人：

第一代以朱光潛、郭紹虞、陳鍾凡、方孝岳、羅根澤、朱東潤諸先生爲代表。他們是學科的"開山祖師"，共同的特點是：大多學貫中西，舊學的根底深而受到"歐風美雨"的薰陶。他們常常是集創作、研究、翻譯工作於一身，即使是在學術研究上，也是多方面的專家，既研究古代文學理論，更是治文學史或者語言文字方面的專家。還有，他們大多是書齋型、守拙型的人，他們曾在自己的著作中引用西方理論，進行某種"界定"，但不刻意，屬於嘗試性的。大多數人以後又從理論探索方面撤退了。他們的研究著作，不用馬克思主義時，能與之暗合；試圖用馬克思主義標榜一下的時候，就常常鬧笑話。

第二代人大多數接受、掌握了馬克思主義的立場和方法，在古文論研究中能運用歷史唯物主義和辯證唯物主義，就像"李光弱將郭子儀兵"，舊旗號、舊營壘而能精彩一變。但是由於時代的原因，他們付出的代價多，而與收效不成比例，因此，一些研究成了"過渡性"的。他們在方法上，多用"定點透視法"，即從馬克思主義理論這唯一的支點透視古今；一部分人進入新時期以後，研究方法開始多元化，比較成功地運用了接受美學、民俗學、文化闡釋等等方法，取得了重要的成果。他們的外語和舊學不如第一代學者，但有很強的研究意識，而且在理論上超出甚多。

第三代研究者是在八九十年代以後進入研究領域的，他們的主體意識很強，比前一輩人更多獨立的思考，同時也懂得向第一代學者學習中西貫通和舊學功底、向第二代學習理論方法。

第三代人的研究，用的是"散點透視法"：比較文學的、美學的、宗教的，包括傳統考證的，一切有關"外學"和"內學"的方法，他們都在試驗，而且運用得越來越得心應手，在這個基礎上產生的研究成果正受到人們的矚目。三代學者的歷程，也對我們認識本世紀古代文論研究的特點以及下世紀的發展趨向有所啓示。

陳伯海：與你談的問題相關的、也是目前爭議較多的，是古代文論的現代轉換問題。因爲當今一代學者的古代文論研究，是在一個與以往很不相同的時代環境和文化環境中進行的，所以"現代轉換"的問題引起大家的關注就是很自然的。當然，現在對這個問題的認識並不一致。大致説來，主張"轉換"的人主要是從時代精神着眼，認爲古文論不經過"轉換"，則很難適應現在時代的需要；而反對提"轉換"的人則更多從民族性上考慮，以爲一經"轉換"，必然失去古文論的個性。雙方各執一辭，互不相下。也有人走中間路綫，建議用古文論的"發展"來代替"轉換"，既可以適應時代，又能保存自我，左右逢源。在這個爭議中，我個人是傾向於"轉換"的，不僅古文論需要現代轉換，整個古代的學術傳統、文化傳統都需要轉換；不轉換，停留於原封不動，那就僵死了，就變成了古董。古董當然亦有其供人玩賞的價值，但未必是我們對於博大宏深的民族文化傳統的期望，所以不能不致力於傳統的推陳出新。而"轉換"必然包含發展，但不限於在既定框架裏的擴充、延伸。時代演進了，文學更新了，語言變換了，要想用修修補補的舊有範疇、體系來加以整合包容，能做得到嗎？"轉換"就意味着改造、翻新，免不了同原來面目拉開距離，這實在是無可奈何的事，其實今人對歷史的各種研究和詮釋，都已滲入了現代人的思維方式和語言習慣，這就有了改造的成分。不過改造並非臆造，也不同於另起爐灶，所以事物固有的材質、性能自還有留存的餘地。如何在"似與不似之間"掌握一個合適的度，或許就是古文論現代轉換能否成功的關鍵。

爲了把問題說清楚，我想就轉換過程中的兩個關節點——比較和分解，講得更具體一些：古文論要實現現代轉換，首先必須放在古今與中外文論溝通的大視野裏來加以審視，這就形成了比較的研究。比較研究的基礎是在兩種理論形態之間找尋相同或相異之處，近年來搞的人不少，流於形式的也多。依我之見，要真能深入事物的核心，比較的着眼點不能停留於簡單的求同和求異，而應注重於辨析"同中之異"和"異中之同"。道理也很簡單：如果純然求同，則古文論一經與現代及西方文論溝通，其理論特色便會消融散失，這決非真正意義上的現代轉換。反過來說，如果只求立異，一味強調古文論的特殊性，則"國粹"雖存，而其現代意義和世界意義不復彰顯，也就談不上什麼轉換。只有注目於同中有異、異中有同，古今中外的文論才有交流對話的必要，也才能通過交流對話實現會通。舉例來說，西方美學的傳統觀念是"美在形象"，"美學"的名稱即由"感性學"而來，但中國人的傳統從老子的"大象無形"到司空圖的"象外之象",其主導傾向卻認為"美在對形象的超越",換句話說,超越形象才是更深刻的美。同一主題出現了不同的答案,其背後更隱藏着不同的價值取向和思考問題的方式,這就構成比較研究的興味點;而透過其方方面面同異關係的辨析,當能更清晰地把握傳統文論的精神實質及其理論生命力所在,亦為中西文論的走向融合創造了條件。

比較研究是古文論現代轉換的前提,而要實現這一轉換,還有賴於對古文論進行現代詮釋,使古文論獲得其現代意義。這決不是說要搞古今比附,更不等於將今人的思想硬加在古人頭上,而是要立足於古文論自身意義的解析和闡發,剥離和揚棄其外表的、比較暫時的意義層面,使其潛在的具有持久生命力的内涵充分顯露出來。這樣的詮釋工作便叫分解。舉例來說,"詩言志"作為中國詩學的開山綱領,曾經建立起悠久的歷史傳統,如何來解析其内在的涵義呢?依據傳統的說法,"志"指的是與宗法社會的禮教政治相關的詩人懷抱,"言志"便意味着詩歌表達的思想感情符合社會政教規範。這層涵義不管它在歷史上發揮過何種作用,今天已完全不能適應時代的需要,只能加以否定。但我們對"詩言志"的意義似還可作較為寬泛的理解,即把它看作強調詩歌内容與社會政治的聯繫,就這一主題而言,"詩言志"的說法顯然未曾過時,它同現代文論中"文藝與政治"的命題可以接上軌,而古人圍繞"情""志"等關係的種種議論和實踐,對今人的思考也不無借鑒作用。再往深一層看,"詩言志"的"志"確實是一個非常獨特的範疇,它指思想,也含感情,而且不是一般的思想感情,特指一種積澱着社會倫理内涵、體現出社會群體規範的思想感情。這樣一個範疇,在西方文論和我們的現代文論中還找不到恰切的對應物。只有黑格爾所謂的"情致"與之相近,但"情致"指渗透着理念的情感,重在理性精神,與"情志"之強調社會内涵仍有差異。也正因爲"志"具有豐富的社會內容,"言志",決不能等同於西方文論中的"表現自我"。在西方傳統裏,表現論與再現論是相互對立的,而我們的"言志"卻來自"因物興感",這物也經常是指社會政治。表現論的詩學可以不顧外在形式的傳達與接受,而我們的傳統卻要求"志"與"言"的結合,落實於文本的才是詩,於是讀者便也可以依據詩歌文本來"以意逆志"。總之,作者、讀者、世界和文本——艾布拉姆斯所說的文學四要素,在西方文論中經常出在對峙和隔絕的狀態,於我們卻是渾然一體,其紐結點正在於這富於社會內涵的詩人之"志"。如果我們就着"志"的這層内核作深入的開掘,使其内涵的社會學、倫理學、心理學、美學的這種潛能得以充分展現,可以想見,"詩言志"的命題還將在建構人類未來詩學上實現其更爲深遠的意義。這就是我主張的古文論的現代轉換,它要經過現代人的比較研究和分解詮釋,才能使潛藏在傳統裏的隱性因數轉化爲顯性因數,而又不至於背離其本義。

黃　霖:陳先生是以"詩言志"這個命題爲例,說明在今天如何認識古代文論是一個複雜細緻的問題。其實,對於整個中國傳統的文學理論的認識同樣不能簡單化。比如要回答"中國傳統文學理論是否具有體系意義"的問題,就要作細緻具體的分析。現在許多人關注對此的爭論,我想主要是由於遇到了這樣幾個問題:一是中國古代文論的表現形態多感想式、經驗型的,而不是像西方那樣多理論性、條貫式的著作;二是思想文化背景複雜,儒、道、佛諸家都有不同特點或系統,在這不同的思想指導下有不同的文學思想和文論著作;三是詩文、戲曲、小說等等不同文體有各自不同的特點;四是各流派、個人,乃至每個文論家的不同時期都有各自不同的主張,這樣多的複雜因素綜合在一起,就覺得很難摸到一個完整的體系了。

這裏的第一個問題似乎在中國及東方表現得比較突出，但下面一些問題似乎在西方、東方各國都會碰到，都會有不同的思想、不同的流派、不同的人存在，所以實際上不應當成爲獨獨懷疑我們祖先的理論有沒有體系的理由。我覺得就中國文學批評的研究來說，其"體系"實際上也是可大可小的。小一點的，如對於"氣"、"神"、"風骨"等範疇或"明道說"、"正變說"等理論問題，大一點的如對於"先秦儒家文論"，到"儒家文論"，再到整個"中國古代文論"，大大小小都是可以構成互相聯繫和互相制約的"整體"。因此，從廣義來說，對於某些範疇或理論問題的梳理，對於一派、一個時代等文論的考察都可以看作是"體系"性的研究。我們在論述某一範疇或某一文派的理論時，分析其構成這一"整體"的各種因素和相互關係時，實際上就是在構建一個體系。所以體系並不玄妙莫測。

至於從整個"中國傳統文學理論"來看，要從不同思想文化背景下、不同文體、不同時代、不同派別的萬千理論家的零碎言論中總結出一個體系來，的確有一定難度。因爲它們之間存在着太多的差異性。但同時也應該看到，它們之間畢竟同時存在着一定的聯繫性和統一性，因而形成了鮮明的"中國作風和中國氣派"。這種中國文論的氣韻，我們一時間雖然還不能解說得清楚和正確，換句話說，對於中國文論的體系一時還不能構建得人人滿意，但我們誰都可以感受到它確實存在。這也正像西方的文學理論體系，我們能感覺到它，但誰能說他能講得一清二楚、人人滿意了呢？我們應該看到，通過幾十年的努力，畢竟在一步一步地逼近真理，或者說在一步一步地促進這方面研究的深入。最後，從我國古代文論的表現形態來看，大都是經驗型、感興式的片言隻語，這就往往不容易使人將其與具有嚴密邏輯性的理論體系掛起鉤來，於是就覺得它沒有體系性。其實這裏有一個外在表現與內在本質的關係問題。神龍見首不見尾，東露一鱗，西露一爪，但不等於其首其爪的不存在。研究者的目的和本領就是要撥開雲霧、把其首、尾、爪、須，乃至片片鱗甲完整地描繪出來，顯現其一個整體。因此，外在形態的如何表現，是不能否定其實際體系的存在。至於對這種表現形式究竟如何評價，那是另外一個問題了。

現代條件下建立中國文學理論，既要注意世界化，又要注意民族化，兩者不能偏廢，這是大家都能接受的。分歧恐怕還是在於以中學爲體，還是以西學爲體的問題。我想在討論這個問題時有幾點是應該注意的：

1. 我們的文學理論，雖然是面向全世界的，但目前主要還是服務於生活在中國土地上、使用中國語言、具有中國民族特點的人的。

2. 我們傳統的理論雖然與西方的有差別，但同時必須看到也有相通的地方，這是因爲古今中外的人心都有相通的地方，文學都有相通的地方，這就是東西方文學理論能相互融合的基礎。

3. 在融合東西方文學理論時，要有民族自尊心。要看到人家的長處，但不要一味看到人家的長處而只看到自己的短處。

4. 當前五花八門的引進和生造的概念、術語、辭彙，無疑有精粗良莠之別，不要在一陣眼花繚亂之後匆忙地呼叫"話語轉換"，要警惕在潛意識的西方文化中心主義驅動下的失態和學術上的投機取巧。我們希望的是能吸取西方文學理論之中的有用之"鹽"，溶解在傳統文論"話語"的"水"中，建立起既面向世界、又具有中國特色的現代文學理論。

曹　旭：兩位先生着重談了古代文論與現代性的關係問題。

結合自己的體會，我覺得要完成聯繫這兩者的大課題，還要特別致力於中外打通的工作，更深入地進行比較文學理論、比較詩學的研究，要在世界漢學的背景下進行古文論的研究。對於未來世紀來說，在世界漢學的大背景下進行我們的古代文化的研究，恐怕是一項基礎性的工作，中國古代文論從唐以後影響漢文化圈的歷史是大家很熟悉的，而在現代意義的研究上，域外學術界也取得了許多令人矚目的成果。因爲對日本、韓國、歐美等國的學者來說，中國文化是一種"異質文化"，對於中國古代文論的研究，就有與我們不同的態度和角度，會有一些意想不到的結論啓發我們的思路，同時提供不同的理論體系、價值坐標和可供我們借鑒的方法論。應該說，我們的學者對隨着本世紀開始的域外古代文論研究，在魯迅的時代還比較重視，但此後就處於非常嚴重的隔膜狀態，在相當的一段時間內，不僅老死不相往來，且雞犬之聲不聞。譬如，從鈴木虎雄氏的《支那詩論史》、青木正兒氏的《支那文學概說》、《支那文學思想史》，到二十世紀七十年代出現的"《詩品》熱"，我們都知之不多，以至出現魯迅引用鈴木虎雄所說魏的時代是"中國文學上的自覺時代"，而被誤認爲是魯迅提出來的。我在以後幾年內的工作，就想對二十世紀日本漢學中對中國古代文學的研究作一番整理，其中有一部分是日本對中國古代文論研究的再研究。可以設想，隨着以後電腦聯網的發展完善，我們在獲取域外研究的資訊上很快會有一個突破，類似的對外面的瞭解在下個世紀肯定要有更大的進步，而在這樣的背景下考慮諸如上面我們討論的現代轉換、中國古代文論的民族特殊性和世界性等等問題，就會具有更加理性和建設性的基礎。

（本文原載於《文學遺產》1998年第3期）

附　錄

　　中國詩學就像江水，千年激蕩，一波一波，滔滔東流。很難取其一勺，說波與浪的關係。但是，制從嘉、道格高古，詩到晚清語變新。品讀《東洲草堂詩集》，知是何紹基一生之小影；而同處晚清，春在堂主人俞樾的《東瀛詩選》，編選日本漢詩，讓中國詩歌形式在異國開花結果後"回娘家"，這是中日文化交流史上的奇葩，沒有之一。

　　我治學從晚清開始，感念疇昔，附此二文。

論何紹基詩歌美學創變

中國詩學在嘉、道前後,出現了一波頗具聲勢的"宋詩運動",一直延續到同治、光緒年間,詩歌創作出現了一段輝煌的小高潮。處於嘉、道期間的何紹基,就是這波宋詩運動中的代表人物。他所處的時代,是大清帝國的城牆剛被英國的大炮轟開缺口,是舊事物受到震撼和動搖,新事物聲、光、化、電剛露端倪的時代;在詩學的寂寞裏,何紹基沿着《詩經》、漢魏古詩、唐代杜甫、韓愈、孟郊、宋代蘇軾、黃庭堅的道路,以"詩人之詩"和"學人之詩"相結合的方法,用比宋人更極端、更大膽的字法、句法、語法和章法,更貼切、新鮮、生動的比喻,"陌生"明代以來已經變得過於熟悉和陳舊的詩歌。

一個有多方面藝術才華的詩人,像唐代的王維、宋代的蘇軾,他們的詩歌總會出現新的審美品格,何紹基同樣把詩歌、書法、繪畫、金石審美集合在一起,融合讀書、性情、江山之助和考據,拓展了詩學的疆域,確立了近代"宋詩派"的美學原則,成爲"宋詩派"理論的宣導者和實踐的開拓者。

一

縱覽中國詩學,從《詩經》、楚辭開始,唐、宋而下,至元、明、清,好比登樓。

一層有一層的景色,一層有一層的氣象;一層有一層的意境,一層有一層的美學。你可以說,你喜歡哪一層的景色,但你不能說,所有的風景只到這一層爲止,後面的都不必登。

何紹基所處的近代,是東方文明與西方文明接觸、碰撞,西方列强用武力叩開中國的大門,並改變了中國社會的性質,中國由長期的封建睡眠狀態,突變成"世界開化,人智益蒸,物質發舒,百年銳於千載"① 的近代(孫中山語)。

近代之時,各種矛盾交錯,全國總人口急劇上升,近代印刷事業突飛猛進,詩人、詞人和詩集詞集的數量,都隨着人口的增加和精神消費的需要,出現前所未有的盛況。同時,蒸汽機的發明,自然科學和工業的發展,給社會生活帶來目不暇接的新氣象,這使傳統詩歌内涵,發生重大變化。

雖然火車、輪船、電報、照相,聲、光、化、電紛紛湧入詩歌,還要等五十年後才普及,要等黃遵憲、康有爲、梁啓超等一批"走向世界的詩人"來完成②,但是,近代即將開端,風雨已經滿樓,在意識形態領域,特別在詩歌創作和詩歌理論方面,要求變革的呼聲越來越高,改革的浪潮已經來臨。這些——都是何紹基詩歌美學創變的背景和基點。

二

何紹基(1799—1873),字子貞,號東洲居士,自號猨(猿)

---

① 孫中山《民報》發刊詞(1905 年 10 月 20 日)。
② 參見拙文《走向世界的詩人》,《上海師範大學學報》1983 年第 4 期。

叟。湖南道州（今道縣）人①。父親何淩漢是嘉慶十年（1805）的探花（殿試一甲第三名），官至户部尚書、工部尚書；其許、鄭之學，宋儒之理，道德文章，均爲朝廷楷模。出生在這樣的家庭，何紹基博聞强記，少有才名，於學細大不捐，喜歡交遊。和他交往唱酬的人，後來都是近代史和文化史上的重要人物。何紹基與比他大十四歲的林則徐論書，與大七歲的龔自珍唱和，與大五歲的魏源討論時事與詩歌；與比他小十一歲的曾國藩切磋學問，還和左宗棠書信往來。尤其是魏源，後來成爲至交，何紹基曾手鈔魏源的《古微堂四書》②；曾國藩很早就説，何紹基的書法必將流傳千古。

三十七歲時，取得鄉試第一名的何紹基，因爲主考官潘世恩、副考官王鼎、吴傑、王植以及張文襄、阮文達兩相國的賞識，被内定爲第一名狀元，準備進呈道光皇帝審批。因閲卷大臣卓秉恬作難，説何紹基的卷子上，有屬於政治性錯誤的"疵語"，在應該留空的地方寫了犯忌的字，故被抽出前十，落到"二甲第八名"。

此後，何紹基在翰林院編修、武英殿協修、武英殿總纂等位子上幹了很長時間，又去福建、貴州、廣東等地鄉試任副考官。因爲鬧情緒，且對長官不敬，機關考核時好時壞，沉沉浮浮。

咸豐皇帝上臺執政，希望革故鼎新，開創局面。要求中外大臣薦舉人才，以備破格録用。七月，由於侍郎張芾的薦舉，咸豐皇帝在圓明園召見何紹基。

八月初六，朝廷正式宣佈他簡放學政後，咸豐皇帝又在乾清宫召見何紹基。"詢問家世外，于諸經注疏，正史綱鑒、宋五子書及

---

① 何紹基的傳記資料很多，主要參見《清史稿·何紹基傳》、何慶涵《先府君墓表》、林昌彝《何紹基小傳》、熊少牧《誥授中憲大夫翰林院編修貤封資政大夫道州何君墓誌銘》等。

② 今天，魏源的《古微堂四書》刻本已經失傳，僅存何紹基手抄本。見夏劍欽《魏源全集各書版本概説》。

説文、篆、分之學,並原籍道州被賊、湖湘防堵情形。由京至蜀沿途關河道路,溫語諮諏,靡不曲至。跪聆占對,晷移六刻始出。"①

委以重任的何紹基九月出都,在成都主持考試,對歷年考試中的積弊,作了大刀闊斧的改革。四川的考場和考試紀律得到了肅整。在文事和整頓考場之餘,何紹基還理民詞訟,得罪了許多地方官吏。這些地方官吏和地方勢力聯合起來,暗中告狀,所以,何紹基自以爲很精彩的"縷陳時務十二事"上書咸豐皇帝後,得到的,竟然是"肆意妄言"的朱批②,並且"由部議以私罪降調"。越幹越起勁的他,突然從頂峰上跌落下來,像突然被暴雨淋濕的落湯雞,分不清是什麼滋味。

"肆意妄言"是怎麼回事?沒有人弄得清楚,何紹基更不清楚,真想弄清楚,除了問咸豐皇帝本人。"妄言",其實是另一種"疵語"。前後兩次"疵語"、"妄言",都像命中注定,成了何紹基一生的讖言。像船剛啓程就折斷了桅杆,政治生命就此終結。對仕途灰心失望的何紹基,從此轉向詩歌、書法、繪畫、金石的創作與欣賞,使他由一個政府官員兼書畫家、詩人,變成純粹的畫家、書法家、金石家和詩人。

這種情形,有點像遭受"烏台詩案"的蘇東坡,因言得禍,也因言得福。繼他的詩集《使黔草》刊刻,桂林朱琦、上元梅曾亮、昆明戴絅孫、河間苗夔、平定張穆、姚江鄔鴻逵、紫卿楊季鸞分別爲之作序;此後,何紹基將在四川的思想歷程、感情歷程、山水歷程,特別是遊了"瓦屋山"的感想,編成了《峨眉瓦屋詩鈔》。政治不幸文學幸,政治上的失意,換來了他在書法、詩歌上

---

① 見何紹基《去蜀入秦紀事書懷,卻寄蜀中士民三十二首》並序,《東洲草堂詩鈔》卷十六。

② 見何紹基《去蜀入秦紀事書懷,卻寄蜀中士民三十二首》並序,《東洲草堂詩鈔》卷十六。

的收穫。隨着舊居"東洲草堂"的命名，何紹基的詩、詞、文集，都冠以"東洲草堂"之名。

五十六歲的時候，他寫了一首《蝯臂翁》的詩，説學書執筆如射箭，都必須懸腕，以簡禦繁，以靜制動，像猿臂一樣伸縮自如，"聊復自呼蝯臂翁"。從此，何紹基又有了一個差一點比自己本名還流行的自號①——"蝯翁"。這是他從政治仕途轉向書法和詩歌藝術最明確的信號。

激流勇退的何紹基經四川廣元出蜀，出寧羌州，出五丁峽，經沔縣、褒城、鳳縣、寶雞，至西安。然後遊咸陽、醴泉，有意沿着司馬遷、杜甫和顔真卿走過的腳印，亦步亦趨，最後走向眉山的蘇東坡。這是何紹基自己選擇的歷史道路，是書法和詩歌的道路，也是他藝術追求的象徵。

在四川任職時，何紹基的公署，就在"三蘇祠"隔壁，無論是詩歌還是書法，天天都可以向蘇東坡的塑像請教，離開"疵語"、"妄言"的政治漩渦以後，何紹基對蘇東坡更有一種親切的認同感，緊隨蘇東坡，向宋詩傾斜，除了詩詞、書法、繪畫審美相通外，都會説"癡語"，因言得禍，遭受打擊後性格倔强是内在的原因。

在蘇東坡、黄庭堅、歐陽修、王應麟的生日，何紹基與朱琦、王拯、祁寯藻、宗稷辰、葉名澧、邵懿行、王安伯等人詩酒唱和，在慶祝蘇東坡、黄庭堅生日的同時，表明自己更加自覺的藝術追求，集中和蘇東坡的詩更多。

此後的何紹基不斷被邀請主掌山東、湖南等地書院，教授生徒。一邊教書，一邊畫畫，創作書法和詩歌，教學和遊歷是他下半生重要的文化活動。主講書院時，他還抽空沿瀟水而下，足跡

---

① 一般書上都説何紹基"晚號蝯叟"，其實不對。何紹基活到七十五歲。五十六歲時自號"蝯叟"，算不得"晚號"，可以更正。

遍及廣東、廣西、湖南、貴州等地，並乘火輪船遊歷澳門和香港，睜開眼睛看新世界，這些，都對他的詩歌創作產生很大的影響。

七十二歲時，兩江總督曾國藩和江蘇巡撫丁日昌延請何紹基主持蘇州、揚州書局，請何紹基主持校刊大字《十三經注疏》，這是國家重要的文化工程，何紹基勝任愉快。七十五歲時，因染痢疾，在蘇州逝世。

何紹基在詩歌、書法、繪畫、金石的藝術天地裏勤奮耕耘，把詩歌、書法、繪畫、金石熔鑄在一起，創變新的書法美學和詩歌美學。"同光體"理論家陳衍在追溯"宋詩派"來歷時說："道、咸以來，何子貞（紹基）、祁春圃（寯藻）、魏默深（源）、曾滌生（國藩）、歐陽磵東（輅）、鄭子尹（珍）、莫子偲（友芝）諸老，始喜言宋詩"[①]。陳衍談道、咸詩風轉變的原因，論"喜言宋詩"的人物，第一個就提何紹基。其實，在"喜言宋詩"的這些人物中，何紹基年齡不是最大，官職也不是最高的。但在陳衍看來，何紹基是重要的開創者和實踐者，是近代"宋詩派"的代表人物。

何紹基的詩歌美學，主要集中在他的《東洲草堂詩集》中。匯入《使黔草》《峨眉瓦屋遊草》等別集的《東洲草堂詩鈔》，多記行、記遊、紀事之詩，當是何紹基半世紀的心路歷程、詩路歷程和一生的日記。

三

中國詩學就像江水，千年激蕩，一波一波，滔滔東流；有時很難取其一勺，説清這一波與前後波浪的關係。但是，制從嘉、道格高古，詩到近代語變新。從江山到魚鳥，從台閣到邊陲，從

[①] 見陳衍《石遺室詩話》卷一。

内心到四季，品讀何紹基一生小影的《東洲草堂詩集》，仍然可以發現中國詩學的走向和何紹基詩歌創變的新特徵。

特徵之一是何紹基"喜言宋詩"，但不反對漢魏詩和唐詩，不薄唐詩愛宋詩，是何紹基的基本態度，也是"宋詩派"兼收並蓄的詩學特徵。

此前，我們多少有些誤會，以爲"宋詩派"是一個純粹祖襲"宋詩"的詩派，何紹基就是模仿宋詩的詩人①。但進一步研究，發覺"宋詩派"不僅是一個學習"宋型詩"，寫作"宋型詩"的詩派，而是一個兼收並蓄的、集大成式的詩派。

杜甫很重視"轉益多師是吾師"②。《四溟詩話》記載謝榛作客京師，與李于鱗、王世貞、徐中行等人論詩法時，強調"奪神氣，求聲調，裒精華"，調五味以成"全味"，"采百花自成佳味"。"若蜜蜂歷采百花，自成一種佳味。"但是，他的"奪神氣，求聲調，裒精華"、"全味"和"采百花自成佳味"，還是僅僅停留在唐十四家詩集中之"最佳者，錄成一帙"，或者"兼以初唐、盛唐諸家，合而爲一"。不離唐人一步，眼光和手段遠遠沒有何紹基和近代"宋詩派"高遠和闊大。

《四庫全書總目提要》總結前朝和本朝詩學傾向時說："當我朝開國之初，人皆厭明代王、李之膚廓，鍾、譚之纖仄，於是談詩者競尚宋、元。"這是清初詩學的大致走向。至乾、嘉年間，許多人越來越認識到宋詩的好處。趙翼、蔣士銓、翁方綱等起而作宋型詩。《甌北詩鈔》的作者趙翼在《論詩五首》中就説過："李杜詩篇萬口傳，至今已覺不新鮮。江山代有才人出，各領風騷數百

---

① 見《近代詩選》，北京大學中文系文學專門化 1955 級《近代詩選》小組選注，人民文學出版社，1963 年。
② 見杜甫《戲爲六絕句》。

年。"要求詩風變革。變革的方法,就是通過學習宋型詩來取得新意和陌生化的效果。提倡"肌理"說的翁方綱在《石洲詩話》中分析說"談理至宋人而精,說部至宋人而富,詩則至宋人而益加細密","宋人精詣,全在刻抉入裏,而皆從各自讀書學古中來,所以不蹈襲唐人也"。他還作了《蘇詩補注》,以爲蘇軾"爲宋一代詩人之冠冕"。這些,都是近代"宋詩派"發生、發展的前奏。至何紹基老師輩的程恩澤和祁寯藻等人,在提倡學習宋詩的同時,還強調詩歌和學問、考據的結合,但未形成系統的理論,其創作成就也有限,何紹基沿着這條道路向前走,兼采"唐型詩"和"宋型詩",同時在詩歌與學問結合的理論實踐中,完成近代"宋詩派"最初的格局,掀起新的詩學波瀾。

嘉、道時期,時代劇變,新事物不斷湧現,世界變大,生活多元,詩歌內涵豐富,理論基礎發展。可以學習師法的東西愈來愈多,《詩經》、楚辭、漢魏古詩、唐詩、宋詩、元、明詩學,都放在你的面前,成功和不成功的例子,供你借鑒,這種時候,兼收並蓄便是最簡單、最好的方法。面對大量的詩歌遺產和理論遺產,社會日新月異的變化,使人來不及思考應對的新局面,客觀上形成了嘉、道時期詩歌兼收並蓄、五花八門的樣子,各種體裁、各種形式、各種風格、長篇的或短篇的、樂府的或格律的、唐型的或宋型的,都相容並包在一個集子裏。

何紹基在《東洲草堂詩集·自序》說自己:"童年即學詩,弱冠時多擬古樂府。辛巳南旋,稿本落水失去。"表明少年的何紹基最初學習的是漢魏古詩和古樂府,這是基礎。

由於"稿本落水失去",何紹基最初的詩歌風格,已沒有了樣本。但整部《東洲草堂詩集》,特別是前幾卷,還保留學漢魏古詩和古樂府的痕跡。而漢魏古樂府的審美、成句或意境,已成爲何紹基詩歌生命的組成部分。作者未必意識到,但讀者隨時可以嗅到《東洲草堂詩集》中漢魏"古樂府"特有的清新醇厚的芬香。有的小詩,甚至還帶六朝遺韻,如卷十一的《瀾橋行館桂樹,來時未花,今落盡矣,感題一絕》:

前度花無信,今來仍寂然。低回與汝別,相賞是何年?

使人想起范雲的《別詩》:"洛陽城東西,長作經時別。昔去雪如花,今來花似雪。"范見花開傷心,何見花落傷心,其不同如此。這些,何紹基自己說了,我不再多說。

我想指出的是,《東洲草堂詩集》中學習唐人,學杜詩的作品亦觸目皆是。卷四《集杜詩十二章》,值得注意,何紹基熟讀杜詩,這十二首詩,與其說是將杜詩咬碎,取出汁來;不如說是將杜甫的詩歌拆卸下來,重新組裝,像用石塊鋪路,將杜甫的石塊,一塊一塊地鋪在自家的院子裏。我們檢查何氏的工作,應該承認他的工作幹得不錯。新穎、貼切、鋪得平平整整,不高不低,一如己出。

雖然磚石采自杜甫,但石塊與石塊之間,縫的大小,色彩的搭配,花紋的創意,還是何紹基的。卷十一的《灘行》、《桂柏》,以及《江浦長風》等篇,都是學習杜詩的明證。

杜詩以外,學習韓愈、孟郊的詩,也比比皆是。如卷十有《過文德關答藕舲用昌黎衡嶽廟韻》,全從韓詩《謁衡嶽遂宿嶽寺題門樓》中來;卷五的《題荷丈南嶽開雲圖時留住又一村多日思爲嶽遊也》,就是學韓愈的《八月十五夜贈張功曹》的作品。《柳絲詞》更是學習韓、孟詩歌的夫子自道。

也許,杜甫是盛唐轉向中唐韓、孟一路的源頭,韓、孟到了宋代,又到了蘇軾那裏,故呂本中倡宋詩"江西詩派"的"一祖三宗","一祖"就是杜甫。何紹基從杜甫、韓愈、孟郊那裏出發,走到蘇東坡那裏是順路,而且路很近。學習杜甫、韓愈、孟郊等人，不僅可以學到唐音，也學到了宋調。何紹基和許多"宋詩派"詩人，都是沿着這條道路轉向宋詩的，但何紹基學習唐詩，不僅爲了包抄到蘇軾、黄庭堅的前門，更有兼收並蓄的用意。因爲除了學杜甫、韓愈、孟郊等人，何紹基還學習李白，學習李商隱。如卷九《秦人洞》首句"秦皇虎視掃六合"，即熔鑄李白《古風》"秦皇掃六合，虎視何雄哉"。次句"六雄俯首皆稱臣"，亦即李白《古風》"諸侯盡西來"意。卷九《晃州》"長安月渡黄河水，送客荆門下五溪。一片清暉不知遠，今宵卻到夜郎西"，簡直就像是剪碎李白的詩歌，重新拼成的詩，和集杜詩的意思差不多。

卷四的《與晏筠唐楊杏農胡蔣石同作用坡公監試呈諸試官韻，時在江西舟中》"飽食類侏儒，敲詩慙沈宋"還提到初唐詩人沈佺期和宋之問，可見，何紹基學習唐人的面是很廣的。《東洲草堂詩集》中出現的唐代詩人名，也許比宋代詩人還要多，這不是爲了品牌、爲了標榜，而是兼收並蓄的詩學性格決定的。何紹基一心要爲他所心儀的唐宋詩人建一座祠堂，然後把他們的塑像排列在一起，頂禮膜拜；並且在靠近蘇軾的邊上安排自己一個座位。

錢仲聯先生説："何紹基與鄭珍同出程春海門，同爲晚清宋詩派的代表作者，而風格不同。何得力于蘇（軾），鄭得力于杜（甫）、韓（愈）、孟（郊）、黄（庭堅）。"① 此是大略之言。其實，何紹基同樣得力于杜甫、韓愈、孟郊，甚至李白、李商隱、宋之問和沈佺期，最後創變成自己的詩歌。

追求字法、句法、語法、章法奇崛的效果，追求貼切、新鮮、生動的比喻和修辭，是何紹基詩歌美學創變的又一特徵。

何紹基以兼收並蓄的方法爲戰略，"統戰"諸家，以比宋人更極端、更大膽的字法、句法、語法、章法爲"戰術"，鼓噪前進，

---

① 見錢仲聯《清詩三百首》，岳麓書社，1985年。

置之死地而後生，以達到標新立異的目的，否則，就會有淹死在蘇東坡、黃庭堅宋詩大海裏游不出來的危險。

何紹基知道，當初宋人在唐人後面寫詩，像跟在唐人後面登山，沒有亦步亦趨，而是獨闢蹊徑。不登唐人登過的山崖，不憑唐人憑過的欄杆；不吃唐人吃過的荔枝，不種唐人種過的牡丹。故意"險韻詩成"，"螺螄殼裏做道場"，在無法轉身的空間裏騰挪，在最逼仄的篇幅裏翻跟頭、豎蜻蜓，以顯示自己的寬博、學問和詞彙量。相對唐人全社會的"大衆的詩"，創造出一種精英式的"知識分子的詩"。宋人的詩學審美心理和喜用險韻、仄韻的風氣，在嘉、道以何紹基爲代表的"宋詩派"詩人中變本加厲。

喜用拗體、拗句，本質上是詩歌求變創新的試驗，何紹基學習杜甫"語不驚人死不休"[①]的精神，追求字法、句法；沿着黃庭堅寧"生"不"熟"、寧"硬"不"軟"、寧"苦"不"甜"、寧"澀"不"滑"的方向，不斷在體裁、題材、獨創性上下功夫。清除陳言，走自己的路。其"推敲"的精神，一點不亞于唐代苦吟的孟郊、賈島，也不亞于宋代的黃庭堅和陳師道。

在《東洲草堂詩集》中，經常可以看到他用險韻顯示出的高明和能耐。即使寬韻，韻部的字很多，他也主動放棄，故意挑一些平時不用的字詞。寫人、摹景、狀物，均追求生動、突兀，不作平淡語。如卷九《到常德得楊性農親家信，喜晤阿兄荔農》："荔農十年不相見，意氣向人彌穩健。雖云壯志厭看鬢，無奈老痕都著面。朗江清清不可孤，高杯大扇容客呼。……"、"修梧奇竹性農性，文采幽騰風骨正。一第磋砣笑問天，千秋著作還爭命。……母健妻賢兒子秀，讀書飲酒看青山。"對一個把"寫著作"看成"與天爭命"，想不通會問天，不服老，反對照鏡子而

---

① 見杜甫《江上值水如海勢聊短述》。

"無奈老痕都著面"的人，印象深刻。何紹基故意不讓人物在他筆下沉默，而是讓他們大呼大叫，表達遺世獨立和豪放不羈的性格。這種"人物詩"，平仄韻互用，尤其用仄韻，奇崛生動一如他書法綫條中的"折釵股"，上下跌宕、飛舞，喜歡作截然分明的轉折。如卷九《晴》中"荒村拖剩雨，危石礙歸雲"、《元象》中"石根水怒水根石，天外山驚山外天"之類，都很有特色。

數字與詩，也是嘉、道時期"宋詩派"和何紹基詩歌試驗的物件。

杜甫的"霜皮溜雨四十圍，黛色參天二千尺"（《古柏行》）、李白的"天台四萬八千丈"（《夢遊天姥吟留別》）、"一叫一回腸一斷，三春三月憶三巴"（《宣城見杜鵑花》）、韓愈的"一封朝奏九重天，夕貶潮陽路八千"（《左遷至藍關示侄孫湘》）都是用數字入詩成功的典範。由宋、元至清，到了近代"宋詩派"，數字入詩更成了他們置之死地而後生的試驗。

何紹基以大量的數字入詩，效果生硬新鮮，不算很成功，但有價值。如卷五的《呂堯仙古磚册》考證古磚的年代"十四年誰諦文景，年九月當屬典午"、"七八年與八九年"。卷六的《石龜詩爲張石洲同年作》，甚至像寫文章一樣使用數位："道光十六歲丙辰，上距弘治十四春。三百三十有七年……其厚三寸博八焉，長尺有一兼方圓。"一連串用了很多極容易冲淡詩味的數字入詩。此外，如卷十六的夾江詩、《鐵索橋》詩，數字夾在詩句裏，這種詩歌，讓寫《石鼓歌》的韓愈看了，也會驚歎，覺得意想不到。

何紹基開始做這些試驗的時候，時間在道光十三年前後，正是何紹基三十五六歲的時候。近代的鄭珍也善於變化句式，善於用數字入詩，用得比何紹基還好。但在時間上，則比何紹基晚了一點。論者往往注意鄭珍詩中句式的新變和數字的奇特。其實，何紹基是近代詩歌句式和對數字運用更早，也更有意義的開創者。

行雲流水、新鮮生動地運用比喻，也是何紹基詩歌審美創變的重要特點。

從《詩經》開始，比喻就是詩歌中的重要因素，經過六朝、唐宋，特別是宋代，在以文爲詩、以議論爲詩的情景裏，因詩歌句法變得散漫，口語入詩增多而被大量帶入詩中。宋人特別善於比喻，蘇東坡《百步洪》中的博喻，就把比喻發揮到極致。何紹基學習蘇軾，善用比喻，特別注意比喻的貼切性和口語化，注意喻體的新鮮感和奇特感，富於變化和生命力。如卷六《陶雲汀宮保丈六十壽詩》，長達一千多字，裏面的比喻層出不窮，環環緊扣："如雲蒸潤礎，如鐘鳴應穀；如律呂繩準，如旦畫寒燠。"詩意翱翔恣肆。

讀《東洲草堂詩集》，你不妨準備一個筐子，隨時採擷何紹基的一些比喻放在裏面：

夢似遊魚無可捕、卻思百歲如風燈。（《沛寧舟中題賈丹生大明湖圖卷》）

身世蒼涼霜後果，情懷淡沱雨餘天。（《柬藕舲》）

不須真有激湍流，小屋如舟月如水。（《題伍燕堂丈流觴圖》）

一麾無忘舊史氏，公眼鑄詩如鑄鐵。（《送羅蘇溪前輩出守平陽用東坡聚星堂雪詩韻三首》之一）

月明風軟波如席，半夜披衣看放船。（《夜起》）

公家文字多如米，輸卻江湖浩蕩身。（《奉別餘芝薌》）

均水到渠成,毫不吃力,又精妙無比。此外還有:

亂山如鳥背人飛。(《過全州》)

蛩語似歌蟬似哭。(《夏蟲》)

山輿如箔人如蠶。(《扶風山》)

君如瑞鶴我閑鷗。(《入闈贈藕舲》)

這些比喻,生動鮮明,喻體和抒情形象之間距離很遠,增加了新鮮感和陌生感,道前人所未道,具有清新的"近代味"。

何紹基把宋人偶一爲之的"題畫詩",拓展成每天要做的功課,寫得很多。他用詩筆,把畫"兌换"成自然風景。卷五、卷六、卷七、卷八以後,大多數題畫詩,其實不是題在畫上,而是看畫作詩,圖畫只是詩人從中獲得靈感的自然生活的縮影,詩和畫之間的關係,不再是形式上的結合,這就發展了宋代題畫詩。

拓本廣義也是一種"畫",何紹基的"題拓本詩"兼及考據,如卷八的《題程木庵所藏彝器拓本》等,涉及圖畫和拓本的作者、時間、内容,由此形成"考證詩",有考證器物、典章制度、考證書法及繪畫來龍去脈的,形形色色,五花八門。"考證詩"前,多有一小序,介紹情況,然後是詩。大多數的情況是,"序"爲無韻之説明,"詩"爲有韻之考證。也許何紹基心裏想,宋人可以一變唐人,以文爲詩、以議論爲詩,我爲什麼不能以考據爲詩、以學問爲詩呢?

我們可以批評這種做法,也可以不批評這種做法。但至少不要一看到這類詩歌就頭痛,"題畫詩"、"考證詩"只是一種形式,一個裝東西的盒子,裏面裝的東西,有的還很精彩、很有意思的。何紹基《題馮魯川小像册論詩》説："作詩文必須胸中有積軸，氣味始能深厚，然亦須讀書。看書時從性情上體會……故詩文中不可無考據，卻要從源頭上悟會。"要求把多情種子與古碑專家，把最硬的金石和最柔軟的感情，把最木訥的學問和最敏鋭的悟性結合在一起，並且身體力行。有的題畫、學問和考證詩中，傾注了詩人的優雅、激情和感慨。如卷六《題伍燕堂丈流觴圖》："不須真有激湍流，小屋如舟月如水。"卷六的《寄題柳七星廣文校書圖》："長沙我住城南寺，舊雨雜遝新雨至。湘南冀北情話長，蒼茫三十年來事。柳侯頻來看月圓，自言官外餘青氈。醉歸曾無堂下馬，賣文薄有囊中錢。……秋風一第屈人才，春水三篙到官舍。永州山水清而紆，酒濃詩淡窮追摹。……長沙一別又三年，題與新詩四千里。"卷八的《題望雲思雁圖》，是一首悼念亡友，可以在追悼會上讀的詩；同卷《宗滌樓憶永州山水圖》就是一首思鄉詩，從頭到尾都充滿了惆悵的思念。

在王羲之時代，《蘭亭集序》構成文章與書法絶美的組合，天下欽服，一時稱美。但其時的詩歌，主流卻是談哲理的"玄言詩"。到了唐代，王維將詩歌、繪畫、音樂結合在一起；李澤厚《美的歷程》以"顔書、杜詩、韓文"構築唐代美學的頂峰，而詩歌和書法合力構成"盛唐之音"，則要杜甫和顔真卿通力合作才能完成。以我看，除非肅宗皇帝下命令，否則顔、杜兩人絶不肯合作①。

---

① 有跡象表明，杜甫與顔真卿不和。雖然至德二年（757）四月，兩人在輾轉流離中幾乎同時到達肅宗的行在鳳翔，在小朝廷裏天天見面。但不久杜甫因疏救房琯獲罪，審訊他的人，其中之一就是做事特別認真的憲部尚書顔真卿。雖然宰相張鎬説了許多好話，大事化小，但杜甫還是懷恨在心。顔真卿英勇抗擊安禄山叛軍，是河北戰場二十四郡聯盟的領袖；寫出《東方朔畫像贊》《祭侄稿》後，書名已著。但杜甫此後寫作可歌可泣的平亂英雄，贊美書畫家的妙筆，二者都没有提到顔真卿。而顔真卿與衆詩人交往，顔魯公集中的詩人，也没有杜甫的名字，鳳翔審判後，顔、杜等同仇冤家，由此可見。參見《新唐書·韋素傳》、《杜工部集》、《顔魯公集》等。

杜甫雖爲詩聖，詩歌沉鬱頓挫，大而能化，但他的書法理論卻很狹窄，喜歡又瘦又硬的那一種。雖然前法國總統希拉克很喜歡，幾年前訪問中國，在接受中央電視臺訪問時，他引用杜甫的"書貴瘦硬方通神"，來形容中國文化的博大精深。但杜甫書法美學的"書貴瘦硬方通神"，有許多不贊同的人。我眞懷疑，杜甫喜歡"瘦"、"硬"，是不是有意與當時顏眞卿重、拙、大的書風針鋒相對？蘇東坡説："杜陵論書貴瘦硬，此論未公吾不憑。短長肥瘦各有態，玉環飛燕誰敢憎？"（《孫莘老求墨妙亭詩》）説得客觀公允。

　　何紹基的書法，早年由顏眞卿入手，兼及唐歐陽通、李邕；往上追秦漢篆隸；溯北朝楷法，尤得力于北魏《張女墓誌》。他對《張遷碑》、《禮器碑》等，臨寫了一百多遍，寫大字時，用"回腕法"執筆，每次寫字，"通身力到"。用"腕力"，甚至是用腰部的力量，每次寫完大字，均"汗濕襦衣"。他自己説："余學書四十餘年，溯源篆、分。楷法則由北朝求篆、分入眞楷之緒。"連咸豐皇帝召見他，都要問他書法的"篆、分"問題。

　　何紹基將篆隸筆意，融合于行楷書中，形成了一種新風格。草書尤爲擅長，《清稗類鈔》説他"行書尤於恣肆中見逸氣，往往一行之中，忽而似壯士鬥力，筋骨湧現；忽而如銜環勒馬，意態超然。非精究四體，熟諳八法，無以領其妙也"。點如高山墜石，撇如利劍出鞘，豎如新筍出殼，横似舟截春江，無不氣韻生動，被譽爲一時之冠[1]。此外，他還是一個畫家、書畫鑒賞家、金石家。兼善書法、繪畫和治印。他筆下的蘭、竹、木、石，皆寥寥數筆，神采畢現；其山水畫，取境荒寒，隨意揮毫而富有藝術感

---

[1]　陳鋭《褭碧齋雜記》云："道州何子貞（紹基）先生書法爲一時之冠，其行楷少時已有重名。"

染力。

詩、書、畫的結合,歸結爲新的審美趣味和審美品格。《東洲草堂詩集》中的佳作很多:七絕如《慈仁寺荷花池》四首、《春江》、《逆風》、《晃州》、《過全州》、《由澧州至荆州舟中作》七絕八首、《曉發看月》等,都是優秀作品。如《逆風》:

寒雨連江又逆風,舟人怪我屢開篷。老夫不爲青山色,何事欹斜白浪中!

開朗的性格、倔强的章法、勁健的語言,均是蘇、黃本色。

七律如《元象》、《寧羌川》、《鎮遠朱綬堂太守、蔣星坪明府丈邀游文昌閣,飲太守署,登舟有作》、《荆州渡江晚泊》、《榮澤》、《武陵曉發》、《雨後涼甚》等等,一般選本選《山雨》[1],其實不如卷十一的《荆州渡江晚泊》等詩,描寫何紹基在荆州大水災過後,面對顆粒無收的景象,晚上睡不着覺的激動情緒。尤其令人驚歎的是,作者急切的心情,卻用平緩語道出,愈顯其内心的激動不平:

西山日落散輕煙,風緩波平人悄然。淺淺蒲帆宜晚渡,蕭蕭漁火是荒年。一行雁叫有霜夜,萬里星明無月天。瞥眼江南過江北,新寒忽到短檠前。

此詩兼有杜甫和黃仲則的風味,屬於佳篇,應該選入近代詩

---

[1] 何紹基《山雨》詩云:"短笠團團避樹枝,初涼天氣野行宜。溪雲到處自相聚,山雨忽來人不知。馬上衣巾任沾濕,村邊瓜豆也離披。新晴盡放峰巒出,萬瀑齊飛又一奇。"

歌選本。

四

何紹基詩歌美學創變，主要有以下幾方面的意義：

一是拓展了題材和詩學表現領域。

中國詩歌至清嘉、道時期，說好詩已經被唐、宋、元、明人寫盡，也許是一種誇張，但各種各樣的題材、各種各樣的體式、許多典型感情都已被人寫過並產生許多佳作卻是事實。嘉、道之際，詩壇醞釀改革，舊的蠟燭已經燃盡，新的畫卷尚未展開，處在新舊夾縫中間的何紹基，以關注社會、關注民生的態度和憤世嫉俗的感情，寫作了大量傷時憂世、體恤百姓的詩篇，尤其是描寫災害，描寫黃河決堤大水給老百姓帶來流離失所、民不聊生的場景，寫得驚心動魄、感人至深。在整個中國詩學史上，幾乎沒有一個詩人的"災害詩"，尤其是寫"水災詩"，寫得像何紹基這麼多、這麼好的。其中涉及許多近代的"環境保護"問題、"水土流失"問題、"可持續發展"問題，都是唐、宋詩人全然不知和不可想像的，藝術上也達到了相當的高度，如《荆州以南，陸路爲水所斷，改由水驛》，寫黃河決堤，百姓遭殃，官民努力搶險，縣長在船上辦公的細節；以及大水尚未退去，老百姓無法安生，官府已以修堤爲名，要老百姓"捐款"的滑稽，其人民性和深刻性，都不亞于張籍或白居易的樂府詩。

此外，是愛國主義的詩歌。對於列強侵略，作爲愛國詩人，何紹基發出了呐喊和怒吼，並具有鮮明的特色。如寫陳化成將軍血戰上海吳淞口炮臺英勇就義的《題忠湣公化成遺像練栗人屬作》，就是何紹基的一篇力作。

歌詠山川、贈答友人、感事傷時、愛國情懷和關心民生的

"災害詩",是何紹基創作的主流,在《東洲草堂詩集》中佔有很重要的比例。此外,在前輩程恩澤、祁寯藻等人的影響下,何紹基和鄭珍等人,還以自己金石家和書畫家的身份,寫作數量不少的題畫詩、題拓本詩、題金石詩、學問詩和考證詩,有的詩寫得並不乏味,饒有金石味和畫意,具有性情和天然真趣。

當然會有失敗的例子,以文入詩、以議論入詩已經很難,何況是以學問、金石、考證入詩?進行這樣的試驗必然要冒風險,要付出代價,寫得不好可以理解。我們不應動輒批評,因為專挑失敗批評不是我們正確的態度,我們應該注意到他與前代詩人不同和有了拓展的地方;肯定他擴大詩歌題材、擴大詩歌描寫物件在詩學發展上的意義。

在詩學曲線整體下跌的時代,何紹基用自己富有特色的創作,做了很多"止跌"的努力。

如《東洲草堂詩集》卷七《束漱芸》末尾寫道:"作詩送君歸,勉矣努力各。無忘麥熟時,赴我蒸餅約。"一個"各"字很生澀,出人意料,讀者沒有想到。"無忘麥熟時,赴我蒸餅約",乃是老農口氣,既很樸實,也很真實,充滿了泥土氣息,使人想起蘇東坡詩中常有的麥熟的香味。詩句和意境,都推陳出新,起了變化,變得陌生,變得新鮮,應該是首好詩。

與唐代朋友約會,唐代朋友會約你"就菊花";與宋代朋友約會,宋代朋友會約你"醉流霞"。"就菊花"、"醉流霞"固然好,意境也美,但你不能一與朋友約會,就來"就菊花"、"醉流霞",你要變化。何紹基就變成"蒸餅約"。

"蒸餅約"雖然在意境上不如"就菊花"、"醉流霞"優美,但卻比"就菊花"、"醉流霞"更貼近生活,實中有虛。至少是説了"自家的話"。即使比不上前人,也決不蹈襲,有了自己的創造。

在擴大詩歌疆域和説"自家話"的同時，何紹基還將詩歌與書法、繪畫美學圓融、絢麗地融合在一起，形成多種美感下的詩歌藝術，確立了近代"宋詩派"的美學原則。

一個有多方面藝術才華、精通諸種藝術形式的詩人，像唐代的王維、宋代的蘇軾，他們的詩歌總會出現新的審美品格。作爲一位"詩人"和多才多藝的"文人"，何紹基同樣以書法、繪畫、金石、詩歌互爲題材，在用筆的逆順、濃淡的變化、色彩的對比、結構的奇正方面互相借鑒、互相融通，對詩歌的結構、對稱、骨力、詞采，產生獨特的審美。真正實踐了"詩人之詩"和"學人之詩"的結合，形成一種新的詩歌潮流。

作爲這一潮流的代表，何紹基的有些詩，一首詩就可以體現這一階段的發展。如卷十四《寄子敬》："姑蘇城外落帆時，弟北兄南聚最奇。名酒好風烏夜曲，快雲奇雨白公祠。還家待補游吳記，持節翻吟入蜀詩。江發岷山東到海，盈盈一水寄相思。"往往第一句是漢魏古詩或唐人的成句，有時是經過點化的成句；從第二句開始，一點點向宋人轉化；再由宋人向清人轉化，成爲自己的詩，有時又迴圈到漢魏古詩。好像一個胎兒的發育，會把從遠古至今的生命史演化過一般。

龔自珍是時代偉大的覺醒者，但他在道光二十一年（1841）的時候就死了。一般劃分從道光二十年進入近代後的社會大事變，他都没有經歷過。所以，真正近代詩歌的變化，是清嘉、道以來詩壇上掀起學習、模仿宋詩的運動。程恩澤、祁寯藻、歐陽輅等人，繼承清初吳之振、吕留良編《宋詩鈔》和翁方綱宣導宋詩的基本方向，轉變明前後七子"文必秦漢"、"詩必盛唐"的宗唐詩風。直至何紹基的出現，和鄭珍前後呼應，"宋詩派"才正式確立並有了自己的理論和創作成就，至同治、光緒年間，發展成頗具聲勢的"宋詩派同光體"。

在這一歷史性的過程中，何紹基用自己的詩歌美學實踐，和其他"宋詩派"詩人一起，創變出屬於自己，也屬於中國詩學新一波的輝煌。

(本文原載于《文學評論》2008 年第 5 期)

《東瀛詩選》的意義

俞樾《東瀛詩選》是中日文化交流史上的里程碑，在中國近代詩歌史上具有重要的意義。

俞樾《東瀛詩選》的意義，在於通過對日本漢詩的編選和修改，讓同一種詩歌形式在不同國度開花結果後再次會面；並在編選、寫作和審美觀念方面形成新的融合；由此可以審視中、日兩國詩歌文化的分合際會。漢詩——就是其中一衣帶水的"水"。

一、俞樾與《東瀛詩選》的際會

（一）俞樾其人及編《東瀛詩選》的可能

俞樾（1821—1907）字蔭甫，自號曲園居士，浙江湖州德清縣人。是近代著名的學者、文學家、經學家、古文字學家和書法家。在當時非常有名望，因為有名望，所以日本人請他編日本漢詩。

俞樾的名望與三方面有關：

一和考試有關：道光三十年（1850年），俞樾考取進士，進京殿試，寫了一句"花落春仍在"，便名滿天下。當時的詩題是唐人牟融《陳使君山莊》中的"淡煙疏雨落花天"，俞樾一反落花悲情的老套，以"花落春仍在，天時尚豔陽"贊美了落花，振奮了人心，弘揚了當時的主旋律，深得主持復試的曾國藩擊節贊賞。列部試第一名，並推薦給咸豐皇帝。此後，俞樾便以"花落春仍在"享譽朝野士林，並以"春在堂"名其室與詩文集。

二和做考試官出考題有關：咸豐皇帝召見了俞樾，對他非常欣賞。以考試出名的俞樾，從咸豐二年（1852）開始當了三年的翰林院編修以後，被委派到河南開封，任提督學政，成為考別人試的享受欽差大臣級別的官員。

俞樾擔任的學政一個重要的工作是出考卷。當時考卷都從《四書》《五經》裏出，由於每年都出，《四書》《五經》裏的章句差不多都出爛了。出題之難，顧炎武早在《日知錄·擬題》中就感歎："今日科場之病，莫甚於擬題。"後來對出題進行變革，方法是將《四書》、《五經》中的句子拆開了再拼成一道題，以考察考生靈活應變的能力。便出現了截上、截下、冒上、冒下、有情、無情等命題方法；就像兩部電影，把不同的鏡頭拼接在一起，斬頭去尾，張冠李戴，極易發生政治問題。

俞樾很努力，很慎重，但對經學過於自信，也想別出心裁的他，從《論語》的"異邦之人亦曰君夫人"和"陽貨欲見孔子"兩段中，前取後三字，後取前三字，出無情截搭題，出成了《君夫人陽貨欲》；又從《孟子》"王速出令，反其旄倪"，出上完下截題，出了《王速出令反，國家將亡必有妖》的題目。結果，弄得不少考生雲裏霧裏，不知所措。假如望文生義，《君夫人陽貨欲》，簡直是說咸豐皇帝的夫人慈禧太后有"陽貨欲"；《王速出令反》好像咸豐皇帝馬上要宣佈造反，國家將要滅亡，必定出現妖精一樣，令人啼笑皆非。有人以爲妖精是映射慈禧太后，這還得了。

一生擅長寫自然與落花的俞樾，顯然沒有政治經驗，也沒有政治敏感。也許有考生反映，御史曹澤便舉報俞樾"割裂經義"，圖謀不軌。接到舉報的咸豐皇帝非常生氣，簡直連一點常識都沒有，還做什麼學政官？定死罪都不過分。好在曾國藩爲俞樾説情，俞樾被"永不錄用"，罷官歸家。這場生命裏陡然的轉折，使俞樾的仕途萬花凋零。

三和罷官歸家，專做學問，把壞事變成好事有關。

此時室名仍是"春在堂"的俞樾，"春仍在"已不是仕途功名，而是綫裝書和筆墨紙硯。仕途的"花落"是一種宿命；學術的"春仍在"也是一種宿命。

1858年，俞樾攜眷南歸，定居蘇州，開始治經，並研讀高郵王念孫、王引之父子的文章。師法乾嘉學派的做法，把自己的才情，從政治轉向讀書和學術。

1865年，在浙江巡撫蔣益澧的資助下，《群經平議》三十五卷刊刻成書。此後，俞樾經南京拜會李鴻章。俞樾和李鴻章爲同科進士，同受曾國藩賞識；俞樾貶官回蘇州後，恰逢李鴻章任江蘇巡撫，故特聘俞樾任蘇州紫陽書院講席。此後，俞樾主講杭州詁經精舍、菱湖龍湖書院、上海詁經精舍、德清清溪書院、長興箬溪書院；這使授徒講學在俞樾的學術生涯中佔據了很大的比重。

俞樾的《群經平議》、《諸子平議》、《古書疑義舉例》等著，都成爲乾嘉學派後期的代表作；《春在堂隨筆》、《茶香室叢鈔》等筆記，保存了豐富的學術史和文學史資料，合爲《春在堂全集》，可謂熔鑄經史，博大精深。成作爲當時學術界和教育界泰斗式的人物。章太炎、吳昌碩、日本的井上陳政皆出其門，所謂"門秀三千"。

特別是俞樾的《群經平議》、《諸子平議》兩書傳到日本，受到了日本學界的歡迎，日本書商請求增印。因此，不斷有日本、朝鮮等國學者慕名前來，登門造第，索字求序，拜師請教。影響遍及海内外，日本、朝鮮等國有不少人向他求學，對他頂禮膜拜，尊之爲東亞樸學大師。

第一位來華拜訪俞樾的是日本著名漢學家竹添光鴻，字漸卿，號井井，日本文學博士，曾任日本駐中國天津領事、朝鮮公使，後棄政從教，爲東京大學教授。是日本研究中國經史的代表人物。著有《毛詩會箋》、《論語會箋》、《左氏會箋》等著作。

此後有井上政者，字子德，別字陳，喜歡傳統漢學，師從俞樾三年，學問、文章大進。回到日本後，井上政出使英國和其他一些國家，在日本的外交文化領域都有不小的影響力。這對提高老師俞樾在日本的聲望發揮了很大作用。

還有一個原因，俞樾家居人稱"上有天堂，下有蘇杭"的蘇、杭青山綠水之間。由海路來華的日人，多在上海登陸；然後去蘇州或杭州造訪俞樾，同時成了心曠神怡的旅行。

因此，《東瀛詩選》由俞樾編選，是偶然的，也是必然的。

（二）由俞樾編《東瀛詩選》，是時代的際會與選擇

明治維新以後，日本社會劇變，日本的學術及教育學習西方，逐漸歐化；而自漢、唐以來借鑒中國文化形成的日本傳統文化不時高舉"國粹"的大旗進行反抗，但步步退卻。文化抗爭使一部分恪守傳統的文化人，轉向中國尋求新的源泉。漢學再一次受到人們的重視。

中日建交以後，雙方的大門都已經打開，在這種比任何時候都更開放、更活躍的時期，兩國的文化交流，呈現出前所未有的新趨勢。中國去日本和日本來中國的人，不僅是商賈和行政官員，而是各種社會人士，其中包括文化學者，原來不可能做到的事，現在都可以做到。

當時的日本漢詩在和歌、俳句和逐漸興起的日本新體詩

（定型詩）、自由詩的壓迫下，地位一度低落，一部分日本詩人產生將日本漢詩由中國著名學者、評論家評論，以獲得國際聲譽支持，有了想請一位中國經學和漢詩大師來編《東瀛詩選》的想法。

由竹添井井的介紹，一位叫北方心泉（1850—1905）的人拜見俞樾。北方心泉名蒙，字心泉，號月莊，別號雲進、小雨，是日本近代淨土真宗的僧人、著名書法家、漢詩詩人。1881 年 5 月，北方心泉去杭州拜訪俞樾未遇，第二年又去蘇州，與俞樾結文字之交，時書信往還，詩歌唱和，切磋學問，開始了他們的友誼①。俞樾《與日本國僧小雨上人書》第一函②說：

小雨上人侍者：

去歲承惠顧小樓，未值爲恨。頓辱手書，並賜楹帖，推許過甚，非僕所任。又承示以貴國《史略》及大著《淨土真言》一卷，感謝無既。謹奉酬以七言詩一章，即書素絹上，求兩正之。附云拙刻《全書錄要》一本。僕所著書名目，具在此爾。貴國想必有流傳之本，如或未全，當刷印奉寄也。又《俞樓詩》一卷，覽之可見西湖上小樓光景。手肅布覆，敬問起居，統惟慧照不一。

　　　　　　　　　　　曲園居士俞樾頓首　三月二十六日

---

①　1884 年，北方心泉回日本，住持金澤常福寺。他將與俞樾的往來信札，都精心裱裝成冊，名爲《俞曲園尺牘》，至今還珍藏在日本石川縣金澤市小將町的常福寺中。

②　友人李慶編《東瀛遺墨·俞樾致北方蒙的信》，上海人民出版社 1995 年出版。《東瀛遺墨·近代中日文化交流稀見史料輯注》（上海人民出版社 1999 年 5 月）。這些信件，現存日本金澤市常福寺、北方蒙的後人（四世孫）北方匡先生處。李慶兄謂："筆者曾爲此信專門拜訪了北方匡，見信的原件。"

由北方心泉介紹，俞樾又認識了岸田國華①。岸田國華（1833—1905）字吟香（一説岸田吟香，原名銀次，字國華），是日本明治時代著名的社會活動家。曾受聘于西人平文，編纂日本最早的英和辭典《和英語林集成》；後擔任《東京日日新聞》的主筆，又兼營日用百貨、書本印刷；業務及於中國上海，這使岸田經常往來于東京和上海之間。也許受編輯《和英語林集成》的經歷啓發，岸田産生了想請俞樾編日本漢詩集的想法。岸田國華不認識俞樾，對漢詩不甚熟悉，便委托精通漢詩的朋友北方心泉代爲聯繫，商量編輯事宜。

1882年7月，北方心泉寫信給俞樾，轉達了岸田吟香請求俞樾編纂日本漢詩選集的想法。其時俞樾六十二歲。又兩年之内，夫人與長子先後病故，俞樾深自傷痛，心灰意懶，覺得一切皆是

---

① 佐野正巳《東瀛詩選·解題》（郭穎譯，下同）介紹説："天保四年，吟香出生於津山背前國久米郡垪和村大瀨毘一户叫莊屋岸田的人家，長男，乳名銀次。長大之後改爲吟香，大約嘉永三年前後，跟隨津山藩儒昌穀精溪（折衷派）學習漢學。並師從藤森弘庵。之後，在弘庵的引薦之下，一時曾經在舉母藩任侍讀。該藩校名爲崇化館。期間，因爲有時會去當時住橫濱的美國宣教室赫本那裏治療眼病，故成爲了其助手幫助編輯日英辭典。并入住館内，每天從事辭典的編輯工作。慶應二年，日英辭典的初稿完成。慶應三年，吟香與赫本一起前往上海，於美國長老教會印刷所美華書院（American Presbyterian）印刷，片假名由吟香繪製草圖重新鑄版，赫本則親自校正。《和英語林集成》一書便這樣問世了。吟香將日語按照英文拼寫進行排列，發明了所謂的赫本式羅馬字，可以説這正是二人合作之結晶。明治六年，吟香在幫忙編輯《和英語林集成》的經驗之上，又編著了《和譯英語聯珠》一書。慶應三年之後，吟香又數次赴上海，成立了商社樂善堂。赫本爲了感謝吟香幫助自己編輯《和英語林集成》，將眼藥水的配方教給了他。吟香根據此配方生産出名爲精綺水的眼藥水，並進行經銷。與清代學者俞樾的往來便是在此期間内開始的。根據曲園所撰《竹添井井左傳會箋序》中'余獲交與東瀛之君子，蓋始於竹添君'的記録，可以判斷俞曲園第一次見到竹添井井（1842—1917），是在明治九年。因此，俞與吟香的往來時期，應該是在之後的。"

浮雲。曾出文告示，説三年之内，不再爲人題辭作序。但接到北方心泉的信，想到編日本漢詩是一件特殊的前無古人的事，應該當仁不讓，所以答應了。

他在《東瀛詩記序》中記載説："有日本國人岸田國華，以其國人所著詩集百數十家，請余選定，初意欲以衰疾辭。既而思之，海内外習俗雖異，文字則同。余謬以虛名流播海外，遂得假鉛槧之事，與東瀛諸君子結文字因緣，未始非暮年之一樂也，因受而不辭。"

岸田吟香請人在日本國内搜集百年來的詩人詩集，由來華的松林上人寄送到蘇州交給俞樾，於是開始了《東瀛詩選》的編選。

二、俞樾編撰《東瀛詩選》的經過：懸海編選的艱難與互動

但懸海編選，頗爲不易。商量事宜，皆用書信。俞樾《與日本國僧小雨上人書》第五函説：

> 小雨上人清覽：
>
> 　　日前由松林上人交到惠書並吟香先生所寄貴國詩集一百七十家。弟適臥病，未克披覽。今病小愈，乃始扶杖而至外窗，陳篋發書而流覽焉。真有琳琅滿目之歎。未知曩病之餘，尚能副諈諉之盛否。
>
> 　　弟意選詩當以人分，不以體分。每人選古今體詩若干首，其人以時代先後爲次。幸有《和漢年契》一冊，尚可稽考，不致顛倒後先。但見在披閲未周，不知各集中均有年號可考否？至其人名下，例應備載爵里。然恐不盡有徵。至其字某甫，亦不可缺。乃如物君茂卿爲貴國中卓然有志者，弟亦曾

见其著作，而其字则在集中已无可考矣。至于点圈评语，皆古书所无。中华自前明以来，盛行时文，益以房书体例，变古书面目，为识者所嗤。愚意似可不必如此。每人之下，就其全集中，或评论其生年，或摘录其未选之佳句，使读者因一斑而得窥全豹，且于论世知人，不为无补。兹姑借物君茂卿一人，先撰数语，以见体例，别纸录呈。乞转寄吟香先生定之。力疾布覆，敬闻禅祉。

愚弟俞樾顿首　九月二十一日

如致吟香先生，望乞代问起居。再启者，此书选成（多少未定，姑且约计）约可三千余篇，颇亦可成大观。尊论欲于上海刊行，即照拙书版片大小，甚为简便。弟处有熟识刻工陶升甫，人甚妥当。弟之各书，皆其所刻。大约刻白板，则每百字不过一百六十文，刻梨版，则每百字须二百文，似较上海刻资稍廉。且近在吴下，弟得就近指点，则书款亦无错误，似更妥。书之与吟香先生酌之。弟再顿首。

惟在苏刻，则一切查核字数并络续交付刻赀，亦得一人经手。弟止任选择，不能并此等事也。并闻。

俞樾《日本国人岸田国华字吟香者搜辑其国人诗集一百七十家寄吴中求余选定余适卧病未遑披览先赋一诗》说："平生浪窃是虚名，老去声华久不争。隐几坐方学南郭，寓书来又自东瀛。吴中病榻鸡皮史，海外骚坛牛耳盟。百七十家诗集在，摩掌倦眼看难明。"

在此期间，俞樾与北方心泉就诗选的编法、日本汉诗的资料，以及印刷费用等，十多次书信往返，磋商细节。

从市场的需要出发，岸田吟香希望俞樾在书中对日本汉诗人的作品施以圈點品評，還希望再請人寫一篇序言，俞樾拒絕了。俞樾説："點圈評語，皆古書所無。中華自前明以來盛行時文，遂以房書體例變古書面目，爲識者所嗤，愚意似可不必。"至於增加序言，俞樾説："古書體例如此。一書兩序，爲顧亭林先生所譏，是以弟于此集不另托人作序。"

除了精深的詩歌理論和對詩歌的直覺，俞樾的編選，也根據日本人提供的詩人和評論材料進行，其中參考了不少日本人的意見。俞樾爲很多詩人撰寫了小傳，記其出處和學問源流，自己説他有"帳中秘本"，即原善的《先哲叢談》，不少作者的介紹即源於此書。除此之外，《東瀛詩選》裏的評點，有一部分也是參考日本人原有的評價，融合了日本漢詩評論家的説法寫成的[1]。

四十卷選完以後，俞樾又從諸家中選出500多首，定爲《補遺》四卷。

從接受編選，到基本定稿，俞樾差不多用了半年時間。據俞樾《東瀛詩記》自序（收入《春在堂全書》）説："自秋徂春，凡

---

[1] 佐野正巳《東瀛詩選·解題》説："該書爲一部浩瀚的日本江户時代的漢詩集。而其最爲吸引我的地方，則是中國清末最高學者俞樾究竟是如何看待日本漢詩這一點。在日本，江村北海亦著有《日本詩選》及之後的《日本詩史》，幾乎網羅了整個江户詩壇。《日本詩史》中也進行了評論。而俞樾與江村北海二者的差別，也是另一個使我産生興趣的地方。翻閲俞樾所編該書之後，首先感到的是俞樾在大量流覽日本漢詩的專集和選集（如《日本詩選》《鍾秀集》《南紀風雅集》《本朝一人一首》《鹿鳴吟社集》《近世名家詩鈔》《日本閨媛吟藻》等），從中摘録優秀之作，並對於所選之詩人加以大致公平的評價。其本爲唐明詩歌擁護者，在編輯詩集時其門生甚至曾發問：'于麟之選則紀律嚴矣。何不以傚焉？'（《日本詩選凡例》）而江村北海則對此置若罔聞，不限於古文辭，而是公平廣泛地網羅整個詩壇，並著《日本詩史》，對詩壇加以時評。在這一點上，二人如同出一轍。因此，《東瀛詩選例言》中，涉及到'詩人年代先後'之時，參考了江村北海的《日本詩選》。此外，卷三十九元政'以下諸詩並見日本詩選'，一百五十位日本僧人的簡歷以及選定也參考了《日本詩選》，而卷四十的閨秀詩人則參考了水上珍亮編的《日本閨媛吟藻》（明治13）。"

五閱月，選得詩五千餘首，釐爲四十卷，又補遺四卷，是爲《東瀛詩選》。余每讀一集，略記其出處大概、學問源流，附於姓名之下，而凡佳句之未入選者，亦或摘錄焉，《東瀛詩選》由彼國自行刊佈，此則寫爲二卷，刻入余所著《春在堂全書》中，題曰《東瀛詩記》。其中雖不無溢美之辭，然善善從長《春秋》之義也。全書凡五百餘人，見於此記者止一百五十人，蓋無所記者固略之矣。光緒九年夏六月曲園居士俞樾記。"

由於岸田吟香遥控操作，他和編選的俞樾之間，要靠北方心泉和來華的松林上人寄送詩稿，轉達資訊。既不可能及時，又隔靴抓癢；造成誤解，便在所難免。

俞樾《與日本國僧小雨上人書》第八函說，已經請刻工"刻好一卷，俟稍修飾，即可寄奉雅鑒"了。但岸田吟香派人送來的日本漢詩裏面，還有九種，"不知名姓，別紙錄奉，乞示知其姓名、字型大小、里居爲荷"。具體是"《愚山詩稿》松本氏，無名字。《西山詩鈔》西山氏，字拙齋，無名。《東廊先生遺稿》神吉氏，無名字。《竹雪山房詩》宇都氏，無名字。《古愚堂詩集》北溟兒先生，無名字。《聿修館遺稿》松山侯，無名姓。《日本詠史樂府》中島氏，字子玉，無名。《鵬齋詩鈔》，無姓名。《吾愛廬詩》無姓名。"俞樾有點煩了，說："弟年下又遭愛女之喪，心緒甚劣。"

在編選過程中，俞樾最疼愛的次女繡孫突然因病故。繡孫聰穎超群，十歲能詩，深得老父鍾愛，突然病故，使俞樾心力交瘁，心緒壞到極點。他自己說："正選東瀛海外詩，一聲臘鼓太凄其。"[①] 要不是天天讀詩、選詩，忙碌的編選工作給他一點海外文字姻緣的快樂，俞樾也許無法堅持下來。

---

① 《曲園自述詩》，見《春在堂全書》。

编选之初，岸田吟香對具體編選的大框架，並沒有總體的設想和交代。選目出來後，岸田吟香邀集了東京一些著名的漢詩人，如小野湖山、重野安繹、岡千仞、森春濤、鱸松塘等來商討，讓他們看俞樾的選目，聽取他們的意見。

也許出於公正，也許出於心態不平衡，總之批評的意見居多，有的意見還很尖銳，聽了意見的岸田吟香着急起來。

岸田吟香原來的算盤是，編《東瀛詩選》，一要名聲，二要得利。這時他想到，並在信裏指示，卷數不要太多，要精選細評，能百世流芳；並希望書出來可以牟利。因此，書價不要超過二、三日元。否則"不好消（銷）"。但這樣明確的要求，開始沒有提，等《東瀛詩選》差不多已經編好再提出來的，已經晚了。

岸田吟香的意見，俞樾自始至終不知道。岸田吟香的信是寫給北方心泉的；沒有資料表明，北方心泉把信或信的内容告訴過俞樾。也許相反，開始提議和準備編《東瀛詩選》的時候，岸田吟香、北方心泉都有想做一番大文化事業的想法；因此，傳遞給俞樾的信息也許是部頭要"大"。

俞樾多次對書的卷數和總體框架做過估計，並把這種估計請北方心泉轉告岸田吟香。《與日本國僧小雨上人書》第五函説："如致吟香先生，望乞代問起居。再啓者，此書選成（多少未定，姑且約計）約可三千餘篇，頗亦可成大觀。"《與日本國僧小雨上人書》第六函又將"《例言》二紙，乞並寄吟香定之"。並説："惟此選少亦當有百七八十卷，儼然巨編。刻資頗亦不菲。"俞樾早就把卷數和"錢"的問題告訴了日方，但不知爲什麼沒有得到岸田吟香的回應和確認。

在這段時間裏，俞樾和岸田吟香之間的聯繫有點中斷。其原因，也許是作爲中間人的北方心泉夾在兩種意見當中，情緒也受到影響，不便回復。加上有病自上海返長崎休養，收發信件不能及時,自覺信使難當。直至俞樾收到"刻資四百洋泉","即交陶升甫絡繹刊刻",俞樾還說:"弟衰羸多病,志懶日增。爲貴邦經理此事後,恐翰墨之事,亦將輟業矣。"①

俞樾《與日本國僧小雨上人書》第十四函説:"刷印清本,裝成十六册②,寄呈清覽。如有錯訛,乞吾師與吟翁校正,以便再付刻工修改。其刻資已屬刻工開具清帳,每卷字數亦分別開載。弟抽查一二卷,大數相符,且皆有絀無贏。仍請侍者再抽查數卷,如無大錯,即可與之結算清楚也。"又,最後收到"兩次寄下之款,共洋帙壹千圓","弟《序文》屬門下士徐花農太史代書,其封面則請彭雪琴大司馬書之。籤條則請潘伯寅大司寇書之。彭、潘兩尚書,固敝處名望素著之人,而徐太史名位,他日亦必不在兩尚書下,似亦足爲此集生色矣。"

俞樾《與日本國僧小雨上人書》第五函曾説:"一切查核字數並絡續交付刻貲,亦得一人經手。弟止任選擇,不能並此等事也。"但誰來"經手"呢?還是要俞樾本人來做。因此,俞樾不僅爲岸田吟香編《東瀛詩選》,還要兼做在中國的包工頭和代理人。

等一切做完,印製清本一部十六册寄給日本方面以後,等待消息的俞樾有點忐忑不安。他很想知道《東瀛詩選》在日本印刷的情况,更想知道日本人見了以後的評價。他寫信給竹添井井,問:"去歲勉從貴國友人之請,撰《東瀛詩選》四十四卷,未知已

---

① 見俞樾《與日本國僧小雨上人書》第十三函。
② "刷印清本,裝成十六册"事,當指刻工刻完《東瀛詩選》後,先印了一部,寄請北方心泉和岸田吟香審閲。"如無大錯",可與刻工結算工資。《東瀛詩選》一部爲十六册。故曰"裝成十六册"。蔡毅《俞樾與〈東瀛詩選〉》謂"俞樾試印了清本十六部,寄送岸田、北方等審閲"。其實,"審閲"不必印"十六部"。經與蔡毅兄郵件聯繫,確定爲"一部"(十六册)。

塵鞅架否？僕識見拘墟，而又走馬看花，草草從事，適爲貴國諸詩人所竊笑耳。"①

俞樾預先在《東瀛詩選・例言》中說："詩之爲道甚大，學者各得其性之所近。余於東國之詩，所見止此百數十家，而此百數十家之詩，止就余性之所近錄而存之。"俞樾的意思是，日本漢詩發達興盛，而自己見到的只是其中的一部分，挂一漏萬，在所難免；又按自己的性情喜好選詩，比較隨意，一定會有很多問題。他的自信以謙語出之。

整個編選的過程和進程，俞樾都記載得清清楚楚。這使得我們今天的研究也方便了不少。清光緒九年（1883）正月十日，主體正編四十卷編成；正月十七日，補編四卷也告竣工。正編從江户初期大儒林羅山開始，至明治閨秀詩人大崎榮結束，共選289名漢詩人，詩作4 800首；補遺除大友皇子等四人之外，均爲江户、明治詩人，共261人（其中與正編重複二人），詩作497首。至此，《東瀛詩選》總共選548名日本漢詩人，詩作5 297首。其中広瀬旭莊最多，爲175首；其次服部南郭125首；再次釋六如123首；依次爲菅茶山121首、高野蘭亭117首、梁川星岩101首、広瀬淡窓92首、大沼枕山86首、大窪詩仏86首、賴杏坪80首、小野湖山76首、室鳩巣74首、釋南山70首等，雖非日本漢詩的全璧，但也幾乎囊括了日本江户時代爲主的大部分日本漢詩人，並選出了漢詩的精華。因爲體例是以人繫詩，其中150人分別撰寫了人物簡介、詩學源流和評價。

該書書名，俞樾原擬定爲《東國詩選》，岸田吟香以爲不如《東瀛詩選》好，遂改成《東瀛詩選》。

---

① 見《與日本人竹添進一》，收入《春在堂全書・尺牘六》。

三、俞樾總結出日本漢詩創作實踐及詩學大綱、詩學觀念與選詩標準

俞樾的詩學觀念和選詩標準，主要有以下幾個方面：

（一）從理論上提出日本漢詩"二變三期"説

一個整體，有時長得令人看不清首尾，混茫得摸不著頭腦。把整體劃分階段進行研究，是中國詩論家慣用的方法。

譬如論唐詩，南宋嚴羽《滄浪詩話》"以時爲體"，把唐詩分爲五個時期，主張"五唐説"；元代楊士弘的《唐音》以"音律正變"爲原則，主張"三唐説"；明代高棅《唐詩品彙》分初、盛、中、晚，主張"四唐説"，爲今天文學史家所採用。陳衍論宋詩則打通唐宋，提倡"三元"説："上元開元，中元元和，下元元祐。"俞樾用同樣的方法，提出江户時代漢詩"二變三期"説。

1. 第一是江户漢詩"其始猶沿襲宋季之派"的初始時期

中國禪宗傳入日本以後，兩國禪僧頻繁往來，中國宋、元文化大量流入日本。從鎌倉初期到江户前期，活躍在京都五山、十刹、諸山的臨濟宗禪僧的創作文學，被稱爲"五山文學"；以"五山文學"爲中心，催生了了日本禪林的漢文學。江户前期的學者和漢詩人崇尚朱子理學，多承五山文學法則。走五山詩僧道路，模仿中晚唐詩及宋詩，從周弼編《唐賢三體詩家法》、黄庭堅編《古文真寶》、魏慶之編的《詩人玉屑》等書中汲取營養，形成了江户漢詩初期的風格。

這一時期的代表人物是石川丈山和釋元政。

石川丈山是德川家康的家臣，是著名的將軍、文人和書法家。

他酷愛中國漢詩，晚年辭官歸隱，將自己崇拜的中國三十六位詩仙的畫像以及著名詩句，裝飾在他的樓中①。他設計的嘯月樓以及庭園，美不勝收。如寬永二十年（1643）林羅山所撰的《詩仙堂記》記載，石川早歲入仕，五十六歲時，辭官建詩仙堂，"而後丈人不出，而善仕老母以養之，游事藝陽者有年矣。至於杯圈口澤之氣存焉，拋毛義之檄，乃來洛陽，相攸於台麓一乘寺邊，伐惡木，奧草，疏沮洳，搜剔山腳，新肯堂，揭中華詩人三十六輩之小影於壁上，寫其詩各一首於側，號曰詩仙堂"。

"詩仙堂"所列詩仙，有蕭統《文選》中的蘇武、陶淵明、謝靈運和鮑照；此外是初、盛、中、晚四唐詩人和南北宋詩人。其中多有詩僧和山水隱逸詩人，《寓懷》自謂"雷霆小蟬噪，日月兩螢流。"反映出石川丈山晚年隱逸的境界。在詩仙堂其他的軒室裏，還可以看到他手書的《朱子家訓》等字跡；俞樾選石川丈山的詩四十八首，列爲初期的代表人物之一。可惜俞樾沒有去過日本，沒有參觀過京都詩仙堂。否則會對石川丈山熱愛中國詩歌的精神有更直觀的感受，對他的漢詩有新的理解。

2. 第二是"其後物徂徠出，提倡古學，慨然以復古爲教，遂使家有滄溟之集，人抱弇洲之書，詞藻高翔，風骨嚴重，幾與有明七子並轡齊驅"的時期

日本享保前後幕府的政治風雲變化，催生了以荻生徂徠爲代表的徂徠學派。荻生徂徠學習明代李攀龍、王世貞等"後七子"的理

---

① 這三十六位中國的詩仙以宋代陳與義爲首，按時代分別有漢代蘇武一人；六朝陶淵明、謝靈運、鮑照三人；唐代寒山、杜審言、陳子昂、孟浩然、儲光羲、王維、李白、杜甫、高適、岑參、王昌齡、靈徹、劉長卿、李賀、劉禹錫、韓愈、柳宗元、韋應物、白居易、盧仝、杜牧、李商隱等二十二人；宋代有陳與義、黃庭堅、歐陽修、梅堯臣、林逋、蘇軾、邵雍、蘇舜欽、陳師道、曾幾等十人。

論，開創了古學派。即以科學的態度治學，主張政治和道德分開，對當時社會上流行的日益僵化的朱子學進行批判，反對空談性理，提倡從本源上研究先秦兩漢的經典，弄清歷史真相。詩歌上則學李攀龍、王世貞等，直追李白、杜甫，宣導"文必秦漢"、"詩必盛唐"。而明"後七子"的種種弊端甚至病毒也被他們所複製。

李攀龍要求文章"無一語作漢以後，亦無一字不出漢以前"，說"視古修辭，甯失諸理"。(《送王元美序》) 詩歌創作帶有模擬的毛病，創作源泉不從自己的生活中來，而從古人的詩句出發。這是李攀龍等人缺點，也是這一時期日本漢詩的缺點；俞樾看得一清二楚。卷一〇評大田元貞詩說："東國自物徂徠提倡古學，一時言詩悉以滄溟（李攀龍）爲宗，高華典重，乍讀之亦殊可喜。然其弊也，連篇累牘，無非天地、江湖、浮雲、白日，又未始不取厭於人。"

3. 第三是"梁川星岩、大窪天民諸君出，則又變；而抒寫性靈，流連景物，不屑以模擬爲工，而清新俊逸，各擅所長，殊使人讀之，有愈唱愈高之歎"的時期

這一時期的風氣開始改變，詩人從模擬走向創造；從連篇累牘的天地、江湖、浮雲、白日等刻板的語言模式，走向鎔化唐宋，別開新面，別創新途，呈現出自己獨創的面貌。

卷十九評大窪行說："東國自享保以後，作詩者多承明七子之餘習，以摹擬剽竊爲工。雖大田元貞輩力排積習，而信從者猶少；天民起而痛掃之，風會爲之一變。"說錦城"鎔化唐宋，別爲一家"，"實有轉移風氣之功。自是之後，東國之詩又一變矣"①。

---

① 蔡毅《俞樾與〈東瀛詩選〉》說："按諸江户詩史，轉變享保以來詩風實有功者，當首推山本北山。他在當時詩壇擬唐之風甚囂塵上時，首倡宋詩，力主清新，獨抒性靈，使江户後期詩風得以健康發展。惜乎俞樾未見山本之作，故無從評價。"

第三期的詩人，在《東瀛詩選》正編至卷三十八所收一百四十七位詩人中，大致約占了 75%；在入選七十首以上詩人中，第三期的詩人占了 80%。可以反映出俞樾對第三時期詩人的重視。

　　俞樾以詩學發展的眼光，把日本漢詩分三個階段，以見其萌始、生長、發展、興盛的過程。精確地把握這一時期的詩學思想、詩歌風氣和詩學全貌，論其因革、正變、主次，對研究日本漢詩生生相因、起伏延綿、自來活水的發展過程，提供了一個很好的範例，得到了後世日本漢學家的認同。佐野正巳《東瀛詩選・解題》說："俞樾將江戶漢詩的詩風概括爲二變說三期區分，神田喜一郎博士（《墨林閒話》所收"日本的漢文學"），以及富士川英郎（《江戶後期的詩人們》）等人的論述與其相近。"其實是受俞樾的影響。

　　佐野正巳《東瀛詩選・解題》說："閱覽俞樾此書後所産生的第二個感覺，是其對江戶漢詩詩風變遷的把握。《東瀛詩選序》中，將其分爲二變三期。在此介紹如下，俞樾寫道'其始猶沿襲宋季之派'，此處影射五山文學之餘風。爲了表示第一期詩歌的低調，俞樾並沒有列舉具體的詩人名字。對於第二期詩風，俞樾評論爲'其後物徂出，提唱古學。慨然以復古爲教，遂使家有滄溟之集，人抱弇洲之書，詞藻高翔，風骨嚴重，幾與有明七子並轡齊驅。'由於徂徠出現，推崇古學，故傾向於李王古文辭的作品增多，典雅之詩作盛行一時，其水準堪稱與明七子並駕齊驅。其中卷三服部南郭（125 首），卷五高野蘭亭（117 首）的多首詩作入選。對於這一期的詩人，俞樾並沒有具體地描述每個人的風格，而是總體闡述了大體上的詩風。"

　　又說："然而，俞樾認爲這一期末期的作品，'一時言詩悉以滄溟爲宗，高華典重。乍讀之亦可喜，然其弊也，連篇累牘，無非天地江湖浮雲白日'（卷十）。指出其缺點在於套用天地、江湖、浮雲、白日等常用表現方式，過於模仿唐詩而反倒失去了個性。

'梁星岩大窪天民諸君出,則又變而'(東瀛詩選序),直至出現梁川星岩、大窪詩佛之後,詩風纔爲之一變。既而進入了以'抒寫性靈,流連景物,不屑以摹擬爲工,而清新俊逸'爲特點的第三期。即向清新性靈派的變遷。俞樾大量收錄了該期的詩作。"可謂高度評價。

蔡毅《俞樾與〈東瀛詩選〉》也説:"關於江户詩風的演進嬗變,日本漢詩理論雖多有零散議論,但如此明確地概括爲'二變三期説',俞樾實爲第一人。其表述的精闢和準確,成爲後世研究江户漢詩者普遍取鏡的一家之言。著名漢學家神田喜一郎和富士川英郎對江户漢詩的分期,均與俞説大致相同。"① 對日本漢詩分期,是俞樾對日本漢詩研究理論和方法論上重大的貢獻之一。可以説,《東瀛詩選》是日本漢詩選,也是日本漢詩重要的研究著作。

(二) 以中國詩學理想、審美經驗與日本漢詩互動

中國詩人和理論家一直重視詩"選"的工作,以"選"表達自己的詩學觀念和對所選時代詩歌的評價;《文選》更是通過甄選詩賦文章,結合《文選序》,作經典的示範;唐、宋、元、明、清詩人、批評家紛紛仿效。因此,選的方法,選什麽,不選什麽?就非常重要。俞樾同樣想通過選什麽,不選什麽,結合序言和凡例,表達一個中國詩人、學問家對日本漢詩的品評,把自己的詩學理想和審美經驗傳遞給日本人做參考。

1. 提倡詩歌獨抒情性,反對模擬;以此爲入選標準

詩歌要獨抒情性,反對模擬,這是毫無疑義的。但對日本漢

---

① 參見神田喜一郎《日本的漢文學》,見《墨林閒話》,《神田喜一郎全集》第九卷,同朋社,1984年,第168—178頁。富士川英郎《江户後期的詩人們》,筑摩書房,1973年,第4—6頁。

詩來說，"不模擬"很難；因爲日本漢詩是以中國詩歌爲藍本的。因此，在日本漢詩中，必然會出現一些中國《文選》中的題目，有的標題上就寫着"效什麼體"、"學某某體"；模擬樂府詩或六朝、唐宋詩中的"從軍行"、"長相思"、"宮怨"、"出塞"、"邊馬有歸心"之類的作品，正如江村北海《日本詩史》卷四説的："夫詩，漢土聲音也。我邦人不學詩則已，苟學之也，不能不承順漢土也。"

剛學寫作的時候是可以模擬的。不僅可以，而且應該必須。從模擬中不僅可以學到做詩的技巧，也讓評論家知道自己師承的淵源的家數。陸機"擬古詩"，就是一種描紅的學習方法。但是，如果全部類比，不從類比中走出來，沒有自己的性靈和創造，那樣的詩歌是不能選的。俞樾主張"詩主性情"，反對模擬。所以也像蕭統《文選》那樣，只選陸機《擬古詩》十二首作"模特兒"，少選和不選其他模擬的作品；並以此提醒日本漢詩人。

江户前期的詩壇，基本上籠罩在明七子"文必秦漢，詩必盛唐"的復古論調中。對復古趨之若鶩。譬如，荻生徂徠的《徂徠集》卷首有《擬古樂府十四首》；服部南郭《南郭先生文集》卷首有《擬古樂府三十一首》；平野金華《金華稿删》卷首有《擬古樂府》十一首。俞樾都給予批評，他在《東瀛詩選·例言》中說："擬古之詩大家所有，東國詩人多喜爲之。蓋學詩之初，先摹仿各家，然後乃能自成一家也。刻集之時，往往置之卷首，以壯觀瞻。余則謂，此言人之言，而非自言其言也。詩主性情，似不在此。故擬古之詩入選者，十之二三而已。"

題目上標明模擬詩當然不必説，詩題上沒有標明，其實也是模擬詩；作者不標明，別人看不出來，但俞樾是看得出來的。有的日本漢詩人責怪俞樾，爲什麼某些著名詩人的名作沒有選？如果俞樾還活着，他一定會解釋，那是模擬詩。

2. 詩重性靈，但也要讀書窮理：俞樾的考慮

詩重性靈，切忌模擬，切忌掉書袋；但不是説詩人就不要讀書，只要性靈就行了。嚴羽《滄浪詩話》説："詩有別才，非關書也；詩有別趣，非關理也。"但仍强調"非多讀書，多窮理，則不能極其至"。當然，"多讀書，多窮理"不是要詩人把"書"和"理"直接放在詩裏，而是像劉勰在《文心雕龍·神思》篇裏早就説過的那樣，要"積學以儲寶，酌理以富才，研閱以窮照，馴致以懌辭"。多讀書積累知識，推究事理，洞明世事，然後文采自生。這樣，就會增加詩的深度和厚度。如果讀書不多，僅僅"吟詠性情"，容易導致詩歌内涵的簡單化。這就是古人一直强調的，歡愉之詞難寫，窮厄之詩易工；學問之詩難寫，情性之詩易工；窄韻之詩難寫，寬韻之詩易工；僻字之詩難寫，熟字之詩易工。每有險韻詩成，詩人都會覺得攀上了自我設置的高峰。詩寫得好不好，與抒發性靈有關，與讀書窮理同樣有關，這是辯證的關係。

俞樾是晚清大儒，長於經學考據；同時又是一個著名的詩人。會寫言志的詩，言情的詩和學問詩，風格明白曉暢、沉著痛快；他自己的體會是，爲了吟詠性情，必須積學儲寶；只有性靈没有學問，那不是一個厚重的詩人，也不是一個好詩人——俞樾是用這種認識來選日本漢詩的。

俞樾對江户前期大儒伊藤仁齋詩歌的評價，就是與伊藤仁齋的學問聯繫起來的。伊藤仁齋對日本盛行的朱子學有疑問，提倡古學，宣導讀《論語》《孟子》等原典以弄清原始的含義。對伊藤仁齋的這種做法和取得的成就，俞樾贊賞有加，説："仁齋著《論孟古義》《中庸發揮》等書，專治漢魏傳注，時人謂之古學。蓋東國人之治漢學，仁齋始之，而物茂卿成之也。溯仁齋生於寬永四年，爲明熹宗天啟六年。其著《論孟古義》等書，在寬文之初。

在我朝則康熙初也，顧亭林、毛西河諸先生之書未出，中華講古學者猶鮮，而東國已開此風，亦非偶然矣。"這種講法，是非常客觀的。

3. 要遵守詩律，但爲了趣味，可以故意破例

有的詩雖然說了"自家話"，但如果平仄格律欠缺，即不能選；選詩的因素非常複雜也很難。

《東瀛詩選·例言》四說："東國之詩，於音律多有未諧，執一三五不論之說，遂有七言律詩而句末三字均用平聲者；執通韻之說，遂有混'歌'于'支'，借'文'爲'先'者。施之律詩，殊欠諧美。如此之類，不得不從芟薙。間或以佳句可愛，未忍棄遺，輒私易其一二字，以期協律。"因此，他找出違犯平仄和音律的詩改寫，以協平仄和音律。特別是江戶時代的大多數日本人，雖然通漢語，但對詩歌的平仄音韻，卻不能完全掌握，因爲在日文發音中，幾乎沒有平仄，所以平仄的錯誤大量出現。

譬如山梨治憲（稻川）是一個優秀的詩人，俞樾非常欣賞他。卷一五評他："才藻富麗，氣韻高邁，在東國詩人中當首屈一指。五七言古詩尤其所長，七律亦雄壯。"但"往往有不合律處"，所以"不能盡錄"。是講了原因的，不講原因就容易引起誤解。

但也有破例的情況，譬如卷四評伊藤東涯，重點選了他的長篇五古《感述》詩。俞樾以《感述》議論"見其大旨"。因爲詩功精湛，學殖深厚，伊藤東涯的五律《集松崎君邸舍得爲字》，做法與中國晚清詩人相同，有時故意不合平仄韻腳以求其趣味。作爲特例，俞樾加以選錄，並說明"學人之詩，有未可以詩律繩之者"。借此，俞樾想告訴大家，爲了內容，爲了趣味，詩歌格律有時也是可以故意打破的。這要看具體情況，這是晚清詩人寫詩常用的"遊戲規則"。

4. 詩人要有一顆道德的詩心

詩人要有一顆道德詩心。對國家、民族、民生的關切，對人民的態度，是衡量詩人道德，認定詩人偉大程度的標準，這是中國詩人的共識。俞樾想通過《東瀛詩選》來傳遞這種認識。

中國詩人遵循儒家的詩教傳統，詩歌中除了表達自己的情性和喜怒哀樂外，還會關注民生民瘼，描寫現實苦難和充滿道德人性的作品。在《東瀛詩選》中，俞樾想把中國的這一傳統轉告給日本漢詩人。

俞樾舉了一個最有說服力的例子，那就是菅茶山的詩。在俞樾以前，日本漢詩評論家眼中的菅茶山，是一位田園詩人的形象，只關注他的田園詩。而俞樾一反以前的看法，多選菅茶山描寫國民生計的詩。卷一一說菅茶山的詩："各體皆工，而憂時感事之忱，往往流露行間，亦彼中有心人也。"把菅茶山向憂國憂民的詩歌理想方面拔擢。

此外如卷九選西山拙齋詩二十一首，評其爲："學術醇正"，"詩亦高雅，有度孝兒、義禽兩章，有關風化。"對廣瀬淡窗的《孝弟烈女詩》和大槻盤溪的《前後孝勻行》，也皆入選，給予好評。

也許俞樾覺得，比起學問來，詩歌道德是更本質的東西。俞樾自己寫詩也奉行這一原則。因此，也用這種標準和原則來選日本漢詩。

有趣的是，在菅茶山之前，日本江村北海編《日本詩選》，選了很多詩歌，但對憂國憂民、傷時憫農的作品幾乎不選，也不關注。好像寫詩就是詩人自己的事，無關天下；關涉國民生計，日本詩人沒有這個概念[①]。

[①] 蔡毅《俞樾與〈東瀛詩選〉》說："這種現象，當與日本文學脫離政治的傳統有關。漢詩作爲'正統文學'，較之和歌、俳句，距國計民生略近，但比之中國詩人以經時濟世爲己任，仍遠遠不及，從創作到評論，都不視政治爲中心，此類作品難入詩選，也就很自然了。"

5. 以理想詩人，樹立詩界法程

讀俞樾《東瀛詩選》，覺得他在很多方面都受到鍾嶸《詩品》的影響。如序言、凡例，以理論與具體例子互相發明；以及評語的方式，語言的結構，都很類似。曹植是鍾嶸在《詩品》中樹立的理想詩人。鍾嶸評曹植是："骨氣奇高，詞彩華茂。情兼雅怨，體被文質。"① 以曹植爲高標，寄托了自己的詩學理想；而俞樾樹立的標杆就是広瀬旭莊，以爲是日本歷史上最傑出、最有才華的第一詩人②。評爲：

> 吉甫（旭莊）詩，才氣橫溢，變幻百出。長篇大作，極五花八陣之奇；而片語單詞，又雋永可味。鐵硯學人齋藤謙稱："其構思若泉湧、若潮瀉，及其發口吻、上筆端，若馬之注坡，若雲翻空而風卷葉，雖多不濫，雖長不冗。洵知吉甫之詩者矣。吉甫擺脫塵務，不入仕途，所親則墨客騷人，所好則江山風月，宜其爲東國詩人之冠也。詩美不勝收，故入選者甚多，分爲上下卷云。"

俞樾的這一評語，部分語言用的是広瀬旭莊的友人吉田喜爲廣

---

① 《詩品》"魏陳思王植詩"條："其源出於《國風》，骨氣奇高，詞彩華茂。情兼雅怨，體被文質。粲溢今古，卓爾不群。嗟乎！陳思之於文章也，譬人倫之有周、孔，鱗羽之有龍鳳，音樂之有琴笙，女工之有黼黻。俾爾懷鉛吮墨者，抱篇章而景慕，映餘暉以自燭。故孔氏之門如用詩，則公幹升堂，思王入室，景陽、潘、陸，自可坐於廊廡之間矣。"見拙《詩品集注》（增訂本），上海古籍出版社 2011 年 10 月。
② 佐野正巳《東瀛詩選・解題》説："俞樾特別稱贊廣瀬旭莊，並將其作品收作兩卷。並稱之爲'東國詩人之冠'，評價道：'吉甫詩才氣橫溢，變幻百出，長篇大作極五花八陣之奇，而片語單詞又雋永可味。'認爲其才氣煥發，長篇大作則天馬行空，短篇則暗藏奇招。這個評價是非常貼切的。"

瀨旭莊《梅墪詩鈔初編》寫的跋語。跋語説廣瀨旭莊的詩風："浩浩蕩蕩，殆乎與大海争勢，使觀者望洋旋面目。吉甫誠長於用長也夫!"據馬歌東《梅墪五七言古詩管窺》統計，廣瀨旭莊有詩一千四百七十一首，五七古三百六十四首，約占全集的四分之一。而這些五七古又特多長詩。五古，二百字以上的有二十九首，三百字以上的有七首，最長的《論詩》共一千二百字；七古，一百字以上的有九十六首，二百字以上的有六十三首，二百八十字以上的有四十一首，最長的《送桑原子華歸天草》共一千八百三十四字。莊詩的佳者，多爲長篇大作，汪洋恣肆，縱横捭闔，一般日本漢詩人做不到這一點，這讓俞樾很激動，覺得非博大雄深、横逸浩瀚之才寫不出來。故俞樾對廣瀨旭莊的評價，比吉田喜的更高。

6. 詩歌體式不同，法則不同，審美不同，選取不同

詩歌那些事，有的很簡單，簡單得一讀就懂，境界全出，感動得淚流滿面；但有的很專門，不能一讀就懂。如詩歌體式不同，法則不同，審美不同。因此，古詩和律詩的選擇標準也不同。這些都是經驗，有時說不上有多少理論，但實際寫作就是如此。

旭莊自己很喜歡的《論詩》詩縱論中國和日本江户時代的詩人，自己很得意，時人也很重視。但俞樾看來，這類作品並無大妙，見多了；比較起來，旭莊的不算好，所以没有選錄。《東瀛詩選》"例言"中説："古詩以氣體爲主，各集中五七言古詩，固美不勝收，然或以曼衍敗其律，有枚乘觙骸之譏，或以模擬損其真，有優孟衣冠之誚，雖評論之家，擊節歎賞，而鄙選弗登，職是故也。恐閱者致疑，敬爲彼都人士告之。"

俞樾想通過"選"與"不選"，告訴日本漢詩人，古體詩看似散漫，規矩鬆弛，但要寫好，非常不容易。《東瀛詩選》卷十五評尾池盤（寬齋）説："東國詞人，于古體微欠遒勁，寬翁獨擅場

名大振,廣爲人知。

俞樾還發掘那些未入選的詩人的詩,《例言》六説:"又或詩未入選而佳句可傳者,亦附錄之,總期有美必揚,窺一斑而見全豹之文,嘗一臠而識全鼎之旨。區區之心,自謂無負矣。"

江户前期有釋元政,俞樾很喜歡;百餘年後,又出現了釋六如。俞樾更加欣賞。以爲釋六如之詩,"無蔬筍氣",不避熟語俗字,經常把熟語俗字做陌生化的處理,收到清新奇妙的效果。不像此前的元政,詩中還有很多教化語,未能與風景融合。

釋六如的詩面貌很多,或清新自然,妙不可言;或勁健挺拔,渾成老到,有很深的詩功。俞樾選詩一百二十三首(僅次於廣瀬旭莊,爲全書第二),不僅爲六如專列一卷,表示重視,還説:"六如頗工七言律。所未選者,佳句猶多。"並意猶未盡地摘録了他很多秀句做摘句圖,我們不妨也欣賞一下。如:

> 紅藕入秋如病妓,青莎不夜有啼螿。
> 青葦風生驚驟雨,白沙潮走誤晴雷。
> 拾翠佳人金齒屐,踏莎公子紫茸裘。
> 清秋簾外芙蓉雪,夜雨燈前寬永鐘。
> 秋雪無端催鬢髮,晨星容易減交親。
> 彈壓旅情憑酒力,支持衰抱策詩勳。

俞樾真心地説:此"皆警句也"。這種佶屈聱牙中的清新自然,如果讓宋代的陳師道或"永嘉四靈"的趙師秀等人讀了,也一定大聲叫好,覺得從中讀出了自己。俞樾的做法,其實是向不重視釋六如詩歌的人大聲推薦。

對梁川星岩,俞樾也讀出了許多佳句。如:

夜静溪聲微入户，天寒月色淡籠花。
寒風有力吹沙走，枯葉無聲借雨鳴。
鶴閒益見昂藏氣，琴古方成疏泛聲。
左計應同棋敗局，養心聊學筆藏鋒。
千樹葉紅寒水見，一絲髮白夕陽知。
詩境或從貧後進，酒杯未肯病來拋。
青意漸回人字柳，東風微峭虎文波。

用的其實是詩人摘句圖的方法，發掘日本漢詩中的寶藏，盡顯詩人的價值和詩的價值。佐野正巳《東瀛詩選・解題》説："俞樾認爲稻川'五七言古詩尤其所長'，也就是説，擅長古體的詩人方能成爲大家。換言之，無論近體還是古體，作爲一個詩人，必須兩者兼備。梁川星岩之所以大量詩作入選，正是因爲其兼備古今體二者之由。"乃是真知灼見。

（四）修改詩人作品，樹立詩學典型

對入選的日本漢詩進行修改，是俞樾《東瀛詩選》最有特色也最招非議的地方。選詩已經夠辛苦、夠讓人説三道四的了，何況還要幫人修改？絕對吃力不討好。改得好是人家的，改得不好是俞樾的。

但是，俞樾在《東瀛詩選・例言》裏説："代斲傷手，所弗辭矣。"俞樾好像決心要對日本漢詩痛加修改的樣子，我不知道是什麽原因，因爲不修改，俞樾的編選工作會方便很多。

修改日本漢詩，並不起源于俞樾；日本人江村北海編《日本詩選》時就開始了。江村北海不僅修改入選的作品。在《日本詩選・凡例》中還説："元和之後，作者輩出，近體詩實欲追步中土。"他還設立五言排律一卷，以見"追步中土"的詩功。現在由

中國大儒、大詩人俞樾編《東瀛詩選》，大家太迫切想知道他們的詩，與正宗的漢詩差別在哪裏？哪些地方還有不足？怎麼修改？要不是岸田吟香、北方心泉或由他們代表的漢詩人一定要求，俞樾完全用不着無事生非。

對方要求修改，俞樾覺得花時間不多，便可"奪胎換骨"、"點鐵成金"，就修改了。

俞樾改詩的對象，主要對那些"不忍棄遺"的有瑕疵的佳作。而所謂"瑕疵"，主要是音律問題。

有時改得興起，他會把人家的排律，改成五律。馬歌東《俞樾〈東瀛詩選〉的編選宗旨及其日本漢詩觀》指出："卷一石川丈山詩，有《閒遊二首》，原作皆爲六韻五言排律，俞樾於其第一首删去末二聯，又於其第二首删去中二聯，使各成五律一首。協其聲律，去冗存精，剪綴成章，洵有'點鐵成金'之妙。其所謂'代斲傷手'者，謙語耳。"

爲什麼"代斲傷手，所弗辭矣"呢？因爲修改的意義，不僅僅是把一首詩改好或改壞，而是在具體的寫作上做出"示範"；由修改可以樹立藝術法則和詩學典型，這是俞樾要做的工作和《東瀛詩選》的意義。

（五）刊刻的改變，使《東瀛詩選》"例言"與"自序"自相矛盾

我們今天讀《東瀛詩選》覺得有點奇怪。俞樾作於光緒八年《東瀛詩選》"例言"七說："此編刻於中土，更無從旁注譯音。""例言"八說："（此編）既選自鄙人，刻於中土。"俞樾在與北方心泉的通信中，不斷探討該書在中國刊刻的問題，可知《東瀛詩選》一開始是準備全部在中國刊刻的。

因爲在中國刊刻，所以必須做兩個"技術處理"：

一是要刪去對中國讀者無用的"日語注音"。日本人寫漢詩，爲便於初學，詩集的漢字旁有日語注音。只有荻生徂徠水準高，主張直接讀漢字的聲音，不主張注音。《例言》七説："東國之書，每行之旁多有譯音，惟徂徠之書無之。朝鮮人成龍淵謂：即此一端，可知茂卿（荻生徂徠字）爲豪傑之士。事見其國人原公道所著《先哲叢談》。此選刻於中土，更無從旁注譯音。取法徂徠，非敢强變其國俗也。"但因難度太大，直接讀漢字的聲音，除了荻生徂徠，別人難以做到；但在中國出版，注音乃是畫蛇添足，所以刪去。

同時刪去的，還有原來的圈點評語。《例言》説："各集中多有圈點評語，此古書所無也。中土自前明以來，時文盛行，乃有圈點評語，刻古書者從而效之，爲識者所笑，此選概從削除。"日本漢詩集學習明人方法，多用"句讀"、"圈點"和"評語"，有一人或多人評點；眉批尾評，密密麻麻。"圈點"更是單圈，雙圈，單圈外加雙圈，原來是名家的閱讀體會，但多了以後，反而妨礙閱讀。俞樾不喜歡，一概削除。

二是要"避中國皇帝諱"。《例言》八説："我中華例應敬避之字，在東國原無庸避忌，然既選自鄙人，刻於中土，則應避之字必應改易。即在東國詩人，亦可免具敖不知之恥，而合于古者入門問諱之儀。"如逢"玄"字皆避清聖祖康熙帝玄燁諱改爲"元"等。

但等這一切做完以後，不知是部頭太大，成本太高，還是在中國刊刻不便管理。總之，最後岸田吟香改變了主意，決定將雕版運回日本刊刻。因此，作于第二年夏六月的《東瀛詩選》自序，俞樾已經改口説"《東瀛詩選》由彼國自行刊佈"了。

這使《東瀛詩選》開始寫的"凡例"和後來寫的"自序"產生了矛盾。因爲書已經編好，並貫徹了"刪去日語注音"和"避中國皇帝諱"的做法，再改已經很難。由此推測，改在日本刊行一定有某種重要的原因，否則完全不用冒把《東瀛詩選》弄得不倫不類的風險。

四、拒斥與接受：《東瀛詩選》引起日本漢詩界波瀾

俞樾信中屢屢所説他年老多病，小女又先他而去，心緒不佳，編選之事不宜"精耕細作"，其實這是退一步説的客氣話。俞樾做這個工作，應該是大廚烹小鮮。但他仍然仔細、認真地先閲讀大量的日本漢詩資料，向日本友人請教，弄懂"日本歌謠"就是和歌和俳句；"俗字"和"普通字"，就是"平假名"和"片假名"；澄清日漢"同文"的誤會。又通過對許多日本漢詩資料的研究，知道日本漢詩人的源流、出處；認清了中國詩歌是日本漢詩的淵源，日本漢詩是中國詩歌形式上的支脈。中國詩壇有宗唐、宗宋，還有宗漢魏六朝的。俞樾必須弄清楚中國的這些流派什麽時候傳到日本並影響日本漢詩人的寫作。

俞樾知道，唐代詩歌的某種風氣傳到日本，一般要二百年；但到了近代，中日文化交流多了，中國詩壇風行"宋詩派"、"同光體"，日本漢詩界都呼應得很快；而當時的日本詩壇，學習宋詩的風氣很盛。日本人對他們的名家、名篇，已經有固定的看法，有了排位座次。只有把握這些關鍵點，他纔能小心翼翼地在日本漢詩人評價的框架下編選日本漢詩。

應該説，俞樾對江户時代日本漢詩的分期、特徵、詩人風格把握和具體的評價無疑是準確的。也得到了日本漢詩人的認可。

俞樾高度評價日本漢詩的整體成就，盡可能多地增加入選的詩人，照顧到大小詩人的座次，注意編選他們有代表性的佳作；在不妨礙大節的情況下對有的詩作音韻聲律上的修改。但有的日

本漢詩人對《東瀛詩選》還是提出意見，概括起來有以下幾點：

（一）該選的大詩人漏選

岸田吟香綜合了詩歌討論會的意見説，一些該選的大詩人漏選。如祇園南海、秋山玉山、恒遠、雨森芳洲、片山北海、武富屺、韓大年、北條霞亭、柏如亭、北川明皮、家裏衡、河野鐵兜等人，都是應該選的，没有選。這是岸田吟香開完會後寫給北方心泉信中説的話；岸田吟香的信，至今還保留在金澤市的常福寺裏。

但祇園南海、秋山玉山等人漏選的問題，怎麽能怪俞樾呢？應該怪自己纔對。因爲俞樾是根據岸田送來的日本漢詩人選的，岸田没有送來，叫俞樾怎麽選呢？

其實，當時俞樾已經隱隱地感到有點問題，他曾在第四十一卷補遺部分説：“東國之詩，固不盡於此。彼中先哲，如祇園南海、太宰春台，至今猶望若斗山，而兹選闕焉。”補遺四卷，補了部分缺漏，但未能補齊。

因受岸田資料的限制，《東瀛詩選》在作者選擇、排列上還有一些失誤。如德田武在《俞樾與日本文人》一文中説：“日本的漢詩作家中，確有毫無日本味兒，能創作出絶無缺陷的漢詩的人。野村箕園、廣瀬旭莊等，即是代表人物。野村是江户後期德川幕府的學問所‘昌平賞’的儒家學者。他曾創作了大量的漢詞，這在日本人中亦是少見。其著述中，有《箕園全集》。然而，《箕園全集》卻未曾作爲版本出版，只以抄本的形式流傳於很少的一部分人中間。所以，岸田吟香没能將《箕園全集》帶到中國，俞樾也未能看到日本這一優秀詩人的作品。這樣一來，在《東瀛詩選》中，未收有野村箕園的名字和作品，不能不令人感到遺憾。這樣的例子，還不只一個，梁田蜕岩是與服部南郭齊名的大詩人，俞樾只目睹過其詩文集《蛻岩文集》前、後兩集中的後一集，而未能看到前集。俞樾就後集作了評價，並爲未能讀到前集感到遺憾。如果俞樾也目睹了前集，自然對蛻岩的真實價值作出評價，這將補足包括我本人在内感到的巨大缺憾。"①

（二）集中多有"無名之輩的俗作"

對該選而没有選的詩人，人們已經理解，那是岸田吟香没有將他們的詩送給俞樾挑選。而集中選了一些無名小輩的、詩集尚未刊行的、職業低下者的"俗作"，好像就是俞樾的責任了。

但岸田吟香會上説的"該選"、"不該選"；"俗作"和"精品"，是由誰來判斷？誰來決定的呢？當然是由俞樾判斷決定，而不是岸田吟香和部份日本漢詩人決定的。假如是一桌酒宴，你既請來這位頂級的大廚師，我們就應該認同他的口味和烹調技術。

岸田吟香直接指出的是選了警察頭目川路利良的四首詩，爲人不齒。

中國詩學有不因人廢詩的原則。俞樾按照中國的傳統，其實也是按照日本《萬葉集》的傳統，覺得川路利良雖然是名警察，但警察也可以是詩人。只要詩寫得清麗可喜，就值得一選。同時，俞樾還想讓世人知道，日本漢詩的作者隊伍很廣，不僅僅是文人，連警察也會寫，而且寫得很好。

對一個詩人，選詩的多少確實關乎評價，但選詩有很多考慮，有前後的安排。否則，我們就完全不能理解那麽喜歡陶詩，在《陶淵明詩集序》裏深情贊美陶淵明的蕭統，在他主持的《文選》裏，陶詩卻選得很少，與他的贊美完全不匹配。

---

① 前幾年，《梁田蛻岩・秋山玉山》的集子出版，就是由德田武注解的，因此，他最有發言權。

一些年輕的，有的連集子也沒有出版過的詩人作品入選了；只要詩好，當然可以選。入選是有機緣的，一些被選入集的"年輕"詩人就很高興。如山本木齋有《余少時所作落花詩一首載在清俞曲園樾學士所選東瀛詩選中亦可謂海外知音矣偶有所感賦一律》詩說："無復飛紅到枕邊，閑懷往事獨蕭然。誰圖少日宴間作，忽值知音海外傳。"不僅深感榮幸，並稱俞樾爲"海外知音"。

陳福康《論〈東瀛詩選〉對江户漢詩的鑒選保存之功》①認爲："所謂'不當選而入選'的缺點基本上是不存在的，或者根本上不能稱其爲一個缺點，甚至反而可說這基本上正是俞樾的優點。俞樾具有很高的詩學鑒識，正是由於他的慧眼，保存了如上所述很多被日本人忽視了優秀詩作。"我很贊同。

(三)《東瀛詩選》顛覆了日本漢詩界的次序

在《東瀛詩選》編選之前，日本漢詩人有自己公認的名家、大家和膾炙人口的名篇，公認的名家如賴山陽等人。人們期望被視爲藝術最高峰、最有代表性的賴山陽，會在《東瀛詩選》裏佔據最重要的地位。不僅應該選詩最多，而且會對賴山陽所代表的日本國民精神加以揄揚。

俞樾也參照了日本漢詩人原有的排名，認識到賴山陽的重要性，對賴山陽的詩也大加贊美。但是，俞樾對賴山陽的贊美，仍然沒有達到一些人心目中的高度；而且，賴山陽被日本人公認的名篇《阿嵎根》、《泊天草洋》、《題不識庵擊機山圖》等，俞樾《東瀛詩選》都没有選錄，這不免讓日本漢詩人失望。還有，對日本漢詩人熟悉熱愛的名篇，如石川丈山的《富士山》，太宰春台的

---

① 參見陳福康《論〈東瀛詩選〉對江户漢詩的鑒選保存之功》，《上海大學學報》社會科學版 2010 年第 1 期。以下引用，不再注刊物出處。

《登白雲山》等，他們以爲《東瀛詩選》一定會襃揚的，結果同樣沒有。

賴山陽的作品，俞樾見到的不全。根據蔡毅《俞樾與〈東瀛詩選〉》說："俞樾僅見《山陽詩鈔》八卷，未見《山陽遺稿》和《日本樂府》，而賴山陽對後兩部自己晚期的作品更爲重視。賴山陽的《日本外史》，北方心泉雖在編選之前已寄給俞樾，但俞樾似乎並未過目，在賴山陽簡介中也未提及。"① 這裏固然有資料不足的原因，"更主要的是，日本人看重賴山陽，乃在於其詩歌中表現出的强烈的日本民族精神，俞樾於此本難知曉"，"至若張揚'國魂'的《日本樂府》六十六首，即便俞樾得以寓目，對其粗豪恣肆的作派，恐怕亦難首肯"。

顛覆日本漢詩界現成的次序，還表現在俞樾對山梨稻川的評價上。俞樾對山梨稻川的詩非常欣賞，評價非常之高，這使長期被低估的、聲名不彰的稻川的詩歌纔被日本漢詩界重視起來。

日本著名學者内藤湖南在《稻川的學問》一文中說，他最早是從《東瀛詩選》裏讀到稻川之詩的。他還說，在1907年前後，即《東瀛詩選》出版二十四年後，他在名古屋其中堂書店的目錄上見有《稻川詩草》，定價四十五錢，他訂了一本。後來很多人都來訂購，書店一看，覺得有利可圖，馬上漲價，等内藤湖南再次看到的時候，定價已經是二十五元，陡漲了五十多倍。内藤湖南感歎山梨稻川的詩暢銷，就是俞樾揄揚的結果。

奇怪的是，鈴木虎雄在《山梨稻川的詩》② 中，還是對俞樾

---

① 見《日本僧心泉字小雨以楹聯寄贈並其國人青山延於所著史略賴襄所著外史各一部賦此謝之》，《春在堂詩編》卷十。
② 參見《藝文》第三年第八號，京都文學會，1912年，第27頁。

提出了質疑。他以爲，山梨稻川的詩以詠《古事記》十三首和詠古詩價值較爲重要，俞樾爲什麼不選？富士川英郎等編《詩集·日本漢詩》（第十二卷，汲古書院，1987年版，381頁）收松崎慊堂所作《稻川詩草序》，也以爲山梨稻川的詠史詩可以傳世，怪俞樾爲什麼不選稻川的詠史詩？

俞樾選稻川《風災》一類災害詩和憫農詩，是中國知識分子千年憫農的傳統。因此，選什麼，不選什麼，還有選者本身的文化傳統問題。

1927年5月，著名漢學家新村出在山梨稻川百年祭作的講演中，一方面稱贊俞樾對稻川詩歌的發掘和拔擢，同時又說："《東瀛詩選》裏也有許多拙劣的作品。在我們看來，把稻川先生等人的詩與這些作品並列一處，似乎是對稻川先生的褻瀆，不免令人感到有些憤慨。"① 這些話說得非常無禮。自大和無禮不屬於日本漢詩界及學界，而屬於新村出所處的1927年那一時代。

其實，岡井慎吾曾經從他的老師三宅真軒處，聽到過俞樾關於《東瀛詩選》的一段對話（可能是與北方心泉的對話）："問：《東瀛詩選》如何采詩？依（沈德潛）《國朝別裁集》取捨標準如何？俞答：殆難入選。東人之詩有意旨者聲律不諧，聲律佳者意旨不通；謂雙美兼善者幾無，亦無不可。"② 這其實是俞樾對日本漢詩的真實意見，是不可以告訴所有的日本漢詩人的。

---

① 新村出《稻川人物學問大觀》，貞松修藏編《山梨稻川集》第四卷附，山梨稻川集刊行會，1929年，第4頁。

② 見蔡毅所譯岡井慎吾《北方心泉上人》（一）至（五），《書苑》卷七第七號至第十一號連載，三省堂，1943年7—11月。

（四）表揚容易批評難，被俞樾批評的人不高興

譬如森春濤（1819—1889），名魯直，字希黃，通稱浩甫，號春濤，戒名老春院森髯居士。詩學前輩鷲津松蔭、梁川星岩等人；1874年在東京創辦"茉莉詩社"；弟子有永井久一郎、北條鷗所等；不少明治時期的著名漢詩人均出其門下。詩集有《春濤詩抄》《岐阜雜詩》；編有《東京才人絕句集》《清三家絕句》等。好詩諸如《岐阜竹》："環郭皆山紫翠堆，夕陽人倚好樓臺。香魚欲上桃花落，三十六灣春水來。"是當時東京詩壇泰斗。

但是，俞樾選他的詩不多，並在卷三十五評他的詩"頗涉纖小，其詩亦多小題"。對另一名儒者漢詩人藤森天山的《江門節物詩》也批評說："可見彼中風俗，亦以太纖小故不錄也。"而岸田邀請來討論《東瀛詩選》的漢詩人，森春濤就是其中的一個。他看俞樾對他的詩選得那麼少，就不高興，也絕對不會說《東瀛詩選》的好話。

森春濤不僅寫詩，從1875年開始他還主辦日本漢詩核心刊物《新文詩》。《新文詩》當然對《東瀛詩選》也就漠然視之了。

從接受學的角度看，對一種文化的"接受"，經常是從反對和"拒斥"開始的；反對和"拒斥"本身就包含着"接受"，這是不奇怪的。

（五）改詩是俞樾對日本漢詩最大的貢獻之一

俞樾對日本漢詩最大的貢獻之一是改詩。俞樾一面編選，一面修改日本漢詩；這是一個有意思的問題，也很一個有爭議的問題。但是，只要接觸過日本漢詩界，與衆多日本漢詩人有過交流的人會對此結論深信不疑。

俞樾爲什麼要改詩？俞樾怎麼改詩？俞樾改了哪些詩？俞樾

改詩的意義是什麼？有的問題已經無法解決。

俞樾到底修改了哪些日本漢詩？又是怎麼修改的？這要將原詩和《東瀛詩選》中的詩一一比照、分析，纔能得出結論。但是，今天我們已經無法知道俞樾在他所選的 5 200 多首詩中改了多少。從理論上說，我們可以將《東瀛詩選》的選詩和日本漢詩集一首一首作比較。但有的沒有複本的日本漢詩原稿一經遺失，就不可能完全核對了。

當時，編完《東瀛詩選》的俞樾，將北方心泉給他的漢詩全部奉還。北方心泉把這些漢詩存放在金澤常福寺內。但現在那些漢詩集的下落，也就無從知曉。

據岡井慎吾的《北方心泉上人》一文中説，北方心泉的友人三宅真軒曾看到過，裏面有許多俞樾朱筆修改的字跡。三宅曾想把這些改動處抄下來，但後來沒有抄成便離開金澤，非常遺憾地要費後人許多校對功夫。

由於有的日本漢詩集有複本，上面雖然沒有俞樾的朱筆修改可以參看，但還是可以將兩本對照，看出改動的地方。

在俞樾改詩的問題上，日本漢詩人和日本學者比我們更爲關注。富士川英郎編《詩集日本漢詩》（汲古書院出版 1987～1990），對俞樾的改詩作了辨析，試圖找出俞樾修改的地方。後來的高島要氏在《東瀛詩選本文與總索引》中，將這些被修改的詩句，逐一加以標注，做了很好的工作。

廈門大學的郭穎博士做了出色的研究①。她比較系統地對比了日本漢詩集原稿和《東瀛詩選》中選詩在文字上的差別，特別在對廣瀨旭莊等人的詩歌上下了功夫。寫了《〈東瀛詩選〉中廣瀨

---

① 參見郭穎《清代學者眼中的日本漢詩——以俞樾的〈東瀛詩選〉爲文本》。

旭莊的詩與〈梅墩詩鈔〉的比較》諸文①，得出了一些很好的結論。

綜合所有人的努力，包括筆者的努力，可以看出俞樾的修改，主要集中在以下幾個方面：

1. 是避諱的問題

"避諱"是中國特色的文化現象和歷史現象，是在等級森嚴、禮儀繁縟的封建社會中產生的。"避諱"指人們在説話或寫文章時，凡遇到與帝王、聖人以及尊長名字相同的字，必須設法避開或改寫，這就叫避諱。作爲一種文化習俗，避諱約起源于周代，確定于秦、漢，至隋、唐盛行，到宋朝爲嚴格，至明清至極盛。清代就發生考試的時候考生一字無意没有避諱，就被逐出考場的事。俞樾生活的時代，避諱既嚴且酷。文人要懂避諱，否則不能生存。

日本天皇不像中國皇帝要"避諱"，因此日本漢詩人完全没有

---

① 此文參見《中國社會科學評論》、《中國詩歌研究動態》、日本廣島大學北京研究中心主辦《北研學刊》第 2 號（2005.12）。此外，她發表的論文還有：1.《東瀛詩選》における俞樾の修改—服部南郭と荻生徂徠について—（《中國學研究論集》17 號，2006 年 12 月）。2.《東瀛詩選》に見られる俞樾の修改—菅茶山の"黄葉夕陽村舍詩"との比較を通して—（《中國中世文學研究》51 號，2007 年 03 月）。3.《東瀛詩選》における俞樾の修改—六如の《六如庵詩鈔》との比較を通して—（《中國學研究論集》18 號，2007 年 04 月）。4.《東瀛詩選》に見られる俞樾の修改—高野蘭亭の《蘭亭先生詩集》との比較を通して—（《中國中世文學研究》52 號，2007 年 09 月）。5.《東瀛詩選》における俞樾の修改—梁川星巌紅蘭頼山陽江馬細香の所收詩について—（《中國學研究論集》19 號，2007 年 12 月）。6. 江戸漢詩に見られる"和習"—《東瀛詩選》所收の詩について—（《比較日本文化研究》創刊號，2008 年 03 月）。7.《東瀛詩選》における俞樾の修改—大窪詩仏大沼枕山の所收詩について—（《中國中世文學研究》53 號，2008 年 03 月）。8.《東瀛詩選》における俞樾の修改—"和習"について—（《中國學研究論集》20 號，2008 年 04 月）。9. 俞樾の目から見た広瀬淡窓旭莊—《東瀛詩選》を手掛かりに—（《淡窓研究會會報》第 4 號，2009 年 11 月）等文。

避諱的概念。但由於此書最後確定在中國蘇州出版，避諱就成了重要的政治問題。在出考卷上跌過跟頭的俞樾格外小心，不會在避諱上再跌第二個跟頭。

俞樾在《東瀛詩選》例言中提升了避諱的意義，説："我中華例應敬避之字，在東國原無庸避忌。然既選自鄙人，刻於中土，則應避之字必應改易。即在東國，詩人亦可免具敖不知之恥，而合于古者入門問諱之義。"

在《東瀛詩選》中，避諱主要是幾個字。即將清歷代皇帝的名字如"玄"、"胤"、"弘"、"寧"和孔子的"丘"字等，採取了代字或是闕筆的辦法①。

2. 是聲律問題

俞樾以爲詩務取雅音：一字爲韻、鄙俚語、輕佻語入詩，皆爲詩病。他在《東瀛詩選》例言中説："擇言尤雅，史家且然，況詩家乎？余此編所選，務取雅音。諸集中有通篇用同一字韻者，有以一半兒詞爲詩者，皆非大方家數，概從割愛。"又説："東國之詩於音律多有未諧。執一三五不論之説，遂有七言律詩而句末三字皆用平聲者。執通韻之説，遂有混'歌'于'支'、借'文'爲'先'者。施之律詩，殊欠諧美。如此之類，不得不從芟薙。間或以佳句可愛，未忍棄遺，輒私易其一二字，以期協律，代斵傷手

---

① 清康熙皇帝名"玄燁"，爲避康熙諱，須將玄燁的"玄"字最下面一點去掉，用缺筆的方法處理；雍正皇帝名"胤禛"，雍正即位後，爲避諱，須將"胤"字改爲"允"字；乾隆皇帝名"弘曆"，爲避乾隆諱，"弘"缺末筆，或把"弘"改爲"宏"；道光皇帝名旻寧，爲避道光諱，"旻"字中間要缺一點，或"寧"字寫成"甯"字。除了避君諱和家諱外，聖人的名字也要回避。宋朝大中祥符七年明令"禁文字斥用黄帝名號敘事"；金代規定："臣庶民犯古帝王而姓復同者禁之，周公、孔子之名亦令回避。"清雍正規定，孔孟名諱必須敬避，尤其是孔子之名"丘"，凡古書中有此字，必須改爲缺筆字，姓名、地名中的"丘"必須改爲"邱"字。

所弗辭矣。"

所謂"通篇用一字韻者"

如藤原惺窩《長嘯子靈山亭看花戲賦》曰:"君是護花花護君,有花此地久留君。入門先問花無恙,莫道先花更後君。"韻腳都是一個"君"字。日本詩人有的不瞭解漢詩不能以一字爲韻的要求,覺得好玩,以爲是一種創新,但俞樾看了皺眉頭,概從割愛。"一半兒"是散曲名。清人李調元在《雨村曲話》卷上說:"臨川陳克明《春妝曲》云:'自將楊柳品題人,笑捻花枝比較春,輸與海棠三四分。再偷勻,一半兒胭脂一半兒粉。'後遂名此調爲'一半兒'。"雖然"一半兒"曲調語言清新,文字巧麗,有一種來自民間的活潑。但詩人不喜歡,以爲鄙俗。在詩人筆下,除少數例子外,詞和詩的語言經常是不通的,散曲更不用說。但是,元代的詩人、散曲家卻喜歡做試驗,譬如宋方壺的《一半兒》:"別時容易見時難,玉減香消衣頻寬。夜深繡戶猶未拴,待他還,一半兒微開一半兒關。"就想把李煜的《浪淘沙》詞與元曲打通。此曲從"一半兒"開始,極盡動作和心理描摹之能事,非常傳神,反顯得前面李煜的"別時容易見時難"有點呆板。因爲李煜的"別時容易見時難"別的是家國;此曲別的是情人,感覺不一樣。受影響的日本漢詩人有以"一半兒"曲入詩的,俞樾不喜歡,覺得格調輕佻,不是詩歌雅言的正宗,也不會入選。借編選之機,俞樾向有些漢詩人說明這個道理。

是"三平調"、"三仄調"和"一三五不論,二四六分明"的問題

即一首詩中最後連用了三個平聲字或仄聲字。這是寫格律詩的大忌,是決不允許出現的。但在寫古體詩時,卻有意多出現,使之更具有濃郁純正的古詩味。這就是格律詩和古體詩的區別。如杜甫的《歲晏行》中如下的詩句:"莫徭射雁鳴桑弓"、"汝休枉殺南飛鴻"、"割慈忍愛還租庸"、"好惡不合長相蒙"、"此曲哀怨何時終。"最末三個字都是平聲字，這就是三平調。日本最喜歡的唐代詩人白居易的《琵琶行》"爲君翻作琵琶行"的"琵琶行"三個字，就是三平調。反而增加了古體詩的韻味。

這麼多的規矩，日本人怎麼弄得懂；即使弄得懂，實際運用起來又是一回事。這使很多日本漢詩人會犯這樣的毛病。

寫"三平調"的如菅茶山《感事贈拙齋先生》其三："嚴冬繁霜雪，我心多憂端。"其中"多憂端"三字都是平聲字，是"三平調"。俞樾把"多憂端"改成"鬱不申"，就改正了這一缺點；同樣，服部南郭《宕山望海二首》其一："羞殺魚鹽都會地，治生無似陶朱公。"其中"陶朱公"三字也都是平聲字，犯了"三平調"的錯誤。俞樾把"陶朱公"改爲"治生無術似朱公"就化解了這一問題。

除了"三平調"，還有"三仄調"

"三仄調"也稱爲"三仄尾"，指的是一句詩的最後，三個字連用三個仄聲字。一般來說，對"三平調"要求比較嚴格，不能越雷池一步。而"三仄調"則相對寬鬆一點。有人以爲唐人對此亦有例外。如唐杜審言的《和晉陵陸丞早春遊望》："獨有宦遊人，偏驚物候新。雲霞出海曙，梅柳渡江春。淑氣催黃鳥，晴光轉綠蘋。忽聞歌古調，歸思欲沾襟。"其中"雲霞出海曙"中的"出海曙"，三字均爲仄音，杜審言亦未忌諱。其實，杜審言是初唐人，那個時候的近體詩格律，還沒有完全建立，要求還比較鬆。但即使到清代，詩人"三仄尾"還是有不同的看法[①]。但俞樾對律詩格律要求很嚴，所以對日本漢詩人的"三平調"和"三仄調"，發

[①] 如清代董文渙《聲調四譜》中便說："唯上句三字拗仄爲'平平仄仄仄'句，乃正拗律而非借古句者。首二連平亦無夾平之病。"

現了就加以改正。

"三仄調"如菅茶山《中秋無月有期不至賦此代柬》："秋來計日待會見，豈知君心容易變。"而"待會見"三字都是仄聲字，也違反了格律詩的聲律。俞樾改爲"待相見"，就妥帖了。

"三平調"和"三仄調"以外，寫作近體格律詩最要緊的口訣是："一三五不論，二四六分明。"是指在七言律句之中，第一、三、五字可以用平也可以用仄，而第二、四、六字則必須平仄分明，不能任意使用。該用仄的必須用仄，該用平的必須用平。因爲第二、四、六字是節奏點所在，平仄必須清楚，不能混用。這也是就大體上說的。如在七言"仄仄平平仄仄平"這個格式中，第三字不能不論，否則就要犯孤平（所謂孤平，就是在"仄平"腳的句子中，除了韻腳尾字之外便只有一個平聲字了。如此就稱它是孤平。孤平也是近體詩的大忌。）再如，對"平平仄仄仄平平"來說，前者第三字，後者第五字也不能不論，否則會出現"三平調"，即句子的結尾是連續的三個平聲字，這同孤平一樣，必須避免。

譬如，菅茶山《偶成》："人生須臾有興廢，海潮昏旦自波瀾。"前面"人生須臾"出現四個平聲字，俞樾就把它改爲"人世須臾"。"生"處在第二個字的位置，應該用仄聲字，而且應該是"分明"的，而現在"生"是平聲字，不對。因此，俞樾把"生"字改爲仄聲字的"世"字，就符合了聲調要求。

廣瀨淡窗《蒙恩命賦此述懷六首》其五："欲報嘉慶人不見，清香一炷淚漣如。""欲報嘉慶"的第四個字，這裏應該用平聲字的，但廣瀨淡窗用了仄聲字"慶"，該分明的地方錯了。俞樾就把"嘉慶"改爲"九原"，"原"是平聲字，就符合格律要求了。

同樣的例子還有：梁川星岩《讀江芸閣品花新詠戲題》其三："名花拜賜應解笑，第一才人第一詩。"俞樾把"應解笑"改爲

"應含笑"。

大窪詩佛《吊雲泉墓墓在净法寺後山》:"一身化作越山雲,雲去雲來每思君。"俞樾把"每思君"改爲"每憶君"。對違反了近體詩"二四六分明"的規則的地方,作了修改。

3. 是用典問題、詩歌的時地和意象營造等問題

俞樾按照自己的審美經驗和中國詩人的習慣,或換聲律、或改地名、或改造意象、或提煉意境,在關鍵的地方作了修改。

日本漢詩研究家德田武在《俞樾與日本文人》中説,俞樾雖然對服部南郭的詩評價甚高,説他的詩"在東國詩人中,固卓然成家者也",並選録很多。但"在南郭的《小督詞》中,就有兩處筆削,較之原詩,改動後益加精切了。南郭在《小督詞》中描寫的女性悲劇,無非是模擬《長恨歌》與《琵琶行》的歌行體,他的漢詩《寐隱解》又僅以娛樂性筆意見長,但這卻不妨爲俞樾所欣賞。他説'讀此文章,感到欣喜'。至於斧正增損,俞樾認爲'東國之詩於音律多有未諧'。凡違紀平仄音律規則者,或增減之,或删改之,而這也正是日本漢詩令人遺憾之處。"這是公道話。

由於兩國文化背景的差異;有的詩,俞樾没有真正理解作者的原意,同時由於疏忽,也存在誤改之處,這是不可避免的。

參加《江户詩人選集》編選,並注釋《梁田蜕岩・秋山玉山》和《野村篁園・館柳灣》詩注的德田武將心比心地説:"我本人現正致力於注釋《篁園全集》,面對當時攜卷來華尚付缺如的上述詩集,深感臨深履薄。"他説:"俞樾不僅對詩作本身,包括詩家的學問,皆作出應有的評價。我認爲俞樾老先生的持論是公正的。"又説:"身爲漢學發祥地的大儒家,對漢學輸入國日本的儒家學者的業績,作出如此的評價,其持論的公正,非大家不能出此言,真

所謂學問無私天地寬。"又說:"俞樾學問人品俱高,以故其《東瀛詩選》刊行後,在日本的名聲不脛而走。同時更多的日本人也趨之若鶩。"① 這些評論和評價是公正的。

應該說,俞樾的修改和潤色,總體上是非常成功的,是中日詩歌交流史上的奇蹟。它使今天的中國讀者對日本漢詩,留下了比俞樾不修改潤色前更好的印象和更高的水準,這是毫無疑義的。俞樾的修改和潤色,爲後來的日本漢詩寫作提供了有益的經驗——這是俞樾最有功於日本漢詩的地方②。

最幸福的是俞樾。《東瀛詩選》編出來以後,日本漢詩界的評價、批評和許多麻煩事他都不知道。他只知道岸田信中說,請"清朝第一之大家曲園先生"選定《東瀛詩選》,爲"我邦古來未曾有之盛舉";只知道許多人對他說的禮貌話、恭維話和客套話,當然也包含一些實事求是的正面評價。《東瀛詩選》出版的第二年,清使館駐日的隨員陳家麟,在其所撰《東槎聞見錄》"書籍"條中,稱俞樾"殫心搜采,蔚爲巨觀,近已紙貴瀛東,共相傳播"③。用"紙貴"形容《東瀛詩選》在日本受歡迎的程度,俞樾當然很高興。還有,俞樾七十壽辰時,學生井上陳政邀集日本漢詩人作詩慶賀,俞樾編之爲《東海投桃集》,其中亦多日本漢詩人的贊美之詞。比起批評意見來,俞樾當然願意聽表揚的話。

---

① 均見德田武《俞樾與日本文人》,《杭州師範學院學報社會科學版》1996 年第 1 期。
② 二十年前,我在京都、東京,曾多次在"日本漢詩班"做"詩歌教頭";在東京與石川忠久教授一起指導日本漢詩人的寫作。他們班級原來有一位日本老師,我去京都以後,他們把老師換成我。希望我講漢詩的章法、句法、字法,更希望我對他們寫的漢詩修改潤色,並用我的修改嘲笑那些自以爲是的日本漢詩人。我雖不是俞樾,但與日本漢詩人的接觸和對他們的瞭解,正可爲理解俞樾編《東瀛詩選》之一助。
③ 《小方壺輿地叢鈔》第十帙,第 387 頁。

焉。"卷三十二評大槻清崇（盤溪）又説："士廣詩清麗可誦，且能爲五七言古詩，乃東國所難也。"

（三）眼遇佳句分外明：發掘日本漢詩寶藏

俞樾有心拔擢一些不爲人知的"寒門詩人"或"冷僻詩人"，以體現自己編選的眼光。在《東瀛詩選》中，他選了不爲人知的山梨稻川，並高度評價。説："元度才藻富麗，氣韻高邁，在東國詩人中，當可首屈一指。"稻川在當時不爲人知，有點像中國的陶淵明。蕭統很喜歡陶淵明的詩，在《陶淵明集序》中高度贊美，但《文選》選陶詩不多。這裏講山梨稻川的詩"首屈一指"，但所選的詩也不是最多；和蕭統《文選》的情況也有點類似吧！

日本德田武《俞樾與日本文人》① 一文中説："稻川乃日本當時堪稱拔萃的'説文'學者，因其身居偏僻鄉區，城市中毫無名氣，也未得到詩壇的關注。當時詩壇的主流，又以學重潛思寫實的宋詩風氣爲盛，稻川偏偏崇尚《文選》之古體，依傍的是荻生徂徠古文辭學的源流。以當時而論，他實在是詩壇的旁流。經過俞樾評價而名聲大震。可以説，稻川是由俞樾發隱的布衣詩人。"

稻川汲取荻生徂徠古文辭學的源流，學習《文選》的古體詩作法。這與俞樾的寫詩方法也很近，俞樾大加贊揚，也許也是一個理由②。由於俞樾的品評，原來在詩壇默默無聞的稻川，就詩

---

① 見日本德田武《俞樾與日本文人》，《杭州師範學院學報社會科學版》1996 年第 1 期。以下引用，不再注刊物出處。

② 佐野正巳《東瀛詩選·解題》説："江户時代後期，詩壇以提倡宋詩的清新派爲主流，而山梨稻川則爲蘐園派。稻川（陰山豐洲的門人）的詩風即不同於提倡'以唐人爲主，兼用宋明'（《淡窗詩話》）的廣瀨淡窗，又與更近於《文選》的蘐園派到了尾期容易犯的套用常用表現的毛病不同。俞樾評價爲'元度才藻富麗，氣韻高邁，在東國詩人中當可首屈一指'（卷 15）。可以説，山梨稻川成爲蘐園學派尾期的最亮麗的一道光芒。"

五、俞樾《東瀛詩選》的文化詩學意義

（一）日本文學史上第一部由中國學者編選的規模最大的日本漢詩總集

《東瀛詩選》是日本文學史上第一部由中國學者選編的日本漢詩總集，它攝取了江戶時代漢詩的精華；基本覆蓋了日本漢詩的重要內容，成爲日本歷史上規模空前的漢詩總集。

俞樾曾經興奮地不止一次說他編《東瀛詩選》具有偉大的意義，是一件前無古人的工作。編在《春在堂雜文》的《傅戀元日本圖經》序說："然日本乃吾同文之國，余所著各書，流行其地者頗廣。日本國人有來遊中土者，或造廬見訪，或寓書問訊；甚或願授業于門下。余固未嘗拒絕之也。往年曾應彼國人之請，選東瀛詩凡四十四卷，盛行于其國中。"《曲園自述詩》自謂："海外詩歌亦自工，別裁僞體待衰翁。賴唐當日輶軒使，采盡肥前築後風。"並自注說："日本向無總集，此一選也，實爲其國總集之大者，頗盛行於海東也。"①

俞樾充分認識到編這部總集的歷史價值和詩學意義。編完以後，爲了怕評點文字散失，或分在各卷不集中，便把這些文字如散珠般仔細地收集起來，集成《東瀛詩記》，編入自己的《春在堂全書》中。

編完後，如釋重負的俞樾在《東瀛詩選》自序裏差不多以歡

---

① 佐野正巳《東瀛詩選‧解題》說："確實，像這本能够網羅如此衆多日本漢詩人的選集，在日本也從未刊行過。江村北海的《日本詩選》、宇佐美灊水的《藝園錄稿》、咸宜園的《宜園百家詩》等，但無一能媲美俞樾此巨篇。"

呼的口吻説：此集"在彼國實爲總集之大者，必且家置一編，以備誦習。而余得列名於其簡端，安知五百年後墨水之濱不仿西湖故事，爲我更築俞樓乎？"

也許經費不足，也許信心不足，此書改在日本出版，岸田吟香開始只出版了十六冊中的前八冊。出版後在日本漢詩界反響並不熱烈，一些訪日的中國文人，如楊守敬、黎庶昌等對此書也注意不够，與很多人購買的只是前八冊，無法窺其全璧，難以評判有關①。

《東瀛詩選》出版的第二年，作爲清使館隨員駐日的陳家麟，便在其所著《東槎聞見録》"書籍"條中，贊美俞樾"殫心搜采，蔚爲巨觀，近已紙貴瀛東，共相傳播"。

俞樾七十歲誕辰，門生井上陳政邀集日本漢詩人作詩慶賀，弄得七十誕辰不準備作壽的俞樾措手不及。只能把井上陳政邀集日本漢詩人寫的詩文編爲一卷，收入《春在堂全書》。《東海投桃集序》説："光緒十六年嘉平二日，余七十生辰也。是日至象寶山，送王康侯女婿之葬，不觴一客亦不受一詩一文之贈，雖親串中如許星叔尚書，交遊中如汪柳門侍郎，門下士中往來至密如徐花農太史皆謝不受，亦可謂絶人太甚矣。不圖日本有舊隸門下之井上陳子德爲我遍徵詩文，余固不知也。至明年八月由李伯行星使寄至姑蘇，余不禁啞然而笑曰：'在本國則卻之，在彼國則受之，其謂我何！'雖然，余七十生辰固在去年也，而東國詩文之來則在今年，是可例之尋常投贈而不必以壽言論矣。自惟卌（四十）載虚

---

① 《東瀛詩選》四十四卷被分作十六冊。1981年，佐野正巳編輯影印《東瀛詩選》時説："本書雖有名，但找尋起來竟意外困難，所藏之處甚少，且幾乎都是二十五卷八冊的不全本。吾家之藏亦爲八冊本。"這是因爲，在日本刊行時，岸田吟香並没有將十六冊全部印刷，而先印刷了前面的八冊，許多人，包括佐野正巳自己所藏也只有八冊。此後又印了剩下的八冊。但留下了八冊和十六冊的問題，許多地方再也没有配齊。

名流布海外，承東瀛諸君子不我遐棄，雕鎪朽木，刻畫無鹽，其雅意亦何可負哉！因編次其詩文爲一卷，題曰《東海投桃集》。以識諸君愛我之情，亦見中外同文之盛。"

《東海投桃集》收日本漢詩人賀詩四十八首。改詩改出習慣的俞樾，對日本人祝壽的詩，也進行小小的改動。《東海投桃集序》說："又中、東詩律文律小異，不諧于中華之讀者，略易一二字，曩選東瀛詩即用此例，想不罪我專輒也。至名位崇卑、年齒長幼，概所未詳，隨取隨錄，漫無次序，當更在所諒矣。"其實，還是有"年齒長幼"排序的，八十一歲的岡本迪就被排在第一。

我們不妨讀讀這些"祝賀"的日本漢詩：

曾讀先生自述篇，文章經術見雙全。論才我固避三舍，序齒君猶小十年。偃蓋喬松蟠兀壑，將雛老鶴舞春天。稱觴遙祝古稀壽，美譽芳聲中外傳。

——岡本迪，年八十一，號九九老人

躋壽古稀域，著書春在堂。佩衿推齒德，事業托文章。停筆雲橫架，支琴月上床。秀眉誇老健，不借玉函方。

五經藏腹笥，汲古緶何修。門秀三千士，名高四百州。清懷潭印月，老氣鶻橫秋。安得陪函丈，雲濤萬里悠。

——福井鉌，字學圃

一代名流衆所師，東瀛我輩久宗之。古求仙藥事雖誕，今進壽言緣卻奇。藹藹春風人在座，芬芬蘭臭客稱卮。本來七十已稀有，況復如君匹者誰？

——川口鬲，字君濯

耳根久熟曲園名，萬里空馳仰慕情。學海經神超馬鄭，光風霽月繼周程。多年在野一身潔，七十著書雙眼明。真個大家無不有，采風餘力及東瀛。

——小山朝宏，字遠士

先生七十益康强，天爲斯文作棟梁。議必持平經與子，纂能合雜漢兼唐。書來海外皆爭購，名在寰中已徧揚。但恨東西千里隔，末由堂上捧霞觴。

——楠木孚嘉，字吉甫，號碩水

白髮蒼顔老益榮，餐霞煉石結仙盟。温良恭儉存真性，經濟文章育俊英。四百州中皆仰德，三千里外亦知名。美人何處空遐想，北斗星高東海平。

——赤松渡，號棕園

卅（四十）卷東瀛詩手編，遥遥載送采風船。先生一夜吟窗夢，或到扶桑紅日邊。

——谷鐵臣，字白煉號如意山人

我不以爲這些詩全是阿諛奉承之詞，日本漢詩人所歌詠，正表明了俞樾學術、詩歌和編《東瀛詩選》的巨大意義。

俞樾編《東瀛詩選》前後，許多日本學者和詩人請他撰寫序文。經俞樾撰寫的序文有：竹添井井的《左傳會箋》《棧雲峽雨日記》，岸田吟香的《痞症要論》《瘡黴諸症要論》，岡松君盈的《常山紀談》，青山佩弦的《國史紀事本末》，橋口誠軒的《山青花紅書屋詩》，佐藤牧山的《牧山樓詩鈔》，井山陳政的《西行日記》，大賀旭川的《大賀旭川詩鈔》，島田彥楨的《古文舊書考》等。甚至有日本人想請俞樾爲日本編寫國史，俞樾以"史各有職，余中朝舊史官，不能越竟而謀也"[①] 固辭，俞樾在日本的聲譽與威望，

---

① 參見俞樾《傅懋元日本圖經序》，《春在堂雜文》四編卷八。

由此可見一斑。

《東瀛詩選》使日本漢詩有了一部有選、有論、有評、有點的總集；東亞文學，從此有了一道永恒的風景。

（二）俞樾《東瀛詩選》——中日詩學交流的橋梁

中國詩歌是一種花，很早傳到日本並形成日本漢詩，自成系統地開出扶桑的春天。但是，兩者的特點、相似點和不同點，在俞樾以前，沒有人瞭解。

沒有人知道日本漢詩是怎麼回事，沒有人像俞樾那樣，因爲要編《東瀛詩選》，必須對日本漢詩進行系統的閱讀、區別、比較、研究、甄選和品評。對日本漢詩的聲韻、格律、藝術形式和寫法，作全面的梳理，並在梳理中自覺或被迫地做了日本漢詩的裁判。

當時爲什麼請俞樾編《東瀛詩選》？《日本古典文學大辭典》説，直接的目的是岸田吟香"爲了向中國人介紹日本漢詩"而請俞樾編選的[①]。

俞樾《東瀛詩選》的意義是動態的。昔日具有的意義，現在有的已經淡化，有的已經退出了意義的框架；但昔日沒有的意義，現在正在生成，並凸顯出來。當時岸田吟香、竹添井井、北方心泉、俞樾等人主觀上沒有的目的和企圖，今天可能會產生出來。

日本漢詩是日本古典文學的重要組成部分，是日本的歷史和文化財富，應該受到日本人的關注；而日本漢詩又是用"中國詩歌"的形式寫成的，因此同樣應該受到中國人的關注；日本漢詩是中日乃至亞洲漢字文化圈交流的結晶。

---

① 《日本古典文學大辭典》卷四，佐藤保執筆，岩波書店，1984年，第396頁。

沿着俞樾《東瀛詩選》的道路，編選日本漢詩藉以比較中日漢詩的做法，在中國和日本都不斷有人做。

中國的編選和研究，如新銘選注的《日本歷代名家七絶百首注》（書目文獻出版社 1984 年出版）、劉硯、馬沁的《日本漢詩新編》（安徽文藝出版社 1985 年出版）、程千帆、孫望、吳錦的《日本漢詩選評》（江蘇古籍出版社 1988 年出版）、馬歌東的《日本漢詩溯源比較研究》（中國社會科學出版社 2004 年版）、李寅生的《日本漢詩精品賞析》（中華書局 2009 年出版）、肖瑞峰的《日本漢詩發展史》（第一卷）（吉林大學出版社出版）、王福祥編著的《日本漢詩與中國歷史人物典故》（外語教學與研究出版社 1997 年出版）、嚴明《花鳥風月的絶唱：日本漢詩中的四季歌詠》（寧夏人民出版社 2006 年出版）、蔡毅的《日本漢詩論稿》（中華書局 2007 年出版）、吳雨平《橘與枳：日本漢詩的文體學研究》（中國社會科學出版社 2008 年出版）、王曉平的《亞洲漢文學》（天津人民出版社 2009 年出版）等等。

日本方面，差不多在 1966 年的時候，吉川幸次郎向汲古書院的阪本社長提出，希望能夠影印出版《東瀛詩選》。吉川幸次郎作爲日本研究中國古典文學的權威，十分重視中、日文化的交流，日本政府制定對華文化政策，經常要問他，可見他一個非常有文化遠見的人，看出《東瀛詩選》的重要性和社會上此書已基本絶跡的情況。1981 年，由佐野正已撰寫"解題"的《東瀛詩選》影印本由汲古書院新版刊行。

1990 年 12 月，由日野龍夫、德田武、揖斐高教授編纂，一海知義教授協助，日本岩波書店出版了《江户詩人選集》（全 10 卷），分别是：第一卷《石川丈三·元政》（上野洋三注）、第二卷《梁田蜕岩·秋山玉山》（德田武注）、第三卷《服部南郭·祇園南海》（山本和義·橫山弘注）、第四卷《菅茶山·六如》（黑川洋一

注)、第五卷《市河寬齋・大窪詩佛》(揖斐高注)、第六卷《葛子琴・中島棕隱》(水田紀久注)、第七卷《野村篁園・館柳灣》(德田武注)、第八卷《賴山陽・梁川星巖》(入穀仙介注)、第九卷《廣瀨淡窗・廣瀨旭莊》(岡村繁注)、第十卷《成島柳北・大沼枕山》(日野龍夫注)。每卷格式相同。分別爲"凡例"、"詩歌原文"、"韻"和"字"的揭示和解釋、"解説"、"作者簡介"、"作者年譜",全面地介紹、注釋、評價,展示了日本江户時代漢詩人的整體風貌。

2002年3月,由日本著名的漢詩研究專家富士英郎、入矢義高、入穀仙介、佐野正巳、日野龍夫教授合作編選,由日本研文出版社出版《日本漢詩人選集》(全17卷,別卷1),分別是《菅原道眞》(小島憲之、山本登朗編選)、《絶海中津》(入矢義高、西口芳男編選)、《義堂周信》(蔭木英雄編選)、《伊藤仁齋》(淺山佳郎、嚴明編選)、《新井白石》(一海知義、池澤一郎編選)、《荻生徂徠》(日野龍夫編選)、《服部南郭》(中野三敏、宮崎修多編選)、《柏木如亭》(入穀仙介編選)、《市河寬齋》(入穀仙介、蔡毅編選)、《菅茶山》(富士英郎編選)、《良寬》(井上慶隆編選)、《賴山陽》(賴祺一編選)、《館柳灣》(鈴木瑞枝編選)、《中島棕隱》(入穀仙介編選)、《廣瀨淡窗》(林田愼之助編選)、《廣瀨旭莊》(大野修作編選)、《梁川星巖》(山本和義、福島理子編選)、《古代漢詩選》(別卷・興膳宏編選)。編選者除了選詩,詩人介紹以外,還要做詩歌注釋和評鑒的工作,和俞樾做的工作一樣,在某種意義上,可以説是對俞樾的撥正和補充,正是對一百二十年前俞樾篳路藍縷之功的紀念。

2007年2月,高島要編《東瀛詩選本文及總索引》由日本勉誠出版社出版。編者在"緒言"中説:"《東瀛詩選》刊行至今已逾百年,經過中日雙方的研究,已成爲中日文化交流的橋梁。"誠哉斯言。

(三) 俞樾開啓中日漢詩比較評論的先河

平臺橋梁的目的在溝通；溝通的目的在交流；交流的目的在彼此理解；彼此理解的方法在比較。俞樾評論日本漢詩時，爲了説明問題，也爲了證實中、日詩人之間的詩歌淵源，經常用比較評論的方法。他的比較評論輕車熟路，非常精彩，開了中日漢詩比較評論的先河。

如評龜田鵬齋飄逸豪宕的詩風與李白相似説：

鵬齋嗜酒喜遊覽，西攀富嶽，東溯銚江，北航佐渡，南軼鳴門，傲然睥睨一世，故其詩豪宕有奇氣。律詩不甚協律，然落落自喜，亦庶幾青蓮學士之一鱗半甲矣。

評市河寬齋詩風簡淡，得林下之趣，與白居易、陸游差略近之説：

寬齋官富山教授二十餘年，以老致仕，年逾古稀，優遊林下，其爲詩頗有自得之趣，當時比之香山、劍南，雖似稍過，亦略近之矣。

評筱崎小竹詩喜歡疊韻，古今體詩有疊至六七者説：

其才氣橫溢，善押險韻，頗有東坡先生之風。

評詩學黃庭堅，號稱無一字無來歷的江户後期詩人賴杏坪説：

诗亦极工，全集凡六百馀首，可传之作居其大半，尤长于古体，其用险韵、造奇句，竟有神似昌黎者，爲东国诗人所仅见，其近体似黄山谷，有生硬之致，而晚年所作，又似陆放翁。有句云：'冷吟未肯入新软。'又有句云：'禽虫皆有天然语，草木本无人造枝。'宜其似黄复似陆也。

又拈其诗中"护倒"一语，赞其"淹博"说："护倒谓野酿，见陈愭诗注，亦人所罕知也。"

择而评其诗，其方法既类似钟嵘《诗品》，又类似清初钱谦益《列朝诗集小传》。但仍属俞樾爲日本汉诗开拓性和奠基性的工作，具有开阔的视野和丰富的学术含量。如评菅茶山的诗：

> 礼卿诗各体皆工，而忧事时感事之忱，往往流露行间，亦彼中有心人也。其开元琴一首，借题抒愤，可想见其怀抱。七律中如"耕牛"、"龙盘"等题，皆摘首句二字，爲题实非题也，命意所在亦有不可揣测者，然语意悲壮，气骨开张，不失爲名作。

评赖山阳的诗说：

> 子成天才警拔而于诗学尤深，杜、韩、苏诗皆手自抄录，可知其所得力矣。

都精彩而中肯。

又如评六如诗，六如诗也学宋人黄庭坚，喜欢用僻字、奇字、生字，喜欢避熟就生。此前日本诗评家如林荪坡《梧窗诗话》、菊池五山《五山堂诗话》，均批评他造语"生奇"，认爲是缺点；但俞樾卻認爲是優點加以肯定，並有意糾正日本傳統的說法。贊賞六如詩的"古豔"，而"豔"從"生"、"僻"、"苦"、"澀"來，正是宋人對中國詩學的貢獻。

這種比較評論，同樣架起一座橋梁，中、日兩國的詩人都可以抓住詩的鋼索，在中日詩歌藝術的兩頭走來走去。

走來走去，從日本漢詩的角度看，是溯源，是回娘家，也是對其成果的檢驗；從中國詩歌的視角看，是追蹤，是搜尋，也是對漢詩文化影響的回視。對中、日兩國文學乃至國際漢學的比較研究，都有着積極開拓的意義。

在世界範圍內，像"日本漢詩"這種反映兩個國家文化交織的情況，是不多見的。我們應該充分認識到它重要的文化價值，並倡議中、日兩國詩人聯合起來把"中、日漢詩"申報成聯合國非物質文化遺產。

（四）《東瀛詩選》保存了日本漢詩的文獻資料

俞樾《東瀛詩選》保存了日本漢詩的文獻資料可以從兩方面說：

一方面是俞樾鑒別、選擇了日本漢詩的精華，不僅發掘日本漢詩人隱藏的價值、人的價值和詩的價值，還拔擢一些不爲人知的"寒門詩人"或"冷僻詩人"。一些江户時代幾乎已被現在日本人忘記的優秀日本漢詩，因爲俞樾的《東瀛詩選》而被時時提醒，引起人們的注意；其二，俞樾《東瀛詩選·例言》說："又或詩未入選而佳句可傳者，亦附錄之，總期有美必揚，窺一斑而見全豹之文，嘗一臠而識全鼎之旨。區區之心，自謂無負矣。"所以，一些至今在日本已經佚失了的日本漢詩和詩人，因爲俞樾的《東瀛詩選》而得以保存。

陳福康《論〈東瀛詩選〉對江户漢詩的鑒選保存之功》說：

"我在撰寫《日本漢文學史》時深深體會到,《東瀛詩選》對我寫江戶漢詩一段非常有用;但當我寫到明治漢詩時,主要參考日本學者神田喜一郎編選的《明治漢詩文集》,就感覺到其選詩的眼力與俞樾實在不能相比,因此,我能從中選取的作品也不多。神田編選的該書,當推爲篇幅最大的明治漢文學總集,他差不多編了二十年(1964~1983),在《編者後記》中他感歎'資料搜集是極困難之事'。神田是很有學問的漢學家,又下了很大的功夫,只達到這樣一個水準,我就想,當年如果讓俞樾再多看一些日本詩集,讓他再多編選一些,該多好!"

從俞樾編成《東瀛詩選》至今,《東瀛詩選》的影響和意義越來越大。豬口篤志的《日本漢文學史》、近藤春雄的《日本漢文學大事典》、山岸德平的《近世漢文學史》、富士川英郎的《詩集日本漢詩》等著作,多引用俞樾在《東瀛詩選》中的評語和意見,可見《東瀛詩選》的影響。

我們都應該感謝岸田吟香請俞樾編《東瀛詩選》——那是當時最重要的文化選擇,是中日文化交流最高的緣分。當時,還有什麼比編《東瀛詩選》更能體現中、日詩歌千年同脈的傳統?除了請俞樾,還有請誰編的意義能超過俞樾呢?

20世紀《詩品》研究的重要收穫
——論曹旭《詩品集注》和《詩品研究》

王發國 曾 明

曹旭教授用了八年多的時間，用新的方法，從注、撰、譯、編等多方面的角度，對"百代詩話之祖"，中國第一部詩歌評論著作《詩品》，進行了"立體式"的研究，出版了《詩品集注》（上海古籍出版社1994年版，以下簡稱《集注》）和《詩品研究》（上海古籍出版社1998年版，以下簡稱《研究》）兩部著作，本文就其研究特點略作評說。

一、"面向世界"和"集大成"

《詩品》作爲"詩話之伐山"（明毛晉語）、中國"詩話之源"（章學誠語），自問世以來，研究者代不乏人。但真正的研究，應該是從清咸豐十年（1860）開雕的張錫瑜《鍾記室詩平》三卷開始的。自1860年至本世紀末的一百多年間，中外學人寫出的有關《詩品》的研究著作約40種，其中中國大陸20餘種，臺灣省4—5種，日本7種，韓國3種，法國1種。這些著作或校、或注、或疏、或箋、或研究，大多數就一種角度做文章，缺少全面的關照；同時，國內學者在進行研究利用舊有成果時，往往"重內輕外"，對世界各國的研究狀況和研究成果關注不多，有的甚至是一無所知，置若罔聞地進行"封閉式"的研究，這是遠遠不夠的。

其實，早在本世紀 50 年代末 60 年代中，當我國的《詩品》研究正處於低潮時，日本、韓國的《詩品》研究卻取得了"相當的進展"（日本清水凱夫教授語）；他們的專著，取材廣博，運思細密，見解獨到，有很高的學術價值，對中國同行的研究有很大的啟發性和互補性，可惜我們當時一些中老年學者尚未意識到中國古代文學、文論的研究也應該"面向世界"，進行現代的闡釋；而現代闡釋的意義，正在於在世界漢學的大背景下進行我們的研究。在這些方面，臺灣學者做得比我們好些。

有鑒於此，曹旭等一批青年學者得風氣之先，提出中國古代文學、文論研究應該"面向世界"的問題。曹旭提出"在世界漢學大背景下進行我們古代文學研究"和"汲取國際新成果，鑄我完美之研究"的宣導，得到了很多人的回應。1989 年《文學遺產》在討論新方法時，綜述中專門介紹了曹旭的這一觀點。日本立命館大學清水凱夫教授撰文贊揚："對中國古代文學研究，可以說，他（曹旭）指出了正確的方向。"（見日本京都大學《中國文學報》）

曹旭不僅提倡"世界漢學研究法"，同時身體力行。他倡導的方法正是他身體力行的經驗和體會；他出版的著作，正是他貫通中西，汲取國際成果的典範。如前所舉日本、韓國、法國的 11 種成果，在他的《集注》和《研究》中無不搜羅殆盡，《研究·版本敘錄》中又搜得日本版本 3 種；可以説，曹旭的《集注》和《研究》兩著中，汲取和引用的國外學者的研究成果是最多的，相形之下，臺灣楊祖聿與王叔岷先生的研究著作也自歎弗如。

在撰述方法上，曹旭又特別注意借鑒日、韓等國學者重視"展示論證過程"的做法，並將此法與我國傳統的重在"展示結論"的方法相結合，做到撰述方法上的中外互補，珠聯璧合；開拓了全新的"中學爲體,西學爲用"的研究新範式。

　　這種新範式和在世界漢學大背景下的研究,必然使曹旭的《集注》,成爲一部名副其實的集古今中外《詩品》研究體例大成的著作;其中"校異",集校勘、考證體例之大成;"集注",集注釋箋疏體例之大成;"參考",集詩話、詩論、詩歌作品之大成;真正做到了彙衆體制於一編,熔諸成果於一爐,實現了全方位、多角度研究《詩品》的目標。

　　值得指出的是,曹旭通曉日文,其意義有三:一是《集注》《研究》二著中的日文資料都是他自己翻譯的,原汁原味,不會因爲引用其他人的翻譯成果而出現不確切、不到位的現象;二是他用自己翻譯的日文資料編成《日本學者詩品研究論文集》;三是用自己翻譯的日本資料撰寫了《研究》中的《詩品東漸及對日本和歌的影響》和《日本的詩品學》,曾分別發表在《文學評論》和《中州學刊》上,這是我國最早介紹日本學者研究的論文,是填補這方面研究空白的重要篇章,使《研究》的內容更具豐富性和開創性。

　　衆所周知,衡量一種學術成果的重要標準,不僅在於它解決了什麽,還在於它是否具有更深層次的啓迪性和引導性。曹旭開放式的研究對《詩品》的啓迪意義是多方面的,特別是他的啓迪性和引導意義。單從《詩品》研究史這個角度看,讀了曹旭的著作,有心者便能寫出一部專題性質的《世界詩品研究史》來。這部學術史,從範型方面看,它能打破國內學術史的封閉狀態,開創一種開放型的國際學術史的類別;就編纂的方法看,橫向當以國別爲中心,既介紹中國的,又介紹日本、韓國、法國或美國的;縱向則可以著作、研究者和問題爲中心,三者結合。對於這些,曹旭的著作都能提供基本的資料和撰寫方法。

　　如《集注》中的"校勘版本及主要徵引書目"、《研究》中的

"主要參考書目",上編的"《詩品》版本敘錄"、"《詩品》版本源流考"等,是以書目、敘錄、考鏡源流,以書爲中心的範型;《研究》下編的"《詩品》流傳史"、"民國以來研究舉要"、"建國以來研究概述",是"以人帶書"的國際學術研究史的範型;"日本的《詩品》學",則屬於書、人、問題的綜合,是海外研究史的範型;實際上,曹氏兩著中的啓迪意義還不止於此。以下的原則和方法對讀者諸君都有或大或小的借鑒意義。

可以説,自張錫瑜《鍾記室詩平》三卷以來的 40 種研究著作中,曹旭《詩品》這麼用功,收集資料這麼廣泛確是不多見的。

二、"實事求是"和"考而後信"

和國外的研究相比,中國大陸的《詩品》研究一度曾出現過缺乏考證和考而不信的偏差。對此,日本的清水凱夫和中島碧皆有所批評,清水説"中國的古典文學研究往往過於重視邏輯上的合理性,而忽略對事物的考證","普遍欠缺的,大而言之是'實事求是'的精神,小而言之是認真踏實的考證"(《文學遺產》1993 年第 4 期);中島碧也説,看當前中國學者的論文(主要指現當代文學研究)"覺得不是學術著作,而是一種文學創作"(見《中國青年報》1994 年 3 月 11 日陳平原引)。而曹旭的《詩品》研究,則令他們感到欽佩;以致清水凱夫教授的好幾篇文章,都十數次地引用曹旭的材料和觀點,稱曹旭的研究方法是"世界風",繼承了中國傳統的"實事求是"和"考而後信"的原則,他戲稱這是"公安局破案法",如《研究》對鍾嶸身世的考證,曹旭對此前有關鍾嶸出身的幾種說法都不迷信盲從,而是在收集了《梁書》、《南史》、《三國志》、《世説新語》、《宋書》、《元和姓纂》、《唐書》等書中有關的資料後,又親赴鍾嶸故里潁川長社(今河南長葛縣）實地考察，追訪耆舊，發現《鍾氏家譜》，並用以與文獻材料相印證，最終以新材料考訂鍾嶸的世系和嶸祖三代的姓名官職，得出鍾嶸出身"士族"的結論，把鍾嶸身世的研究推進了一大步；《鍾氏家譜》的發現，鍾嶸身世的考證，都得力於他對"考而後信"原則的堅持。

又如，爲了弄清陳延傑《詩品注》中"余家藏明抄本"的下落，在茫無頭緒的情況下，他遍訪師學，請教南京大學程千帆教授，在程先生的指導下，查閱南京文史館檔案，發現已去世的陳延傑的名字，再根據地址尋訪陳延傑的兒子；在陳延傑原住所已拆遷的情況下，徑去南京市公安局請求幫助，先查南京市的人口卷宗，再由南京市公安局與各街道派出所聯繫，終於找到陳延傑的兒子陳鴻詢，最後得知明抄本已"毀於十年劫火"的消息，使問題水落石出；這種考而後信的方法，是令人敬佩的。

我們認爲，曹旭的這種方法，在基礎學科研究中應該大力提倡和發揚。如考證某些文學人物的生平事跡，除了根據正史典籍，如《地理志》《地方志》以外，還應該去實地調查，必要時，用地下出土之物與紙上的記載相印證，可使一些爭論不休的問題得到解決。其實，實地考察之法對於大陸學者，運用起來比海外學者更爲便捷，我們應該充分運用這一優勢。

三、"窮昔人書"與"竭澤而漁"

"窮昔人書"與"竭澤而漁"，是做學問的一種方法，更是做學問的態度。在這一點上，曹旭是新一輩學人中屬於"竭澤而漁"和"窮昔人書"式的研究者，這種"竭澤而漁"和"窮昔人書"的方法，也是新一輩學人一個重要的特徵。

要"竭澤而漁"，就必須像柳宗元所說的那樣，要"窮昔人書"。柳宗元在《與劉禹錫論周易九六書》中說:"君子之學將有以異也……務先窮昔人書,有不可者,而後革之,創大善。"這裏的窮昔人書,指的是昔人研究《詩品》之書,與《詩品》相關之書;而"昔人"當包括古今中外的學者。"窮書",先要"求書",爲此,曹旭參考了鄭樵《通志》證集文獻所說的八條經驗:即類以求,旁類以求,因地以求,因家以求,求之公,求之私,因人以求,因代以求。而著重因地、因人、因家以及求之公的方法,並結合實際,創造了"跨國以求"和"求之外國人"的新經驗,建成了《詩品》研究的資訊網路和互相交換資料的協作關係,於是得到了日本、韓國以及中國香港和臺灣地區各種有關《詩品》研究的資料。此外,曹旭還兩次東渡日本,先後在日本的京都大學和東京大學文學部訪學,收集了《詩品》在日本流傳和對日本和歌影響的資料,這些"跨國以求"的經驗,是對傳統文獻學的豐富和發展。

對於傳統文獻學的運用,曹氏更是得心應手。如對《詩品》版本的研究,《詩品》一共有多少版本?郭紹虞《中國文學批評史》(大學叢書本)說有"24種";呂德申《鍾嶸詩品校釋》用了28種;韓國車柱環《鍾嶸詩品校證》、《鍾嶸詩品校證補》用了33種;法國陳慶浩《鍾嶸詩品集校》用了26種,日本高松亨明所用版本,不及郭紹虞所說的三分之二。而曹氏《集注》、《研究》兩著中所用的《詩品》版本,竟有50種之多。爲收集這些版本,曹氏"經吳越,歷齊魯,詣京師,入中州;……在北京、上海及各省市圖書館和各大專院校圖書館查閱、複印","查閱了200多種詩話、著錄、類書和前輩學者未刊的手稿等等"(見《研究·後記》),並收集到在日本的《詩品》版本,這些都是"窮昔人書"和"竭澤而漁"的方法和步驟。

曹旭的讀書,用的是"帶着課題"讀的方法。正如曾季貍

《艇齋詩話》引東坡《與王郎書》所說的:"少年爲學者,每一書皆作數次讀。書之富,如入海,百貨皆有,人之精力,不能兼收盡取,但得其所欲求耳。故願學者每次作一意求之。如欲求古今興亡治亂聖賢作用,且只作此意求之,勿生餘念。"曹旭用的正是蘇東坡的讀書之法,只求與課題有關的內容,因此,才能在大半年的時間內,發現《詩品》版本50種,查閱200多種相關的著作。而對於所得之材料,則宜另用細讀、精讀、千讀、百讀之法;要求"字字究竟,句句勘破";對材料不曲解,不誤解,不斷章取義,不囫圇吞棗,這又是同樣重要的。

如對《兩家詩品》本,法國陳慶浩《鍾嶸詩品集校》云:"高松亨明《詩品詳解》稱此本爲'中西淡淵校訂本',中西淡淵爲校點人哉?書中未見其名。"而曹旭則云:"按,此本卷首有石之清作于元文四年己未秋八月之《兩家詩品序》。序末云:'文邦姓中西氏,名維寧,前號淡淵,乃命予序之云爾。'可知此本校訂者姓中西氏,號淡淵。因石序刻爲草書,龍飛鳳舞,誠難辨認,或以爲'未見其名'。"(見《研究‧詩品版本敘錄》注)其糾陳氏之失,正在於細讀、精讀、千讀、百讀,"字字究竟,句句勘破"之法。

四、"知難而進"與"因疑立解"

段玉裁《與諸同志書論校書之難》(《經韻樓集》卷十二)云:"校書之難,非照本改字不訛不漏之難也,定其是非難。"用這一標準衡量曹旭《集注》中的"校異"部分和"集注"部分,實見其功力,亦見其不畏艱難。《集注》在廣列異本之後,引經據典,以定是非。如定《詩品序》"文士有解佩出朝"爲"又士有解佩出朝";"賞究天人"爲"學窮天人";"嘗欲進《知音論》,未就"爲"嘗欲造《知音論》,未就而卒";"三賢或貴公子孫"爲"三賢咸貴公子孫"；定《上品》"古詩"條"陸機所擬十四首"爲"陸機所擬十二首"；"晉步兵阮籍"條"無雕蟲之功"爲"無雕蟲之巧"；"謝靈運"條"麗典新聲，絡繹奔會"爲"麗曲新聲，絡繹奔發"，定《中品》"張華"條"今置之中品疑弱，處之下科恨少"爲"今置之甲科疑弱，抑之下科恨少"等等，不一而足。我們注意到，中華書局令人尊敬的周振甫先生在他新出版的《詩品譯注》一書中，即十餘次稱引曹旭的研究成果，從鍾嶸的身世，到《詩品》的版本；從《詩品》東漸，日本對《詩品》的研究，到對《詩品》文本的校勘，尤其是校勘，周先生引用特多。這些都是知難而進的成果。

在注釋上，曹旭同樣知難而進，花了大功夫。一是"集釋"的"竭澤而漁"和"窮昔人書"；二是詞句的注釋求其甚解，如《詩品》下評齊高帝詩"無所云少"。《集注》云："諸本多釋此'少'字爲齊高帝詩數量之多寡，非是。""無所云少"，"即無可小看，不可輕視之意"，並引《莊子·秋水》篇及《中品》"張華"條語詞爲證明；三是，曹旭有時把一條注釋寫成一條考證，不僅注釋了詞句，還用裴松之注《三國志》和劉孝標注《世說新語》之法，旁搜遠紹，發揮妙解，考證本事，以補原來文本之不足。譬如：《下品》"梁常侍虞羲、梁建陽令江洪"條中有"子陽詩奇句清拔，謝朓常嗟頌之"一語，曹旭《集注》云："案，子陽詩謝朓常嗟頌事不詳。然《詩品》評謝朓詩'奇章秀句，往往警遒'，評虞羲詩'奇句清拔'。'奇句'即'奇章秀句'，'清拔'與'往往警遒'意亦相近。或因詩風相類，故其'清拔''奇句'爲謝朓嗟頌。又據《南史》卷二一《王融傳》：王融于齊永明十一年（493）被誅時，虞羲爲太學生。《南齊書·禮志》載：'永明三年正月詔立學……'鍾嶸亦于齊永明三年入太學……虞羲爲鍾嶸同學。其年齡亦仿佛……則'子陽詩奇句清拔，謝朓常嗟頌之'當爲仲偉親聞或親見。"此其例。

知難而進，因疑立解的特色還表現在《研究》第十四的《詩品所存疑難問題研究》的撰寫上。對於疑難問題，有的研究者諱莫如深，不敢涉及，躲避唯恐不及，更談不上因疑立解了。而一些真正的學者，則在"闕疑"傳統的指導下，正視闕疑，謹慎對待。曹旭把《詩品》研究中自己和他人都沒有解決的疑難問題分爲五類，一一着手分析研究，儘管某些意見還帶有臆測的成分，有些説法甚至還有錯誤，但卻爲今後的研究指明了方向，提供了參考，其意義不可低估，其方法可堪仿效。

五、"人無我有"與"人有我新"

俞成《螢雪叢説》卷下云："徐積因讀《史記·貨殖列傳》，見'人棄我取，人取我與'，遂悟作文之法。"曹旭的《詩品》研究，亦堅持了這一做法。他在《研究·後記》裏寫道，王運熙老師説："別人都寫的論文，你就不要寫。"於是，在"窮昔人書"的過程中，他逐漸弄清了目前《詩品》研究的熱點，是鍾嶸的文學觀念、詩學理想、"滋味説"、三品標準等差不多"人人都寫"的問題，至於版本的源流、序言的形式、文字的校勘、東漸日本、影響和歌等，有的没有解決，有的尚未涉及；而自己研究的重點，應該放在前人没有解決和尚未涉及的問題上，使自己的研究具有"人無我有，人有我新，人有我全"的特色。

譬如對《詩品》版本的研究，前人如韓國的車柱環、法國的陳慶浩氏，有的作過一些敘錄，有的作過一些考索源流的工作，但都少而不全，粗陳梗概。曹旭《研究》第二章《詩品版本敘錄》則對50種《詩品》版本的時代、編者、特點、價值諸方面作了實事求是的記錄和論證；不僅在數量上遠遠超過車氏近20種，而且在敘錄的準確、詳盡和豐富方面，也是車氏和陳氏難以望其項背的。《研究》第三章《詩品版本源流考》，曹旭則用了五個圖表和相關的文字，考鏡版本間的源流、系統、優劣、異同，爲版本、校勘、注釋的多種研究提供了依據和參考，還指出目前《詩品》注釋中選擇底本不當的錯誤，以及造成這些錯誤的原因，表現出"新"和"全"的特點。又如第四章《詩品叢考》中對《詩品》的稱名、序言的位置、品評人數和易數的關係、上中下三品詩人的排列、止乎五百等問題，在曹旭之前，很少有人研究，有的語焉不詳，有的根本未加注意，而曹旭博士對這些問題所作深入細緻的研究，取得了不少開創性的成果。可以説，《研究》的上編，除了第一章《鍾嶸身世考》是以新材料説明舊問題以外，其他三章的内容都是"人棄我取"的。而下編中的第十二章《詩品東漸及對日本和歌的影響》、第十三章《日本的詩品學》則更是"人無我有"的範例。論日本的《詩品》學，曹旭是最早的。説到這裏，我們不禁要問：曹氏的《詩品》學爲什麽不設"韓國的《詩品》學"一章呢？據我考知，這又和"人取我與"的原則有關。因爲韓國的《詩品》學，國内已有學者在研究，如南京大學的張伯偉就作過《評車柱環鍾嶸〈詩品〉校證》（《南京大學學報》1988年第3期）和《鍾嶸〈詩品〉在域外的影響及研究・朝鮮》（《文學遺産》1993年第4期），介紹過韓國研究《詩品》的情況。張伯偉所"取"者，曹旭就"與"了。

再如，《研究・中編》有《詩品批評方法論》一文，這一内容，張伯偉博士的《鍾嶸詩品的批評方法論》（《中國社會科學》1986年第3期）和《鍾嶸詩品研究》（南京大學出版社1883年）中也有論述；但兩相比較，曹氏之論，更見精細全面，有後來居上之勢。以論證"比較批評法"而言，曹氏認爲可分三個層次；第一層是入品不入品的比較；第二層是分品比較；第三層是詩風、詩派、詩人間的比較。曹氏論述第三層次的比較說，這一比較貫穿三品之始終，並且是在多元和多角度的視野裏展開的。具體說：在詩學理想上，有"文"和"質"、"雅"和"怨"、"丹彩"與"氣骨"的比較；在詩歌源流上，有《詩經》系和《楚辭》系的比較，在《詩經》系裏又有"風"與"雅"的比較；在詩學風格上，有"秀"與"骨"、"風雲氣"和"兒女情"、"芙蓉出水"和"錯彩鏤金"、"文雅"與"危仄"的比較；在詩人之間的比較更加豐富多彩：有上品詩人間的比較、中品詩人間的比較和下品詩人間的比較，還有三品詩人之間的比較。形式有女詩人的比較、詩僧之間的比較、父子、兄弟、兄妹詩人之間的比較等等，真是美不勝收，其細密如此。

　　與《研究》相比，《集注》更應把"人有我新"、"人有我全"的"新"、"全"兩字作爲自己的生命。因爲《研究》對某些問題還可以採取"人取我與"的原則加以回避；而《集注》則必須對文本中所有的內容都要"直面"。曹氏《集注》的成就正亦體現在"全"、"新"兩字。如《下品》評鮑令暉詩有"唯百韻淫雜矣"一句，曹旭先遍引中、日、韓諸國學者均作"唯百願淫矣"之說，按曰：非是；并校勘出"願"當作"韻"，"淫"當作"淫雜"，文遂可通. 這就是"全"；然後解釋"《百韻》，當爲鮑令暉集中已佚之長詩"。又引《南史》"褚翔傳"、"謝微傳"、"王規傳"、"蕭統傳"，證明"韻"乃當時詩歌之一體："以韻稱詩，歷來慣用習見。"接着引宋吳沆《環溪詩話》多言"百韻詩"再次證明"百韻"是詩體；這就是"新"。在《集注》中，像這種既"全"且"新"之例，可以說比比皆是，難以枚舉。

　　當然，儘管曹旭想包羅所有的研究，想研究得盡善盡美，但這是不可能的。曹著中仍有一些考慮欠周甚至錯誤的地方。如陳直的《詩品約注》，筆者經過各種途徑的考察，包括詢問過陳直的兒子，參考陳直自己的説法，陳直實無此書。而曹君由於輕信葉長青《詩品集釋》的説法，也把陳著列進"參考書目"之中，產生了錯誤。又如《詩品所存疑難問題研究》中，推論《上品》"謝靈運"條中的"兩個小注"出現於明代也是錯誤的。《四庫全書》（文淵閣本）第873册第890—892頁宋代曾慥《類說》卷五十一載《詩品》文字十七條曹旭未見，其在"宋臨川太守謝靈運"標題下即注有"小名客兒"四字；在條末"故名客兒"後注"治，音稚，奉道之家靖室也"十字。這説明，此二注在宋代就有了，而曹旭卻把二注"歸於始見的明代，一並作爲校注的出現"。此結論就有修正之必要。再如，《集注》在引用許文雨《鍾嶸詩品講疏》時，也出現許文雨引用有誤而曹旭沒有改正的例子。也許，沒有缺失的研究是沒有的，但是，新一輩的學人應該面向21世紀，應該以更高的標準要求自己，去努力爭取達到更高的學術境界。

以上，我們從五個方面論述了曹旭《詩品》學的特點。由此可以説，曹旭的《詩品》研究，是20世紀《詩品》研究的一份重要收穫。

（原載於《學術月刊》2000年第3期，作者王發國、曾明均爲西南民族學院教授）

後記：學術自述

一

這是一本遲到的論文集。

當所有的評職稱、定級別，所有的五花八門、熱熱鬧鬧、紛紛攘攘都落下帷幕以後，它才安安静静地來到了我的書桌，與我相對忘言。

像這樣遲到的論文集，後面還有兩種，一是關於中國文學和文學理論概念、範疇、名詞、術語的；二是中國文學史和中國文學批評史文本細讀的札記，這些都是"學術收官"的工作。

我的學術，按順序，大概有四方面：

一是近代文學；二是中國古代文學理論；三是漢魏六朝文學；四是域外漢學。

收在本集的五輯，分別是：失名氏之歌、晉宋詩學、齊梁新變、宮體詩系列、《詩品》與文論，最後是附錄。它們和我的研究領域部分對應，不完全對應。譬如，作爲我學術發端的近代文學最早開始，且花了不少年的時間，但在六朝詩學的論集裏，只能作爲附錄，仿佛是孫悟空的尾巴，變成豎在文集後面的旗杆。

二

　　我喜歡中國古典文學是從唐詩、宋詞的門進入的。小學六年級的時候，我意外地得到一本《唐詩三百首》，由此產生興趣，整個初中、高中、工廠，包括"文革"時期共二十年間，便全身心地閱讀背誦古詩文，包括背誦泰戈爾、普希金、海涅等人的詩集。雖然完全不知道詩歌爲什麼還要"研究"，但許多詩集至今我都能整本地背誦；它們激發了我的審美，打開我文學創作的世界，並衣帶漸寬終不悔。

　　我寫書法要蓋印章，我有一枚印章，曰"丁巳進士"。丁巳是1977年，"恢復高考"，我考入上海師範學院中文系，認識了上海師範學院的馬茂元老師。

　　馬老師是唐詩、楚辭和《古詩十九首》的專家，讀大學的時候，我曾經幫馬老師做過一點楚辭和唐詩的工作。後來唐詩主要由趙昌平先生做，楚辭由王從仁先生做，《古詩十九首》沒有人做，我就做；並且把怎麼做的設想告訴馬老師。二十年以後，接在馬老師《古詩十九首探索》和《古詩十九首初探》以後，我的《古詩十九首與樂府詩選評》及其增訂本，也由上海古籍出版社出版，繼承了馬老師的一脈。

　　讀大學二年級的時候，中文系成立"近代文學研究小組"，吸納了當時還是學生的黃剛同學和我作爲成員，跟隨徐群法主任和王杏根先生翻檢近代史料，開始與"研究"二字結緣。畢業後，我留在"近代文學教研小組"，協助徐先生集體編著《近代散文選》。在留校最初的三年裏，發表了研究蘇曼殊和黃遵憲的論文，把近代許多詩人的集子通讀了一遍，做了不少筆記；後來出版《黃遵憲詩選》。

與此同時，馬茂元老師主編《楚辭研究集成》，邀我參加他們的工作，因此跟隨馬茂元老師和王從仁老師，做過《楚辭研究論文集》的編撰和《楚辭要籍解題》的撰寫工作。華東師範大學施蟄存老師命我點校《宋詩精華録》，也編入了江西人民出版社百花洲文叢。

雖然中國古代文學的江山，一頭一尾，我都跋涉過，留下了淺淺的腳印，但六朝文學仍然是一塊陌生的土地，我只是偶爾路過。

1984年，看到《解放日報》上刊登：復旦大學郭紹虞先生招收中國文學批評史博士生。我內心非常激動。已經留校執教近代文學的我，決定報考。但好事多磨，復旦大學不招同等學力的學生，必須有碩士學位。我没有碩士學位，馬茂元先生知道後，寫信給謝希德校長，說我達到了近代文學和唐代文學兩門學科的碩士水平。經過謝校長主持辦公會議討論，破格讓我報考。考進復旦，便跟隨王運熙老師來到六朝。

博士論文寫什麽？因爲我喜歡詩，施蟄存老師建議説："儂麽，還是研究《詩品》。"入學第三天，和王運熙老師商量，他也覺得《詩品》好，於是開始鍾嶸《詩品》的研究。因爲《詩品》是中國古代文論中的經典，又產生在齊梁時代，由此涉足了古代文論和六朝文學兩個領域。

1993年、1996年和2000年，我數次赴日本京都大學、東京大學訪學，去韓國參加學術會議，積累了比較多的域外漢學資料。聽從京都大學蔡毅博士的建議，回國又申請了國家社科項目"二十世紀日本研究中國文學史大系"（批准号：AW97），域外漢學也自然而然地成了我耕種的田地。

但是，以前做過的先秦詩歌、楚辭、唐詩、宋詞乃至近代文學，並没有消失，它們在我的心裏融爲一體，共同構成了重要的同质背景。因此,古代文論和六朝文學不是兩座"孤島",它和前面的楚辭、後面的唐詩、宋詞、近代文學,都是連接在一起的土地。並不是我站立的六朝才是"有用"的,前面、後面的"無用之用",都是"有用"的一部分;這使我受益匪淺。

三

與這些論文平行的,還有三方面的工作:

一是申報課題,集中論文很多是課題的產物。

現在申報課題流行三句話:一是"年年不收年年種",二是"有棗没棗打一桿",横批是"見表就填"。我不是這種報課題的積極分子,但 1987 年畢業回上海師大中文系,主管科研;以後又主管學校的研究生工作,職責之一是要求老師報課題,自己不能不報。我報過六次,拿到四個國家社科基金項目,其中一個是國家社科基金重大項目:"東亞詩品、文心雕龍文獻研究集成",還有幾個教育部和上海市的課題。本論文集,就是國家社科基金項目"六朝文化與詩學"的内容,當時結題,現在出版。

第二是出版著作。集中的論文與出版的著作相關。

與"失名氏之歌"相關的是《古詩十九首與樂府詩選評》和《古詩十九首與樂府詩選評》(增訂本);與"晉宋文學及六朝詩學"相關的有《建安七子詩文選注》(與葉當前教授合作)、《竹林七賢詩文選注》(與丁功誼教授合作)、《水經注》(與葉當前教授合作)、《樂府詩》(與唐玲副教授合作)、《陶淵明詩選》(與高智教授合作);與"齊梁新變"相關的有《齊梁蕭氏詩文選注》(與學生合作);與"宫體詩系列"相關的有《蕭綱評傳》(與學生合作);與"《詩品》與文論"相關的有《詩品集注》、《詩品集注》(增訂本)、《詩品箋注》、《詩品研究》、《詩品》(導讀本)、《中日韓詩品論文選評》、日本戶田浩曉《文心雕龍研究》(譯著)、《二十世紀中國古代文學研究論文選》(魏晉南北朝卷);與附錄相關的有《東洲草堂詩集》(點校)、《東瀛詩選》(點校)等等。

第三與指導研究生有關。我 1993 年開始指導碩士生,1996 年指導博士生,直至 2020 年。碩士生和博士生差不多各招了五十名,加起來將近一百名。

每年九月,一批新生進來了,一批老生畢業了;三十年間,學生像歌唱著的溪流,激情澎湃,且行且舞,我則像兀立的山峰,注視著他們,充滿迎送的悲喜之情——這些論文,其實是我的備課筆記和教學心得;有的論文是和學生互動以後寫成的;因此,留下了聯合署名的印記。

四

說完與文集相關的三個方面,還要說一下寫這些文章的方法體會,因爲它們是關聯在一起的。

聽不少雜誌主編說,現在有的人寫論文,喜歡寫成四平八穩的高頭講章,越寫越長,越寫越難看。我知道,我的論文不算"難看"。有人說:"曹旭的論文是用寫散文的方法寫出來的。"對此,我不肯定,也不否定。

我研究鍾嶸《詩品》,屬於"專書研究"。其方法,應該遵從目錄學—版本學—校勘學—闡釋學—義理學的思路。先通過目錄學爲研究對象做一個學術平台和學術史的定位,由此找到比較可靠的版本;再盡可能地搜集各種善本,校勘出比較可信的文本;然後對文本進行深入細緻的闡釋,抽繹意理,尋找規律,得出結論。

收集資料的時候,也有許多注意點,順便說一下:

首先要學會使用工具書，每一種工具書都是一把鑰匙；二要善於謀劃，要注意材料之間的聯繫；注意某作家此作品與彼作品，不同體裁作品間的聯繫。不管研究《文心雕龍》的哪一篇，都應該和其它四十九篇聯繫起來看；研究《文心雕龍》，還要和劉勰所寫的其它作品聯繫起來看；三要注意一個作家與其它作家的聯繫，同時代尤要注意朋友、師生、親戚等關係。如在收集白居易材料的時候，也要看看元稹的材料；研究謝靈運的時候，同樣要注意顏延之；研究蘇軾，更要注意閱讀蘇洵和蘇轍的材料；四要注意作品與同時代評論之間的聯繫。要將作品和當時的理論相參讀。如研究《文心雕龍》或《詩品》，一定要看漢魏六朝詩文；反之，研究漢魏六朝詩文，也要讀《文心雕龍》和《詩品》；五要注意作家、作品與當時社會、時代風氣、當時審美意識的聯繫；六要注意同時代橫的聯繫和歷史縱的聯繫。如與前後時代作家、作品和理論的聯繫；尤其在六朝，這種聯繫是很多的。

還有，要熟讀一部書，要建立自己材料的"根據地"，研究問題，搜集和運用材料時，你可以進出那本書。要重視海外的資料，特別是日本和漢字文化圈的資料；用新材料說話，更要注意讓舊材料出新觀點。要辨別材料的真偽，正確理解；材料之外，還要學習新理論，特別是國外的哲學和美學等等。

書有泛讀、精讀和細讀，尤其要文本細讀。文本細讀是無限接近研究事物的必要方法和途徑。宋代理學大師朱熹研究《詩經》，有很高的成就，他用的方法，就是文本細讀法；清代虞山詩派領袖錢謙益注杜甫詩：從四十歲開始，通讀杜詩，並在文本細讀的基礎上做讀書劄記；從四十三歲開始正式注杜詩，一直注到八十歲，書方注成；吉川幸次郎是日本最重要的中國文學研究家之一，他開始研究中國古典文學的時候，他的老師狩野直喜教授教導他說：研究中國文學，一定要仔細讀書，只此一法，別無他途。

　　爲什麼說這麼多，一是因爲"學術自述"的時候，我想起了王運熙老師。這些方法是當年王老師教我們的，我用來教我的學生；二是，收在文集裏的大多數文章，是按照王老師說的寫的。

　　略有不同的是，在學習繼承陳寅恪和王運熙老師的方法以外，我比較喜歡寫詩性的論文；有人說像聞一多，其實不完全是。我喜歡直接用自己的詩心與古人的詩心對接，用詩心理解歷史和文學，又用流經詩心的話語表達出來；喜歡挑戰文學史上誤導我們的，把複雜的歷史、時代、思想、文化、審美和文學的關係，說成是兩個階級簡單的你死我活。喜歡用對現代社會和生活的理解，感同身受地理解古人，理解失名氏、西晉文學、宮體詩和六朝的形式美學。

　　從《詩經》到現在，雖然過去了三千年，人與社會，風俗、制度、文化、禮儀，這些政治層面和道德層面的東西發生了一些變化。但人性，人的感情和詩心是不會變化的，這就是千古情同。

五

　　我很企慕民國時期學者"談話風"式的論文，文學史上許多重要的命題，都用"談話"的方法深入淺出地談出來：高屋建瓴，輕輕鬆鬆，不端架子，不著空文。寫論文的目的，是弄清真相、解決問題、揭示規律。像魯迅先生《魏晉風度及文章與藥及酒之關係》那樣的文章，是我崇敬的典範，但這本論文集沒有做到。

　　此外，集中論文的注釋，也五花八門，與時俱進；這是不同年代，有關部門不同的要求造成的。有時雜誌的要求也不一樣。爲了集結的統一，我看了一下，啞然失笑。學生幫我統一，不盡如人意，也很正常。

感謝我的學生李猛、楊遠義、文志華、全亮、蔣碧薇、付利敏、林宗毛、郭培培、史曉婷、宋佳俊博士；段寧寧、陳楠、陳嘉榮、邱春婷、王健健、劉艷玲、傅如意、鞠培娟、付裕、肖一馨、李傑碩士，幫我查找資料，核對引文，繁簡轉化，文字校勘，花了不少功夫。尤其是十八年前，我指導的黃亞卓博士進入上海古籍出版社，現在成了此書的責編和我的依傍。我覺得，做老師也有做老師的好處和樂趣，不僅僅只有付出。

六

　　每次上課前，爲了心向學術，營造氛圍，讓詩意變成聽覺、嗅覺、感覺；變成飽含藝術的空氣，瀰漫在透明的空間，我們總是先讀《千家詩》暖場。

　　學生讀詩的時候，彼此的執卷之美，聲音之美，如處蘭室，彼此聆聽對方花開的聲音。

　　幾十年來，師生教學相長，但歲華悄然逝去。這些，在每一年的課堂，學生都記得，都看出——在老師的内心，交織著雨點般悵惘的情緒——一邊交談著，一邊快樂著，一邊憂傷著。

曹　旭

2020 年 11 月 25 日 星期三